Kyss by rowohlt POLARIS

W0201611

LYSSA KAY ADAMS

THE SECRET BOOK CLUB

Die Liebesroman-Mission

Aus dem Englischen
von Angela Koonen

Kyss

Die Originalausgabe erschien 2020 unter dem Titel «Undercover Bromance» als Jove Book bei Berkley / Penguin Publishing Group / Penguin Random House, LLC, New York.

Deutsche Erstausgabe
Veröffentlicht im Rowohlt Taschenbuch Verlag, Hamburg, September 2020
Copyright © 2020 by Rowohlt Verlag GmbH, Hamburg
«Undercover Bromance» Copyright © 2020 by Lyssa Kay Adams
Covergestaltung ZERO Werbeagentur, München
Coverabbildung Shutterstock
Satz aus der DTL Albertina ST
bei Pinkuin Satz und Datentechnik, Berlin
Druck und Bindung CPI books GmbH, Leck, Germany
ISBN 978-3-499-00265-6

Die Rowohlt Verlage haben sich zu einer nachhaltigen Buchproduktion verpflichtet. Gemeinsam mit unseren Partnern und Lieferanten setzen wir uns für eine klimaneutrale Buchproduktion ein, die den Erwerb von Klimazertifikaten zur Kompensation des CO_2-Ausstoßes einschließt.
www.klimaneutralerverlag.de

FSC
www.fsc.org
MIX
Papier aus verantwortungsvollen Quellen
FSC® C083411

Für Mom

*Danke, dass du mich zu einer starken Frau erzogen
und mir beigebracht hast, dass es eigentlich
nur solche gibt.*

KAPITEL 1

Braden Mack lenkte seinen Porsche SUV am hinteren Rand des dunklen Parkplatzes in eine Parklücke und wartete auf das Zeichen. Zwei Reihen weiter stand ein Chevrolet mit eingeschalteten Scheinwerfern.

Ein Augenblick verging. Dann noch einer.

Endlich flammte das Fernlicht zweimal kurz auf.

Es war so weit.

Mack stellte den Motor ab, schaltete sein Handy stumm und steckte es in die Lederjacke. Als er ausstieg, taten das auch die Männer in dem Chevrolet. Ein muskulöser Körper nach dem anderen schob sich aus dem Wagen. Ihr Atem bildete weiße Wölkchen. Mack ging ihnen entgegen, sie trafen sich auf halber Strecke zwischen den Autos.

«Du bist zu spät», sagte Del Hicks, einer seiner engsten Freunde.

«Ich musste eine Ehe retten.»

«Wieder eine einsame Ehefrau?» Das kam von Derek Wilson, einem örtlichen Bauunternehmer.

«Manche Männer lernen es nie.»

«Und genau deshalb sind wir hier, oder nicht?», sagte Malcolm James mit seiner tiefen Zen-Meister-mäßigen Stimme. Sein dichter Bart reichte ihm inzwischen bis zum Schlüsselbein.

«Richtig.» Mack sah sie der Reihe nach an und versuchte abzuschätzen, ob alle bereit waren, das hier durchzuziehen. «Wer noch aus der Nummer rauswill, muss es jetzt sagen, denn sobald wir reingehen, gibt es kein Zurück.»

«Ich bin dabei», sagte Derek.

«Ja, Mann.» Del rieb sich die behandschuhten Hände. «Tun wir's.»

«Was machen wir hier noch mal?», fragte Gavin Scott, eins der neuesten Mitglieder des Clubs. Sein Tonfall war jammernd, und er zog gegen den kalten Wind die Schultern hoch. «Außer uns die Eier abfrieren?»

Mack drehte sich um und sah zu dem Gebäude. Ein hellrotes Neonschild prangte über dem geschäftigen Bürgersteig vor dem Einkaufszentrum. Music City Books. Drei Jahre lang hatten sie ihren Buchclub geheim gehalten. Heimlich gelesen. Sich hinter verschlossenen Türen getroffen. Sie waren insgesamt zehn Männer – Profisportler, Lokalpolitiker, Technikgenies, Unternehmer. Mack gehörten mehrere Bars und Nachtclubs in Nashville. Sie alle teilten eine Vorliebe für ein Genre, das sie zu besseren Männern, besseren Liebhabern und besseren Ehemännern gemacht hatte.

Na ja, Letzteres galt nicht für Mack, er war einer der letzten Singles in der Gruppe. «Was wir hier machen?», wiederholte er und sah die anderen Männer an. «Wir werden in aller Öffentlichkeit Liebesromane kaufen, verdammt noch mal.»

Er stemmte die Hände in die Hüften und wartete auf eine Reaktion. Die ersten Takte einer dramatischen Filmmelodie oder lautes Jubeln wären nicht schlecht. Stattdessen bekam er lediglich einen lauten Furz zu hören, und zwar vom sechsten Mitglied ihrer Truppe, einem Hockeyspieler, den alle nur den Russen nannten und der keine Milchprodukte vertrug. Wirklich überhaupt keine.

Der Russe griff sich an den Bauch. «Ich muss zur Toilette.»

Mack schüttelte nur den Kopf. «Gehen wir.»

Leicht gebeugt setzte sich der Russe als Erster in Bewegung, die anderen folgten ihm mit Mack an der Spitze. Sie warteten am Rand des Parkplatzes ein paar vorbeifahrende Autos ab, bevor sie zum Bürgersteig hinüberliefen. Der Russe verschwand nach drinnen, ohne sich noch einmal umzusehen, mit jedem Schritt wurde er schneller. Die Situation war offensichtlich kritisch. Die arme Toilette ahnte nicht, was bevorstand. Ruhe in Frieden, Frischluft im Buchladen.

Mack holte tief Luft, die Hand am Türgriff. Noch einmal sah er die anderen an. «Okay. Das sind die Regeln: Jeder von uns kauft mindestens ein Buch für den Club, das als unsere nächste Lektüre in Frage kommt. Niemand versteckt das Cover. Und wenn euch irgendwer darauf anspricht, ihr kauft es nicht als Geschenk. Ihr kauft es für euch selbst. Noch Fragen?»

«Was, wenn uns jemand erkennt?», brummte Gavin mürrisch. Tatsächlich war er momentan wohl der Berühmteste von ihnen, er wurde häufiger erkannt. Als Spieler der Nashville Legends, der Major-League-Baseball-Mannschaft der Stadt, war er vergangenes Jahr zur nationalen Berühmtheit geworden, weil er in einem Playoffspiel einen grandiosen Homerun hingelegt hatte.

«Und wenn schon», antwortete Malcolm. Er war der Runningback der Football-Mannschaft von Nashville und daher selbst ziemlich berühmt. «Wir reden regelmäßig darüber, wie unfair es ist, dass die Atmosphäre toxischer Maskulinität in unserer Gesellschaft uns dazu bringt, uns zu schämen, weil wir auf Liebesromane stehen. Aber wir kaufen uns die Bücher trotzdem heimlich. Es ist Zeit, dass wir uns an das halten, was wir predigen.»

«Hätte es nicht besser sagen können», bemerkte Mack und stellte sich sehr gerade hin.

«Natürlich nicht.» Gavin lachte trocken. «Malcolm hat den IQ eines Genies, Dumpfbacke.»

Mack zeigte ihm den Stinkefinger.

Gavin tat dasselbe.

Del seufzte und drückte die Ladentür auf. «Ich gehe rein.»

Sowie sie das Geschäft betraten, zogen sie Aufmerksamkeit auf sich. Aber Mack bezweifelte, dass es daran lag, dass einer von ihnen erkannt wurde. Wie oft ging schließlich eine Gruppe breitschultriger gutaussehender Typen zusammen in eine Buchhandlung? Sie wirkten wie eine Offensive Line der Literary League.

«Wo stehen die Liebesromane?», fragte Del leise.

Mack schüttelte den Kopf und überflog die Hinweisschilder, die von der Decke hingen. «Ich sehe nichts.»

«Dann müssen wir fragen», sagte Malcolm.

Fluchend zog Gavin sich den Schirm seiner Baseballcap tief in die Stirn.

Sie näherten sich dem Informationsschalter, wo eine Frau von ihrem Bildschirm aufblickte. Sie trug ein T-Shirt mit dem Aufdruck *I read banned books.* «Was kann ich für Sie tun?»

«Können Sie mir sagen, wo die Romance-Abteilung ist?», fragte Malcolm.

Sie kniff die Augen zusammen. «Sie meinen die Abteilung für romanische Sprachen?»

«Nein.» Mack trat neben Malcolm. Er stützte eine Hand auf den Tresen und neigte sich lächelnd zu ihr. «Wir meinen Liebesromane.»

«Sie wollen zu den Liebesromanen», sagte sie langsam, und ihre Skepsis triefte aus jeder Silbe.

«Ganz genau.» Mack zwinkerte sie an.

Sein Flirten brachte die Frau zum Erröten. «Ich habe noch nie erlebt, dass Männer nach Liebesromanen fragen.»

Mack neigte sich noch näher zu ihr und senkte halb verführerisch, halb verschwörerisch die Stimme, worauf sie noch mehr errötete. «Es gibt viele wie uns», raunte er.

Sie deutete in den hinteren Teil des Ladens. «Die letzten beiden Regale rechts.»

Hinter Malcolm her gingen sie in die angegebene Richtung. Gavin schnaubte angewidert. «Gibt es eigentlich auch Frauen, mit denen du nicht flirtest?», fragte er.

Mack zuckte mit den Achseln. «Ich kann nichts dafür. Mein Charme ist angeboren.»

Vor einem der letzten Seitengänge, die eine magere Auswahl an Taschenbüchern boten, blieben sie stehen. Nur ein Regal war mit Liebesromanen bestückt. «Das ist erbärmlich», meinte Malcolm kopfschüttelnd.

Gavin blickte sich nervös um. «Ich hätte nichts dagegen, weiter online einzukaufen.»

«Stell dich nicht so an.» Mack neigte den Kopf auf die Seite, um die Buchrücken zu lesen.

Der Russe stieß wieder zu ihnen. «Die Toiletten hier sind gut. Sehr sauber.»

Der Kerl konnte einem die besten öffentlichen Toiletten in jeder Großstadt der Vereinigten Staaten nennen. Wenn er das Hockeyspielen eines Tages aufgab, könnte er eine Klo-Ranking-App erstellen und damit mehr Geld verdienen als vorher im Profisport.

Mack fand seine Lieblingsautorin und zog *The Protector* aus dem Regal, ihr neustes Buch, das sich um einen Geheimdienstagenten und die Tochter des Präsidenten drehte. Er mochte Verfolgungsjagden und Action und so was in seinen Liebesromanen, deshalb las er mit Vorliebe das Subgenre Romantic Suspense. Und eine besondere Schwäche hatte er für *Enemies-to-lovers*-Geschichten. Es hatte einfach etwas Befriedigendes, wenn zwei Leute entdeckten, dass der Grund für ihre Streitigkeiten auch der Grund war, warum sie perfekt zusammenpassten.

«Treffen wir uns Freitagabend?», fragte Gavin, den Blick auf einen roten Buchrücken gerichtet. «Das Spiel geht wahrscheinlich erst nach sieben zu Ende, Del und ich können also erst spät.»

«Bei mir ginge es erst Samstag», sagte Mack, der sein

Buch aufschlug, um die erste Seite zu lesen. «Ich bin Freitag mit Gretchen verabredet.»

In seinem Bauch machte sich Anspannung breit. Morgen Abend ginge er offiziell seit drei Monaten mit Gretchen aus, einer Anwältin, die er bei einer Party kennengelernt hatte, und er scheute keine Kosten, damit es ein ganz besonderer Abend für sie wurde. Er hatte seine Beziehungen spielen lassen, um einen Tisch im ständig ausgebuchten *Savoy* zu bekommen, einem der schicksten Restaurants in Nashville, das einem berühmten Fernsehkoch gehörte. Und wenn es gut lief, würde er etwas tun, das er noch nie getan hatte, und eine ganz spezielle Frage ansprechen – die Frage nach der Zukunft. Die Kannst-du-dir-etwas-Ernstes-zwischen-uns-vorstellen?-Frage.

Die Stille hinter ihm war viel zu offensichtlich, als dass es ein Zufall sein konnte. Er drehte sich um und sah die Jungs ein stummes Gespräch mit Hilfe von Augenbrauen und Händen führen. Del griff in sein Portemonnaie und gab dem Russen einen Zwanziger.

«Was zum Teufel soll das? Was macht ihr da?»

Schuldbewusst zuckten die fünf zusammen. «Er hatte Geld geliehen», erklärte der Russe und steckte den Schein ein.

«Bullshit. Worum geht es wirklich?»

Der Russe ließ den Kopf sinken wie ein Welpe, der gerade ausgeschimpft wird, weil er auf den Teppich gepinkelt hat.

«Er hat die Wette gewonnen.»

Mack zog die Brauen zusammen. «Welche Wette?»

«Dass du einen Romantic-Suspense-Titel aussuchst», sagte Del rasch.

Mack verschränkte die Arme, sodass das Buch an seiner Seite ruhte. «Und ihr meint, das kaufe ich euch ab?»

Der Russe pfiff vor sich hin und schaute sich um. Del schlug ihm gegen den Hinterkopf.

«Ach fuck.» Gavin seufzte. «Sie haben eine Wette laufen, wie lange es dauert, bis du mit Gretchen Schluss machst.»

Mack blinzelte überrascht. «Wollt ihr mich verarschen?»

«Seine Idee.» Der Russe zeigte auf Del.

Del stritt es nicht ab. Stattdessen zuckte er die Achseln. «Ich hab schon einiges an Geld verloren, aber ich bin beeindruckt, dass du so lange bei ihr bleibst. Das muss inzwischen ein Rekord sein.»

Mack klappte den Mund auf und wieder zu und versuchte, nicht beleidigt zu sein. Aber … Scheiße, wie kamen sie darauf? Okay, vermutlich verdiente er den Ruf, jedes Wochenende eine andere Frau an seinem Arm zu haben. Er war einfach noch keiner begegnet, mit der er sich etwas Ernstes vorstellen konnte. Und auch wenn die meisten Leute etwas anderes glauben mochten, er wünschte sich eine feste Beziehung. Aber jetzt wetteten seine eigenen Freunde gegen ihn? Wenn das kein Tritt in die Eier war, was dann?

Mack zeigte auf Del. «Nur zu deiner Information, Blödmann. Ich bleibe zufällig bei ihr, weil ich sie mag. Sie ist schön, intelligent und ehrgeizig.»

«Und die Falsche», stellte Malcolm fest und mischte sich zum ersten Mal in das Gespräch ein. Bisher hatte er sich weiter Bücher angesehen, sich jetzt aber mit vier Stück in seinen großen Händen zu ihnen umgedreht.

«Wie … wie bitte?», stieß Mack perplex hervor. «Wieso ist sie die Falsche?»

«Weil du dir immer die Falschen aussuchst», schnaubte Gavin.

Wieder blieb ihm der Mund offen stehen, bevor Mack antwortete. «Mann, du kennst mich noch keine sechs Monate.»

«Und in der Zeit bist du mit sechs verschiedenen Frauen ausgegangen. Phantastischen Frauen. Alle intelligent, begabt, umwerfend. Perfekt.»

«Und das ist ein Problem?» Er klang, als wollte er sich verteidigen. Verdammt, er fühlte sich auch so, als müsste er sich verteidigen. Sie sollten hier Bücher kaufen, nicht sein Liebesleben analysieren.

Gavin zog die Augenbrauen hoch. «Sag du es mir. Du hast sie alle fallengelassen.»

«Weil es mit ihnen nicht funktioniert hat», knurrte Mack.

«Und bei Gretchen ist das anders?»

«Ja.»

«Inwiefern?», fragte Malcolm.

Darauf hatte Mack keine Antwort. Mit Gretchen war es anders, weil … verdammt, weil er wollte, dass es anders war. Weil er dazu bereit war. Reichte das nicht? Er war es leid, dem glücklichen Eheleben seiner Freunde zuzusehen, während er erfolglos nach der künftigen Mrs. Mack suchte – einer Frau, die er verwöhnen, mit der er alt werden und die er für den Rest seines Lebens lieben konnte. Er war der Gründer des verdammten Buchclubs, aber der Einzige, der noch nie wirklich verliebt gewesen war. Also, ja, er strengte sich diesmal wirklich an, damit etwas Festes daraus wurde, weil er, verdammt noch mal, auch ein Happy End haben wollte.

Gavin hob beschwichtigend die Hände. «Weißt du, wir wollen damit ja bloß sagen, dass du zwar immer behauptest, der Experte zu sein, aber anscheinend hast du die wichtigste Lektion der Bücher nicht kapiert.»

«Und welche soll das sein?» Jetzt klang er gereizt, aber es passte ihm nun mal nicht, vom jüngsten Mitglied des Clubs über die Lektionen der Handbücher, wie sie die Liebesromane nannten, belehrt zu werden.

«Dass jemanden zu verführen und jemanden zu lieben zwei ganz unterschiedliche Sachen sind.»

Mack rollte die Augen. «Du hast leicht reden. Du hast dich auf den ersten Blick in die perfekte Frau verliebt.»

Gavin wurde ernst. «Meine Frau ist nicht perfekt. Sie ist nur perfekt für mich. Und unsere Ehe war alles andere als einfach.»

Wieder verkrampfte sich Macks Magen, aber diesmal nicht vor Nervosität, sondern vor Schuldgefühlen. Gavin und Thea hätten sich vor sechs Monaten beinahe scheiden lassen, bevor der Buchclub sich eingemischt und ihm geholfen hatte, seine Frau zurückzugewinnen.

Aber statt sich zu entschuldigen, weil er sich wie ein Arsch verhalten hatte, schaltete er auf stur. «Ich werde euch zeigen, dass ihr falschliegt», fauchte er.

Mit klopfendem Herzen riss er sein Portemonnaie aus der Hosentasche, sich völlig im Klaren darüber, dass er den anderen etwas beweisen wollte. Er warf Del einen Hunderter hin.

«Fünf zu eins, dass ich ab morgen Abend in einer ernsthaften Beziehung bin.»

KAPITEL 2

«Du siehst heute Abend sehr hübsch aus.»

Mack griff über den Tisch nach Gretchens schlanken Fingern. Sie lächelte, als er ihr mit dem Daumen über die Knöchel strich. Die Ohrringe, die er ihr letztes Wochenende zum Geburtstag geschenkt hatte, hingen an ihren zarten Ohrläppchen und funkelten im Kerzenschein.

«Danke. Du sagst das so oft, dass ich mich tatsächlich so fühle.»

«Neues Kleid?»

Lachend sah sie an sich hinunter. «Äh, nein. Das habe ich vor zwei Jahren bei Macy's gekauft. Im Ausverkauf.»

«Es steht dir.»

Sie zog ihre Hand zurück. «Noch einmal danke.»

Sie wandte den Blick ab und schaute durchs Restaurant. Von ihrem VIP-Tisch auf der Empore hatte man freie Aussicht auf den urban-elegant eingerichteten Raum. Schmiedeeiserne Kronleuchter hingen von der hohen Decke, und nackte Ziegelmauern verliehen dem Raum etwas Unfertiges. Aber das dunkle Holz und die goldfarbenen Akzente gaben ihm auch eine altertümliche Opulenz.

«Ich habe mich immer gefragt, wie es hier drin wohl aussieht», sagte Gretchen.

«Wie findest du es?»

«Es ist, hm …» Sie schien Skrupel zu haben, sich kritisch zu äußern. «Es ist ein bisschen übertrieben.»

«Genau wie Royce.»

«Du kennst ihn?»

Mack zog sein Jackett zurecht, als er sich zurücklehnte. «Wir sind uns ein paar Mal begegnet. Beim Wohltätigkeitsgolfen und so was. Als Unternehmer verkehrt man unweigerlich in denselben Kreisen.»

«Ah, natürlich.» Sie kniff die Augen ein wenig zusammen. «Das sind eigentlich nicht die Kreise, in denen ich mich bewege, weißt du.»

«Weil deine Kreise wichtiger sind.» Gretchen war Pflichtverteidigerin und hatte sich auf Einwanderungsfragen spezialisiert.

Der Kellner trat mit einer Flasche Dom Pérignon an den Tisch. Mack hatte sie schon bei der Reservierung bestellt, ebenso das berühmte Dessert des Hauses, den Sultan Cupcake. Die Nachspeise war so aufwendig und teuer, dass sie im Voraus geordert werden musste. Er konnte kaum erwarten, Gretchens Gesicht zu sehen, wenn man ihnen den Cupcake servierte.

«Champagner?», fragte Gretchen, als der Korken ploppte.

«Wir feiern heute», sagte Mack zwinkernd.

Der Kellner schenkte ihnen ein, stellte die Flasche in

den Sektkühler neben dem Tisch und sagte, er werde in ein paar Minuten zurückkommen, um ihnen die Tageskarte zu präsentieren.

Gretchen nahm ihre Sektflöte in die Hand. «Was ist der Anlass?»

Auch Mack hob sein Glas. «Ich habe heute den Kaufvertrag für das neue Gebäude unterschrieben. Aber vor allem möchte ich auf uns anstoßen. Auf drei Monate. Und hoffentlich viele weitere.»

Beim Anstoßen lächelte sie, aber nicht mit den Augen. Zuerst glaubte er, es hätte nichts zu bedeuten, aber als sie trank, sah sie an ihm vorbei.

«Alles okay?»

Sie schluckte und nickte. «Das hier ist wunderbar.»

«Genau wie du.»

Da war es wieder, das auf den Mund beschränkte Lächeln. Mack stellte das Glas hin und griff erneut nach ihrer Hand. «Bist du sicher, dass alles in Ordnung ist?»

«Ja, natürlich. Es ist nur … Um ehrlich zu sein, fühle ich mich ein bisschen schuldig, wenn ich in so einem Restaurant sitze.»

«Warum?»

«Viele meiner Mandanten können sich für ihre Kinder kaum eine Fertigpackung Käsemakkaroni leisten.»

«Das heißt aber doch nicht, dass ich dich nicht verwöhnen darf, oder?»

«Niemand muss mich verwöhnen, Mack.»

«Du hast es verdient.» Er versuchte es noch mal mit Augenzwinkern und Lächeln. Diesmal wirkte es. Ihre Finger entspannten sich.

«Danke. Du weißt auf jeden Fall, wie man einen Abend voller Luxus plant.»

«Immer zu Diensten.» Er drückte noch mal ihre Finger und ließ sie los. «Ich hoffe, du hast Hunger. Denn ich habe später noch eine Überraschung für dich.»

Gretchen trank von ihrem Champagner und sah auf die Uhr.

◆ ◆ ◆

«Sie könnten die tausend Dollar auch einfach anzünden. Das ginge deutlich schneller.»

Liv Papandreas trat von der Arbeitsfläche zurück, um angewidert ihr kulinarisches Meisterwerk zu betrachten. Als Konditorin des *Savoy* sollte es sie nicht mehr überraschen, wie die oberen Zehntausend ihr Geld verschwendeten. Aber traurigerweise tat es das immer noch. Als ihr Boss den mit Gold veredelten Cupcake auf die Karte setzte, war ihr eigentlich klar gewesen, dass die Promis und Angeber der Stadt ihn haufenweise bestellen würden. Und das einfach nur, weil sie es konnten.

Und damit sie für ein Instagram-taugliches Foto mit Royce Preston posieren konnten, dem Promikoch aus dem Fernsehen und dem Arschloch, das ihre Gehaltsschecks unterschrieb.

Jede Woche schalteten Millionen Fans *Kitchen Boss* ein, seine Kochshow, um sich eine Portion von seinem geschwätzigen Charme reinzuziehen. Sie hatten ja keine Ahnung, dass der genauso falsch war wie seine Haare. Sobald die Kameras abgeschaltet waren, verwandelte er sich wieder in einen streitsüchtigen Widerling, der die meisten seiner Rezepte von seinen Angestellten klaute. Liv hatte es irgendwie geschafft, ein Jahr in seiner Küche zu überleben, vermutlich weil sie für reiche Angeber nur Verachtung übrighatte. Schon in ihrer Jugend hatte sie auf Belehrungen von Autoritätsfiguren stets mit sturem Schweigen reagiert. Wer hätte gedacht, dass ihre rebellische Teenagerzeit ihr eines Tages noch mal nützen würde?

Gerüchten zufolge war der heutige Cupcake-Blödmann ein Nachtclubbesitzer. Liv kannte sich da nicht aus. Nachtclubs waren nicht ihr Ding. Wegen der Leute. Leute waren auch nicht ihr Ding.

Plötzlich klopfte ihr eine Mitgefangene, äh, Kollegin auf die Schulter. «Du glaubst nicht, dass dein Können tausend Dollar wert ist?», fragte Riya Singh.

«Mein Können ist sehr viel mehr wert. Nur eben der bescheuerte Cupcake nicht. Jeder, der einen bestellt, sollte gezwungen werden, einen Scheck für wohltätige Zwecke auszustellen. Für Leute, die sich überhaupt kein Essen leisten können.»

«Angefangen bei Royce.»

Als ob. Männer wie Royce spendeten nicht an karitative Einrichtungen. Sie horteten ihr Geld, protzten damit. Nutzten es für Bestechungen, damit ihre Kinder auf ein Elitecollege gehen konnten. Und er verdiente höllisch viel Geld. In einem Monat würde das erste *Kitchen-Boss*-Kochbuch herauskommen – ein Kochbuch voll geklauter Rezepte. Von ihr selbst war auch eins drin, ein Baklava mit Granatapfelkernen und Honig.

«Ich verstehe echt nicht, warum du nicht kündigst und das Angebot deiner Schwester annimmst», sagte Riya. «Du könntest diesen Laden ein für alle Mal hinter dir lassen. Der Rest von uns bleibt nur, weil wir keine andere Wahl haben.»

Thea hatte ihr schon ein Dutzend Mal das nötige Geld angeboten, damit sie ein eigenes Restaurant eröffnen konnte. Sie war mit einem Baseballspieler der Major League verheiratet, der entsprechend gut verdiente. Niemand, einschließlich Thea, konnte nachvollziehen, dass Liv nicht mit fremdem Geld zu Erfolg kommen wollte. Sonst könnte sie genauso gut ihren reichen Vater anrufen und endlich seine ewigen Angebote annehmen, mit denen er sich wieder Einlass in ihr Leben erkaufen wollte. Doch sie wollte sein vor Schuldgefühlen triefendes Geld nicht.

Sie hatte zu hart gearbeitet und zu vieles überstanden, um jetzt den leichten Weg zu wählen, fand sie. Man brauchte Tatkraft und Talent, dann konnte man es auch aus eigener Kraft schaffen, und genau das würde sie tun. Wenn sie noch ein Jahr hier durchhielt, würde sie sich anschließend im gnadenlosen Restaurantgewerbe ihre nächste Stelle aussuchen können, denn jeder wusste, dass jemand, der Royce überlebt hatte, mit allem fertigwerden konnte. Die Tage im *Savoy* waren ein Kampf, aber Liv hatte zu viel investiert, als dass sie ihre Karriere aufs Spiel setzte, indem sie ihrem Chef den Frühstückssmoothie mit Rattengift aufpeppte.

Nicht, dass sie daran schon mal gedacht hätte. Nope. Ganz bestimmt nicht.

Jessica Summers, eine junge Empfangsdame, die gerade vor einem Monat angefangen hatte, kam angeschlichen und biss sich auf die Lippe. «So sieht er aus?», fragte sie atemlos staunend.

«Jep.»

«Bisher wurde in meiner Schicht noch keiner bestellt. Man kann das Gold wirklich essen?» Mit großen Augen beugte sie sich über den Cupcake. «Wie schmeckt denn das?»

«Nach unverhohlener Gier.»

Jessica blinzelte. «Ist das gut?»

«Reiche Leute mögen es.»

Die Schwingtüren wurden aufgestoßen. Alle hielten den Atem an, als Royce hereinrauschte. Er trug wie immer einen Maßanzug, ein blütenweißes Hemd, bei dem die obersten drei Knöpfe offen standen und ein paar Brusthaare sehen ließen, sowie eine Lederhalskette, die er angeblich von irgendeinem indigenen Stamm geschenkt bekommen hatte. Aber Liv würde kaltes hartes Bargeld darauf verwetten, dass es aus einem Andenkenladen in der Innenstadt stammte.

«Olivia», schnauzte Royce, denn er weigerte sich, wie alle anderen die Kurzform zu verwenden. Das war für ihn irgendein bizarres Machtspielchen.

Jessica schluckte mühsam und schloss die Augen, als Royce auf sie zukam. Armes Mädchen. Sie würde nicht lange durchhalten, wenn sie nicht mal seinen harschen Ton ertrug. Man durfte sich einfach nicht davon einschüchtern lassen.

«Wird er rechtzeitig fertig?», knurrte Royce.

«Habe ich mich jemals verspätet?»

Eine helle Röte breitete sich über sein Gesicht aus. Er blickte sie von oben bis unten an und schüttelte den Kopf. «Machen Sie sich sauber. So können Sie den Sultan nicht rausbringen.»

Großartig. Sie musste diese goldstrotzenden Monstrositäten nicht nur herstellen, sie musste auch noch hinter seiner Majestät herdackeln, um sie den Gästen zu servieren. Royce ging es vor allem um die Show. Liv sah an sich hinunter. Ihr Kittel war mit Schokolade beschmiert. Berufsrisiko. Royce schnippte vor Riyas Nase mit den Fingern. «Geben Sie ihr Ihren Kittel. Los. Machen Sie schon.»

Liv seufzte lautlos. Während sie die Kittel tauschten, warf sie ihrer Freundin einen entschuldigenden Blick zu.

«Zurück an die Arbeit», befahl er Riya anschließend und rauschte wieder hinaus.

Jessica atmete auf, und Liv hätte schwören können, dass in ihren Augen Tränen glänzten. Oh Mann, sie würde dem Druck definitiv nicht lange standhalten. *Ich muss ihr helfen, einen anderen Job zu finden, bevor sie einen Nervenzusammenbruch kriegt.*

Und bevor ich doch noch zum Rattengift greife.

Vorsichtig hob Liv das Tablett mit dem Cupcake an und ging damit zur Tür, wo Royce auf sie wartete. Sie versuchte, nicht zu offensichtlich mit den Augen zu rollen, als er bellte, dass sie es gefälligst nicht fallen lassen solle.

Als wäre ihr das schon mal passiert!

Sowie sie das Restaurant betraten, verwandelte sich Royce in den allseits beliebten, entspannten Typ aus der Kochshow im Fernsehen. An den Tischen hinter ihnen wurde aufgeregt geflüstert, und er schwelgte darin, die

Herzlichkeit in Person, winkte Leuten zu oder machte das Peace-Zeichen. Handykameras fingen jede seiner Gesten ein, und Liv tat, als wäre sie stolz auf das protzige Machwerk, das sie hinter ihm hertrug. Das Tablett hielt sie auf der rechten Hand in die Höhe, das Gesicht eine lächelnde Maske, hinter der sie sich wünschte, Royce möge in Flammen aufgehen. Sie folgte ihm in den VIP-Bereich, wo eine rote Samtkordel die Auserwählten von den Normalsterblichen trennte. Liv ließ Royce natürlich als Ersten an den Tisch treten, das war schließlich seine Show. Drei Schritte hinter ihm blieb sie stehen. Im gedämpften Licht erkannte sie zwei Gäste an dem Tisch, einen breitschultrigen Mann mit Jackett und eine Frau mit glänzenden Haaren und klugen Augen. Wer immer der Kerl war, er trug für sein Date dick auf. Auf ihren Tellern lagen die Reste von Steak, Hummer und Trüffelpastete.

«Meine Freunde», sagte Royce in seiner besten TV-Moderator-Stimme. «Ich präsentiere Ihnen den Sultan.»

Der Mann drehte sich zu ihnen und – oh Scheiße. Liv kannte ihn.

Wie hieß er noch gleich? Mike? Nein. Mack. Brad Mack? *Braden.* Braden Mack. Er war ein Freund ihres Schwagers Gavin. Der Kerl, der Gavin in irgend so einen komischen geheimen Liebesroman-Buchclub für Männer geschleppt hatte, um ihm zu helfen, Thea zurückzugewinnen. Vor allem aber war er der Wichser, der sich einfach ihren Rest chinesisches Essen aus dem Kühlschrank genommen und verspeist hatte, gleich bei ihrer ersten Begegnung. Das Lo Mein sollte damals ihr Abendessen werden. Sie hatte sich den ganzen Tag lang darauf gefreut. Was für ein Mensch aß einem anderen das Abendessen weg? Offenbar einer, der kein Problem damit hatte, tausend Dollar für einen Cupcake auszugeben.

Der Typ stand auf und streckte die Hand aus. «Royce. Schön, Sie zu sehen.»

Natürlich. Natürlich kannte er ihren Boss. Denn ein Typ, der das Monatseinkommen eines gewöhnlichen Menschen für ein Abendessen verschwenden konnte, verkehrte ganz bestimmt in denselben Kreisen wie Royce Preston.

Royce schüttelte Mack die Hand, und sie machten dieses Männerding mit Halbumarmung und Rückenklopfer. «Ich hatte keine Ahnung, dass Sie hier sind. Ich werde ein Wort mit unserer Empfangsdame reden müssen.»

Oh nein. Die arme Jessica. Vielleicht blieb noch Zeit, sie zu warnen, bevor Royce ihr den Kopf abriss.

«Das ist Gretchen Winthrop.» Mack deutete galant auf seine Begleiterin. «Sie ist Anwältin.»

«Anwältin, hm?»

Die Frau gab Royce die Hand. Anstatt sie zu schütteln, zog er sie an die Lippen und küsste sie auf die Knöchel. «Schön *und* intelligent. Es ist mir ein Vergnügen.»

Ich kotze gleich, dachte Liv.

Die Frau zog sanft ihre Hand weg. «Gleichfalls.»

Nur dass sie das nicht ernst zu meinen schien. Liv mochte sie sofort. Gretchen Winthrop war zu klug für die beiden Blödmänner.

«Wie läuft das Geschäft?», fragte Royce, als Mack sich wieder hinsetzte.

«Bestens. Habe gerade ein Gebäude im alten Industrieviertel gekauft.»

«Das waren Sie?»

«Das war ich.»

«Ich hatte die Immobilie selbst ins Auge gefasst.»

Mack breitete bedauernd die Arme aus. «Tut mir leid. Ich überlege, dort ein Restaurant aufzumachen.»

«Ah, Sie erweitern Ihr Imperium. Beeindruckend. Unterhalten wir uns doch mal und sehen, ob wir vielleicht etwas gemeinsam auf die Beine stellen können.»

Das war der unverbindliche Alles-ist-möglich-Quatsch, den Royce jedem reichen Mann auftischte, der ins *Savoy* kam. Doch er machte nie Ernst. Er teilte mit niemandem sein Geld oder das Rampenlicht.

«Ich unterbreche nur ungern», sagte Gretchen, «aber mir ist nicht wohl dabei, dass Ihre Mitarbeiterin die ganze Zeit mit dem Dessert da stehen muss. Sie kann das Tablett doch einfach absetzen, oder?»

Royce warf Liv einen trügerisch neutralen Blick zu, in dem sie allerdings Wut kochen sah. Seine linke Braue zuckte beinahe unmerklich. Dann setzte er ein breites Lächeln auf. «Natürlich. Olivia, wären Sie so gut?»

Den Blick auf alles, nur nicht auf Mack, gerichtet, schritt sie an den Tisch und senkte das Tablett so weit, dass Gretchen den Cupcake bewundern konnte. Dabei hielt sie den Kopf zur Seite gedreht, weg von Mack, obwohl er sie wahrscheinlich sowieso nicht erkennen würde. Ihre lockigen Haare steckten unter der Kochmütze, und Mack hatte sicher nicht groß auf ihr Gesicht geachtet, als er ihre Nudeln futterte.

«Der Sultan ist das Dessert, für das unser Haus berühmt ist. Wir verwenden Schokoladensorten aus zwölf verschiedenen Ländern», erklärte Royce. «Es ist mit einem Champagnergelee gefüllt, mit Blattgold verziert und wird mit einem Löffel aus vierundzwanzigkarätigem Gold und einer Kugel Eis serviert, in der beste ugandische Vanille steckt.»

«Wow», sagte Gretchen – und ihr Ton war dabei so trocken, dass Liv beschloss, Gretchen zu ihrer neuen besten Freundin zu machen. «Ich habe beinahe Skrupel, es zu essen.»

«Wie wär's mit einem Foto?» Royce ging hinter Gretchens Stuhl in Pose.

Nur ein einziges Mal wollte Liv erleben, dass jemand ablehnte.

Und – oh mein Gott – heute war es so weit.

«Oh, das ist – nein, danke», sagte Gretchen, und irgendwo über ihnen begannen die Engel zu singen. Wenn Liv doch nur Gedanken übertragen könnte, denn in ihrem Kopf schrie sie: *Du bist meine beste Freundin.*

Royce' Augenbraue zuckte wieder. Es war schlimm genug, dass eine Frau sich nicht mit ihm fotografieren lassen wollte, aber vor einer Angestellten zurückgewiesen zu werden … Verdammt, das Gebrüll würde heute Abend echt laut werden. Aber das war es definitiv wert.

Liv räusperte sich leise und wollte gerade das Tablett absetzen, als …

«Hey, ich kenne dich.» Mack beugte sich vor und musterte ihr Gesicht. «Du bist Theas Schwester.»

Ohne abzuwarten, ob sie das bestätigte oder verneinte, nickte er seiner Begleiterin zu. «Das ist ja toll. Ich hatte keine Ahnung, dass sie hier arbeitet. Ich habe dir doch von Gavin erzählt, nicht wahr? Das ist seine Schwägerin.»

«Freut mich, Sie kennenzulernen», sagte Gretchen. «Ich würde Ihnen ja die Hand geben, aber Sie haben gerade keine frei. Das sieht übrigens köstlich aus. Vielen Dank.»

Liv lächelte. «Freut mich auch.»

Royce räusperte sich laut. Oh Scheiße. Sie hatte es gewagt, etwas zu sagen. Das war schlecht. Dafür würde sie später die Quittung kriegen.

«Ich schwöre, ich wusste nicht, dass du hier arbeitest», beteuerte Mack, ohne zu ahnen, was er anrichtete. «Gavin hat nur erzählt, du hättest einen Job in einem Restaurant in der Innenstadt.»

«Olivia arbeitet seit mehreren Monaten für mich», erklärte Royce, um nicht weiter außen vor zu bleiben.

«Seit einem Jahr», korrigierte Liv leise. Royce räusperte sich wieder. Leise, aber die Botschaft war eindeutig: *Du bist so was von tot.*

Mack stand plötzlich auf. «Wir sollten ein Foto machen. Ich schicke es Gavin.»

Liv sah hastig zu Royce, dessen gezwungenes Lächeln andeutete, dass er ganz und gar nicht glücklich darüber war, in den Schatten gestellt zu werden. Er teilte das Licht der Kameras nicht.

«Das ist sehr nett», sagte Liv ruhig. «Aber ich ziehe es vor, hinter den Kulissen zu bleiben.»

«Kommt nicht in Frage», widersprach Mack. «Du solltest die Anerkennung für deine Arbeit kriegen.»

Liv stellte sich vor, wie Dampf aus Royce Ohren schoss und sein Toupet fliegen ließ, doch er war zu sehr Showmaster, um etwas anderes zu tun, als zu lächeln und zu sagen: «Absolut. Olivia, bitte.»

Oh Mann. Dafür würde sie teuer bezahlen. Dass sie Mack durch nichts ermuntert hatte, spielte keine Rolle. Royce würde es ohnehin anders sehen.

«Moment», sagte Mack. «Was ist dir lieber, Liv oder Olivia? Gavin nennt dich immer nur Liv.»

«Tatsächlich Liv. Aber Royce spricht mich mit Olivia an.»

«Warum?»

Liv blickte auf. «Ja, Royce. Warum?»

Sein aufgesetztes Lächeln war so kalt, es summte praktisch *Ice Ice Baby.*

Mack zuckte die Achseln und reichte sein Handy über den Tisch an Royce. Liv fiel die Kinnlade herunter. Er … bat *Royce,* die Aufnahme zu machen? Niemand nahm sich das heraus. Niemand. Oh mein Gott, jetzt bloß nicht grinsen! Nicht grinsen! Wenn sie auch nur mit den Mundwinkeln zuckte, würde sie den Cupcake nicht servieren, sondern ins Gesicht kriegen.

Royce nickte, weiterhin freundlich, aber Liv kannte dieses Lächeln. Dahinter brodelte Zorn. Und den würde sie später abkriegen, samt fliegenden Speicheltröpfchen und Sprüchen wie *Ich hab schon rohe Lammhaxen gesehen, die klüger waren als du.* Aber was zum Teufel sollte Liv denn tun? Mack das Tablett an den Kopf knallen und fliehen?

Eigentlich … eine verlockende Idee.

Mack ging um den Tisch herum und stellte sich neben Liv, warf einen Arm um ihre Schultern und …

Das Tablett wackelte auf ihrer Hand. Sie versuchte, es auszugleichen, es mit der anderen zu stabilisieren, doch ihre Reflexe waren zu langsam.

Nahezu in Zeitlupe entfaltete sich die Horrorszene vor ihren Augen. Sie sah zu, wie der Cupcake zum Rand des Tabletts rutschte und für einen Moment auf der Kante kippelte wie ein Auto in einem Actionfilm, das noch rechtzeitig bremsen kann und dann doch in den Abgrund stürzt.

Es dauerte nur einen Moment. Aber er war lang genug, um ihre Karriere an sich vorbeiziehen zu sehen. Lang genug, sich all die Dinge auszumalen, die sie Braden Mack für das hier antun würde. Lang genug für ein einzelnes, gedehntes Wort: «Fuuucck».

Dann machte die Schwerkraft ihr Ding.

Und der Cupcake landete in Gretchens Schoß.

«Oh mein Gott, es tut mir so leid.» Liv fiel neben Gretchen auf die Knie.

«Schon okay», sagte die und hob die Hände, die mit dem dunklen Frosting des Cupcakes bedeckt waren.

«Das war meine Schuld», erklärte Mack. «Ich habe ihr das Tablett aus der Hand geschlagen.»

«Olivia, in die Küche», blaffte Royce. «Wir werden für Sie einen neuen Sultan zubereiten.»

«Das ist nicht nötig», erwiderte Gretchen und beförderte den Cupcake von ihrem schokoladenbeschmierten Schoß auf ihren Teller.

«Darf ich Ihnen helfen, das sauber zu machen?», bat Liv. «Bitte. Lassen Sie mich …»

Royce fiel ihr ins Wort. «Selbstverständlich geht Ihr Essen heute Abend aufs Haus.»

Liv stöhnte.

«Und bitte erlauben Sie mir, für die Reinigungskosten Ihres Kleides aufzukommen.»

«Wirklich, das ist nicht nötig», wehrte Gretchen ab. «Das war nur ein Missgeschick.»

«Es war meine Schuld», betonte Mack noch einmal.

«Mein Personal ist geschult, in jeder Situation richtig zu reagieren», sagte Royce. «Offensichtlich ist das heute nicht gelungen. Wir werden das wiedergutmachen.»

«Es gibt nichts wiedergutzumachen», widersprach Gretchen ruhig. «So etwas kann passieren.»

«Wir schicken sofort jemanden, der das Chaos beseitigt.»

«Es tut mir so leid», sagte Liv noch einmal zu Gretchen.

«Das wäre alles, Olivia», hörte sie Royce sagen.

Sie warf Mack noch einen mörderischen Blick zu, bevor sie das Tablett an sich nahm. Dann drehte sie sich um und lief im Schnellschritt Richtung Küche, ohne sich noch einmal umzusehen. Ihr blieben schätzungsweise neunzig Sekunden, bis Royce sie einholte. Das reichte vielleicht, um sich etwas zu beruhigen.

Sie ging direkt in den Umkleideraum und zog sich die Mütze vom Kopf. Als Riya hereingehastet kam, sank sie gerade auf die Bank vor ihrem Spind.

«Was ist passiert?», fragte sie und knöpfte sich den Kittel auf, um ihn Liv zurückzugeben.

«Du solltest dich nicht mehr mit mir sehen lassen.»

«Mist, warum das denn?»

«Ich habe ihn fallen lassen!»

Riya zuckte zusammen. «Oh Liv.»

Als die Schwingtüren gegen die Wand knallten, fuhren beide erschrocken zusammen. «OLIVIA!»

Liv wappnete sich. Hoch aufgerichtet stand sie da, als

Royce hereinplatzte. Er bebte vor Wut und war krebsrot im Gesicht.

«Sie», er zeigte auf Riya, «raus hier.»

Riya drückte mitfühlend Livs Arm und ging.

Royce hob drohend einen Finger. «In meinem Büro. In zwanzig Minuten.»

Dann drehte er sich um, und beim Hinausstürmen brüllte er: «Schickt Jessica zu mir!»

◆ ◆ ◆

Scheißescheißescheiße.

Mack wäre Liv beinahe nachgelaufen, um sich noch mal zu entschuldigen, aber dann fiel ihm Gretchen ein. Er drehte sich nach ihr um und sah sie mit ihrer Serviette das Frosting von den Fingern wischen.

«Wie geht es dir?» Er ging neben ihr auf ein Knie.

«Ich habe einen Cupcake auf den Schoß bekommen, Braden. Ich wurde nicht angeschossen.»

«Ja, aber so habe ich mir den Abend nicht vorgestellt.»

«Ich mache mir mehr Sorgen darüber, wie dieser Abend für deine Freundin Liv ausgehen wird.»

«Sie ist nicht meine Freundin.»

Gretchen blickte ihn stirnrunzelnd an. Mack beeilte sich, die Bemerkung zu erklären. «Ich meine damit, dass ich sie kaum kenne. Aber ja, natürlich hoffe ich auch, dass sie keinen Ärger bekommt.»

Gretchen stützte die Hände auf die Armlehnen, um aufzustehen. «Ich gehe mich frisch machen.»

«Klar. Natürlich.» Mack erhob sich und zog ihr den Stuhl zurück.

Wie viel Schaden ihr Kleid genommen hatte, wurde deutlich, als sie vom Tisch wegtrat. Die feine grüne Seide hatte einen großen dunkelbraunen Fleck. Nach allem, was er über empfindliche Stoffe wusste, war das Kleid nicht zu retten.

Er schlüpfte aus dem Jackett. «Möchtest du das überziehen?»

Sie schüttelte lächelnd den Kopf. «Ich denke, dadurch würde ich nur noch mehr auffallen.»

Mack schaute ihr nach, dann setzte er sich wieder hin. Na großartig. Wirklich großartig. Es war so gut gelaufen bis zu dem Zwischenfall.

Zwei Hilfskellner in Schwarz kamen mit Eimern und nassen Lappen. Nachdem sie sich für die Umstände entschuldigt hatten, hoben sie Teller und Löffel vom Boden auf, wischten geschmolzene Eiscreme weg und reinigten Gretchens Stuhl.

Mack machte ihnen Platz und räusperte sich leise. «Wissen Sie, äh, wissen Sie, ob die Frau, die den Cupcake gemacht hat – wird sie Ärger bekommen?»

Die jungen Männer wechselten einen nervösen Blick, mit dem sie sich wortlos verständigten. Einer zuckte die Achseln und schüttelte den Kopf. «Dazu können wir nichts sagen.»

Als sie gingen, warf Mack zwei Zwanziger auf den Tisch. Nur weil er das Essen nicht zu bezahlen brauchte, sollte das Personal nicht leer ausgehen.

Ein paar Minuten später kehrte Gretchen zurück. Anstelle des Schokoladenfrostings hatte sie nun einen nassen Fleck auf dem Kleid.

«Wollen wir gehen?», fragte Mack. «Ich dachte, ich fahre dich nach Hause, damit du dich umziehen kannst, und dann …»

«Mack.» Sie schnitt ihm ruhig das Wort ab. «Wie viel hat der Cupcake gekostet?»

Ah, Scheiße. Jetzt sollte er besser nichts Falsches sagen. «Warum?»

«Eine Frau auf der Toilette hat mir erzählt, dass der Sultan tausend Dollar kostet. Ist das wahr?»

Mack fühlte sich wie am Rand eines Minenfelds. Also tastete er sich erst mal nur mit einem kleinen Schritt voran. «Ich wollte, dass du das volle *Savoy*-Erlebnis bekommst.»

Gretchen fächelte sich Luft zu, als wäre sie einer Ohnmacht nahe. «Oh mein Gott», hauchte sie. «Du wolltest tausend Dollar für einen *Cupcake* ausgeben?»

«Jeder, mit dem ich gesprochen habe, meinte, das sei er wert.»

«Kein Cupcake ist tausend Dollar wert!»

Er lächelte und versuchte, die Blicke der anderen Gäste zu ignorieren. «Dann ist es ja gut, dass wir nicht bezahlen mussten, oder?»

Ups. Er war auf eine Mine getreten. Gretchen nahm ihre Handtasche, und ihre Bewegungen hatten etwas Endgültiges, das ihm den Schweiß ausbrechen ließ.

Gretchen erhob sich, und Mack tat es ihr nach. «Es tut mir leid, wenn das übertrieben war. Ich wollte bloß, dass der Abend perfekt wird.»

Sie schüttelte den Kopf. «Ich muss gehen.»

Er folgte ihr, als sie den Tisch in Richtung des Ausgangs verließ. Sie wollte definitiv gehen.

«Gretchen, warte.» Auf der Treppe holte er sie ein. «Möchtest du nach Hause und dich umziehen?»

Sie lächelte, schüttelte aber den Kopf. «Ich denke, ich rufe mir ein Uber.»

Mack ging einen Schritt voraus, um ihr die Tür aufzuhalten. Dann trat er hinter ihr nach draußen. «Lass mich dich heimfahren. Ich möchte nicht, dass der Abend so endet.»

Sie drehte sich um und legte die Hand auf seinen Arm. «Ich sollte ehrlich zu dir sein.»

Verdammt. Das klang nicht gut. Das klang, als würde sie gleich mit ihm Schluss machen. Aber was wusste er schon? Bisher hatte noch keine Frau mit ihm Schluss gemacht.

«Wir hatten viel Spaß miteinander.»

«Finde ich auch.»

«Aber ich denke, ich kenne dich nicht besonders gut.»

Er hätte mit allem gerechnet, aber nicht damit. Zwei Mal machte er den Mund auf und wieder zu, ohne etwas zu sagen. «Mich? Wieso das? Ich bin Mack. Ich bin ein offenes Buch.»

«Eigentlich nicht.»

«Was willst du wissen?»

Gretchen verschränkte die Arme. «Du hast mir von deinen Unternehmen erzählt, über deine Autos gesprochen, aber über dich selbst weiß ich nichts. Wir haben so viel miteinander geredet, aber wenn ich dich etwas über dein Leben frage, etwas Persönliches, das nicht nur an der Oberfläche kratzt, machst du dicht.»

«Nein, das tue ich nicht. Ich möchte nur lieber mehr über dich erfahren.»

«In den fünf Minuten mit Liv eben hast du mehr von dir preisgegeben als in drei Monaten mit mir.»

Er war noch dabei, das zu verarbeiten, als sie auf ihr Handy schaute. «Mein Fahrer ist fast da.»

«Ich lese Liebesromane», platzte er heraus.

Gretchen blickte auf. Sie blinzelte zweimal. «Du … liest Liebesromane.»

«Ja. In einem Buchclub zusammen mit anderen Männern, die sie auch heimlich lesen.»

«Äh, okay.»

«Du hast gesagt, du willst etwas Persönliches über mich wissen. Jetzt weißt du etwas.»

Sie zog die Brauen hoch. «Das ist … persönlich. Und es erklärt so einiges.»

«Was meinst du damit?»

«Die schicken Abendessen, die teuren Weine, die ständigen Blumen.» Sie klemmte sich ihre Tasche unter den Arm.

«Was ist damit?»

«Es ist perfekt.»

«Und perfekt ist schlecht?» Mensch, wieso hatte plötzlich jeder was gegen perfekt?

«Ja, wenn es nichts bedeutet.» Sie wandte sich ab, um nach dem bestellten Wagen Ausschau zu halten.

«Gretchen, warte. Wie kommst du auf die Idee, dass es nichts bedeuten würde?»

Sie drehte sich zu ihm um. «Weißt du, das alles ergibt jetzt Sinn. Der Sex mit dir war phantastisch, und ehrlich gesagt ist er einer der Gründe, weshalb ich so lange mit dir ausgegangen bin. Denn, wow, jedes Mal. Es fühlte sich an, als hättest du ein Lehrbuch über das weibliche Lustempfinden gelesen.»

Hatte er tatsächlich. Alles, was er über Sex wusste, darüber, wie man eine Frau befriedigte, das hatte er sich angelesen. Und bisher hatte er noch keine Beschwerden gehört. Er war stolz darauf, keine Frau unbefriedigt aus seinem Bett zu entlassen. «Wieso ist das schlecht?»

Ein Wagen hielt vor ihr am Straßenrand. Sie öffnete die hintere Tür und drehte sich noch mal um. «Weil keine Frau das Gefühl haben will, nach Lehrbuchanweisung flachgelegt worden zu sein. Irgendwann muss es sich echt anfühlen.»

Mack griff sich mit beiden Händen an den Kopf. Das passierte doch gerade nicht wirklich.

«Du verstehst es, um eine Frau zu werben, Mack. Aber ich bin mir nicht sicher, ob du weißt, wie man mit einer zusammen ist.»

Sie stieg ein, ohne ihm Gelegenheit zu einer Antwort zu geben. Nicht, dass ihm darauf etwas eingefallen wäre. Denn im Grunde hatte sie genau das Gleiche gesagt wie Gavin gestern.

Mack sah den Rücklichtern hinterher, bis sie im dichten Verkehr verschwanden.

Was war da gerade passiert?

Del hatte beschissene fünfhundert Dollar gewonnen. Das war gerade passiert.

KAPITEL 3

«Wenn ich da nicht lebend rauskomme, soll das hier dir gehören.»

Liv gab Riya ihren besten Schneebesen. Die nahm ihn entgegen, ohne irgendwelche blödsinnigen Plattitüden von sich zu geben, und Liv mochte sie dafür umso mehr. Jeder wusste, was es hieß, wenn man zu Royce ins Büro gerufen wurde. Selbst wenn sie hinterher ihren Job noch haben sollte, stand sie jetzt offiziell auf seiner Abschussliste. Also würde ihr Leben so oder so ein einziger Haufen Scheiße werden. Sie würde die schlimmsten Schichten kriegen (nicht, dass es im *Savoy* gute gäbe), die nervigsten Aufgaben erledigen und sich die gemeinsten verbalen Ausfälle anhören müssen. Ein Jahr harte Arbeit, ein Jahr, in dem sie diesen ganzen Mist klaglos ertragen hatte, und plötzlich zählte das nichts mehr.

Wegen Braden Mack.

Liv verzog die Lippen. Vermutlich war es unfair, ihm die Schuld zu geben, aber das wäre alles nicht passiert, wenn er den blöden Cupcake nicht bestellt hätte. Er verdiente es, für *irgendetwas* die Schuld zu bekommen.

Riya umarmte sie hastig. «Viel Glück.»

«Das wird mir jetzt auch nicht mehr helfen.»

«Stimmt, aber ich fände es unhöflich zu sagen: ‹Besser du als ich.› Nichts für ungut.»

«Schon klar.» Wären sie in der umgekehrten Situation, würde Liv genauso empfinden. Im *Savoy* war jeder sich selbst der Nächste, ob man befreundet war oder nicht.

Liv fuhr mit dem Aufzug in den dritten Stock, wo sich die Büros befanden. Die Tür öffnete sich am Ende eines langen dunklen Flurs – wenn das kein böses Omen war. Die meisten Verwaltungsangestellten waren schon vor Stunden nach Hause gegangen, und ihre Computermonitore warfen einen gespenstischen bläulichen Schein in die Arbeitsnischen. Liv war erst zweimal hier oben gewesen. Das erste Mal, als sie eingestellt wurde und einen Haufen Papiere samt Geheimhaltungsvereinbarung unterschreiben musste. Damals fand sie das übertrieben, aber jetzt verstand sie es. Royce konnte sein makelloses Image nur wahren, wenn alle, die ihn hinter den Kulissen kannten, den Mund hielten.

Das zweite Mal war sie hier gewesen, weil sie an einem Sensitivitätstraining für das Küchenpersonal teilnehmen musste, das sich als einstündiger Test ihrer Selbstbeherrschung entpuppte. Hatten diese Leute je erlebt, wie sich Royce in der Küche aufführte? Die Mitarbeiter der Personalabteilung waren entweder total ahnungslos oder absolut scheinheilig.

Royce' Büro lag am Ende des Flurs. Es nahm die gesamte Breite ein und ging vorn auf die Straße hinaus. Bei den letzten beiden Malen konnte sie durch eine Glaswand hineinsehen, die Royce wahrscheinlich hatte einbauen lassen, um mit seiner Luxusbude anzugeben und damit sich die Loser in den Nischen noch mieser fühlten. Heute Abend hatte er jedoch die Jalousien geschlossen.

Liv zwang sich, weiterzugehen. Sie musste die Sache hinter sich bringen. Was immer sie da drinnen erwartete, sie würde damit fertigwerden. Die Bürotür war bloß angelehnt, sodass ein schmaler Streifen Licht in den Flur fiel. Liv hob die Hand, um anzuklopfen, doch da hörte sie drinnen leise Stimmen und hielt inne.

«Bitte, Royce. Es tut mir leid. Ich wusste nicht, dass ich Ihnen Bescheid sagen muss, wenn er hier ist.»

Um Himmels willen. Er traktierte noch immer die arme Jessica?

«Magst du deinen Job?», fragte er.

«J-ja.»

«Und möchtest du ihn behalten?»

«Ja, aber nicht so. Bitte.»

Kalter Schweiß brach ihr aus. Was ging da drinnen vor? Sie schlich zur Seite neben die Tür, um nicht durch den Spalt gesehen zu werden, und lauschte.

«Ich muss wieder an die Arbeit», sagte Jessica.

«Deine Schicht ist vorbei, Schätzchen.»

«Aber ich habe noch ein paar Dinge zu erledigen.»

«Du bist Empfangsdame. Was sollten das für Dinge sein?»

«Ich … ich muss mich mit der Stechkarte abmelden und …»

«Du weißt, was du tun musst, um deinen Job zu behalten.»

Wut ließ Säure in Livs Magen hochkochen, und ihre Gedanken überschlugen sich. Was sollte sie tun? Auf keinen Fall durfte sie einfach weggehen. Sie würde es sich nie verzeihen, wenn sie das arme Mädchen dadrin sich selbst überließ. Aber Royce zu konfrontieren würde definitiv das Ende ihrer Karriere bedeuten. Er würde sie nicht bloß feuern. Er würde dafür sorgen, dass sie in der Branche nie wieder arbeiten konnte.

«Royce, warten Sie», flehte Jessica.

Liv hielt den Atem an. Was zum Teufel ging da vor? Ach verdammt, wem wollte sie eigentlich etwas vormachen? Sie wusste genau, was Royce von dem Mädchen wollte, und der ganze Ablauf klang ziemlich routiniert.

«Ich kann deine Karriere fördern», sagte er in diesem schleimigen Ton. Liv kam die Galle hoch, als sie sich vorstellte, was er damit meinte.

«Bitte, Royce. Ich muss gehen.»

«Du bist nicht daran interessiert … Neues zu lernen?»

«Ich will nur meine Arbeit machen.»

«Ich denke, du willst mehr als das.»

Es raschelte. Ein Schlurfen auf dem Teppich. Geflüster, das sie nicht verstand.

«Bitte, lassen Sie das», bat Jessica verzweifelt.

Liv hatte genug gehört. Sie stieß die Tür genau in dem Moment auf, in dem Royce seinen Mund gegen Jessicas zusammengepresste Lippen drängte.

«Hände weg, Sie widerliches Arschloch!»

Jessica riss sich keuchend los und taumelte erschrocken

rückwärts gegen den Schreibtisch, wobei sie das gerahmte Foto seiner Frau umstieß. Royce fuhr herum und …

«OH MEIN GOTT, ZIEHEN SIE SICH AN!»

Liv schlug sich die Hände vor die Augen, aber das Bild hatte sich bereits unauslöschlich in ihre Netzhaut gebrannt. Royce mit heruntergelassener Hose und sein schrumpeliger Penis schlenkernd wie ein Stück roher Kabeljau.

«Oh mein Gott. Ich habe ihn gesehen. Ich habe ihn gesehen. Ich brauche eine Therapie.» Dann riss sie sich zusammen, ließ die Hände sinken und sah Jessica an. «Geh. Du musst nicht hierbleiben. Ich habe alles gehört. Ich komme mit, wenn du ihn anzeigst.»

Jessica blinzelte hektisch. «Was …? Anzeigen?»

Royce packte gemächlich seinen Schwanz ein und zog den Reißverschluss zu. «Das geht Sie nichts an, Olivia. Ich schlage vor, Sie verlassen das Büro und kommen erst wieder, wenn ich Sie dazu auffordere.»

«Ich bin hier, weil Sie mich aufgefordert haben. Ein Glück für Jessica, dass Sie ein schlechtes Zeitgefühl haben.» Liv sah wieder zu ihr. «Die Personalabteilung hat eine Nummer für Notfälle nach Feierabend.» Liv blickte Royce mit schmalen Augen an. «Er wird nicht ungestraft davonkommen. Auch wenn das hier bestimmt nicht das erste Mal war.»

Royce kam langsam und drohend auf sie zu. «Sie sollten jetzt wirklich verschwinden.»

«Kommt nicht in Frage, Arschloch. Wie vielen Frauen haben Sie das schon angetan?»

«Passen Sie auf, was Sie sagen, Olivia», erwiderte er. Sein Ton hatte dabei fast etwas Spöttisches.

«Lass uns gehen, Jessica.» Liv bewegte sich rückwärts zur Tür.

«Nein.»

Die Weigerung – so leise und so zögernd sie auch war – hallte wie ein Peitschenknall durch den Raum. Liv *und* Royce sahen sie verblüfft an. «Was?»

«Es … es ist … nichts passiert», stammelte Jessica und zog ihre Bluse zurecht. «Du hast das missverstanden. Es ist ein Missverständnis. Ich … bin hereingeplatzt, als er, äh …»

«Gerade aus dem Bad kam», beendete Royce den Satz.

«Es gibt keinen Grund für eine Anzeige.» Jessicas Stimme schwankte.

Liv schnappte ungläubig nach Luft. «Ist das dein Ernst?»

«Es ist alles in Ordnung. Bitte …»

«Jessica, ich habe alles gehört. Du lieber Himmel, ich habe alles gesehen. Er hat dich sexuell belästigt. Das darf er nicht mit dir machen.»

«Nein, es ist in Ordnung. Ich bin in Ordnung. Bitte lass es einfach.»

«Er wird nicht aufhören! Wer weiß, wie vielen Frauen er das vor dir schon angetan hat und wie vielen nach dir?»

«Sie sind erledigt», fauchte Royce. «Ich war bereit, Sie nach dem Scheißdesaster vorhin um Ihren Job betteln zu lassen, denn trotz Ihrer Respektlosigkeit sind Sie eine gute Konditorin. Aber das war's. Sie sind erledigt. Sie sind gefeuert.»

«Nein», sagte Jessica. «Royce, bitte.»

Royce ging hinter den Schreibtisch, hob den Hörer vom Telefon und drückte einen Knopf. «In mein Büro.»

«Bitte, Royce», flehte Jessica und griff nach seinem Unterarm. Er riss ihn so heftig weg, dass sie ins Taumeln geriet.

«Es tut mir leid», sagte sie zu Liv. «Das wollte ich nicht.»

«Du kannst nichts dafür, Jessica.»

«Ich brauche den Job», erklärte sie flehend. «Du darfst das niemandem erzählen. Es tut mir leid.»

Royce knallte den Hörer hin. «Schnauze, Jessica!»

Erschrocken wich sie vor ihm zurück.

Royce sah Liv an. In seinem Blick standen Wut und Selbstzufriedenheit. «Sie werden nie wieder in dieser Branche arbeiten, Olivia. Sie sind erledigt!»

«Damit haben Sie schon vielen gedroht, nicht wahr?»

«Ich brauche nicht zu drohen, ich kann es versprechen.»

«Genau wie ich. Und ich verspreche Ihnen, wenn Sie sie noch einmal anfassen, werden Sie bis an Ihr Lebensende Blut pissen.»

Royce wurde feuerrot, und Liv hatte plötzlich das Bild eines Lava spuckenden Vulkans vor Augen. Igitt. Nein. Sie wollte nicht an Royce und spritzende Flüssigkeiten denken. Nie wieder.

Plötzlich nickte er jemandem hinter ihr zu. «Schafft sie raus.»

«Tut mir leid, Liv.» Eine feuchtkalte Hand legte sich um ihren Ellbogen. Geoff, einer der Sicherheitsleute.

Liv riss sich los. «Wisst ihr eigentlich, was er hier drin treibt?»

«Ich befolge nur Anweisungen», antwortete Geoff und nahm sie erneut beim Arm.

«Natürlich. Wie ein echter Mann.»

Liv drehte sich energisch um – und prallte mit dem Gesicht beinahe gegen die massige Brust von Sam, Geoffs Kollegen. Sie hob den Blick von seinem dicken Hals zu seinen pockennarbigen Wangen und begegnete schließlich seinen eisig blauen Augen.

Sie hatte immer vermutet, die Schlägertypen wären auch nur Show, denn nichts sagte so deutlich «Ich bin ein wichtiger, einflussreicher Mann» wie ein paar Bodyguards. Doch offenbar benutzte Royce sie auch, um frisch gefeuerte Mitarbeiter einzuschüchtern. Wie jetzt.

Sam schlang eine fleischige Pranke um ihren Oberarm. «Gehen wir.»

Mit einem Ruck machte Liv sich los. «Fass mich noch mal an, und du hast ein Ei weniger.»

«Passt auf, wenn sie ihren Spind ausräumt», sagte Royce. «Wenn sie versucht, etwas zu stehlen, ruft die Polizei.»

Liv fuhr herum. «Sagt der Mann, der ein Kochbuch voll geklauter Rezepte veröffentlicht. Das ist wirklich erbärmlich.»

Royce' Augen quollen so sehr hervor, dass Liv beinahe fürchtete, er hätte einen Anfall. «Schafft sie mir verdammt noch mal aus den Augen!»

Sam zog sie aus dem Büro.

«Du hängst nicht sehr an deinen Eiern, was?», fauchte Liv, wobei sie wieder versuchte, sich loszumachen. Diesmal packte er sie jedoch fester.

Am Ende des Flurs hielt Geoff die Fahrstuhltür offen. Er war aschfahl und blickte überall hin, nur nicht zu Liv. Sam hatte weniger Skrupel. Er stieß sie grob in den Aufzug.

Sie rieb sich die Stelle am Oberarm, wo er sie festgehalten hatte. «Wie viel zahlt er euch, damit ihr ihn deckt?»

Die beiden ignorierten sie und stellten sich breitbeinig vor sie, als hätten sie Angst, sie würde davonflitzen, sowie die Türen auseinanderglitten.

«Wisst ihr, was ich gerade da drinnen gesehen habe? Was er mit ihr gemacht hat?»

Mit einem Ton meldete der Fahrstuhl, dass er den zweiten Stock erreicht hatte.

«Ihr arbeitet für einen Sexualstraftäter. Wer weiß, was er ihr gerade antut!»

Mit sanftem Ruckeln und Bremsgeräusch hielt der Fahrstuhl im Erdgeschoss. Die Türen glitten zur Seite, und im nächsten Moment war das Schweigen in der Küche so laut wie die Livebands in der Grand-Ole-Opry-Show. Sam und Geoff traten rechts und links vor die Lichtschranke und ließen sie aussteigen.

Im Laufe ihres Jahres im *Savoy* hatte sie ein halbes Dutzend Angestellte diesen Weg der Schande gehen sehen, und nun, da sie an der Reihe war, fühlte sie sich schuldig, weil sie sich jedes Mal genauso verhalten hatte wie ihre Mitgefangenen jetzt. Die abgewandten Blicke. Das erleichterte *Ich-habe-noch-einen-Job*-Aufatmen, wenn sie vorbeigegangen war. Dieser Gestank von Angstschweiß. Liv hatte ihn in ihrer Zeit hier so oft gerochen, und nun war sie es, die stank.

Oder vielleicht waren es die Leibwächter. Sie stanken nach Einschüchterung und auch ein bisschen nach Salamisandwich. Was sie überraschte, denn sie hatte immer angenommen, dass Royce sie im Keller einsperrte, wo sie

Gewichte stemmten und sich nichts weiter als Eiweißpulver reinzogen.

Riya wagte sich als Einzige in die übelriechende Pestwolke, sie trat zu ihr und umarmte sie. «Es tut mir leid.»

«Ich werde es überleben.» Liv drückte sie fest und flüsterte dabei: «Pass gut auf dich auf.»

«Was meinst du damit?»

Sam gab Liv einen unsanften Schubs. «Los, weiter.»

«Wir sprechen uns bald», sagte Liv zu Riya. Ihre Freundin nickte, die Brauen besorgt zusammengezogen, und Liv kam ein Übelkeit erregender Gedanke. Was, wenn Riya die Nächste war? Oder wenn Royce sie bereits belästigt hatte? Liv blickte hastig durch die Küche zu all den absichtlich abgewandten Gesichtern. Wie vielen Kolleginnen hatte er sich schon aufgedrängt? Wie viele schwiegen darüber wie Jessica?

Und schlimmer noch: Wie viele ließ sie zurück, wie viele würden sich ihm allein stellen müssen?

Mit wütenden Schritten ging sie in den Umkleideraum, Sam und Geoff dicht hinter ihr. Zwei Frauen standen in einer Ecke zusammen und unterhielten sich leise. Sie verstummten sofort und eilten, den Blick zu Boden gerichtet, hinaus. Eine schien sich sogar die Hand vor die Nase zu halten.

«Du darfst deine persönlichen Sachen mitnehmen, aber alles andere bleibt hier», sagte Sam. «Und denk dran, dass du bei der Einstellung eine Verschwiegenheitserklärung unterschrieben hast.»

Geoff räusperte sich. «Falls nötig, kannst du davon eine Kopie bekommen.»

«Brauche ich nicht.» Liv tippte sich an die Schläfe. «Hab alles hier drinnen. Was im *Savoy* passiert, bleibt im *Savoy*, nicht wahr?»

«Jeder Verstoß gegen die Vereinbarung führt zu zivilrechtlichen Konsequenzen.»

«Sei lieber vorsichtig», sagte Liv. «Sonst verknotest du dir noch die Zunge.» Sie warf die Toilettenartikel aus dem Spind in ihre Reisetasche und hielt ihr Deo hoch. «Möchte das jemand? Es ist extra stark.»

Sam sah kaum hin. «Zurückgelassene persönliche Gegenstände werden weggeworfen.»

Liv zuckte die Achseln und warf das Deo in die Tasche. «Das war der diskrete Versuch, jetzt muss ich wohl deutlicher werden. Ihr stinkt.»

Sam zog eine Braue hoch. Geoff hielt die Nase an seine Achselhöhle.

«Liegt wahrscheinlich an den Steroiden. Das Zeug schadet dem Körper.» Liv schloss ihren Spind und hängte sich die Tasche über die Schulter. «War lustig mit euch, Jungs. Ihr könnt euch jetzt verziehen und von mir aus abkratzen.»

Ein paar Minuten später stürmte sie in die Nacht hinaus. Bei jedem wütenden Schritt, der sie durch die hell erleuchtete Gasse hinter dem *Savoy* der nächsten Straßenecke näher brachte, schlug ihr die Tasche gegen den Oberschenkel. Ihr Wagen stand zwei Blocks entfernt in einem Parkhaus, weil Royce sein Personal nicht hier hinten parken lassen wollte. Da wäre genug Platz, aber nein. Nur Royce parkte hier. Daher spielten seiner Angestellten nachts auf dem Broadway von Nashville Idioten-im-Vollrausch-Ausweichen. Wenigstens hatte sie die Scheiße jetzt hinter sich. Ihren nächsten Job würde sie sich möglichst weit weg von der Honky Tonk Row suchen.

Der saure Geschmack von Panik brannte in ihrem Rachen hoch. Ihr nächster Job … Gott, würde es überhaupt einen geben? Heilige Scheiße, es war tatsächlich passiert. Er hatte sie gefeuert. Ihre Gedanken rasten und drehten sich nur um eine Frage. *Was zum Teufel mache ich jetzt?*

Die Polizei anrufen? Er hatte sich Jessica aufgedrängt. Die hatte ihn gebeten, aufzuhören. Ihn angefleht. Und er hatte sie trotzdem geküsst. Ihre Wut kam zurück und verwandelte ihr Blut in brennende Lava. Liv schloss die Faust so fest um den Riemen ihrer Tasche, dass das Kunstleder knirschte. Männer wie Royce Preston glaubten, sie kämen mit allem durch. Und warum? Weil sie tatsächlich immer davonkamen. Und sie berauschten sich an dieser Macht.

Sie musste mit jemandem reden, durfte aber nicht. Nicht nur wegen der Verschwiegenheitserklärung, sondern auch weil Jessica nicht wollte, dass jemand davon erfuhr. Wie sollte Liv dann aber erklären, warum sie entlassen worden war? Alle würden denken, sie hätte es nicht drauf, sei im Höllenfeuer von Royce' Küche verbrannt wie so viele andere. Nun würde sie in ihrem Lebenslauf ewig diesen Makel haben, und das nach allem, was sie ertragen hatte.

Natürlich war das nichts, verglichen mit dem, was Jessica durchmachte. Warum wollte sie ihn nicht anzeigen? Warum wollte sie sogar weiter für das übergriffige Arschloch arbeiten?

An der Ecke angekommen, wartete sie, dass die Ampel auf Grün sprang. Scheißmänner.

«Liv?»

Sie drehte sich um.

Natürlich.

Braden Fucking Mack.

◆ ◆ ◆

«Was zum Teufel willst du?»

Als er Liv an der Ampel entdeckte, war ihm vieles in den Sinn gekommen, das sie sagen könnte, aber nicht das. Er war auf dem Weg zu seinem Club gewesen, weil der nur ein paar Blocks entfernt lag und weil der Gedanke, allein sein leeres Haus zu betreten, zu deprimierend war. Aber dann hatte er Liv gesehen, die auf die Kreuzung zuhastete, als stünde ihre Tasche in Flammen.

Die Ampel sprang mit einem Piepsen um, und Liv wandte sich ab, um die Straße zu überqueren. Sie wartete nicht mal seine Antwort ab.

«Liv, warte.» Er rannte hinterher.

Mitten auf der Straße blickte sie böse über die Schulter. «Folgst du mir etwa?»

«Nein. Ich will zu meinem Club. Und du?»

«Nach Hause.»

Die Vorahnung war wie ein bitterer Geschmack auf seiner Zunge. «Was ist passiert?»

Liv blickte sich suchend um. «Wo ist deine Begleiterin? Hast du sie noch schnell in den Kofferraum gesteckt oder was?»

«Sie ist nach Hause gefahren.»

«Die Glückliche.»

Sie erreichten den Bürgersteig, aber Liv hatte offenbar nicht die Absicht, langsamer zu werden, um mit ihm zu reden.

«Liv, warte doch mal.» Er griff nach ihrem Arm.

Sie fuhr wild herum. «Fass mich nicht an!»

Mack hob beschwichtigend die Hände. «Es tut mir leid. Mensch, bleib doch mal stehen. Rede mit mir. Was ist passiert?»

«Was glaubst du denn?», blaffte sie höhnisch.

«Oh, Scheiße. Er hat dich gefeuert? Gerade eben?»

«Nein, gestern. Ich bin bloß noch mal einen Tag für lau arbeiten gegangen, weil ich wusste, du würdest dort sein. Ich wollte etwas besonders Hübsches machen, um es deinem Date in den Schoß zu kippen.»

Wahrscheinlich hatte er den Sarkasmus verdient. Sie ging weiter.

«Liv, warte.» Das sagte er reichlich oft heute Abend. «Ich möchte etwas für dich tun. Komm mit in meinen Club. Ich geb dir einen aus.»

«Nein danke. Du hast genug getan.»

Gavin würde ihn dafür umbringen. «Ich kann dich wenigstens zu deinem Wagen begleiten.»

«Warum?»

«Es ist hier nachts gefährlich, wenn du allein unterwegs bist.»

Liv blieb mitten auf dem Bürgersteig stehen und sah ihm ins Gesicht. «Willst du mich verarschen?» Das war eindeutig eine rhetorische Frage, denn sie redete sofort weiter. «Ich brauche dich nicht. Ich gehe seit einem Jahr nachts allein zu diesem Parkhaus. Also zieh Leine und tu, was immer du tust, wenn du nicht gerade tausend Dollar für einen blöden Cupcake ausgibst.»

«Liv, es tut mir leid.»

Wieder wandte sie sich energisch ab, und diesmal kam ihm die Erleuchtung. Er konnte die Sache in Ordnung bringen.

«Warte.»

Sie stöhnte. «Was?»

Er lief um sie herum und ging rückwärts vor ihr her. Er konnte von Glück reden, wenn er nicht auf dem Hintern landete. «Ich werde dich einstellen.»

Liv stoppte so abrupt, dass ihr die Tasche von der Schulter rutschte. Einen Moment lang war sie sprachlos, dann warf sie den Kopf zurück und lachte.

«Was ist so lustig?»

«Ich werde nicht für dich arbeiten.» Sie schlang sich den Taschenhenkel wieder über die Schulter. «Lass mich durch.»

Er trat ihr in den Weg, als sie rechts an ihm vorbeiwollte.

«Liv, ich fühle mich schrecklich wegen dieser Sache. Bitte, ich will das in Ordnung bringen …»

Sie stieß ihn beiseite, und zum zweiten Mal an diesem Abend wurde er von einer Frau stehengelassen.

KAPITEL 4

Das Letzte, worauf Mack am nächsten Morgen Lust hatte, war, sich den Jungs beim Buchclubtreffen zu stellen, zumal es bei Gavin zu Hause stattfand. Doch wenn er nicht aufkreuzte, würden sie ihn mit Textnachrichten und obszönen GIFs bombardieren. Also ging kein Weg daran vorbei. Kurz vor zwölf Uhr mittags parkte er vor Gavins Haus, nahm sein Buch und die Pizza vom Beifahrersitz und stapfte die Verandastufen hoch, um an die Tür zu klopfen.

Von drinnen erklang ausgelassenes Bellen, kurz bevor die Tür aufschwang. Gavins Frau, Thea, lächelte ihn an und hielt ihren Hund fest, einen Golden Retriever namens Butter Ball.

«Hey», stieß sie etwas atemlos hervor. «Komm rein.»

Mack zögerte einen Sekundenbruchteil und suchte in ihrem Gesicht nach einem Hinweis darauf, ob sie ihn wegen Livs Entlassung verprügeln wollte. Als er kein Anzeichen für einen unmittelbar bevorstehenden Gewaltausbruch entdeckte, bückte er sich und hauchte ihr einen

Kuss auf die Wange. «Hallo, Thea. Danke, dass wir uns bei dir treffen dürfen.»

«Ist doch selbstverständlich. Die Jungs sind alle hinten.»

«Wo sind die Mädchen?» Gavin und Thea hatten Zwillinge, Ava und Amelia, die gerade vier geworden waren.

«Sie machen Mittagsschlaf, Gott sei Dank.» Thea lachte. «Eigentlich tun sie das gar nicht mehr, aber Gavin hat sie heute Vormittag ausgepowert. Er hat ihnen gezeigt, wie man einen Curveball trifft.»

Dieses Bild, das Thea da malte – von Familie und Glück und Zuhause –, versetzte ihm einen Stich und drückte noch mehr auf seine Stimmung. Gretchen hätte die Frau werden können, mit der er so etwas auch fand. Davon war er überzeugt.

Er trug die Pizza durch das Wohnzimmer zu den Fenstertüren, die auf die überdachte Terrasse führten. Dort saßen sie alle – Malcolm, Del, Derek, Gavin und der Russe.

Beim Geräusch der sich öffnenden Tür blickte Gavin über die Schulter. «Du bist spät dran, Alter», sagte er mit vollem Mund. Wie es aussah, verspeiste er grad einen Salat mit gegrillter Hähnchenbrust. Während der Saison ernährte er sich möglichst gesund. Was Mack ebenfalls nervte. Denn er wollte heute in Pizza und Bier schwelgen.

Mack ließ den Pizzakarton auf den Tisch fallen, griff in die Tasche seiner Shorts und zog die fünfhundert Dollar hervor, um sie Del zu geben.

Del wischte sich mit einer Serviette über den Mund. «Was ist das?» Er klang zugleich argwöhnisch und neugierig.

«Was glaubst du denn? Du hast die Scheißwette gewonnen.»

Die Jungs wurden still.

Del nahm das Geld. «Das heißt ... du und Gretchen ...?»

«Gratuliere», brummte Mack. «Ich glaube, sie hat mich gestern Abend abserviert. Zufrieden?»

Malcolm räusperte sich. «Du *glaubst*?»

«Ich schwöre, ich will mich nicht über dich lustig machen», sagte Gavin langsam, «aber wie kann man nicht wissen, ob man abserviert wurde oder nicht?»

Mack warf die Hände hoch. «Weil mir das bisher noch nie passiert ist, okay?»

Nach einem weiteren Moment der Stille brach diesmal schallendes Gelächter aus, so laut, dass die Fenster beinahe erzitterten. Gavin beugte sich vor Lachen vornüber, den Unterarm auf den Tisch gestützt.

«Ja, wahnsinnig lustig, ihr Arschlöcher.» Mack riss sich einen Stuhl heran und ließ sich hineinplumpsen.

Del schlug ihm auf die Schulter. «Es tut mir leid, Mann, aber verdammt. Willkommen in der realen Welt. Wie fühlt sich das an?»

«Beschissen, vielen Dank auch.»

«Wie kam es dazu?»

«Keine Ahnung. Eben war noch alles bestens, und plötzlich lässt Liv den dämlichen Cupcake fallen, und Gretchen macht sich mit einer lahmen Ausrede davon ...»

«M-m-moment», unterbrach Gavin, das Stottern – von seinem Ton ganz abgesehen – ein klares Zeichen, dass er plötzlich angespannt war. «Was hast du gerade über Liv gesagt? Was hat sie damit zu tun?»

Oh Scheiße. Deshalb hatte Thea an der Tür nichts dazu

gesagt. Sie und Gavin wussten noch gar nichts. Fuck. Mack schluckte mühsam und schaute in die Runde. «Sie, äh, sie hat euch nichts erzählt?»

«Nein, hat sie nicht», antwortete Gavin. «Und du hast dreißig Sekunden Zeit, um von Anfang an zu erzählen, oder du hast gleich noch ganz andere Sorgen als eine beendete Beziehung.»

Mack schluckte noch einmal. «Sie, äh … sie wurde gestern Abend entlassen.»

◆ ◆ ◆

Mack hatte in seinem Leben schon mit einigen einschüchternden Leuten zu tun gehabt, aber Thea Scott stellte sie alle in den Schatten. Sie war gerade mal eins sechzig groß und wog so viel wie eine mittelschwere Feder, doch wenn sie jetzt auch nur in seine Richtung zuckte, würde er sich in die Hosen machen.

Gavin hatte ihn vor einer halben Stunde nach drinnen gezerrt, damit er sie aufklärte. «Ich schwöre bei Gott, Thea, das ist alles, was ich weiß.»

Wie zum Teufel hätte er ahnen können, dass Liv ihrer Schwester nicht längst erzählt hatte, dass sie gefeuert wurde? Es war immerhin fast ein Uhr. Hilfesuchend schaute er zu den anderen, aber die hatten gerade etwas sehr Interessantes auf dem Boden, an der Wand oder im Garten entdeckt. Schöne Freunde waren das.

«Sie hat eben am Telefon gesagt, dass sie herkommt?», fragte Gavin seine Frau vorsichtig.

Thea nickte mit verschränkten Armen und biss die Zähne aufeinander.

«Onkel Mack, komm mit uns spielen!» Ava und Amelia flitzten mit Butter Ball ins Wohnzimmer. Ava warf die Arme um Macks Beine. Er hob sie kopfüber hoch und warf sie sich über die Schulter. Ava quietschte vor Vergnügen, und Amelia hüpfte und kreischte: «Ich auch, ich auch!»

Kinder waren ein Segen. «Wollt ihr Trampolin springen?»

«Ja!», schrien die Mädchen.

«Onkel Mack hat Hausarrest», sagte Thea. «Aber fragt doch einen der anderen, ob er mit euch in den Garten geht.»

Die Jungs konnten gar nicht schnell genug nach draußen kommen. Sie rannten alle gleichzeitig los und prallten an der Terrassentür zusammen. Malcolm schob Derek aus dem Weg. Derek fiel auf die Knie. Del rangelte mit Malcolm, um die Hand an die Klinke zu bekommen. Der Russe schlug sie weg und schaffte es, die Tür aufzureißen. Alle vier stürzten als feiger Haufen nach draußen. Einer schrie «Ich blute!», ein anderer antwortete «Egal, bloß weg!».

«Jetzt noch mal der Reihe nach und von Anfang an», sagte Thea, sobald auch die Mädchen im Garten waren.

«Ich habe sie im *Savoy* gesehen. Möglich, dass sie meinetwegen Ärger mit ihrem Boss gekriegt hat, und später …»

Gavin unterbrach ihn mit erhobener Hand. «Ärger mit ihrem Boss? Was heißt das?»

«Ich habe den Tausend-Dollar-Cupcake bestellt …»

Thea keuchte erstickt auf. Mack zuckte die Achseln. «Ich wollte Gretchen beeindrucken.»

«Was offenbar nach hinten losgegangen ist», meinte Gavin.

Mack zeigte ihm den Stinkefinger.

«Weiter», drängte Thea wütend.

«Jedenfalls musste sie das verdammte Ding selbst servieren, gehörte praktisch zur Show, und dabei habe ich sie erkannt und gesagt: ‹Hey, ich kenne dich›, und sie: ‹Nein, bestimmt nicht›, und ich: ‹Doch, du bist Gavins Schwägerin›, und ich habe sie Liv genannt, aber Royce nennt sie Olivia …»

«Verdammt noch mal», brummte Gavin. «Komm endlich zum Punkt.»

«Sie hat ihn fallen lassen», platzte Mack heraus.

Thea gab schon wieder dieses erstickte Geräusch von sich. «Den Cupcake?»

«In Gretchens Schoß.»

«Du meine Güte», hauchte Thea. Sie schwankte sogar ein wenig.

«Sie war *bei der Arbeit,* Mack», sagte Gavin. «Konntest du sie nicht einfach in Ruhe lassen?»

«Sollte ich sie etwa ignorieren? Wie unhöflich wäre das denn?»

«Zumindest hätte sie dann noch ihren Job!»

Es klopfte an der Haustür, Butter antwortete sofort mit enthusiastischem Bellen. Thea hob die Hand, und alle verstummten, einschließlich des Hundes. Mack schluckte und versuchte, seine aufgeregte Atmung in den Griff zu kriegen. Scheißescheißescheiße. Liv war da und würde so was von sauer auf ihn sein. Noch mehr als gestern Abend. Und eine stinkwütende Liv war vermutlich die einzige Person auf dieser Erde, die noch beängstigender war als eine stinkwütende Thea. Dabei war er sich ziemlich sicher, dass er gestern Abend nur eine kleine Kostprobe vom Gesamtausmaß ihrer Stinkwut abbekommen hatte.

Thea ging durchs Wohnzimmer in den Flur und zur Haustür. Butter sprang freudig bellend neben ihr her und ahnte offenbar nichts von der tickenden Zeitbombe, die vor der Tür wartete.

Gavin zog seinen Blick auf sich, indem er sich mit dem Finger über die Kehle fuhr. *Du bist tot,* sagte er lautlos.

Einen Moment später hörte er die inzwischen vertraute Stimme.

◆ ◆ ◆

«Du Arschloch. Du konntest es wohl nicht aushalten, ohne die freudige Nachricht auszuposaunen?» Liv stampfte durch den kleinen Flur und um die Ecke, wo sie fast mit Mack zusammenstieß. Den ganzen Morgen hatte sie an ihrem Lebenslauf gefeilt und gleichzeitig überlegt, wie sie die Geschichte Thea beibringen sollte, als das Telefon klingelte und ihre Schwester schrie: *Du wurdest gefeuert?!*

Mack warf die Hände in die Luft. «Warum hast du es den beiden nicht gesagt?»

Liv stieß ihm mit dem Finger in die Brust. «Weil meine Schwester immer gleich ausflippt. Und dank deiner Einmischung …»

Thea stand direkt hinter ihr. «He, ich flippe überhaupt nicht immer gleich aus.»

Gavin und Liv wechselten einen nicht sonderlich diskreten «Na klar»-Blick.

«Und wie sollte ich auch nicht ausflippen, wenn ich erst von Mack erfahre, dass du gestern Abend gefeuert wurdest?»

Liv drehte sich zu ihr um. «Ich wollte es dir heute sagen.»

Thea verschränkte die Arme. «Wann?»

Liv nahm dieselbe Pose ein. «Nachdem ich meine Pflichten erledigt hätte.»

«Pflichten?», flüsterte Mack Gavin zu.

«Sie lebt auf einer Farm», flüsterte Gavin zurück.

«Ich kann nicht fassen, dass du es mir nicht sofort erzählt hast», erwiderte Thea. «Warum hast du mich nicht gleich gestern Abend angerufen?»

«Weil ich da noch unter Schock stand.»

«Also bist du einfach nach Hause gefahren?» Thea fragte das so ungläubig, als hätte Liv angekündigt, nackt über den Broadway zu laufen.

«Ja. Ich bin nach Hause gefahren, habe mir meinen Kontostand angesehen und ein paar Dartpfeile auf ein Foto von Royce geworfen. Was soll man sonst tun, wenn man gerade gefeuert wurde?»

Mack trat zu den Schwestern. «Du hast vergessen zu erzählen, dass ich dir einen Job angeboten habe und du ihn abgelehnt hast.»

«Herrgott noch mal», fuhr Liv ihn an. «Gibt es sonst noch was, das du ihnen erzählen willst, obwohl es dich absolut gar nichts angeht?»

«Was?», schrie Thea. «Wovon redet er da? Kann mich bitte mal einer aufklären, was gestern Abend alles los war?»

Nach diesem Ausbruch war es plötzlich still im Haus. Sogar Butter ließ sich mit einem Winseln auf den Boden fallen. Liv holte scharf Luft, sah Mack noch einmal sauer an und wandte sich dann leise an ihre Schwester.

«Können wir darüber allein reden?»

«Wir sind dann mal draußen», sagte Gavin. Der Klang ihrer eiligen Schritte hatte fast etwas Comichaftes. In einem Cartoon wäre nur noch ein lustiger Soundeffekt dazugekommen.

Liv folgte Thea in die Küche und setzte sich auf einen der hohen Hocker. Schweigend sah sie zu, wie ihre Schwester zum Kühlschrank stürmte und sich Eier, Milch und Käse auf den Arm lud.

«Was machst du?» Sie verfolgte ihren Weg zum Herd, wo ihr die Zutaten – für ein Omelett? – wegzurutschen drohten.

«Ich mache dir etwas zu essen.»

«Ich habe keinen Hunger.»

«Tja, Pech. Ich muss mich beschäftigen, sonst fange ich an zu schreien.»

«Kannst du mir dann stattdessen Pfannkuchen machen?»

Thea knallte die Zutaten auf die Arbeitsplatte und schoss ihr einen bösen Blick zu. Also keine Pfannkuchen.

Thea holte eine Pfanne aus dem Schrank, stellte sie scheppernd auf den Herd und zündete darunter den Brenner an. Aggressiv schlug sie ein Ei gegen die Kante und schleuderte die glibberige Masse in die Pfanne.

«Ich kann nicht glauben, dass du mir nicht sofort erzählt hast, was passiert ist», fauchte sie und ließ ihre Wut am nächsten Ei aus.

«Ich wollte nicht, dass du dir meinetwegen Sorgen machst.»

«Es ist mein Job, mir Sorgen um dich zu machen.»

Geht das schon wieder los …

Liv unterdrückte einen müden Seufzer. Thea war erst sechsundzwanzig und nur ein Jahr älter als sie, tat aber immer, als lägen zwanzig Jahre zwischen ihnen. Ihre Eltern hatten sich auf sehr unschöne Art getrennt, als Liv neun war, und kurz darauf hatten sie zu ihrer Großmutter ziehen müssen. Thea hatte die Rolle der großen Schwester und Mutter übernommen, und obwohl sie inzwischen beide erwachsen waren, fiel es ihr schwer, dieses Verhalten abzulegen. Nicht, dass Liv sich beschweren wollte. Hätte Thea sie nicht stets unterstützt, wäre Liv wahrscheinlich noch immer ein Loser ohne Ziele, ohne Zukunft und ohne Ausbildung. Also hatte sie nicht vor, sich jetzt über Theas überbehütende Art zu beklagen.

Thea drosch mit dem Schneebesen auf die Eier ein. «Ich hoffe, du nimmst jetzt endlich mein Angebot an, dir Geld zu geben?»

Liv schnaubte. «Nope.»

«Du bist so was von dickköpfig.»

«Sagte sie, während sie ein paar unschuldige Eier totschlug», erwiderte Liv trocken. «Du weißt, das Entscheidende bei Rührei sind geringe Hitze und sanftes Unterheben, ja?»

Thea blickte böse über die Schulter. «Komm mir jetzt bloß nicht mit Kochtipps.»

«Dann komm du mir nicht mit Geld.»

«Du hast keins.»

«Das ist nicht wahr. Ich habe genug gespart, um ein paar Monate über die Runden zu kommen.»

Thea schaltete die Gasflamme aus und kippte das Rührei auf den bereitgestellten Teller. Dann knallte sie ihn vor Liv auf die Kücheninsel. Ein Glas Orangensaft folgte.

«Kriege ich eine Gabel?»

Thea warf sie praktisch nach ihr.

Liv duckte sich. «Warum bist du so sauer auf mich?»

«Bin ich gar nicht. Ich bin besorgt. Und wenn ich besorgt bin, werde ich wütend und angespannt.»

Liv hielt einen Moment inne, bevor sie die Gabel ins Rührei tauchte. «Ja, ich weiß.»

Thea setzte sich neben sie. «Was hast du jetzt vor?»

«Mir einen neuen Job besorgen. Was sonst?» *Und dafür sorgen, dass der Scheißkerl seine verdiente Strafe bekommt.*

Livs Freundin Alexis hatte ein eigenes Café, weswegen Thea prompt vorschlug: «Vielleicht kann Alexis etwas Hilfe gebrauchen.»

«Thea, ich komme schon klar. Mach dir keine Gedanken. Ich werde mich um alles kümmern, okay?»

«Das habe ich schon häufiger gehört.»

Das brannte wie ein Stich in eine alte Wunde. «Ich bin nicht mehr die Loserin von früher, Thea. Ich kriege meinen Scheiß inzwischen auf die Reihe.»

Thea stutzte. «Ich habe dich nie als Loserin betrachtet.» Sie klang so ernsthaft, dass Liv sich schuldig fühlte.

Denn es stimmte. Thea hatte sie kein einziges Mal so genannt. Liv selbst hatte sich früher so oft als Loserin bezeichnet, dass es schließlich wahr wurde. Aber diese Zeit sollte sie inzwischen eigentlich hinter sich gelassen haben. Und dennoch stand sie jetzt ohne Job da und trug ein übles Geheimnis mit sich herum, ohne zu wissen, wie sie damit umgehen sollte.

«Bitte, lass mich dir helfen», sagte Thea. «Lass mich deinen Studienkredit abzahlen oder …»

«Nein.»

«Gavin und ich haben mehr Geld, als wir ausgeben können, und du bist meine Schwester.»

«Hör auf, Thea. Ich nehme von dir kein Geld.»

Frustriert warf Thea die Arme hoch. «Warum nicht? Warum soll es falsch sein, meine Hilfe anzunehmen?»

«Weil ich das mein ganzes Leben lang getan habe!», antwortete sie aufgebracht und bereute es sofort. Thea bekam diesen Gesichtsausdruck – halb Mom, halb beste Freundin –, der so typisch für den Balanceakt ihrer ganzen Beziehung war.

«Ich finde bestimmt eine neue Stelle», sagte Liv rasch, bevor Thea mit einer schwesterlichen Strafpredigt anfangen konnte. «Ich weiß noch nicht, wann oder wo.» *Oder ob Royce das tatsächlich verhindert.* «Aber ich werde eine finden.»

Thea biss sich auf die Lippe. «Und wenn du erst mal für Mack arbeitest?»

Liv schnaubte. «Äh, nein.»

«Warum nicht?»

Liv schob sich einen Happen Rührei in den Mund und trank einen Schluck Orangensaft. «Ich habe während der Ausbildung drei Jahre nebenbei in einer Bar gearbeitet. Das will ich nicht noch mal.»

«Aber es wäre doch nur vorübergehend, bis du wieder als Konditorin arbeiten kannst.»

«Nein.»

Thea setzte zu einer Erwiderung an, besann sich aber offenbar eines Besseren. Nun richtete sie ihren Zorn auf Royce. «Es ist echt unglaublich, dass dieser Arsch dich gefeuert hat. Nach allem, was du geleistet hast, nach den vielen Überstunden, den durchgearbeiteten Feiertagen, den abfälligen Bemerkungen, die du dir anhören musstest, wirft er dich allen Ernstes wegen eines Missgeschicks raus?»

Nicht ganz. Liv schwieg dazu. Sie wusste noch nicht, was sie unternehmen würde, aber eines stand bereits fest: Sie würde ihrer Schwester auf keinen Fall die ganze Geschichte erzählen. Das hieße nämlich, sie in die Sache mit reinzuziehen, und das wollte Liv auf keinen Fall. Viel zu oft schon hatte sie Thea Ärger aufgehalst, weil sie in Schwierigkeiten gesteckt hatte. Erst in den letzten zwei Jahren war sie ihrer Schwester keine Last mehr gewesen. Auf keinen Fall würde sie die Uhr jetzt zurückdrehen.

Das Gleitgeräusch der Terrassentür machte ihrem Gespräch ein rasches Ende. Ava und Amelia kamen in die Küche gerannt.

«Tante Livvie!», rief Ava und warf sich gegen Livs Beine.

Liv ging in die Hocke und legte die Arme um beide Mädchen. Sie rochen nach frischer Luft und Erdbeershampoo.

«Spielst du mit uns?», bat Amelia.

«Leider muss ich jetzt los ...»

«Was?», warf Thea ein. «Wohin willst du?»

«… aber wisst ihr was? Ich verspreche, bald wiederzukommen, und dann spiele ich mit euch, okay?»

Die Zwillinge nickten und zogen davon. Liv erhob sich gerade, als Gavin und Mack nervös in die Küche schlenderten. Sie blickten zwischen Liv und Thea hin und her, als müssten sie um Erlaubnis bitten, einzutreten.

Besser, sie machte sich auf den Weg, bevor das Verhör von vorne anfing.

«Mein Angebot steht, Liv», sagte Mack mit einem Ernst, den sie bei ihm nicht erwartet hätte.

«Das weiß ich zu schätzen. Wirklich. Aber ich werde schon etwas finden», sagte sie und sah dann zu Thea. «Ich kann euer Geld nicht annehmen. Ich muss meine Probleme selber lösen.»

«Nein, musst du nicht», widersprach Thea.

«Okay, aber kannst du einfach akzeptieren, dass ich das möchte?»

Theas Miene wurde weich, Verstehen zeichnete sich darin ab – es war ein Gesichtsausdruck, den Liv bisher nur bei einem anderen Menschen in ihrem Leben gesehen hatte. Ohne Thea und Gran Gran wäre sie wirklich verloren gewesen.

Liv ging zu ihrer Schwester und zog sie in eine feste Umarmung. «Vertrau mir», flüsterte sie. «Alles wird gut.»

Thea drückte sie an sich und antwortete leise. «Das tue ich.»

Liv verschwand, ehe Thea ihr ansehen konnte, wie viel ihr diese Worte bedeuteten. Und wie verzweifelt sie sich wünschte, dem Vertrauen gerecht zu werden.

KAPITEL 5

Am nächsten Morgen hob Rosie, ihre Vermieterin, die Henne namens Gladys auf den Arm und stemmte die freie Hand in die Hüfte. «Vor vierzig Jahren habe ich meinen BH verbrannt, damit dieser Scheiß aufhört, und heute passiert es noch immer.»

Liv griff in das Legenest und tastete herum, bis sie zwei weitere Eier gefunden hatte. Sie deponierte sie im Korb und klappte den Deckel zu.

«Du hast das Richtige getan», sagte Rosie. «Du durftest nicht zulassen, dass er das dem armen Mädchen antut.»

«Zu schade, dass das arme Mädchen nicht für sich selbst eintreten will.» Liv riss die Tür zum Rübenkeller auf, wo Rosie Eier, Gemüse und Hühnerfutter lagerte. «Wieso will sie ihn nicht anzeigen? Ist ihr nicht klar, dass er das immer weiter treiben wird?»

«Die meisten Frauen entscheiden sich gegen eine Anzeige.»

«Das begreife ich einfach nicht.»

«Das kann man vermutlich nicht, wenn man noch nicht in ihrer Lage war.»

Rosie setzte Gladys ab, damit sie sich den zwanzig anderen Hühnern anschließen konnte, die im umgegrabenen Blumenbeet scharrten. Mit einem Fuß hielt sie Randy auf, der seiner Berufung folgen wollte, möglichst viele Hühner zu begatten, und scheuchte ihn weg. Liv fragte sich oft, warum Rosie ihn nicht weggab oder zu Suppe verarbeitete. Wahrscheinlich weil er eine wirklich gute Eigenschaft besaß: Er hasste Männer mit derselben Inbrunst wie Rosie und verscheuchte alles, was einen Penis hatte, vom Hof.

Wahrscheinlich war das auch der Grund, warum Liv hier wohnte. Vor zwei Jahren hatte sie auf Rosies Anzeige reagiert, in der ein Mieter für die Garagenwohnung und eine Hilfe für die biologisch bewirtschaftete Farm gesucht wurde. Das war nicht gerade Livs Ding gewesen, aber sie konnte sich eine Wohnung in der Stadt nicht leisten und wollte auch das Familienleben ihrer Schwester nicht stören, indem sie sich bei ihr einquartierte.

Am Tag ihres Einzugs auf der Farm fand sie ein zerlesenes Exemplar von «Our Bodies, ourselves» auf dem Nachttisch liegen, so wie man in Hotels eine Bibel bekam. In dem Moment schloss sie die Farm und Rosie ins Herz.

Liv nahm den nun leeren Eierkorb in die andere Hand und verließ den Rübenkeller. An diesem kalten Morgen bildete ihr Atem weiße Wölkchen. Selbst in Tennessee konnte es im April morgens kalt sein. Rosie lebte eine halbe Stunde von der Stadt entfernt auf zwanzig Morgen Land, die früher ringsherum an andere Äcker grenzten, inzwischen aber an Einkaufszentren und Vorstadt-Ladenketten.

Rosie machte sich kopfschüttelnd auf den Rückweg zum Haus und murmelte vor sich hin. «Unglaublich, dass wir noch immer gegen solchen Scheiß kämpfen müssen. Hab mir in den Siebzigern bei Demos die Füße wundgelaufen, damit eure Generation es nicht mehr mit solchen Dreckskerlen zu tun kriegt.»

Liv folgte ihr durch die Hintertür ins Haus. Sie führte in einen Haushaltsraum, in der eine altmodische Waschmaschine und ein Trockner standen, daneben etliche Gummistiefel, an denen Hühnermist und anderer Schmutz klebte, und an der Wand gab es eine Reihe Haken, an denen ihre Jacken und Mützen hingen. Letztere hatte Rosie gestrickt. In letzter Zeit hatte sie einen Hang dazu entwickelt. Meinte, sie bräuchte ein Hobby, damit sie angesichts der Nachrichten nicht den Verstand verlor. Neben den Mützen hatte sie auch für jedes Huhn einen Pullover gestrickt, den es tragen konnte, wenn es richtig kalt wurde. Was nicht so verrückt war, wie es klang. Rosie hatte eine Amateur-Zeitschrift über Hühnerhaltung abonniert, und solche Pullover waren unter hühnerverliebten Damen der Hit.

Rosie brummelte weiter vor sich hin, während sie in die Küche ging, um das Frühstück zu machen. Liv half beim Kochen, wann immer sie zu Hause war, obwohl Rosie jedes Mal sagte, das sei nicht nötig. *Ich bezahle dich, damit du die Tiere versorgst und den Garten pflegst, nicht fürs Kochen.* Liv wusste nicht, wie sie ihr sagen sollte – vielleicht war es ihr auch nur peinlich –, dass sie es tat, weil sie es mochte.

Mit Rosie zu kochen erinnerte sie an die Jahre bei ihrer Großmutter. In Gran Grans Küche hatte sie ihre Liebe fürs Kochen entdeckt. Es gehörte zu ihren schönsten Erinnerungen, wie sie mit Gran Gran und Thea zusammen Abendessen zubereitet hatte, während Gran Gran ihre Geschichten erzählt und ihre Weisheiten zum Besten gegeben hatte. Diese Jahre waren die einzige Zeit, in der es sich so angefühlt hatte, als hätten Thea und sie eine richtige Familie.

Die Hintertür wurde zugeschlagen, dann war lautes Rülpsen zu hören. Kurz darauf schlenderte Earl Hopkins in die Küche.

Hop, wie er von allen genannt wurde, arbeitete Teilzeit auf der Farm und war schwer verliebt in Rosie, wovon die entweder nichts ahnte oder wovon sie nichts wissen wollte, denn es gab kaum zwei unterschiedlichere Menschen auf der Welt. Er war ein Vietnamveteran, der gern Bier trank und über die liberalen Medien schimpfte, sie dagegen ein bekennender Hippie, der früher gegen den Krieg demonstriert hatte und jetzt jeden Abend bei voller Lautstärke die *Rachel Maddow Show* oder etwas ähnlich Progressives guckte.

«Mach Feuer, ja?», sagte Rosie und warf einen verstohlenen Blick auf seinen Hintern, als Hop im Wohnzimmer vor dem Kamin in die Hocke ging.

«Hör auf, mich herumzukommandieren», motzte er.

«Wenn dir das nicht passt, kannst du gerne woanders frühstücken.»

«Da bin ich wahrscheinlich besser dran. Du wirst mich eines Tages noch vergiften.»

Liv schob die geschnittenen Zwiebeln zu einem ordentlichen Häufchen zusammen und warf die Schalen in die Schüssel mit den Abfällen für die Ziegen. Sie würden nicht begeistert sein, aber sie würden die Schalen fressen. Sie fraßen alles. Die Tage, an denen es Kohl gab, waren definitiv die Lieblingstage der Ziegen. Moment, nein, ihre zweitliebsten. Die liebsten Tage waren die, an denen Rosie ihnen frische Plätzchen buk.

Tja, das war jetzt ihr Leben. Sie kannte die Fressgewohnheiten von Hühnern und Ziegen. Stöhnend ließ sie den Kopf auf die Kücheninsel sinken und schlug zweimal die Stirn dagegen.

«Was habe ich verpasst?», fragte Hop, der gerade leise schnaufend zurück in die Küche kam.

«Livvie wurde gestern Abend gefeuert.»

Hop klopfte ihr auf die Schulter. «Hast ihm endlich gesagt, wo er sich seinen Kochlöffel hinstecken kann, was?»

Liv lachte. «Schön wär's.»

Rosie drehte sich von der Spüle weg und zeigte mit dem Messer auf ihn. «Ich werde dir sagen, was vorgefallen ist. Sie hat ihn erwischt, als er eine Collegeschülerin sexuell belästigte, und dafür hat er sie gefeuert. Das ist so typisch Mann.»

«Das zu sagen ist so typisch Feministin», knurrte Hop.

Liv seufzte schwer und schüttelte den Kopf. Jetzt würden die zwei erst mal eine Weile streiten. Sie sollte Rosie das Messer abnehmen. «Ich schäle die Kartoffeln zu Ende.»

Rosie schlug ihre Hand weg. «Du gehst nach oben in dein Zimmer und ruhst dich aus. Ich bringe dir das Essen rauf, wenn es fertig ist.»

Liv überlegte zu widersprechen, aber Rosie und Hop stritten schon lautstark weiter. Und sie war zu müde, um Schiedsrichterin zu spielen. Also schlüpfte Liv durch die Hintertür hinaus und lief zur Garage. Eine Treppe an der Rückseite führte zu ihrer Wohnung, die klein, aber gemütlich war. Man betrat sie durch die Küche, an die sich ein offenes Wohnzimmer anschloss. Hinter einem kurzen Flur lagen das Bad und das Schlafzimmer. Es roch ein wenig nach dem Staub von der Garage darunter, aber mit ein paar geschickt platzierten Duftkerzen ließ sich das für gewöhnlich überdecken.

Liv setzte sich an den kleinen Esstisch und schaltete den Laptop ein. Sie brauchte einen genauen Überblick über ihre Finanzen. Es war gelogen gewesen, als sie Thea sagte, sie habe das bereits getan. Tatsächlich schob sie es schon viel zu lange vor sich her. Sie loggte sich in ihr Bankkonto ein und fing an zu rechnen.

Nach zehn Minuten angespannter Konzentration wusste sie, dass ihre Ersparnisse ohne weitere Einkünfte für drei Monate reichten. Würde sie schnell genug einen neuen Job finden? Und konnte sie es sich leisten, nur in Nashville zu suchen? Sie wollte nicht wegziehen. Thea, Gavin und die Zwillinge lebten schließlich hier. Und Rosie war ihr praktisch eine Großmutter.

Was, wenn Royce sie in der Restaurantszene wirklich in Verruf brachte? Nach dem, was sie beobachtet hatte, war ihm klar, dass sie ihm gefährlich werden konnte, also würde er seine Drohung wahrscheinlich wahrmachen. Ein Mann, der eine Angestellte sexuell bedrängte, hatte sicher keine Skrupel, jemandem die Karriere zu ruinieren, wenn er dadurch sein schmutziges Geheimnis wahren konnte.

Vielleicht war es nicht einmal ein so großes Geheimnis. Mit wie vielen Frauen hatte er das schon gemacht? Wie vielen hatte er sich aufgedrängt und sie dann entlassen, um sich zu schützen? Wie viele Leute hatten ihm dabei geholfen?

Ein Teil von ihr wollte einfach nur um sich schlagen und schreien, wie unfair das war! Andererseits war kaum je etwas in ihrem Leben fair gewesen, und darüber zu jammern hatte noch nie geholfen.

Vielleicht verhielt sie sich dumm. Vielleicht sollte sie einfach nachgeben und Theas Angebot annehmen, ihr eigenes Restaurant eröffnen und dankbar sein, weil ihre Schwester bereit war, ihr unter die Arme zu greifen. Doch Geld hatte die Angewohnheit, die Beziehung zwischen Leuten zu verändern. Es verdarb sie. Sie wollte nicht, dass das zwischen ihr und ihrer Schwester stünde. Thea war ihr zu wichtig.

Als Rosie anklopfte, sprang Liv auf und ließ sie herein. Rosie trug ein Tablett zum Tisch. «Ich hab dir ein Omelett und Toast mitgebracht.»

Liv reckte sich, um die Anspannung in ihrem Rücken loszuwerden. «Danke. Das hättest du nicht tun müssen.»

Rosie stellte das Tablett ab und zeigte mit dem Finger auf sie. «Jetzt hör mir gut zu. Ich kenne dich, und daher weiß ich, dass du hier herumsitzt und dir Sorgen machst, wie du die Miete und so weiter aufbringen sollst. Also lass das. Mir ist die Miete egal.»

«Rosie, ich kann doch hier nicht umsonst wohnen.»

«Du kannst, wenn ich das sage.»

Liv schluckte gegen die aufwallenden Emotionen an, die ihr die Kehle eng machten.

«Ich will nur, dass du etwas gegen den Scheißkerl unternimmst und dem Mädchen hilfst. Du musst entscheiden, was du deswegen unternehmen willst», sagte Rosie.

«Wie es aussieht, will sie meine Hilfe gar nicht.»

«Dann musst du sie eben davon überzeugen, okay?»

Liv ging zum Fenster und schaute über das Ackerland. «Ich weiß nicht, was ich tun soll.»

«Hol sie aus dem Laden raus, Livvie. Tu, was nötig ist, um sie da rauszuholen.»

KAPITEL 6

Zwei Tage später lenkte Liv ihren Jeep in eine Parklücke vor dem *ToeBeans Cat Café*, das ihrer Freundin Alexis gehörte.

Alexis hasste Royce genauso sehr wie Liv, was vermutlich der Grund war, warum sie sich während der kurzen gemeinsamen Zeit im *Savoy* so schnell angefreundet hatten.

Alexis hatte schon zwei Jahre dort gearbeitet, als Liv anfing, kündigte aber nach zwei Monaten, um sich um ihre kranke Mutter zu kümmern. Sie und Liv blieben Freundinnen, und Liv half ihr nach dem Tod ihrer Mutter, sich selbständig zu machen und damit den langjährigen Traum zu verwirklichen, den sie beide hatten.

Das Geschäft schien gut zu laufen, denn als Liv das Café betrat, wartete ein Dutzend Kunden vor der Ladentheke, um bedient zu werden. Es war Dienstag, und dienstags war es immer voll, weil an dem Tag die örtlichen Katzenretter mit Tieren kamen, die ein neues Zuhause suchten. Alexis hatte eine Schwäche für verlorene, einsame Geschöpfe.

Auch aus diesem Grund war es nur logisch, sie in diesem Fall um Hilfe zu bitten. Sie würde Jessica bestimmt nicht abweisen. Wenn Alexis ihr eine Stelle anbot, würde Jessica nicht im *Savoy* bleiben müssen.

Liv ging an der Warteschlange vorbei. Alexis winkte ihr hektisch zu, was ihren lockigen Haarknoten ins Schwanken brachte, und spreizte dann demonstrativ die Finger. *In fünf Minuten?*, fragte sie lautlos.

Liv deutete auf die Schwingtür zur Küche. Alexis nickte und wandte sich wieder ihren Kunden zu. Die kleine Küche war hell und sauber, mit weißen Metro-Fliesen gekachelt, und in den offenen Regalen standen Teller und Schüsseln in Regenbogenfarben. Ein Koch wirbelte fieberhaft zwischen einem Grill und einer Stahlarbeitsfläche hin und her, wo er Sandwiches, Salat und Gebäck auf Tellern anrichtete. Er beachtete Liv kaum, als sie hereinkam, und sie verstand das. Wenn es in der Küche stressig wurde, hatte man keine Zeit für Höflichkeiten.

Liv machte einen weiten Bogen um ihn und ging in den hinteren Teil der Küche, wo ein Blech mit frischen Scones auf einem Backofen auskühlte. Sie rochen nach einem gemütlichen Samstagmorgen im Bett. Liv knurrte der Magen.

«Zitrone und Lavendel», erklärte Alexis, die sich hinter ihr näherte. «Bin mir nicht ganz sicher, ob der Geschmack noch verbessert werden muss. Willst du probieren und mir sagen, wie du sie findest?»

Liv nahm einen und biss hinein. Der Teig zerging auf der Zunge. «Perfekt», hauchte sie und wischte sich einen Krümel von der Lippe.

Alexis lächelte erleichtert. «Ganz sicher? Das ist mein vierter Versuch.»

Liv nahm einen zweiten Bissen und nickte. «Die musst du unbedingt auf die Karte setzen.»

«Wenn sie deine Prüfung überstehen, muss ich das wohl wirklich.» Alexis band sich die Schürze ab und hängte sie an den Haken neben der Tür zu ihrem winzigen Büro. «Kannst du dich für ein paar Minuten zu mir setzen? Bist du auf dem Weg zur Arbeit? Wie geht es Riya? Du musst mir erzählen, wie es mit der Kochbuchveröffentlichung läuft. Treibt Royce euch alle in den Wahnsinn?»

Solche hektisch hintereinander gestellten Fragen waren typisch für sie, und Liv versuchte, sich alle zu merken, als ihre Freundin die Bürotür öffnete.

«Komm rein – nein, Beefcake, du bleibst drin!» Ein roter Kater von der Größe eines Kleinkinds raste an Alexis vorbei und wollte sich durch den Türspalt zwängen. Liv schob gerade rechtzeitig ein Bein davor, um es zu verhindern, und erntete einen bösen Blick von ihm. Beefcake würde definitiv versuchen, sie später umzubringen. Eine getigerte Katze namens Howler sauste unter den Schreibtisch und spähte dann ihrerseits böse darunter hervor.

«Dienstags behalte ich sie im Büro», erklärte Alexis und bot Liv einen Stuhl an. Sie schloss die Tür hinter sich. «Sie können die fremden Katzen nicht leiden.»

Howler und Beefcake waren ebenfalls ehemalige Straßenkatzen und lebten im Café, um die Stammgäste zwischen den Adoptionsevents zu bezaubern, und offenbar auch, um nachts Mordpläne auszuhecken.

Alexis ließ sich auf den knarrenden Stuhl hinter dem

Schreibtisch nieder und legte dramatisch seufzend den Kopf auf die Rückenlehne. «Mir tut alles weh. Dabei bin ich erst dreißig. Wie kann einem mit dreißig schon alles weh tun?»

«Liegt vielleicht daran, dass du den ganzen Tag auf den Beinen bist und praktisch nie schläfst.»

«Du kennst mich zu gut.» Alexis hob den Kopf an und kniff die Augen misstrauisch zusammen. «Bei dir ist irgendwas los. Was ist es?»

Liv schluckte den sauren Geschmack von Angst und Schuldgefühlen herunter. Alexis' Geschäft lief gerade erst an und warf vermutlich noch nichts ab. Es widerstrebte ihr, ihre Freundin moralisch unter Druck zu setzen, aber sie musste Jessica von Royce wegholen. «Ich muss dich um einen Gefallen bitten.»

«Klar. Was immer du willst.»

«Du sollst jemanden einstellen.»

Alexis neigte den Kopf zur Seite. «Du meinst, jemand Bestimmtes?»

«Ja.»

«Okay», sagte Alexis langsam. «Wen?»

«Meine Kollegin Jessica. Sie arbeitet auch im *Savoy*.»

Für einen kurzen Moment wurde Alexis' Gesicht ausdruckslos, aber dann blinzelte sie hastig und sah wieder aus wie vorher. «Und ich soll sie einstellen, weil …?»

Liv stieß einen langen Seufzer aus. «Da ist etwas vorgefallen.»

Alexis richtete sich auf. «Was?»

Fünf Minuten später hing die ganze Geschichte im Raum wie der faulige Gestank in der Gasse bei den Müllcontainern, wo die Hilfskellner an warmen Abenden standen und eine rauchten. Alexis sah entsprechend angewidert aus und verzog den Mund, als wäre ihr schlecht.

Sie schluckte angestrengt. «Was … was willst du jetzt tun?»

Liv zuckte die Achseln. «Jessica irgendwie helfen und Royce stoppen.»

Alexis blinzelte wieder hastig. «Was meinst du damit, Royce stoppen?»

«Ihn daran hindern, weiter Frauen zu attackieren. Jessica ist ganz bestimmt nicht die erste, mit der er das gemacht hat, aber sie wird die letzte sein.»

Alexis sprang auf und warf die Tür auf. Beefcake und Howler sahen ihre Chance zu entkommen, doch Alexis achtete entweder nicht darauf oder es war ihr egal, denn sie ließ die beiden zwischen ihren Beinen hindurch in die Freiheit flitzen. Liv ging ihr nach und sah staunend zu, wie Alexis sich eine Flasche Bourbon und zwei Gläser griff. Ihre Freundin trank selten Alkohol und dann auch nur wenig. Zurück im Büro goss sie sich ein Glas ein und trank es in einem Zug aus. Der Anblick schockierte Liv – genau wie die Erkenntnis, die ihr im nächsten Moment kam. «Die Geschichte hat dich nicht überrascht, stimmt's?»

Alexis goss diesmal zwei Gläser ein und reichte eines an Liv weiter. «Royce hatte schon immer einen Ruf.»

«Einen Ruf? Was für einen *Ruf*?»

Alexis starrte kurz auf ihr volles Glas, doch dann schob sie es von sich.

«Du wusstest, dass er so ist?»

Alexis setzte sich wieder hin.

«Und du hast nie daran gedacht, mir das zu sagen?»

Alexis zuckte zusammen. «Ich würde Jessica sehr gern einstellen, aber das kann ich nicht. Es tut mir leid. Ich kann mir so gerade eben das Personal leisten, das ich habe.»

«Wahrscheinlich verdient sie nicht viel. Vielleicht könnte sie erst mal nur …»

«Es geht nicht, Liv. Tut mir leid.» Ihr scharfer Ton ließ keinen Raum für Widerspruch.

Liv wollte sauer sein, aber sie hatte kein Recht dazu. Es war von vornherein ein verzweifelter Versuch gewesen. «Schon okay. Ich hätte dich gar nicht erst darum bitten sollen.»

«Und was ist mit dir?»

«Ich werde mir eine neue Stelle suchen.»

«Das Parkway Hotel sucht Leute. Ich kenne den Küchenchef. Ich kann ihn morgen anrufen.»

Liv nickte geistesabwesend. «Das wäre super. Danke.»

«Wie kommst du finanziell klar?»

Wenn jemand anders sie das gefragt hätte, hätte sie sich über die Direktheit aufgeregt, aber so war Alexis: praktisch und vernünftig. Eine weise alte Frau im Körper einer Dreißigjährigen. «Es reicht für ein paar Monate.»

«Rosie wäre bestimmt bereit, dir bei der Miete entgegenzukommen.»

«Ja, das hat sie schon angeboten.»

Alexis griff über den Schreibtisch und drückte Livs Arm. «Es tut mir leid, Liv. Ich weiß, wie enttäuschend das für dich sein muss, nachdem du so hart gearbeitet hast.»

«Ich werd's überleben.» Das Thema zog sich durch ihr ganzes Leben. Als Kind hatte sie schnell gelernt, sich neuen Umständen anzupassen. Man lernte allerhand, wenn man mit ständig streitenden Eltern aufwuchs, die nur damit beschäftigt waren, einander an Gemeinheit zu überbieten, und deshalb nicht mitbekamen, dass sie mit jedem Streit, mit jeder Sorgerechtsanhörung, mit jeder kleinlichen Kränkung ihren Töchtern den Boden unter den Füßen wegzogen. Liv hatte das überlebt, sie würde auch diesmal zurechtkommen.

«Vielleicht ist es ein Wink des Schicksals», sagte Alexis nach kurzem Schweigen.

«Wie meinst du das?»

«Du hast dich bewiesen. Du bist begabt und ehrgeizig. Wie wär's, wenn du dir von deiner Schwester etwas Geld leihst und …»

«Nein.» Liv biss die Zähne zusammen.

«Warum nicht?»

«Nur weil ich ein paar reiche Leute kenne, benutze ich sie nicht als Bankautomaten. Geld verdirbt Beziehungen. Glaub mir, ich weiß das.»

Alexis verzog das Gesicht. «Tut mir leid. Du hast recht. Ich weiß nicht, wie das ist.»

Verdammt. Liv schüttelte den Kopf. «Es tut mir leid, dass ich dich angefahren habe. Ich weiß, du willst mir helfen. Es ist nur …» Sie stieß frustriert den Atem aus. «Nichts regt mich so sehr auf wie Ungerechtigkeit.»

«Ich weiß. Darum kann ich dich so gut leiden. Aber du musst mir eines versprechen.»

Liv zog fragend die Brauen hoch.

Alexis' Blick verfinsterte sich. «Sei vorsichtig. Royce ist einflussreicher, als du denkst.»

«Ich habe keine Angst vor Royce Preston. Er ist ein Vollidiot. Ich habe ihn erwischt, weil er nicht mal die Uhr lesen kann.»

Alexis reagierte nicht auf den Witz. «Er wird dich ruinieren.»

«Nicht, wenn ich ihn zuerst ruiniere.»

«Du glaubst wirklich, du schaffst das?»

«Ich glaube, dass ich keine andere Wahl habe. Ich kann nicht einfach weitermachen mit dem Wissen, was er da treibt und wahrscheinlich schon hundert Mal getrieben hat, und meine Nachfolgerin der Gefahr aussetzen. Wenn ich sein ganzes dämliches Imperium zum Einsturz bringen muss, dann werde ich das tun.»

Alexis stand auf und blickte Liv flehend an. «Bitte, tu nichts Unüberlegtes. Ich weiß, wie du bist, und …»

«Was soll das heißen?»

«Das heißt, du handelst oft, ohne nachzudenken.»

Einen Moment lang gab sich Liv ihrem gekränkten Stolz hin, dann stieß sie hervor: «Soll ich etwa tatenlos zusehen und ihn davonkommen lassen?»

«Versprich mir nur, dass du über die Konsequenzen nachdenkst, ehe du gegen Royce vorgehst.»

Liv stand auf, um mit ihrer Freundin auf Augenhöhe zu sein. «Ich werde verhindern, dass er noch mehr Frauen verletzt. Das sind die einzigen Konsequenzen, die mich interessieren.»

«Sei einfach vorsichtig. Andere Leute könnten dabei auch verletzt werden. Denk nur daran, wer alles seine Arbeit verliert, wenn du sein Imperium vernichtest.»

Liv schüttelte den Kopf. Enttäuschung und Verwirrung

vermengten sich in ihr zu einem seltsamen Mix. «Ich verstehe das nicht. Ich dachte, gerade du würdest auf meiner Seite sein.»

«Ich *bin* auf deiner Seite.»

«Es klingt aber nicht so.»

«Ich will nur nicht, dass du dir schadest.»

«Ich mache mir mehr Sorgen um Jessica.»

Alexis' Seufzer klang müde und resigniert. «Was willst du denn konkret unternehmen?»

«Keine Ahnung. Aber ich werde mir etwas überlegen.»

Alexis sog die Unterlippe zwischen die Zähne. «Hältst du mich auf dem Laufenden?»

«Ja.»

Eine junge Frau in einem *ToeBeans*-T-Shirt klopfte an und streckte den Kopf herein. «Beefcake hat gerade einem Gast den Muffin weggeschnappt und wollte auf ein Kätzchen pinkeln.»

«Ich gehe», sagte Liv rasch. «Fang deinen pelzigen Schurken ein.»

Alexis' Lächeln wirkte gezwungen, als sie zu einer hastigen Umarmung um den Schreibtisch herumkam. «Ich höre mich um, ob irgendwo eine Stelle frei wird», versprach sie.

Liv verdrückte sich durch die Hintertür und ging um den Block herum zu ihrem Wagen. Doch anstatt loszufahren, saß sie minutenlang hinterm Lenker und überlegte, ins Leere starrend, was sie als Nächstes tun sollte. *Du handelst oft, ohne nachzudenken.* Alexis hatte es vermutlich nicht darauf angelegt, aber sie hatte einen wunden Punkt getroffen. Liv hatte hart daran gearbeitet, die Fehler ihrer wilden Jugend zu überwinden. Ihre geliebte Gran Gran hatte leider nicht mehr erleben dürfen, dass Liv die Kochschule erfolgreich absolvierte. Deshalb stellte sie sich gern vor, die alte Dame würde ihr von oben zugucken und stolz sein, weil sie es geschafft hatte, ihre Enkelin noch rechtzeitig in eine bessere Bahn zu lenken. Ohne ihre Hilfe – und Theas natürlich – hätte Liv sich nicht mal genug zusammengerissen, um die Highschool zu schaffen.

Aber würde sich irgendwann wirklich das Gefühl einstellen, die Fehler der Vergangenheit wettgemacht zu haben? Würde sie je genug tun können, um zu beweisen, dass sie den ganzen Ärger doch noch wert gewesen war?

Sie steckte den Schlüssel ins Zündschloss und wartete auf eine Lücke im Verkehr, um sich einzufädeln. Wie auch immer: Sie würde nicht kampflos untergehen. Royce durfte nicht damit durchkommen. Aber bevor sie sich mit ihm befasste, musste sie Jessica dort rausholen. Und da Alexis sie nicht einstellen konnte, blieb nur noch eine Person, die jetzt helfen konnte.

Braden Fucking Mack.

◆ ◆ ◆

Das *Temple* war angeblich einer der angesagtesten Nachtclubs von Nashville, aber am frühen Nachmittag war der Laden bloß dunkel und leer und roch nach schalem Bier und verlorener Hoffnung wie alle Bars an der Amüsiermeile. Livs Stiefel knallten auf dem künstlich gealterten Parkett, als sie auf die Theke zuging.

«Wir öffnen um vier», ließ die Frau dahinter sie wissen, ohne auch nur aufzublicken. Sie hatte kurze, violette Haare und eine knallharte Ausstrahlung, für die Liv sie unter anderen Umständen bewundert hätte.

Liv ging auch die letzten Schritte zur Theke. «Ich bin Liv. Ich suche nach Mack.»

«Er ist nicht da.» Die Frau blickte noch immer nicht auf.

«Wo ist er?», wollte Liv wissen, während sie sich auf einen Barhocker pflanzte.

Jetzt blickte die Frau auf, und eine gepiercte Braue wölbte sich über einem leuchtend grün geschminkten Lid. «Nicht hier, und alles andere geht dich nichts an.»

«Na ja, irgendwie schon, denn ich muss ihn dringend sprechen.»

«Du und jede andere Frau in Nashville. Zieh eine Nummer.»

Liv würgte laut. «Lass das, ich hab einen empfindlichen Magen.»

Plötzlich grinste die Frau. «Wie heißt du noch gleich?»

«Sag ihm, *Olivia* ist hier.»

Die Frau griff zum Telefon und drückte ein paar Tasten. Ein Moment verging, dann sprach sie. «Ich bin's, Sonia. Hier sitzt eine Frau namens Olivia, die …»

Sie schwieg kurz, und nach einem schnellen Okay legte sie auf. «Er ist in zwanzig Minuten hier. Du kannst in seinem Büro warten.»

Liv glitt vom Hocker und folgte Sonia durch einen Gang hinter der Bar.

«Also wer bist du?», fragte Sonia über die Schulter.

«Häh?»

«Mack macht so was normalerweise nicht; er lässt nicht einfach irgendwelche Frauen in sein Büro. Also musst du jemand sein.»

«Er hat am Wochenende dafür gesorgt, dass ich gefeuert wurde. Ich bin hier, um mich zu rächen.»

«Darf ich zusehen?»

«Du darfst mir sogar helfen.»

Sonia führte sie durch einen großen Raum mit mehreren Arbeitsplätzen, öffnete am anderen Ende eine Tür und deutete einladend in das Büro. Liv setzte sich in Macks Schreibtischsessel und legte die Füße auf die verblüffend ordentliche Arbeitsfläche.

Sonia grinste. «Seine Akten sind je nach Thema mit unterschiedlichen Farben gekennzeichnet. Manchmal, wenn ich sauer auf ihn bin, bringe ich sie durcheinander.»

Liv griff sich ans Herz. «Können wir beste Freundinnen sein?»

«Jep.»

Sobald Sonia hinausgegangen war, lehnte Liv sich zurück und nahm das Büro in Augenschein. Es war sparsam dekoriert und wirkte sehr professionell. Zwei Aktenschränke standen an einer Wand unter einem gerahmten Schwarz-Weiß-Foto des Gebäudes, als es noch nicht das *Temple* war. Das einzig Persönliche im Raum war eine Reihe Fotos an einer stoffbezogenen Pinnwand zwischen den zum Schreibtisch passenden Hängeschränken.

Mehrere Male versuchte sie, nicht hinzusehen, und tat es doch immer wieder. Darum gab sie schließlich auf und betrachtete sie genauer. Auf den Fotos war eindeutig seine

Familie zu sehen. Alle sahen aus wie Mack: dunkle Haare, strahlendes Lächeln, die gleichen Augen.

«Sitzt du bequem?»

Liv trippelte mit den Füßen an der Schreibtischkante entlang, um den Sessel herumzuschwenken. In der Tür stand Mack in Jeans und einem schwarzen Hemd mit aufgekrempelten Ärmeln. Er lehnte mit verschränkten Armen am Türrahmen und lächelte wie ein Mann, der weiß, dass er gut aussieht, und daran gewöhnt ist, deswegen seinen Willen zu bekommen.

Liv rollte die Augen. «Übst du die Pose vor dem Spiegel?»

Er zwinkerte. «Jeden Tag.»

«Dein Büro ist sauber.»

«Du klingst überrascht.»

«Ich dachte, du bist der Typ für überquellende Papierkörbe und dreckige Kaffeebecher.»

«Dann hast du falsch gedacht.» Er löste sich von der Tür und schritt, auf die Fotos zeigend, in den Raum. «Das ist meine Familie.»

Sie zuckte die Achseln.

«Du bist nicht neugierig?»

«Eigentlich nicht», log sie.

Er kam näher und rasselte die Namen herunter. «Das ist Liam, mein Bruder. Seine Frau, Allison. Ihre Kinder. Die hübschesten, niedlichsten Kids der Welt.» Er zeigte auf das letzte Foto. «Und das ist meine Mom.»

Das war ihr schon klar gewesen. Er hatte die gleichen dunklen Haare, goldbraunen Augen und langen Wimpern wie sie. Nicht, dass Liv sich für seine Augen oder die Länge seiner Wimpern interessiert hätte. Solche Sachen fielen einem halt auf. Wie die Federn eines Pfaus. Man konnte die Schönheit eines Vogels bewundern und zugleich sein aggressives Paarungsverhalten blöd finden.

Liv schlug die Beine an den Knöcheln übereinander. «Deine Managerin dachte, ich wäre eine deiner zahllosen Verehrerinnen.»

Er lachte. «Sie nimmt kein Blatt vor den Mund.»

«Ich weiß. Ich mag sie.»

Mack setzte sich in den Sessel vor dem Schreibtisch. «Ich auch. Sie ist bei mir, seit ich meinen ersten Club aufgemacht habe.»

«Das ist hart.»

«Ich habe mich an ihre Art gewöhnt.»

«Ich meinte für sie.»

Er zwinkerte wieder. «Wart's ab. Du wirst mich irgendwann mögen. Alle tun es.»

«Dazu wäre mindestens eine Portion Lo Mein nötig.»

«Verdammt, du bist noch immer sauer deswegen?»

«Mein Essen ist mir heilig.»

«Gavin hat gesagt, ich darf es mir nehmen», verteidigte er sich.

«Es war aber nicht sein Essen.»

«Kannst du mich deshalb nicht leiden? Weil ich dir dein Lo Mein weggegessen habe?»

«Nein. Ich kann dich nicht leiden, weil du mehr für Haarpflegeprodukte ausgibst als ich.»

«Es kostet viel Mühe, so gut auszusehen, Honey.»

«Genau. Keine Frau kann da mithalten. Ich wette, du hast in jedem Zimmer deines Hauses einen Spiegel hängen und übst dein Lächeln.»

«Du nicht?»

Sie schnaubte.

«Also magst du mich wirklich nicht?»

Sie warf ihm einen schrägen Seitenblick zu. «Das scheint dich zu überraschen.» Auf sein Schweigen starrte sie ihn ungläubig an. «Es überrascht dich tatsächlich.»

Er zuckte die Achseln. «Jeder mag mich.» Er legte einen Fuß aufs Knie. «Ich nehme an, du bist hier, um mein Jobangebot anzunehmen?»

Liv nahm die Füße vom Schreibtisch. «Ja, aber nicht für mich.»

Er kniff die Augen zusammen, sodass sich in seinen Augenwinkeln Fältchen bildeten. «Ich kann nicht ganz folgen.»

«Wenn du wirklich eine freie Stelle hast …»

«Hab ich.»

«… dann will ich eine Kollegin namens Jessica bei dir unterbringen. Sie ist Empfangsdame im *Savoy*, und ich muss sie da rausholen.»

«Warum?»

«Darum. Mehr brauchst du nicht zu wissen.»

Er zuckte wieder die Achseln. «Das sehe ich anders.»

«Na ja, ich kann dir den Grund nicht verraten. Aber du hast gesagt, du willst das in Ordnung bringen.» Sie zeigte auf ihn. «Das waren genau deine Worte, und so kannst du es tun.»

«Wie kann ich deine Entlassung in Ordnung bringen, indem ich eine andere einstelle?»

«Es geht hier nicht um mich. Ich bitte dich, einer jungen Kollegin aus einer miesen Situation herauszuhelfen.»

Vielleicht täuschte sie sich, aber Liv könnte schwören, dass plötzlich an seinem Kiefer eine Ader hervortrat. «Was für eine miese Situation?»

«Darüber kann ich nicht sprechen.»

«Dann kann ich dir nicht helfen.»

Sie blickte ihm in die Augen. «Die Situation ist wirklich schlimm.»

Mack stand auf, ging zur Tür und warf sie zu. Als er zurückkam, verschränkte er die Arme wie ein Türsteher, und sein Gesicht war ernst. «Wie schlimm?»

«Sehr, sehr schlimm.»

«Hängt deine Entlassung damit zusammen?»

«Spielt das eine Rolle?»

«Wenn ich deine Kollegin einstellen soll, ja.»

«Du suchst Mitarbeiter, ich kenne jemand, der einen Job braucht. Die Einzelheiten sollten unwichtig sein.»

«Nicht für mich.»

◆ ◆ ◆

Es dauerte fünf Minuten, bis sie ihm alles erzählt hatte, aber die erste reichte schon, dass sein Puls in die Höhe schnellte und seine Sicht verschwamm. Er konnte nicht sprechen, er konnte kaum Luft holen. Er fuhr sich durch die Haare und setzte sich wieder in den Sessel.

Dieser Hurensohn. Er würde ihn vernichten. Er würde den Wichser in der Luft zerreißen.

«Hat er …» Mack brachte die Worte kaum heraus. Ihm steckte ein Ich-schlage-ihm-die-Fresse-ein in der Kehle und blockierte alles andere. «Hat er das mit dir auch gemacht?»

«Nein.» Liv zögerte für den Bruchteil einer Sekunde. «Aber ich glaube nicht, dass dieser Zwischenfall das erste Mal war. Dafür wirkte er viel zu selbstsicher und unbesorgt, obwohl ich ihn auf frischer Tat ertappt hatte.»

«Wir müssen etwas unternehmen», krächzte Mack.

Liv sah ihn irritiert an. «*Wir* werden gar nichts unternehmen.»

«Wir dürfen ihn nicht davonkommen lassen.»

«Das habe ich auch nicht vor, aber du sollst dabei nur eines tun: Jessica einstellen.»

Er brauchte ein Glas Wasser. Vor Wut war seine Kehle rau wie Sandpapier.

Liv stand auf. «Ich melde mich wieder. Und wenn du bitte Gavin und Thea nichts verraten würdest, bis ich mir überlegt habe, wie ich den Kerl bezahlen lasse, wäre das super.»

Sie ging zur Tür, stieß sie auf und eilte davon. Heilige Scheiße. Wie oft wollte diese Frau ihn noch stehenlassen?

Mack sprang auf und lief ihr nach. «He, jetzt mal langsam. Warte. Wo willst du hin?»

Sonia, die an ihrem Arbeitsplatz in dem großen Raum vor seinem Büro saß, drehte sich mit dem Stuhl herum und beobachtete das Drama mit unverhohlener Erheiterung. Ja, ja, er war noch nie einer Frau nachgerannt. Das musste wahnsinnig witzig sein. Na und?

Mack erwischte Liv am Ellbogen und zog sie zurück ins Büro, damit sie unbelauscht reden konnten. Liv seufzte sichtlich genervt. «Was?»

«Was zum Teufel sollte das heißen?»

«Was genau?»

«Den Kerl bezahlen lassen.»

Na, was wohl?, sagte ihr Blick. «Das heißt, was es heißt. Ich werde den Scheißkerl bloßstellen und ruinieren.»

«Du allein?»

Liv zuckte die Achseln. «Wieso nicht?»

«Das kannst du nicht allein machen. Wenn er so was wirklich gewohnheitsmäßig macht, hat er auch Übung im Vertuschen. Wie willst du ihn bloßstellen? Du kannst nicht einfach in den Medien bekannt geben, was du gesehen und gehört hast.»

«Das war auch nicht mein Plan, aber danke, dass du mich behandelst wie einen Schwachkopf.»

«Was ist dann dein Plan?»

«Das habe ich mir noch nicht überlegt, werde ich aber. Noch was?»

«Ja», sagte Mack. Und zum ersten Mal, seit dieses Gespräch begonnen hatte, fühlte er, wie sein Inneres endlich wieder ein Stück weit ins Gleichgewicht kam. Denn bei einer Sache war er sich absolut sicher. Männer, die Frauen misshandelten, mussten dafür bezahlen. Was immer dazu nötig war, er würde es tun. Wenn Royce Preston Frauen verletzte, würde er ihn stoppen. «Ich will mitmachen.»

Liv schnaubte.

«Ich versuche, nicht gekränkt zu sein wegen des verächtlichen Geräuschs, aber ja. Wenn Preston sich Frauen gewaltsam aufdrängt, will ich ihn vernichten.»

Liv sah ihn voller Skepsis und Misstrauen an. Sie verschränkte die Arme und lehnte sich gegen den Schreibtisch. «Wirklich? Denn ich habe euch zwei im *Savoy* gesehen. Ganz kumpelhaft. Ich meine, ich weiß, dass du Gavins Freund bist und dass er dir vertraut, sonst hätte ich dir das hier nie erzählt. Aber soll ich ernsthaft glauben, dass du nichts davon geahnt hast?»

«Nein, ich hatte nicht die geringste Ahnung. Gott.» Mack fuhr sich durch die Haare. Traute sie ihm das wirklich zu? Dass er einen Sexualstraftäter deckte?

«Aber es muss Leute geben, die Bescheid wissen. Männer wie Preston sind immer von Menschen umgeben, die wegsehen oder ihm sogar helfen.»

«Ich bin keiner von denen. Außerdem kenne ich ihn kaum.»

«Und wenn du Gerüchte gehört hättest? Vielleicht mehr als nur Gerüchte? Hättest du etwas unternommen?»

«Ja, gottverdammt. Das hätte ich.»

Den Kopf zur Seite geneigt, musterte Liv sein Gesicht, als versuchte sie zu entscheiden, ob sie ihm glauben sollte. Zum ersten Mal fiel ihm auf, wie sehr sie ihrer Schwester ähnelte. Sie hatten die gleichen Augen, die gleiche Haarfarbe. Aber Liv strahlte ein Misstrauen aus, das er an Thea nie gesehen hatte. Sie wirkte wie jemand, der verzweifelt gern vertrauen wollte, aber nicht wusste, wie er das anstellen sollte.

Und plötzlich wünschte er sich nichts so sehr wie ihr Vertrauen. «Du weißt, dass du das nicht allein durchziehen kannst, Liv. Sei nicht dickköpfig.»

«Du willst helfen? Gut. Gib Jessica einen Job. Ich muss sie da rausholen.»

«Geht klar. Ich werde sie heute noch einstellen. Wie kann ich sie kontaktieren?»

Liv riss die Augen auf. «Ich … weiß es nicht.»

«Du weißt es nicht?» Er schlug jetzt denselben skeptischen Ton an wie sie.

«Wir sind nicht befreundet.» Sie breitete etwas hilflos die Arme aus. «Ich habe ihre Telefonnummer nicht, im Internet hält sie sich total bedeckt, und ich kann nicht gerade im *Savoy* aufkreuzen und sie fragen.»

Mack tippte auf sein Handydisplay. «Wie heißt sie mit Nachnamen?»

«Summers.»

Mack gab den Namen in die Suchmaschine ein und fügte «Nashville» hinzu, um die Ergebnisse einzugrenzen.

«Meinst du es wirklich ernst?», fragte Liv misstrauisch.

«Ja, ich meine es todernst.»

«Du willst ihr also einen Job anbieten.»

«Habe ich gerade gesagt, oder?»

Seine Google-Suche brachte zwei Millionen Ergebnisse. Liv seufzte kopfschüttelnd. «Glaubst du wirklich, ich habe nicht nach ihr gegoogelt?»

Als er nicht antwortete, rollte sie so heftig mit den Augen, dass man es fast hören konnte. «Ich geb dir Bescheid, wenn *ich* mit ihr Kontakt habe», sagte sie und ging.

Diesmal lief er ihr nicht nach. Denn Liv wusste vielleicht nicht, wie sie diese Jessica finden sollten, aber er kannte jemanden, der das mit Sicherheit konnte.

Mack steckte das Handy weg und holte seine Schlüssel hervor. Er verließ sein Büro und ging an Sonia vorbei. Die blickte auf. «Worum ging es da eben?»

Er hatte jetzt keine Zeit dafür. «Erkläre ich dir später.»

Sonia zuckte die Achseln und murmelte irgendwas Sarkastisches vor sich hin. Mack ging durch die Küche und den Lieferanteneingang hinaus auf die Gasse hinter dem Haus, wo sein Wagen stand.

Im Eiltempo durchquerte er die Innenstadt und machte unterwegs einen Anruf.

Kurz vor vier erreichte er den Treffpunkt, einen dreistöckigen Backsteinbau. In verblassten grünen Buchstaben stand *Dagnabit's* über der Tür. Dem Anschein nach ein Laden, wo der Whiskey billig war und die Köche sich nicht die Hände wuschen. Und damit genau richtig für solch ein Treffen.

Mack ging über das rissige, unkrautbewachsene Pflaster auf die Tür zu und zog sie auf. Sie knarrte, als wäre das eine Beleidigung. Drinnen war die Beleuchtung schummrig und der Fernseher laut. Der Laden war so gut wie leer. Nur an der Theke hockten zwei Biker vor ihren halb geleerten Bierkrügen und verfolgten gebannt ein Baseballspiel. Keiner sah in seine Richtung. Zwei Hocker weiter saß ein Mann mit strähnigen Haaren und einem feucht klingenden Husten, der aussah, als würde er jeden Moment ausrasten und Verschwörungstheorien über die CIA brüllen.

Mack wählte einen Platz in der Mitte und bestellte ein Bier.

Fünf Minuten später knarrte die Tür wieder, und Noah Logan kam herein, die Hände in den Taschen seiner abgenutzten Lederjacke, die Kappe tief in die Stirn gezogen. Der äußeren Erscheinung nach sah er wie ein typischer IT-

Spezialist aus. Aber Mack vermutete, dass er in Wahrheit ein supergeheimes Geheimagentending durchzog. Niemand konnte so intelligent und auf unaufdringliche Art so gut gebaut sein und nicht verdeckt für die Regierung arbeiten. Mack hatte ihn vor einigen Jahren angeheuert, damit er für seine Netzwerksicherheit sorgte, hatte aber ziemlich bald erkannt, dass Noahs Fähigkeiten weit über den Durchschnitt hinausgingen. Danach hatte er Mack bei einer anderen heiklen Angelegenheit geholfen, was ihn auf Macks Liste der vertrauenswürdigsten Leute befördert hatte.

«Hey, Kumpel.» Noah setzte sich auf den Hocker neben ihm. «Was liegt so Wichtiges an?»

«Du musst etwas für mich tun.»

«Ja, das dachte ich mir.»

Mack legte einen Fünfer auf die Theke und stand auf. «Gehen wir ein Stück.»

«Wir sind gerade mal fünf Sekunden hier», beschwerte sich Noah.

Zehn Minuten später maulte er nicht mehr. Er ging langsamer und schüttelte den Kopf. «Heilige Scheiße», flüsterte er. «Ich wusste, dass der Kerl irgendwie schmierig ist. Was soll ich für dich tun?»

«Erst mal Jessica finden. Liv kann sie natürlich nicht vor dem *Savoy* ansprechen. Sieh zu, ob du rausfinden kannst, wo sie sich aufhält, wenn sie nicht zu Hause oder bei der Arbeit ist.»

«Was noch?»

«Ich muss wissen, mit wie vielen Frauen er das schon gemacht hat.»

Noah sah ihn skeptisch an. «Ich werde sehen, was ich rauskriegen kann. Wie tief soll ich für dich graben?»

«Wie tief kannst du graben?»

Noahs Gesichtsausdruck wurde besorgniserregend ausdruckslos. «Ziemlich tief.»

«Schick mir einfach die Rechnung», sagte Mack und wandte sich zum Gehen. «Aber diskret.»

«Nein.»

Mack fuhr herum. «Wie bitte?»

Noah schien ein paar Zentimeter zu wachsen. «Das geht aufs Haus. Säcke wie Preston verdienen, was auch immer ihr euch ausdenken könnt.»

KAPITEL 7

Der Sonnenuntergang färbte den Horizont orange, als Mack am Mittwoch vom Highway abfuhr und den Anweisungen des Navis stadtauswärts folgte. Gavin hatte das also ernst gemeint. Liv wohnte auf einer Farm. Und nicht auf einer Hipster-Pseudo-Farm, sondern auf einer richtigen mit einer großen roten Scheune, kleineren Nebengebäuden, Weiden und Schafen – ach nein, Ziegen. In der Mitte, ein wenig erhöht, stand ein weißes Schindelhaus, umgeben von einem Zaun mit Mauersockel, der aussah, als wäre es kurz nach dem Bürgerkrieg gebaut worden.

Mack fuhr in die kiesbestreute Einfahrt und unter ausladenden Bäumen hindurch, um neben einer freistehenden Garage anzuhalten. An einer Seite führte eine Treppe zu einem Obergeschoss. Ein Fenster ging auf die Einfahrt hinaus.

Mack hatte neben einem staubigen Ford Pickup und hinter einem schwarzen Jeep mit einem ausgebleichten Aufkleber an der Stoßstange geparkt, auf dem stand: *Eine*

Frau ohne Mann ist wie ein Fisch ohne Fahrrad. Ja, hier war er definitiv richtig.

Aber wieso? Wieso wohnte Liv hier?

Er stellte den Motor ab, öffnete die Tür und langte nach der Tüte vom Chinesen, die er als Friedensangebot mitgebracht hatte. Letzte Nacht hatte er kaum geschlafen. Auf keinen Fall würde er an der Seitenlinie sitzen, während Liv es allein mit Royce aufnahm. Er musste sie überzeugen, ihn mitmachen zu lassen.

Er drehte sich auf dem Sitz, schwang das linke Bein nach draußen ... und wurde angegriffen.

Die Bestie kam wie aus dem Nichts. Mack hörte heiseres Krähen und sah einen Bausch schwarz-roter Federn, während sich ihm durch die Jeans bereits irgendwas ins Schienbein bohrte, ehe er ganz begriffen hatte, was vor sich ging. Das Mistvieh flatterte auf und streckte die Beine nach vorn, um ihm erneut die Krallen ins Fleisch zu treiben. Mack riss das Bein gerade noch rechtzeitig ins Auto und schlug die Tür zu. Der Vogel rächte sich, indem er kreischend den Wagen attackierte.

Da erschien plötzlich oben auf der Garagentreppe seine Retterin in Gummistiefeln mit einem Besen in der Hand.

«Hast du dich verfahren?», schrie sie.

Etwas prallte so heftig gegen die Tür, dass er zusammenzuckte. Das verdammte Mistvieh zerkratzte ihm den Lack. Er schlug mit der Faust gegen das Fenster. «Was ist das für ein Ungeheuer?»

Liv hielt sich eine Hand hinters Ohr, die universelle Ich-kann-nichts-verstehen-Geste.

Mack fuhr das Fenster herunter. «Was für ein Vieh ist das?», brüllte er.

«Ein Hahn, du Hirni.»

«Der ist von einem Dämon besessen!»

Sie zuckte die Achseln. «Hähne sind bekannt für extremes Revierverhalten.»

«Er hat mich angegriffen!»

«Sie sind auch ausgezeichnete Menschenkenner.»

«Scheuch ihn weg, damit ich aussteigen kann. Wir müssen reden.»

«Wenn du gekommen bist, um mich umzustimmen, kannst du gleich wieder fahren.»

Er hielt die Tüte vom Chinesen aus dem Fenster. «Lo Mein und Wantan-Suppe.»

Eine Braue schoss in die Höhe. «Woher?»

Herrgott im Himmel! «Jade Dynasty.»

«Na gut.» Liv trampelte die Treppe hinunter und schwang den Besen gegen den Vogel. «Weg. Los, verschwinde.»

Der Vogel plusterte sich auf und griff den Besen an. Schimpfend fegte sie ihn damit bis zum Zaun und in ein Maschendrahtgehege, wo sie ihn einsperrte.

Dann kam sie zum Auto zurück. «So. Jetzt bist du sicher. Gib mir mein Essen.»

Mack streckte es aus dem Fenster. Liv riss ihm die Tüte aus den Fingern, spähte hinein und machte sie wieder zu. «Danke. Dann bis irgendwann mal.»

«Von wegen.» Er stieß die Tür auf. «Wir haben einiges zu besprechen.»

«Haben wir nicht.»

«Ich werde mitmachen.»

«Ich denke, ich habe mich gestern klar ausgedrückt.»

Mack stieg aus und warf die Tür zu. «Wenn du mich nicht mitmachen lassen willst, hättest du mir nicht erzählen sollen, was er treibt.»

«Oh Gott, du bist wie ein lästiges Haar am Kinn, das immer wieder nachwächst, egal wie oft man es ausreißt. Man zupft das Mistding raus, und plopp, zwei Tage später ist es wieder da.»

«Ich finde es sehr faszinierend, dass du mit Kinnhaaren zu kämpfen hast, aber wir haben ein wichtigeres Thema.»

«Etwa, dass deine Schuhe mehr gekostet haben als mein Auto?»

«Du willst mir Ratschläge in Sachen Mode erteilen? Du siehst aus wie das Vorher-Foto bei einem Makeover.»

«Belästigt dich der Kerl, Livvie?» Ein Mann mit kräftigem Brustkorb hinkte von einem der Außengebäude auf sie zu und wischte sich die Hände an einem fleckigen Handtuch ab. Seine Stoppelfrisur und sein harter Blick sprachen von einem Leben als Autoritätsperson. Das Hinken verriet, dass seine besten Jahre hinter ihm lagen.

«Dein Freund?», flüsterte Mack.

Liv schoss ihm einen bösen Blick zu, ehe sie dem Mann antwortete. «Und ob», sagte sie. «Kannst du ihn vertreiben?»

Mack schritt ihm mit ausgestreckter Hand entgegen. Hinter sich hörte er Liv schnauben. «Lass es lieber. Das ruiniert womöglich deine Maniküre.»

«Braden Mack», sagte er.

Der Mann drückte ihm unnötig kräftig die Hand. «Earl Hopkins.»

«Wir nennen ihn Hop», sagte Liv, als sie zu ihnen trat, und deutete mit dem Kopf auf Mack. «Und *ihn* nenne ich Kinnhaar.»

Hop musterte ihn. «Hast du gedient, Junge?»

«Nein. Und gesessen auch nicht.»

Hop schnaubte und musterte Mack noch mal von oben bis unten, stutzte bei dem blutigen Riss in seiner Jeans und grinste dann Liv an. «Hat Randy ihn in die Krallen gekriegt?»

Liv lächelte.

Hop nickte. «Der Hahn ist doch zu was gut.»

«Ihr nennt ihn *Randy?*»

Liv rollte die Augen. «Ich komme zurecht, Hop. Sag Rosie, ich bin in zwei Minuten da und helfe ihr beim Tischdecken.»

Hop deutete mit dem Kinn auf Mack. «Isst er mit uns?»

Liv und Mack antworteten gleichzeitig.

«Nein.»

«Sehr gern, danke.»

Liv sah ihn böse an. «Du bleibst *nicht* zum Abendessen.»

«Was gibt es denn?»

«Alles, wogegen du allergisch bist.»

Hop schüttelte den Kopf und ging zum Haus.

«Interessante Wohnsituation, Liv.»

«Niemand zwingt dich hierzubleiben.»

«Ach komm, mal im Ernst. Warum wohnst du ausgerechnet hier?»

Ohne zu antworten, stampfte sie denselben Weg entlang, den Hop genommen hatte.

«Vielleicht ist es dir noch nicht aufgefallen», sagte Mack, als er sie einholte, «aber ich *blute.*»

«Du wirst es überleben.»

«Wer weiß, was für Krankheiten das Vieh hat?»

«Du hast recht. Du musst sofort in die Notaufnahme und denen ganz genau erklären, was passiert ist.»

Ihm lag schon eine schlagfertige Antwort auf der Zunge, aber er stockte, denn drei Meter entfernt hinter dem Zaun sprang Randy auf eine Henne und … «Was zum Teufel macht er da mit dem Huhn?»

«Warst als Kind nicht oft auf dem Land, hm?»

«Oh doch. Hab sogar mal einen ganzen Tag in einer winzigen Dorfschule verbracht, wo wir mit Stöcken und Äpfeln gebastelt haben. Über mordlustige Hähne hat der Lehrer allerdings nichts erzählt.» Randy sprang von der Henne. «Oh, das ging schnell.»

«Männer sind Müll, egal zu welcher Spezies sie gehören.»

«Ich nicht. Ich bin einer von den guten.»

Liv schnaubte nur. Sie öffnete die Hintertür und ließ ihm das Fliegengitter beinahe ins Gesicht schlagen.

«Danke», sagte er beim Ausweichen. Er folgte ihr in einen Haushaltsraum und einen kurzen Flur entlang, der in eine große offene Küche führte, wo eine Frau mit langem grauen Zopf am Herd stand und in einem Topf rührte. Es roch köstlich.

«Ich habe einen Streuner aufgegabelt.» Liv ging zum Kühlschrank. «Randy hatte ihn in den Klauen.»

Die Frau drehte sich um und wischte sich die Hände an einem Geschirrtuch ab. «Und wer ist das, wenn ich fragen darf?»

Mack ließ sein berühmtes Lächeln sehen und streckte

die Hand aus. «Braden Mack, Ma'am. Freut mich, Sie kennenzulernen.»

Sicherheitshalber zwinkerte er noch, und die Frau schüttelte ihm lächelnd die Hand. «Na, die Freude ist ganz meinerseits.»

«Echt jetzt?» Liv stellte die Tüte vom Chinesen in den Kühlschrank. «Sogar du?»

«Ich bedaure, zur Essenszeit zu stören, Ms. ...»

Sie winkte ab. «Du kannst Rosie sagen. Und du störst überhaupt nicht. Wir haben reichlich. Es gibt Schmorbraten.»

Mack rieb sich den Bauch und zwinkerte. «Mein Lieblingsgericht.»

Liv würgte, was ihr einen vernichtenden Blick von Rosie einbrachte.

«Liv, wo sind deine Manieren?», tadelte Rosie und deutete mit dem Kopf zum Flur. «Geh und hilf ihm, die Wunde zu säubern.»

Liv seufzte wie ein Kind, das dazu verdonnert wurde, auf seinen kleinen Bruder aufzupassen, solange die Erwachsenen Karten spielten. «Na schön. Komm mit.»

Mack folgte ihr in ein kleines Bad. Er setzte sich auf den Wannenrand und streckte die Beine aus. Sie reichten bis zu dem Waschbecken, an dem Liv einen Waschlappen nass machte und gleichzeitig im Spiegelschrank kramte.

Mit einer unheilverkündenden Flasche drehte sie sich zu ihm um. «Krempel das Hosenbein hoch», befahl sie und ging vor ihm in die Hocke.

Er rang den Drang nieder, etwas Dreckiges zu ihrer für andere Gelegenheiten durchaus günstigen Position zu bemerken. Wortlos beugte er sich hinunter und zog das Hosenbein hoch, bis eine zweieinhalb Zentimeter lange Kratzwunde zum Vorschein kam. Blut verklebte die dunklen Haare und lief in einem dünnen Rinnsal hinunter in die Socke.

Liv blickte höhnisch grinsend zu ihm hoch. «Wegen dem Kratzer machst du solch ein Theater?»

«Guck doch, es blutet.»

«Hey, nimm es wie ein Mann.»

«Das», er hob einen Finger, «ist schon die zweite sexistische Bemerkung von dir, seit ich hier bin.»

«Was war die erste?»

«Die mit der Maniküre.»

Sie riss die Augen auf, als würde sie das unschuldig wirken lassen. «Wenn du dein Geld für so etwas rauswirfst, verdienst du es, verarscht zu werden.»

«Ich gehe nicht zur Maniküre. Aber selbst wenn? Männer können sich auch maniküren lassen, wenn sie wollen.»

«Ich habe nicht behauptet, dass sie das nicht können. Ich finde, man sollte sich ganz geschlechtsneutral über jeden lustig machen, der dafür Geld ausgibt.»

Das war ein interessantes Detail, das Mack sich für eine spätere Analyse merkte. Fürs Erste wechselte er das Thema. «Was hat es mit Hop auf sich? Ist er ein Cop?»

«Er war Detective bei der State Police und hat in Vietnam gekämpft. An deiner Stelle würde ich mich nicht mit ihm anlegen.»

«Er sieht irgendwie nicht aus, als wäre er Rosies Typ.»

«Oh, sie sind nicht zusammen.» Sie lachte, und man konnte darin ehrliche Zuneigung hören. Das gefiel ihm.

«Er hilft ihr auf der Farm, und ich bin ziemlich sicher, dass er seit der Highschool in sie verliebt ist, aber nein, sie sind nicht zusammen.»

Sie goss etwas aus der Flasche auf seine Wunde, und er jaulte auf. «Fuck, was tust du denn da?»

«Die Wunde reinigen.»

«Womit? Salzsäure?»

«Peroxid, Weichei.»

«Da, schon wieder, du stellst meine Männlichkeit in Frage. Es ist eine wissenschaftlich erwiesene Tatsache, dass Männer eine niedrigere Schmerzschwelle – Scheiße!» Wieder goss sie einen Schwall von dem Zeug über die Wunde. «War das wirklich nötig?»

«Absolut.» Sie stand auf. «Ich musste deine wissenschaftliche Theorie prüfen. Offenbar stimmt sie.»

«Das brennt», schmollte er.

«Hier.» Sie gab ihm ein großes Pflaster. «Komm raus, wenn du fertig bist. Oder besser noch: Bleib einfach drin.»

Mack erwiderte diesmal nichts. Er klebte sich das Pflaster aufs Schienbein, wusch sich die Hände und ging zurück in die Küche. Liv deckte gerade den Tisch im angrenzenden Esszimmer.

«Kann ich helfen?»

Rosie antwortete. «Setz dich und mach es dir bequem. Liv, bring ihm etwas zu trinken.»

Grinsend setzte er sich in einen der Stühle.

«Was willst du?» Liv knurrte praktisch.

«Nur ein Glas Wasser.» Er zwinkerte ihr zu, worauf sie die Zähne fletschte.

In dem Moment kam Hop herein, mit feuchten Haaren

und frisch angezogen. Er schien gerade geduscht zu haben. «Ich nehme ein *Bier.*» Er betonte das Wort, als wollte er sagen: Das trinken richtige Männer.

«In dem Fall nehme ich auch gern eins.»

Hop schob Liv vom Kühlschrank weg, nahm zwei Flaschen Budweiser heraus und setzte sich Mack gegenüber.

«Woher stammst du?» Hop schob ihm eine Flasche hin.

«Des Moines.»

Liv, die auf der Kücheninsel Besteck sortierte, blickte auf. «Wirklich?»

«Ja, wieso?»

Sie runzelte die Stirn. «Du wirkst nicht wie der Iowa-Typ.»

«Familie?», fragte Hop weiter.

Mack erstarrte kurz, was Hop nicht entging. Der Mann zog eine Braue hoch.

«Meine Mutter lebt noch in Des Moines, aber sie zieht bald her. Ich bin gerade dabei, ihr ein Haus zu suchen.»

«Und dein Vater?» Hop beobachtete ihn scharf.

«Tot.» Die bewährte Lüge.

«Das wusste ich nicht», sagte Liv, und bei ihrem sanften Tonfall schaute er zu ihr rüber. «Es tut mir leid.»

Mack zuckte die Achseln, um seine Scham zu überspielen. Er hatte ein schlechtes Gewissen wegen des unverdienten Mitgefühls, aber nicht so sehr, dass er die Lüge zurücknahm. Die Wahrheit war schlimmer. «Das ist lange her.»

Zehn Minuten später stand das Essen auf dem Tisch. Liv setzte sich ihm gegenüber, nachdem Rosie und Hob die anderen Enden des Tisches für sich beanspruchten.

«Du hast ein wirklich schönes Haus, Rosie», sagte Mack.

Liv rollte die Augen und drückte ihm den Brotkorb in die Hand.

«Ist seit 1870 im Besitz der Familie», erzählte Rosie. «Mein Großvater und meine Mutter sind in einem der Zimmer oben zur Welt gekommen.»

«Wirklich?», sagte Mack. «Und wo wurdest du geboren?»

«In einem Hexenzirkel im Wald», antwortete Hop.

«Du kannst bei den Ziegen essen, wenn du willst», konterte Rosie.

«Mach dir keine Sorgen wegen ihr», meinte Hop zu Mack. «Sie ist bloß sauer, weil der Gleichberechtigungszusatz nicht in die Verfassung aufgenommen wurde.»

«Nur ein Staat hat uns gefehlt. Nur einer.»

Mack verstand allmählich, warum Liv auf der Farm wohnte. Das war wirklich unterhaltsam.

«Ihr beide geht also miteinander?», fragte Rosie.

Liv prustete das Wasser aus, das sie gerade trinken wollte. «Gott, nein.»

«Wirklich schade. Es ist lange her, seit Liv einen Mann hatte.»

«Rosie», wimmerte Liv.

Mack grinste breit. «Ist das so?»

Liv straffte die Schultern. «Ich will keinen Mann. Ich habe gar keine Zeit für einen. Männer sind unselbständig, klammern und halten kein einziges Versprechen.»

Mack stieß einen Pfiff aus. «Verdammt, Mädchen. Wer hat dir so weh getan?»

«Das Patriarchat», antwortete sie trocken.

«Also was treibt dich hierher?», wollte Hop wissen.

«Ich will ihr helfen.»

Liv schob sich eine Gabel voll Essen in den Mund. «Ich brauche seine Hilfe nicht.»

«Worum geht es?», fragte Rosie.

«Mack denkt, er ist Superman, und will angeflogen kommen, um die arme hilflose Frau zu retten.»

«Und *Olivia* denkt», eine Stiefelspitze traf ihn unter dem Tisch am Schienbein, «sie kann es mit Royce Preston ganz allein aufnehmen. Ich will sie überzeugen, dass sie Unterstützung braucht.»

«Er könnte recht haben, Liv», sagte Rosie.

«Ich komme allein klar», widersprach Liv mit einem feindseligen Blick in seine Richtung.

Rosie kniff die Lippen zusammen und schüttelte den Kopf. «Unfassbar, dass wir uns noch immer mit solchem Scheiß herumschlagen müssen.»

Hop seufzte. «Das schon wieder.»

Rosie zeigte mit der Gabel auf ihn. «Ihr Männer müsst euch eure Geschlechtsgenossen endlich vorknöpfen. Wir kämpfen schon zu lange gegen Windmühlen.»

Hop hob die Hände. «Wieso schreist du mich an? Ich hab's nicht getan. Ich hab noch nie im Leben eine Frau sexuell belästigt.»

«Ach, verschone mich mit dem Es-sind-nicht-alle-gleich-Mist. Männer wie Royce Preston kommen doch nur davon, weil alle anderen ihnen das ermöglichen.»

«Wieso gehöre ich auf einmal zu den Bösen?»

Mack räusperte sich. «Ich glaube, Rosie will damit sagen, dass die bösen Kerle davonkommen, weil die guten Kerle wegsehen.»

Er begegnete Livs überraschtem Blick und hob die Schultern in einer Was-denn?-Geste.

Hop schüttelte den Kopf. «Böse Kerle gab es immer, und es wird sie immer geben.»

«Nur weil die guten es zulassen», widersprach Mack.

«Jetzt hör mir mal zu», polterte Hop los. «Ich habe solche Drecksäcke ins Gefängnis gebracht, als du noch Windeln umhattest. Deine Belehrungen kannst du dir sparen, Junge.»

Rosie knallte ihre Gabel auf den Tisch. «Das ist mein Haus, Hop. Also sei höflich zu meinen Gästen, wenn du weiter an diesem Tisch sitzen willst.»

Liv trat ihn schon wieder unter dem Tisch.

Mack hob die Hände. «Entschuldigt bitte. Ich war unhöflich.»

«Keineswegs», erwiderte Rosie. «Er musste das hören.»

Hop brummte etwas und wandte sich seinem Essen zu. Rosie setzte ein freundliches Lächeln auf. «Also zieht deine Mutter nach Nashville?»

«Ja.» Er lächelte ebenfalls. «Nächstes Wochenende fliegt sie hierher, um sich Immobilien anzusehen. Ein Haus wie dieses würde ihr gefallen. Aber ich will sie überreden, in meine Nähe zu ziehen.»

«Oh, das ist nett. Du solltest mit ihr herkommen, damit sie sich die Farm ansehen kann.»

Liv richtete sich abrupt auf. «Was?»

«Eine wunderbare Idee, Rosie.» Mack zwinkerte. «Vielleicht mache ich das.»

«Wir würden uns sehr freuen.»

Danach plauderten sie über die Farm und blieben bei

unverfänglichen Themen, aber alle paar Sekunden sah er zu Liv, die ihm dann zuverlässig einen mörderischen Blick zuwarf. Als sie mit dem Essen fertig waren, bedankte er sich bei Rosie für die köstliche Mahlzeit und bot an, beim Abräumen zu helfen.

«Geht ruhig, ihr zwei», sagte Rosie. «Hop kann mir helfen.»

Hop brummte etwas Unhöfliches, und Mack wollte nicht abwarten, wie Rosie darauf reagierte. Er stand auf. «Liv, wollen wir?»

Liv gab wieder einen dieser langen Seufzer von sich. Sie ging mit ihm nach draußen und begleitete ihn zum Auto. Neben der Fahrertür blieb sie stehen und verschränkte die Arme.

«Woher kommt eigentlich deine miese Laune? Ist die angeboren?», fragte er grinsend. Ihm war klar, dass sie das auf die Palme bringen würde, aber Liv zu reizen machte einfach zu viel Spaß, um es nicht zu tun.

«Hmm, mal überlegen.» Sie stemmte eine Faust in die Seite und tat, als dächte sie nach. «Ich habe mich abgerackert, um Karriere zu machen, und jetzt bin ich arbeitslos.»

«Ich habe dir eine Stelle angeboten.»

«Mein Ex-Chef kann ungehindert weiter seine weiblichen Angestellten belästigen …»

«Ich habe dir angeboten, gemeinsam etwas dagegen zu unternehmen.»

«Und Jessica hat auf keine meiner Nachrichten reagiert.»

Er grinste wieder und neigte sich zu ihr. «Da kann ich helfen.»

«Wie bitte?»

«Ich dachte mir, dass dich das interessiert. Ich weiß, wo sie in ihrer Freizeit zu finden ist.»

Verblüfft sah sie ihn an.

Mack wirbelte seine Schlüssel um den Finger. «Wir treffen uns morgen um drei am *Temple*. Wir fahren zusammen.»

«Der Teil mit dem *zusammen* gefällt mir nicht.»

Mack zwinkerte. «Wehr dich ruhig, Liv. Aber auch du wirst noch anfangen, mich zu mögen.»

Sie rollte mit den Augen.

«Fürchtest du, mein Charme könnte dir gefährlich werden, wenn du zu viel Zeit mit mir verbringst?»

Sie seufzte. «Na schön. Ich werde um drei Uhr da sein.»

Er stieg ein und zog die Tür zu. Anstatt sich umzudrehen und reinzugehen, sah sie ihm nach, während er davonfuhr.

Das war ein hübscher Anblick, und er lächelte, als ihm klarwurde, dass diesmal er sie stehengelassen hatte.

KAPITEL 8

Am nächsten Nachmittag hörte Mack, kaum dass er sein Büro betreten hatte, die polternden Schritte seiner Managerin, die in klotzigen Stiefeln zielstrebig auf seine Tür zuhielt.

Sonia erzeugte mehr Lärm, als es einer Frau, die eins zweiundfünfzig groß war und selbst tropfnass nur hundert Pfund wog, möglich sein sollte. Aber Sonia ging, wie sie lebte: angepisst und selbstbewusst. Ganz ähnlich wie jemand, den er gerade näher kennenlernte. Sie und Liv würden entweder eine Mädchengang gründen oder sich gegenseitig umbringen.

Sonia erschien in der Tür, die Hände in die Hüften gestemmt. «Was machst du so früh hier?»

Mit einer Kopfbewegung bat er sie hereinzukommen. «Mach die Tür zu. Ich muss mit dir reden.»

Sie verzog das Gesicht. «Wird das lange dauern? Joe hat bei der Bourbonbestellung Mist gebaut. Wenn du nicht hier bist, um mir den Arsch zu retten, habe ich keine Zeit zu quatschen.»

«Du weißt schon noch, dass ich dein Boss bin, oder?»

«Ja, und was nützt mir das? Du wolltest mir einen neuen Barkeeper besorgen. Ist der schon in Sicht?»

Mack verschränkte die Arme, sehr mit sich zufrieden. «Tatsächlich könnte ich einen haben.»

Sonia stutzte und fragte dann skeptisch: «Könnte?»

«Ich kenne jemanden, der einen Job braucht.»

«Toll. Wann kann er anfangen?»

«Sie.»

«Wann kann sie anfangen?»

«Na ja, ich habe sie noch nicht überzeugt, ihn anzunehmen. Oder sie überhaupt gefragt, ob sie ihn will.»

Sonia knurrte. «Ich habe keine Zeit für so was.»

Mack deutete mit dem Kinn auf den Sessel vor dem Schreibtisch. «Ich muss dich trotzdem sprechen. Es ist dringend.»

Sein ernster Tonfall ließ ihre Professionalität zum Vorschein kommen. Sonia schloss die Tür und setzte sich. «Das klingt nicht gut.»

«Ist es auch nicht. Und die Sache muss unter uns bleiben.»

Das mit der Professionalität dauerte nicht lange. «Oh Gott, du hast jemanden geschwängert.»

«Was? Um Himmels willen. Nein.»

«Gut. Denn ich will nicht den Babysitter spielen müssen, und zur Patentante eigne ich mich weiß Gott auch nicht.»

«Kannst du mal für eine Minute still sein?»

Sie lehnte sich zurück. «Ich bin ganz Ohr.»

«Im Ernst, Sonia, du darfst darüber kein Wort verlieren, zu niemandem.»

«Fick dich. Wann habe ich je …»

Er hob die Hände. «Okay, schon gut. Ich will nur … die Sache ist ernst.»

«Warum brauchst du dann so lange? Spuck's aus.»

Er nahm einen Stift und drehte ihn zwischen den Fingern. «Du kennst Royce Preston, ja?»

Sie tat, als müsste sie würgen.

«Das werte ich als Ja.»

«Nicht persönlich, aber ich hab von ihm gehört. Warum?» Sie legte den Kopf schräg und stöhnte. «Sag mir nicht, du willst dich geschäftlich mit ihm zusammentun. Ich schwöre bei Gott, dann kündige ich. Auf der Stelle.»

«Was dagegen, wenn ich erst mal zu Ende erzähle?»

«Dann mach endlich. Aber nur so zur Info: Ich werde nicht zulassen, dass du dem Kerl deine Seele verkaufst.»

Er lehnte sich zurück. «Nur aus Neugier: Warum nicht?»

Sonia zuckte die Achseln. «Weiß nicht. Der hat so was an sich, dass meine Vagina eine Unterlassungsklage einreichen will.»

«Interessante Metapher.»

Sonia deutete auf ihren Schritt. «Diese Vagina irrt sich nicht.»

In Anbetracht der Gründe für diese Unterhaltung schien es mehr als unpassend, über ihre Vagina zu reden. «Hast du mal Geschichten über ihn gehört, du weißt schon …»

Sie kniff die Augen zusammen. «Was?»

«Du weißt, was ich meine.»

«Dass er Teenagerinnen in seinem Keller ankettet? Beanie Babys auf eBay vertickt? Du musst schon deutlicher werden.»

«Ich meine sexuelle Belästigung.»

Sonias Augen wurden noch schmaler. «Was geht hier vor?»

«Ich habe ein Gerücht gehört.»

«Über sexuelle Belästigung?»

«So ziemlich, ja.»

«Würde mich nicht überraschen.»

Tja, ihn hatte das überrascht, und das ärgerte ihn. Wieso hatte er dem Kerl nichts angemerkt? Er kannte Royce seit – wie viel – fünf Jahren? Sie waren bestimmt keine Freunde, aber sie bewegten sich in denselben Kreisen. Spielten zusammen Golf bei Wohltätigkeitsturnieren. Gingen zu den Galas der Handelskammer. Plauderten bei Sportevents. In all der Zeit war ihm nichts aufgefallen, das auf sexuelle Belästigung hindeutete. Doch Sonia hatte es gespürt, ohne den Mann persönlich zu kennen. Hatten alle Frauen eine Antenne für so etwas? Oder entwickelten einige durch Erfahrung ein Gespür dafür?

«Scheiße», hauchte Sonia plötzlich.

Er tauchte aus seinen Überlegungen auf. «Was?»

«Du willst etwas unternehmen, stimmt's?»

«Nein.»

«Doch. Ich kenne diesen Blick.»

«Was für einen Blick?»

«Den Superman-Blick.»

«Was soll das heißen?»

«Dass du deinen Schimmel schon gesattelt hast und gleich losreiten willst, um die Jungfrau in Nöten zu retten.»

Okay, das war jetzt schon das zweite Mal in zwei Tagen, dass jemand ihn beschuldigte, sich für einen Helden zu halten. Und das ärgerte ihn. «Und du meinst nicht, dass jemand etwas tun sollte, wenn so ein Arschloch sich Frauen aufdrängt?»

«Du hast also tatsächlich vor, etwas zu unternehmen.»

Er knallte den Stift hin. «Ja, verdammt, habe ich.»

Sie stand auf. «Ich bin dabei.»

«Was?»

«Ich kann den Scheißkerl nicht ausstehen, und das, obwohl ich bis eben nicht mal wusste, dass es einen Grund dafür gibt. Also will ich mitmachen, egal was du vorhast.»

«Es gibt noch keinen konkreten Plan. Aber wir werden vielleicht noch jemand anderen einstellen müssen.»

«Als was?»

Er hob eine Schulter. «Weiß ich noch nicht. Notfalls denken wir uns irgendwas aus.»

Sie zog eine Braue hoch. «Jungfrau in Nöten?»

Er zeigte ihr den ausgestreckten Mittelfinger, was sie natürlich erwiderte, dann ging sie zur Tür.

«Sonia.»

Sie drehte sich um. «Was?» Sie sagte das mit ihrem üblichen genervten Tonfall.

«Diese Unterhaltung …»

«Ich behalte es für mich.»

«Nein, das meine ich nicht. Diese Vagina-Sache. Hast du dich dabei unwohl gefühlt?»

«Das kam von mir, nicht von dir.»

Er nickte nachdenklich. «Klar. Ich meine nur, manchmal sagen wir Sachen zueinander …»

«Wir sind Freunde, Mack. Das ist etwas anderes.»

«Bist du sicher? Denn wenn ich jemals etwas getan oder gesagt habe, das dir unangenehm war, dann musst du mir das bitte sagen. Es war nie meine Absicht. Natürlich zählt nicht die Absicht, sondern die Wirkung, aber …»

«Mack», sagte sie so ernst, wie er sie kaum je erlebte. «Du bist völlig anders als Royce Preston. Du bist wahrscheinlich der beste Kerl, den ich kenne. Aber wenn du irgendwem verrätst, dass ich das gesagt habe, werde ich dir weh tun.»

Er nickte. «Alles klar.»

«Soll ich die Tür zumachen?»

Er nickte wieder.

Sie salutierte und ging hinaus. Mack starrte auf den leeren Sessel. *Du bist wahrscheinlich der beste Kerl, den ich kenne.* Wieso kam er sich dann vor wie ein Arschloch? Er drehte sich mit dem Sessel im Kreis, um sich von der Frage und der Antwort abzulenken.

Dann griff er zum Telefon und rief seine Mom an. Er war schon kurz davor aufzulegen, als sie sich im letzten Moment meldete. Sie klang atemlos. «Hey, warte kurz, ja?»

Offenbar hielt sie den Hörer vom Ohr weg, denn er hörte sie gedämpft mit jemandem reden. «Sie sind sehr schön. Vielen Dank», sagte sie.

«Wer war das?», fragte er, als sie wieder da war.

«Der Florist.»

Mack horchte alarmiert auf. «Wer hat dir Blumen geschickt?»

«Das weiß ich nicht. Ich habe noch nicht auf die Karte geschaut.»

Sie wich ihm aus. Er hasste das. «Guck doch nach und erzähl's mir.»

«Braden, ich schätze es, wie sehr du dich um mich kümmerst, aber weißt du, auch eine Mutter hat ein Recht auf Privatsphäre.»

Er knirschte mit den Zähnen, weil sie ihn ausschimpfte wie einen kleinen Jungen und ihn auch noch mit dem Vornamen ansprach. Nur seine Familie benutzte den noch. «Ist das Flugticket angekommen?»

«Ja, danke, mein Schatz.»

«Ich schicke dir gleich ein paar Immobilienangebote von meinem Makler. Ich denke, da könnte was dabei sein.»

«Das ist … großartig. Wie viele?»

«Sechs ungefähr.»

«Sie sind bestimmt … prima.»

Sie wich schon wieder aus. «Was ist los, Mom?»

«Nichts. Warum fragst du?»

«Du klingst eigenartig.»

«Ich bin bloß müde. Hör zu, ich muss noch was erledigen. Telefonieren wir morgen?»

«Äh, in Ordnung. Guck in deine E-Mails wegen der Häuser.»

«Jep. Mach's gut, Schatz.»

Und damit legte sie auf. Was zum Teufel? Mack nahm das Handy vom Ohr und starrte auf das Display. Seine Mutter hatte einfach aufgelegt. Und von jemandem Blumen bekommen.

Es klopfte an der Tür, und Sonia streckte den Kopf herein.

«Kinnhaar?»

Herrgott noch mal.

◆ ◆ ◆

Fast alle Tische waren besetzt, als Liv und Mack kurz vor vier die Uni-Cafeteria betraten. Professoren plauderten mit Studenten, Collegeschüler beugten sich über Laptops und Fachbücher. Eine Handvoll übermüdeter junger Menschen umklammerte einfach nur ihren dampfenden Latte, als beteten sie um Erlösung.

«Der ein oder andere hatte wohl eine lange Nacht.» Mack legte die Hand an ihren Rücken.

Liv zuckte unter der Berührung zusammen, doch entweder bemerkte er das nicht oder er ignorierte es. Jedenfalls zeigte er zu einem Tisch am Fenster. «Von da drüben können wir den Raum überblicken.»

Beim Hinsetzen schaute Liv sich nach allen Seiten um. «Sie scheint nicht hier zu sein.»

«Möchtest du etwas trinken?»

«Oh Gott, ja. Ich brauche Koffein.» Sie zog ihr Portemonnaie aus der Handtasche, doch er wehrte ab.

«Ich übernehme das. Was möchtest du?»

«Ich kann meinen Kaffee selbst bezahlen.»

«Natürlich kannst du das, aber dieser geht auf mich.»

Sie schob den Unterkiefer vor und überlegte, weiter zu streiten. Doch er würde bloß weiter argumentieren, und sie war zu fertig dafür. «Einen Vanille-Latte. Groß. Danke.»

Er nickte. «Bin gleich zurück.»

Sie folgte ihm mit den Augen zur Theke, wo er ein Lächeln aufsetzte, unter dem die junge Barista errötete und nach zwei Sekunden zu stottern anfing. Ein paar Minuten später kam er mit zwei Pappbechern zurück, auf einen davon war eine Telefonnummer gekritzelt.

Liv rollte mit den Augen. «Sie ist ein bisschen zu jung für dich, meinst du nicht?»

Mack sah auf seinen Becher, als fiele ihm die Nummer jetzt erst auf. Er zuckte die Achseln. «Das passiert mir ständig.»

«Du bist schamlos.»

«Ich kann nichts dafür, mein Charme ist angeboren.»

«Herumgesülze ist bei dir angeboren.»

Mack schüttelte den Kopf. «Trink deinen Kaffee. Du hast miese Laune.»

Liv nahm einen Schluck und stöhnte. Der erste schmeckte immer am besten. Als sie die Augen wieder aufmachte, stellte sie fest, dass Mack sie spöttisch ansah.

«Soll ich euch zwei besser allein lassen?»

«Wenn ich ja sage, gehst du dann?»

Sein leises Lachen hatte dieselbe Wirkung wie der Kaffee – ihr Herz klopfte ein bisschen schneller.

«Wie hast du rausbekommen, wo wir Jessica finden können?», fragte sie nach einem Moment.

«Ein Freund von mir ist ein Computergenie.»

Liv richtete sich abrupt auf. «Moment mal. Hast du ihm von Royce erzählt?»

«Nein. Nur, dass ich Jessica ausfindig machen muss.»

Sie beugte sich über den Tisch. «Lügst du mich gerade an?»

Er schnalzte mit der Zunge.

«Ich hasse Lügner nämlich.»

Seine Braue zuckte. «Ich werd's mir merken.»

Liv lehnte sich wieder zurück und hielt den Blick auf den Eingang geheftet. Als eine Traube von Studenten hereinkam, scannte sie angespannt ihre Gesichter. Aber Jessica war nicht dabei.

«Warst du auf dem College?», fragte sie nach ein paar unangenehm stillen Minuten.

Mack trank einen Schluck. «Nein. Und du?»

«Nur auf der Kochschule.»

Er zog eine Braue hoch. «Nur? Soweit ich weiß, ist das eine anspruchsvolle Ausbildung mit schwieriger Abschlussprüfung.»

Ihn das sagen zu hören freute sie mehr, als sie sich eingestehen wollte. «Woher weißt du, wie man ein Unternehmen führt, wenn du nicht studiert hast?»

«Man braucht keinen Abschluss, um erfolgreicher Geschäftsmann zu werden.»

«Wolltest du nicht studieren?»

Er legte einen Fuß aufs Knie. «Wird das hier etwa eine normale Unterhaltung?»

«Eher nicht, wenn du weiter so nervig bist.»

Er trank noch einen Schluck, bevor er antwortete. «Ich konnte mir das College nicht leisten. Wahrscheinlich hätte ich einen Studienkredit bekommen, aber das fand ich nicht besonders sinnvoll.»

Liv nickte. Ihre Freunde von der Highschool, die aufs College gegangen waren, hatten jetzt fast alle einen Berg von Schulden. Was in Ordnung war, solange man hinterher einen gut bezahlten Job bekam, um ihn abzuzahlen. Aber so einen hatten bisher nur wenige ergattert.

«Hättest du kein Stipendium kriegen können? Du bist intelligent.»

Mack legte eine Hand aufs Herz. «Das erste, das allererste Kompliment von dir. Ich bin gerührt.»

«Jemandem zu sagen, dass er intelligent ist, ist kein Kompliment. Bloß die Feststellung einer Tatsache.»

Er blickte an die Decke, als flehte er um Geduld. «Warum kannst du keinen Satz von mir unwidersprochen lassen?»

«Macht dich das wahnsinnig?»

«Ja.»

«Da hast du die Antwort.»

«Wie war das bei dir?», fragte er. «Warum bist du Konditorin geworden?»

Die Frage berührte sie auf eine Weise, die ihr unangenehm war. «Ich habe früher gern mit meiner Großmutter gebacken.»

«Na, das war doch gar nicht so schwer, oder?»

Sie rollte wieder mit den Augen.

«War das die Großmutter, bei der du und Thea eine Zeitlang gelebt haben?»

Sie hob so ruckartig den Kopf, dass sie sich über eine Muskelzerrung nicht hätte beschweren dürfen. «Woher weißt du das?»

«Gavin hat das mal erwähnt. Er sagte, ihr seid nach der Scheidung eurer Eltern zu ihr gezogen.»

«Gavin redet zu viel.»

«Warum habt ihr bei ihr gelebt?»

Sie schüttelte den Kopf. «Du bist dran.»

Er breitete die Arme aus. «Du kannst mich alles fragen.»

«Warum hast du angefangen, Liebesromane zu lesen?»

«Meine Mom las immer welche. Als ich entdeckte, dass

darin Sexszenen vorkommen, hab ich mir abends heimlich welche geklaut und mit ins Bett genommen.»

Sie wedelte mit der Hand. «Igitt. Mehr will ich nicht wissen.»

«Ein paar musste ich hinterher wegwerfen, weil, du weißt schon …»

Liv würgte. «Pubertierende Jungs sind widerlich.»

«Hey, die Zeit ist echt nicht einfach. Eben hatte man noch dieses interessante Ding zwischen den Beinen hängen, mit dem man draußen pinkeln und seinen Namen in den Schnee schreiben kann, und plötzlich fängt es an, dein ganzes Denken zu beherrschen.»

«Ach ja, die armen, armen Männer. Können ihr Gehirn nicht gebrauchen, weil alles Blut in ihren Schniedel strömt.»

Er blickte sie prüfend an. «Hasst du wirklich alle Männer?»

«Ja.»

«Wirklich?»

«Nein. Sollte ich aber. Ich kenne keinen, der vertrauenswürdig ist.»

Er neigte den Kopf zur Seite. «Nicht mal Gavin?»

«Außer Gavin. Und vielleicht Hop. Aber das war's auch schon.»

«Und dein Vater?»

«Du bist dran.»

Er zog eine Braue hoch. «Sehr subtil.»

Sie trank von ihrem Kaffee. «Woher hattest du das nötige Geld, um so jung schon einen Club aufzumachen?»

«Verdammt, jetzt wird's echt persönlich.»

«Ernsthaft? Du hast mir gerade erzählt, dass du Liebesromane als Wichsvorlage benutzt hast.»

«Stimmt.» Er lehnte sich zurück. «Im Grunde habe ich Glück gehabt.»

«In der Lotterie gewonnen?»

«Gewissermaßen. Ich habe als Türsteher für einen alten Mann gearbeitet. Er wollte sich zur Ruhe setzen, hatte keine eigenen Kinder und beschloss, mir auszuhelfen.»

«Und aus dem Geld hast du vier erfolgreiche Nachtclubs gemacht?»

«Ja.»

«Das klingt nicht nach Glück. Das klingt nach harter Arbeit und gutem Management.»

«Hast du mir gerade wieder ein Kompliment gemacht?»

Liv stöhnte. «Und jetzt bedaure ich es.»

Mack klopfte demonstrativ seine Taschen ab. «Ich brauche einen Stift. Ich muss diesen Moment schriftlich festhalten.»

Die Eingangstür schwang auf, Liv sah auf – und holte scharf Luft. Jessica. In ihren Yogahosen und dem weiten Sweatshirt sah sie aus wie die meisten anderen Studentinnen hier. Nur mit einem wesentlichen Unterschied: In ihren Augen lag ein gehetzter Ausdruck. Sie ließ die Schultern unter dem Gewicht ihres Rucksacks hängen und vielleicht auch unter dem Gewicht des Geheimnisses, das sie mit sich herumtrug.

Mack folgte Livs Blick. «Ist sie das?»

Liv nickte.

Mack schloss die Faust um seinen Becher. «Gott, sie ist jung.»

Schweigend beobachteten sie Jessica, die zur Theke ging, um zu bestellen. Sie rückte sich den Rucksack auf den Schultern zurecht und schaute dabei durch die Cafeteria, vermutlich auf der Suche nach einem freien Tisch. Liv wartete angespannt auf den Moment, in dem Jessica sie entdeckte, aber ihr Blick flog einfach über sie hinweg. Als hätte sie sie nicht wahrgenommen oder nicht erkannt.

Wahrscheinlich Letzteres. Es war erstaunlich, wie viele ihrer Freunde sie nicht erkannten, wenn sie ihre Kochmütze trug. Daher war es nur logisch, wenn eine Kollegin wie Jessica sie ohne nicht erkannte. Die Barista rief ihren Namen, worauf Jessica sich den Kaffee abholte. Ganz hinten neben dem Gang zu den Toiletten war noch ein Tisch frei.

Dort richtete sie sich ein, holte ihren Laptop und einen Notizblock hervor und trank ihren ersten Schluck Kaffee.

«Wie sollen wir vorgehen?», fragte Mack.

«Lass mich zuerst mit ihr reden. Ich winke dir, sobald du kommen kannst.»

Sie stellte ihren Becher hin und stand auf. Doch plötzlich wurde sie nervös und musste erst mal tief durchatmen. Mack griff nach ihrer Hand. «Alles okay?»

«Klar.» Sie zog die Hand weg, nicht weil sie das Gefühl seiner Finger an ihren nicht mochte, sondern weil es ihr ein bisschen zu sehr gefiel.

Sie war fast bei Jessicas Tisch angelangt, als die etwas bemerkte. Aus der Nähe erkannte Jessica sie sofort und riss die Augen auf. «Was machst du hier?»

«Darf ich mich setzen?» Liv deutete auf den freien Stuhl.

Jessica blickte sich unruhig um. «Ich darf nicht mit dir reden.»

«Niemand weiß, dass ich hier bin.»

«Wie hast du mich gefunden?»

«Ich möchte nur reden», sagte Liv.

«Was willst du?» Jessicas Ton war hektisch, nicht unhöflich.

«Sehen, ob es dir gut geht.»

In Jessicas Augen blitzte Zorn auf.

«Entschuldigung. Das war blöd.» Liv setzte sich.

«Ich muss lernen», beschwerte sich Jessica.

«Ich will dir helfen.»

«Es gibt nichts zu helfen. Ich sagte doch, es ist nichts passiert.» Die zitternden Finger, mit denen sie ihren Kuli umklammerte, sagten etwas anderes.

«Ich weiß, was ich gehört und gesehen habe. Und ich weiß auch, dass du Angst hast.»

«Ich will nur, dass du mich in Ruhe lässt.»

«Das kann ich nicht. Erst wenn Royce dafür bezahlt, was er getan hat. Was er wahrscheinlich schon oft getan hat.»

Jessica riss die Augen auf. Eben noch misstrauisch, war sie jetzt panisch. «Was hast du vor?»

Gute Frage. «Ich überlege noch.»

Jessica schüttelte den Kopf und fing an, ihre Sachen einzupacken. «Lass es einfach.»

«Ich werde dich beschützen, das verspreche ich dir. Und ich will, dass du weißt, dass du dir solche Zudringlichkeiten nicht gefallen lassen musst.»

Jessicas Unterlippe zitterte. «Meine Mutter ist so stolz darauf, dass ich im *Savoy* arbeite. Ich bin die Erste in der

Familie, die aufs College geht, und als ich die Stelle bekommen habe, hat sie jedem davon erzählt. Ich kann ihr das unmöglich erklären. Wenn ich kündige, wird sie wissen wollen, warum, und …»

«Deine Mutter würde nicht wollen, dass du dich so etwas aussetzt.»

Jessica biss sich auf die Lippe, als kämpfe sie gegen Tränen an. «Bitte. Lass mich einfach in Ruhe.»

Sie stand auf. Liv hielt sie am Handgelenk fest. «Warte.»

Jessica hielt inne, sah sie aber nicht an.

«Was wäre, wenn du eine andere Stelle bekämst? Würdest du dann kündigen?»

«Ich weiß nicht.»

«Siehst du den Mann da drüben?» Liv zeigte auf Mack. Er winkte freundlich und stand auf. «Er ist ein Freund von mir. Falls du dir Sorgen wegen des Geldes machst, er würde dich einstellen.»

Als Mack herüberkam, setzte Jessica sich wieder hin. Er blieb in respektvollem Abstand stehen und streckte die Hand aus. «Braden Mack.»

Jessica nahm sie zitternd.

«Freut mich, Sie kennenzulernen. Darf ich mich setzen?» Er zeigte auf den anderen freien Stuhl.

Sie nickte. Mack fing Livs Blick auf, als er um den Tisch herumging, und lächelte sie kurz an. «Liv hat mir ein paar Dinge erzählt, darüber, was vorgefallen ist», sagte er leise.

Jessica fühlte sich sichtlich verraten und schoss ihr einen anklagenden Blick zu.

«Niemand sonst weiß davon», versicherte er. «Sie können mir vertrauen.»

«Mack gehören ein paar Nachtclubs und Bars in der Gegend», erklärte Liv.

Mack zog eine Visitenkarte aus dem Portemonnaie und schob sie über den Tisch. «Mein Büro befindet sich im *Temple*, einem der Nachtclubs.»

Jessica nickte. «Den kenne ich.»

«Ich habe noch ein paar kleinere Clubs.»

Jessica kaute auf der Unterlippe. «Was für Jobs haben Sie frei?»

«Wenn nötig, schaffe ich eine neue Stelle.»

«Das würden Sie für mich tun?» Sie klang ehrfürchtig wie ein Mädchen, das gerade einen Superhelden vor sich hat. Liv verstand das, denn in dem Moment empfand sie genauso.

«Sie können heute schon anfangen, wenn Sie möchten. Sie müssen nicht mehr zu Royce Preston zurück.»

Und plötzlich brach der Zauber. Als sein Name fiel, schien sie die Kraft zu verlassen. Jessica schüttelte den Kopf und steckte Macks Karte ein. «Ich kann nicht kündigen. So gut würde ich woanders nicht bezahlt werden, und die Kontakte …»

«Ich weiß», sagte Liv. «Aus demselben Grund habe ich dort angefangen. Man denkt, man hat eine strahlende Karriere vor sich, wenn man für den großen Royce Preston gearbeitet hat. Aber zu welchem Preis? Kein Job ist das wert.»

Jessica presste die Lippen aufeinander. «Vielleicht willst du dich nur rächen. Mich benutzen, um ihm heimzuzahlen, dass er dich entlassen hat. Er sagte, du würdest das versuchen.»

«Verteidigst du ihn etwa?», brauste sie auf. Mack drückte unter dem Tisch warnend ihr Knie.

«Ist dir nicht klar, wie sehr er mir schaden kann?», schoss Jessica zurück. «Ich will mal Chefköchin werden. Er wird mich ruinieren.»

«Nicht, wenn wir ihm zuvorkommen.»

«Siehst du? Du willst ihn nur fertigmachen. Ich habe dich in der Küche reden hören. Du hasst Royce. Schon immer.»

«Eins kannst du mir glauben. Es wäre leichter gewesen, an diesem Abend einfach wegzugehen. Es hat mir nicht das Geringste eingebracht, dass ich dich verteidigt habe.» Macks Fingerspitzen bohrten sich in ihr Knie. Sie sah ihn böse an, was er mit einem dezenten Kopfschütteln erwiderte.

Jessica klappte ihren Laptop zu. «Ich wünschte, du wärst gegangen.» Sie riss ihren Rucksack auf den Schoß und stopfte ihre Sachen hinein.

Liv beugte sich nach vorn. «Jessica, er darf damit nicht durchkommen. Wer weiß, wie vielen Frauen er das schon angetan hat? Spielt das für dich denn gar keine Rolle?»

«Das ist nicht mein Problem.» Sie stand auf.

«Lassen Sie uns helfen», sagte Mack ruhig.

Sie hängte sich den Rucksack über eine Schulter. «Wenn Sie das wirklich wollen, dann lassen Sie mich endlich in Ruhe.» Dann hastete sie in Richtung Ausgang.

«Jessica …», rief Liv ihr nach.

Mack drückte ihr Knie. «Lass sie gehen. Wir können sie nicht zwingen.»

Liv rieb sich müde über die Augen. «Und was nun?»

Mack stand auf. «Jetzt besorge ich dir etwas Anständiges zu essen.»

KAPITEL 9

Eine Stunde später in Macks Büro ließ Liv ihre Frustration an einem unschuldigen Pulled-Pork-Sandwich aus. Die Bässe von der Liveband im inzwischen geöffneten Club ließen ihre Knochen vibrieren und ihre Limonade zittern.

«Ich kapiere es einfach nicht», sagte sie mit vollem Mund. «Warum will sie nicht kündigen? Wieso will sie ihn davonkommen lassen?»

Mack tunkte eine Fritte in Ketchup. «Angst ist ein starker Motivator.»

«Aber wir bieten ihr einen Ausweg. Wovor muss sie dann noch Angst haben?»

«Das versteht man vielleicht nur, wenn man schon mal in so einer Lage gewesen ist.»

Rosie hatte praktisch dasselbe gesagt, aber Liv war trotzdem nicht überzeugt. «Nein.» Sie griff nach ihrem Glas. «Blödsinn. Du kannst mir nicht erzählen, dass eine Frau aus freien Stücken in solch einer Situation bleibt.»

«Und du denkst, dass du darüber urteilen kannst?»

Liv zuckte zurück. «Entschuldige mal, auf wessen Seite stehst du eigentlich?»

«Auf deiner. Und deshalb werde ich ehrlich zu dir sein.» Mack wischte sich den Mund mit einer zusammengeknüllten Serviette ab. «Dein Verhalten vorhin war daneben.»

«Was?»

«Du hast im Grunde genommen dem Opfer die Schuld gegeben.»

«Du kannst mich mal. Das hab ich nicht.» Doch ihr Verstand fiel ihrem Ego in den Rücken und ließ sie ihre eigenen Worte noch einmal hören. *Wer weiß, wie vielen Frauen er das schon angetan hat? Spielt das für dich denn gar keine Rolle?* Sie sank in sich zusammen. «Ich versteh es einfach nicht.»

«Nicht jeder ist wie du, Liv.»

Sie zog die Brauen zusammen. «Was soll das heißen?»

«Das heißt, dass nicht jeder bereit oder fähig ist, es mit der ganzen Welt aufzunehmen. Aber deshalb sind sie noch lange nicht schwach oder feige.» Etwas flammte in seinen Augen auf, und plötzlich beugte er sich, auf seine Ellbogen gestützt, vor. «Wusstest du, dass eine Frau im Durchschnitt sieben Mal zu ihrem gewalttätigen Mann zurückkehrt, bevor sie ihn endgültig verlässt?»

«Okay, erstens frage ich mich, warum du solche Statistiken auswendig kannst, und zweitens geht es hier um sexuelle Belästigung, nicht um häusliche Gewalt.»

«Es geht um Männer in Machtpositionen, die ihre Autorität, ob im Beruf oder im Privatleben, ausnutzen, um durch Einschüchterung zu manipulieren. Das ist alles dasselbe. Symptome eines gesellschaftlichen Kontinuums.» Mack warf seine Serviette auf den Pappteller.

Er hatte recht. Und das hasste sie. Vielleicht hasste sie es sogar noch mehr als ihre eigene Unwissenheit. «Wow», höhnte sie, weil sie sauer auf sich selbst war. «Hast du das alles aus einem Liebesroman?»

«Ob du es glaubst oder nicht, so ist es», sagte er, während er seinen Abfall zusammenknüllte. «Lies doch mal ein paar. Ich kann dir Bücher für den Einstieg empfehlen.»

«Ich verzichte.»

Er zwinkerte. «Ich halte sie inzwischen auch besser sauber als mit sechzehn.»

Sie würgte. «Ich hatte gerade angefangen, dich zu mögen.»

«Es ist hoffnungslos, dagegen anzukämpfen, Liv. Irgendwann erliegt jeder dem Mack-Charme.»

Und jetzt war sie sauer, weil sie Angst hatte, er könnte schon wieder recht haben.

Er lehnte sich zurück. «Es gibt trotz allem einen Lichtblick.»

«Welchen?»

Er ließ sein patentiertes Mack-Grinsen aufblitzen. «Je länger die Sache dauert, desto länger kommst du in den Genuss meiner Gesellschaft.»

Liv griff sich mit beiden Händen um den Hals. «Töte mich, bitte.»

«Du wirst sehen.» Er stand auf. «Wenn wir fertig sind, liebst du mich.»

Sonia streckte den Kopf herein. «Wir könnten dich an der Bar gebrauchen.»

Mack beförderte seinen Müll in den Abfalleimer. «Was gibt's?»

Sonia griff sich in einer dramatischen Geste an die Stirn und sagte in einem hauchenden Ton: «Wieder eine einsame Ehefrau.»

Liv stand auf. «Will ich wissen, was das bedeutet?»

«Mack hat eine Superkraft», erklärte Sonia augenrollend.

«Frauen zur Enthaltsamkeit bewegen?»

Sonia grinste Mack an. «Die gefällt mir.»

Mack schnaubte. «Verbring zehn Minuten in einem Raum mit ihr, dann reden wir noch mal.»

Liv zeigte ihm den Stinkefinger, und Sonia griff sich ans Herz. «Lieber Himmel, wir sind Seelenverwandte.»

Liv hielt ihr die Faust hin, worauf Sonia mit ihrer dagegenstieß. Mack schüttelte den Kopf und murmelte etwas Unflätiges.

«Habt ihr heute etwas erreicht?», fragte Sonia.

Mack schüttelte hastig den Kopf, und Liv blieb der Mund offen stehen. «Er hat dir davon erzählt?»

«Jep.»

Mack stöhnte. «Verdammt, Sonia.»

Sie zuckte die Achseln. «Ich darf nicht lügen. Verstößt gegen den Mädelskodex.»

«Willst du mich auf den Arm nehmen?», erwiderte Mack. «Du bist gerade mal zwei Minuten hier, und ihr habt schon einen Mädelskodex?» Er sah Liv an. «Ich habe ihr nicht *alles* erzählt.»

«Dein Geheimnis ist bei mir sicher», sagte Sonia zu Liv.

Mack schnaubte. «An deiner Stelle würde ich das nicht glauben.»

Liv lachte auf und stoppte sich abrupt.

Mack zeigte auf sie. «Das habe ich gehört.»

«Du hast gar nichts gehört.»

«Du hast gelacht.»

«Nope.»

«Ich hab's dir ja gesagt. Am Ende wirst du mich lieben. Das tut jeder.»

Liv rollte mit den Augen. «Wirklich traurig, wie sehr du auf Anerkennung angewiesen bist.»

«Wirklich traurig, wie sehr du vorgibst, nicht darauf angewiesen zu sein.»

Liv zuckte die Achseln. «Ich gebe nichts vor. Ich kann andere Leute nicht leiden, und sie können mich nicht leiden. Das ist eine ausgesprochen gesunde Beziehung.»

«Das ist überhaupt keine Beziehung. Das ist eine Ausrede. Du hast bloß Angst, dass dich keiner mag. Darum ziehst du ständig diese Show ab.»

«Entschuldige, sagt das der Kerl, der einen Tausend-Dollar-Cupcake bestellt hat, um eine Frau zu beeindrucken?»

«Ja, bis eine *andere* Frau reinkam und alles versaut hat.»

«Ich habe den dämlichen Cupcake nicht alleine fallen lassen, Blödmann.»

«Wie oft soll ich mich noch dafür entschuldigen?»

«Mach weiter. Ich sag dir schon, wann es genug ist.»

Mack spürte einen Blick auf sich ruhen. Er schaute auf und sah Sonia in der Tür lehnen, wo sie viel zu interessiert verfolgte, was sich zwischen ihnen beiden abspielte. «Was?», blaffte er, aus keinem ersichtlichen Grund verärgert.

Sie zuckte die Achseln. «Kommst du nun zur Bar oder nicht?»

Liv folgte den beiden, obwohl das wahrscheinlich ein Fehler war.

◆ ◆ ◆

Mack konnte eine unglückliche Ehefrau schon von weitem erkennen.

Angespanntes Lächeln. Ärger und sinkende Hoffnung im Blick. Die Arme oder zumindest die Finger verschränkt. Unterdessen stand ihr Mann ein paar Schritte weiter, beachtete sie nicht und hatte megaviel Spaß mit seinen Kumpeln, dafür aber keine Ahnung, dass die Frau, die zu lieben und zu ehren er gelobt hatte, nur noch ein Glas Wein davon entfernt war, ihn zu verlassen.

Gott, manche Männer waren echt blöd.

Sie saß am anderen Ende der Theke, allein, und sah alle paar Augenblicke über die Schulter zu einer Gruppe Männer an einem Tisch, die ihren vierten Pitcher Bier tranken.

Mack fing den Blick des Barkeepers auf und deutete mit dem Kopf auf die Frau. Sein Barkeeper lachte und nickte. Jep, die gehörte ganz ihm.

Mack drehte sich lächelnd zu Liv um. «Sieh zu und lerne.»

Sie hob wie nicht anders zu erwarten den ausgestreckten Mittelfinger.

Mack schlenderte zu der Frau, lehnte sich vor ihr an die Theke und bedachte sie mit jenem Lächeln, das ihn laut seiner Mutter eines Tages in Schwierigkeiten bringen würde. «So phantastisch, wie Sie aussehen, sind Sie doch heute Abend nicht gekommen, nur um allein zu bleiben, oder?»

Die Frau drehte überrascht den Kopf. Ihre Wangen nahmen eine rosige Farbe an. «Wie bitte?»

Mack zwinkerte. «Hallo erst mal. Was trinken Sie?»

Sie schaute auf ihr leeres Glas. «Nur Wasser. Ich bin mit meinem Mann hier.»

«Wirklich? Wo ist er denn? Und sollte er nicht gerade hier sein, um Ihnen ein neues Wasser zu besorgen?»

Sie schaute über die Schulter. «Er ist mit seinen Kollegen hier.»

«Tut er das oft?»

«Was?»

«Mit Ihnen ausgehen und Sie dann stehenlassen, um mit seinen Freunden abzuhängen?»

Sie zuckte die Achseln. Das war ein Ja. Was für ein Trottel. Solche Typen hatten keine Frau verdient.

Mack nahm ihr Glas. «Der nächste Drink geht aufs Haus. Was hätten Sie gern?»

Sie schüttelte den Kopf. «Ich werde noch als Chauffeurin gebraucht.»

Ah, Superarsch ignorierte seine Frau nicht nur, er schleppte sie außerdem mit, damit er sich betrinken konnte. Nett. «In Ordnung.» Er schenkte ihr Wasser ein. «Aber ich wette, ich kann Ihren Lieblingsdrink erraten.»

Eine makellos gepflegte Braue wölbte sich über plötzlich neugierigen Augen. «Das bezweifle ich.»

Mack musterte sie vom Scheitel – Balayage-Highlights, teuer – bis zu den Ohren – Diamantstecker. Dann die Clutch auf der Theke – Kate Spade, beste Qualität, stilvoll.

Klassisch.

«Manhattan?»

Sie öffnete verblüfft den Mund, dann lachte sie. «Wie sind Sie darauf gekommen?»

Mack grinste. «Es ist eine Gabe.»

«Eine ungewöhnliche.»

«Nicht in meinem Beruf.» Er sah zu dem Tisch mit den Männern hinüber. «Verraten Sie mir, welcher der Kerle Ihr Mann ist.»

Ihr Lächeln verblasste. «Er steht gerade auf.»

Mack musterte ihn. Kurz geschnittene Haare, gepflegter Bart. Schicke Business-Klamotten. Stolz auf seine Collegebildung und arrogant. «Lassen Sie mich raten.» Er verschränkte die Arme. «Finanzbranche?»

Die Frau lachte wieder. «Beeindruckend.»

«Was trinkt er da?»

Sie rollte die Augen. «Früher mochte er nur Budweiser, aber jetzt steht er auf dieses IPA-Zeug. Ich finde es widerlich.»

Er zwinkerte. «Dann also Budweiser.»

Mack zapfte einen Pitcher, winkte einen Kellner heran und schrieb auf eine Serviette, die er aufs Tablett legte:

Mit freundlichen Grüßen von Braden Mack.
Hören Sie gefälligst auf, Ihre Frau zu ignorieren,
Arschloch, oder verschwinden Sie aus meinem Club.

Zufrieden kehrte Mack ans andere Ende der Bar zurück, wo Liv bei Sonia stand. Er breitete die Arme aus. «Und so wird das gemacht.»

Liv seufzte schwer und sah Sonia an. «Wie lange arbeitest du schon mit ihm?»

«Zehn Jahre.»

«Und du hast ihn trotzdem noch nicht umgebracht?»

Sonia stützte das Kinn in die Hand und grinste. «Das wird lustig mit euch.»

Mack hätte ihr beigepflichtet, wenn Liv nicht plötzlich aschfahl geworden wäre. Er trat dichter an sie heran. «Was ist los?»

«Er ist hier.»

Mack drehte sich um und folgte ihrem Blick.

Royce. Instinktiv griff Mack hinter sich und umfasste Livs Handgelenk.

«Er weiß, dass wir mit Jessica geredet haben», sagte sie.

«Woher zum Teufel sollte er das wissen?»

«Vielleicht hat sie es ihm erzählt. Du hast doch gehört, was sie gesagt hat, bevor sie weggelaufen ist.»

Macks Griff wurde fester. «Geh in mein Büro.»

Sie zerrte ihren Arm aus seinen Fingern. «Was? Auf keinen Fall.»

«Liv, bitte. Lass mich das regeln. Er hat dich noch nicht bemerkt.»

Er war sich nicht sicher, was sie überzeugte, aber Liv tat, worum er gebeten hatte. Während er beobachtete, wie Royce sich durch die Leute schlängelte, Fans mit Peace-Zeichen und High Five grüßte, machte sich rot glühende Wut in ihm breit. Jetzt blieb Royce auch noch stehen, um mit zwei Frauen für ein Selfie zu posieren, dann ließ er sich von beiden auf die Wange küssen.

Mack musste alle Willenskraft aufbringen, um nicht loszurennen und dem Kerl mit voller Wucht von den Frauen weg und zu Boden zu stoßen. Stattdessen schlenderte er gemächlich zur Mitte der Theke und hielt die geballten Fäuste dahinter außer Sichtweite.

Royce näherte sich mit seinem Fernsehlächeln. «Mack. Genau der Mann, den ich sprechen wollte.» Er drehte sich um zu zwei weiteren Frauen, die nach einem Foto fragten. «Ich bedaure, meine Damen. Die Geschäfte können nicht warten.»

Klar. Geschäfte. Sein unerwarteter Auftritt stank geradezu nach einem altmodischen Einschüchterungsbesuch nach Vorbild der Mafia.

Royce streckte einen Arm über die Theke, um ihm die Hand zu geben. Ihr Händedruck war etwa so freundlich wie zwei Boxer in Angriffsposition.

Mack quittierte Royce' unnötig festen Druck, indem er genauso hart zugriff. «Was bringt Sie hierher?»

Royce überging die Frage. Er stützte einen Ellbogen auf die Theke und ließ abschätzend den Blick durch den Raum schweifen. «Netten Laden haben Sie hier.»

«Ihr erster Besuch?»

«Hatte noch nicht das Vergnügen.» Das letzte Wort dehnte er dezent angewidert. Sein Blick verweilte auf der Tanzfläche, wo ein Meer von Cowboyhüten zu einem alten Brad-Paisley-Song wogte. Er kräuselte die Lippen, als hätte er sich gerade unter die ungewaschenen Massen gemischt.

Mack hatte noch nie einen so starken Drang verspürt, einen Mann zu verprügeln, wie jetzt.

Eigentlich stimmte das nicht ganz. Es gab jemanden, bei dem der Drang noch stärker gewesen war, aber Royce rangierte dicht dahinter und fast aus denselben Gründen. Männer, die Frauen missbrauchten, waren Abschaum.

Mack musste sich bewusst dazu bringen, seinen schraubstockhaft geschlossenen Kiefer zu lösen. «Hätten Sie gern einen Drink?»

Royce schwenkte mit seinem Arschlochlächeln zu Mack herum. «Sicher.»

Mack deutete angespannt auf die Flaschenwand hinter seinem Rücken. «Was möchten Sie?»

«Mixen Sie mir doch den Hauscocktail.»

«Das wäre ein Snot Rocket.»

Royce' Lippen wurden schmal vor Ekel. «Snot Rocket?»

«Ein Jim Beam mit einem rohen Ei.»

«Sehr kultiviert.»

«Ich hab bestimmt noch irgendwo einen Wein, wenn Ihnen das lieber ist.»

Royce winkte ab. «Hey, ich bin risikofreudig. Also einen Snot Rocket.»

Der Barkeeper, der sich in der Nähe bereitgehalten hatte, griff nach der Whiskeyflasche, aber Mack hielt ihn mit einer Geste auf. «Das übernehme ich.»

«Bei einem VIP gehen Sie lieber auf Nummer sicher, was?», fragte Royce ohne die geringste Selbstironie. Er hielt sich wirklich für eine wichtige Persönlichkeit.

«Sie sagen es.» Mack schenkte den Whiskey ein, stellte das Glas vor ihn hin und schlug ein Ei in die braune Flüssigkeit. «Ich bin dazu verpflichtet, Sie zu warnen, dass der Verzehr von rohen Eiern gesundheitsgefährdend sein kann.»

Royce wurde leicht grün im Gesicht, doch es ging hier schließlich um einen Beweis seiner Männlichkeit. Er überwand sich, hob das Glas und kippte den Mix hinunter.

«Also», Mack stützte die Hände auf, «was bringt Sie hierher?»

«Habe gehört ...» Royce stockte, als er das Glas absetzte, und schluckte ein paar Mal. Das Ei wollte wohl wieder hochkommen. «Hab gehört, dass bei Ihnen eine Stelle frei ist.»

«Stimmt. Wollen Sie sich bewerben?»

Royce zeigte wieder sein Fernsehlächeln. «Sehr amüsant. Haben Sie sich je gefragt, wie ich so erfolgreich geworden bin?»

«Eigentlich nicht.»

An Royce' Kiefer zuckte ein Nerv. «Ich mag Sie, Mack. Deshalb lasse ich Ihnen noch mal durchgehen, dass Sie sich nicht an professionelle Umgangsformen halten.»

Mack lachte trocken. «*Sie* wollen mich über professionelle Umgangsformen belehren?»

«Angestellte abzuwerben bringt einen unter Kollegen ganz schnell in Verruf.»

In Macks Kopf schrillten Alarmglocken, doch sein Mund ignorierte das. «Angestellte sexuell zu belästigen ebenfalls.»

In Royce' Gesicht bildeten sich rote Flecken. Mack wurde überrascht klar, dass die Öffentlichkeit dieses Gesicht nie zu sehen bekam. Das Gesicht, das Jessica Tränen der Angst in die Augen trieb. Das Gesicht, das gleich Macks Faust abbekam.

«Wie wär's, wenn wir beide aufhören, um den heißen Brei herumzureden? Sagen Sie, weshalb Sie hier sind, und dann verpissen Sie sich.»

«Olivia kann Ihnen gefährlich werden, Kumpel. Sie ist labil.»

«Ist das so?»

«Ich hätte sie schon viel früher entlassen sollen.»

Mack bekam fast einen Krampf im Kiefer, so sehr biss er die Zähne zusammen.

«Ich weiß nicht, was sie Ihnen erzählt hat, aber es geht nicht gut aus, wenn Sie ihr glauben. Sie lügt, wann immer sie denkt, dass sie daraus einen Vorteil ziehen kann.» Royce zuckte die Achseln. «Eigentlich traurig, denn sie hat Talent, und», sein Mund verzog sich zu einem anzüglichen Grinsen, «nicht nur in der Küche.»

Aus dem Augenwinkel sah Mack einen Lockenkopf heranrauschen, und er war an ihm vorbei, ehe er begriff, was los war.

Oh Scheiße. Liv. «Sie widerlicher, verlogener Drecksack!»

Royce lachte. «Olivia. Welche Überraschung.»

Mack legte eine Hand an ihren Arm, doch sie riss sich los. «Ich habe nie mit Ihnen geschlafen. Eher würde ich mir die Augen ausstechen.»

Royce zuckte erneut die Schultern, eine lässige Geste, die deutlich sagte, dass sie genau wie erhofft reagierte. «Ich sag's ja, Mack, labil.»

«Halten Sie die Schnauze, Royce.»

«Ich hätte Ihnen in den schlaffen schrumpeligen Blobfischpimmel treten sollen, als ich die Gelegenheit hatte», fauchte Liv.

In Royce' Gesicht glühten die roten Flecken wieder auf.

Mack schlang einen Arm um Livs Taille und zog sie an sich. «Hör auf», zischte er ihr ins Ohr. «Genau das will er doch. Wir sollen eine Szene machen, damit wir hinterher als unglaubwürdig dastehen.»

Liv drückte seinen Arm weg und zeigte auf Royce. «Sie werden nicht davonkommen.»

«Aber das bin ich doch schon, Olivia», erwiderte er und zwinkerte sie an.

«Verschwinden Sie aus meinem Club», knurrte Mack.

Liv ließ sich von ihm von der Theke wegziehen. «Komm. Wir gehen.» Er schob die Hand an ihrem Arm hinunter und ergriff ihre Finger, sodass er sie hinter sich her zum Büro ziehen konnte. Geflüster und neugierige Blicke begleiteten das ganze Geschehen. Es wäre ein Wunder, wenn das keiner mit dem Handy aufgenommen hatte.

Liv hatte sich inzwischen von ihm losgemacht und stampfte vor ihm ins Büro, ihre Hände zitterten. «Ich habe nicht mit ihm geschlafen.»

«Das ist mir klar, Liv.»

Sie drehte sich zu ihm um. «Er wird das über mich verbreiten, stimmt's?»

«Das werde ich nicht zulassen.»

Sonia kam hereingelaufen. «Schlaffer schrumpeliger Blobfischpimmel?»

Liv schauderte. «Das war das Widerlichste, das ich je gesehen habe.»

Für einen Moment war ihr typischer, zynischer Ton zurück, doch das hielt nicht lange. Das Zittern breitete sich bis zu ihren Beinen aus, und sie sank gegen den Schreibtisch. «Er will mich tatsächlich ruinieren. Die ganze Branche wird denken, ich hätte eine Affäre mit ihm gehabt.»

Mack trat zu ihr und legte Daumen und Zeigefinger an

ihr Kinn. «Wir werden ihn aufhalten.» Er hob ihr Gesicht an. «Sieh mich an.»

Sie tat es, und in seiner Brust passierte etwas. Der Ausdruck in ihren Augen ließ glasklar erkennen, was in ihr vorging. Wie gebannt beobachtete er, wie ihr Blick hart wurde, als sich ihre Angst in Entschlossenheit verwandelte.

«Ja», hauchte sie. «Wir werden ihn aufhalten. Egal was es kostet.»

Er hielt ihr die Faust hin. «Partner?»

Liv stieß ihre dagegen. «Partner.»

KAPITEL 10

Am nächsten Morgen ließ Mack sich auf seinen gewohnten Platz im Diner sinken. In diesem Laden war er mit den Jungs alle zwei Wochen zum Frühstück verabredet. Heute war er der Letzte, und das war ungewöhnlich. Aber die Umstände schließlich auch. Das hier war nicht ihr normaler Termin, er hatte kurzfristig ein Notfalltreffen einberufen.

Ein Becher Kaffee wartete schon auf ihn. Er schob ihn von sich und stützte die Unterarme auf den Tisch.

«Was ist denn so dringend?», fragte Malcolm mit einem säuerlichen Unterton, was untypisch für ihn war. «Meine Frau und ich hatten heute was vor.»

Eine Kellnerin kam an den Tisch und fragte Mack, ob er Essen bestellen wolle. Er warf ihr nur einen schnellen Blick zu. «Der Kaffee genügt, danke.»

Nachdem sie weg war, herrschte einen Moment lang Schweigen. «Was denn?», fragte Mack.

«Wow», sagte Del leise. «Du hast sie nicht mal angelächelt.»

«Wen?»

Malcolm deutete mit dem Daumen über die Schulter. «Die Kellnerin. Du hast nicht mit ihr geflirtet.»

Mack schüttelte den Kopf. «Ich habe keine Zeit zu flirten. Ich muss mit euch reden.»

«Na hoffentlich», sagte Del. «Sonst hättest du uns ja umsonst aus dem Bett gezerrt.»

«Es ist ernst!»

«Bist du schon wieder abserviert worden?», fragte Gavin.

Mack hob den Mittelfinger, was Gavin sofort erwiderte. Malcolm machte Anstalten, aufzustehen. «Ich hab Besseres zu tun.»

Mack griff nach seinem Arm. «Setz dich. Du musst dir das anhören.»

Malcolm ließ sich wieder auf den Stuhl sinken und sah ihn streng an. «Wehe, das ist nicht wichtig.»

Mack holte tief Luft und strich sich übers Haar. Beim Ausatmen sah er in die Runde. Er wusste, er sollte ein schlechtes Gewissen haben, weil er das nicht mit Liv abgesprochen hatte, aber es war ein Notfall. «Das muss unter uns bleiben.»

Gavin wurde ernst. «Also ist es wirklich wichtig, ja?»

«Ja. Und es geht um Liv.»

Gavin erstarrte. «Was ist mit ihr?»

«Sie hat euch nicht die ganze Geschichte über ihre Kündigung erzählt.»

Fünf Minuten später reagierten seine Freunde genauso wie erwartet, schließlich lebten sie nach denselben Regeln wie er.

Der Russe schlug mit seiner kräftigen Faust auf seinen Oberschenkel. «Ich reiße ihm die Eier ab.»

«Was sollen wir deiner Meinung nach unternehmen?», fragte Del.

«Ich bin mir noch nicht sicher. Aber wir müssen ihn aufhalten.»

Malcolm nickte. «Ich bin dabei.»

Derek war einverstanden. «Ich auch.»

Einer nach dem anderen erklärte sich bereit zu helfen, außer Gavin. Er schüttelte den Kopf, nahm die Baseballkappe ab und strich sich über die platt gedrückten Haare. «Mir gefällt das nicht. Ich will nicht, dass er Liv schadet.»

«Das werde ich nicht zulassen. Ich beschütze sie.»

Gavin schnaubte. «Ihre Reaktion möchte ich sehen, wenn du das zu ihr sagst. Sie nimmt die Dinge lieber selbst in die Hand.»

Ja. Das wusste er. Und allmählich gefiel ihm das.

◆ ◆ ◆

Liv duschte in Windeseile, stylte sich die Haare, legte ein bisschen Make-up auf und zog sich an, dann ging sie nach unten, um ihre morgendlichen Pflichten zu erledigen. Ein kalter Nieselregen machte das bisschen Mühe, das sie für ihre Haare aufgewendet hatte, sofort wieder zunichte. Ihre Stiefel sanken in den morastigen Boden, als sie über den Hof zum Hühnergehege ging. In der Scheune blökten die Ziegen, aber die würden warten müssen, bis sie an der Reihe waren. Randy war mal wieder über den Zaun geflogen und hockte im Baum auf seinem bevorzugten Ast. Er wartete darauf, dass sie die Hennen ins Freie ließ, damit er sein tägliches Pensum Sex abarbeiten konnte. Er begrüßte Liv mit aggressivem Flügelschlagen.

«Lass das ja bleiben. Für dich habe ich heute so gar keine Geduld.»

Randy krähte zornig. Sie setzte dazu an, ihn zu verjagen, bekam dann aber Schuldgefühle. Der Hahn konnte nichts dafür, dass Royce ein widerlicher Arsch war, der Gerüchte über eine Affäre in die Welt setzte. Ihr lief es kalt den Rücken hinunter, und das hatte nichts mit dem Wetter zu tun. Allein der Gedanke, ihm nahe zu kommen … ihr wurde speiübel.

Randy drohte ihr erneut mit flatternden Flügeln, und diesmal schlug sie tatsächlich mit dem Arm in seine Richtung, um ihn abzuschrecken. «Ich meine es ernst, Randy. Ich hab die Nase gestrichen voll von sexbesessenen Egomanen.»

«Gut zu wissen.»

Liv zuckte erschrocken zusammen und sah über die Schulter. Mack, noch zehn Schritte entfernt, kam in Golfshorts und einem dünnen Pullover auf sie zu, der Gang selbstbewusst und geschmeidig. Der Nieselregen, der ihre Haare in ein strähniges Chaos verwandelt hatte, das ihr in Teilen feucht am Nacken klebte, hatte seine dagegen mit glänzenden Tröpfchen überzogen. Er sah aus wie eine gottverdammte Nike-Reklame.

«Was machst du hier?»

Randy flog vom Ast und rannte mit gesträubten Federn und flügelschlagend direkt auf Mack zu. Der sprang wild umher, um den Krallen zu entgehen. «Was ist los mit dem Vieh?»

«Hähne sind Arschlöcher.»

Mack trat nach ihm. Randy sprang hoch und griff mit beiden Klauen an. Mit einem Fluch taumelte Mack zurück. Liv griff sich einen Drahtkorb vom Haken an der Gehegetür und schwang ihn gegen das Tier. Randy kapierte endlich, dass sie es ernst meinte, und machte sich davon, um eine Henne zu suchen, die er belästigen konnte.

Liv öffnete das Zauntor und drückte Mack den Korb in die Hand. «Mach dich nützlich.»

«Wobei?»

«Du sammelst die Eier ein, während ich die Hühner füttere.»

«Eier einsammeln? Wo?»

Liv zeigte auf das Legenest. «Heb den Deckel an und sieh nach, ob Eier da sind. Wenn ja, legst du sie in den Korb. Vorsichtig.»

Mack starrte auf das Legenest, als wartete darin der Tod auf ihn. «Sind da Hühner drin?»

«Kann sein. Sie rücken zur Seite, wenn du unter sie greifst. Sei einfach behutsam.»

«Ich soll *unter* die Hühner greifen?»

«Sie machen dir Platz.»

«Aber *unter* sie? Dahin, wo sie ihre Vagina haben?»

«Erstens haben Hühner keine Vagina. Und zweitens, selbst wenn … es sind Hühner, sie haben nichts dagegen.»

«Aber …»

«Herrgott noch mal, Mack, sei ein Mann.»

«Hey», sagte er und zeigte auf sie, «nur weil ich ein Mann

bin, heißt das nicht, dass ich keine Angst … Moment. Hühner haben keine Vagina?»

«Oh mein Gott. Sammle einfach die dämlichen Eier ein.»

Liv öffnete die Tür zum Hühnerstall, während Mack zögerlich den Holzdeckel des Legenests anhob. Er sackte allen Ernstes vor Erleichterung zusammen, als er sah, dass nur eine Henne darin saß. Der Rest war gerade auf dem Weg in die Freiheit und drängelte sich an Livs Beinen vorbei, nachdem sie ihnen die Tür geöffnet hatte.

Hazel kam allerdings nicht weit. Randy sprang auf sie und machte sich ans Werk. Nach drei Sekunden war es vorbei.

«Mensch, Randy», sagte Mack empört. «Schon mal was von Durchhaltevermögen gehört?»

Liv drehte sich um und warf Körner auf den Boden, um ihr Lächeln zu verbergen.

Mack legte drei Eier in den Korb. «Hey, weiß ein Huhn, wann ein Ei kommt, oder ploppt es einfach so raus?»

«Ich habe nicht die geringste Ahnung.»

«Wie ist das wohl, wenn sie zum ersten Mal eins legen? Ich meine, wahrscheinlich denken sie so was wie: *Scheiße, was ist denn da los? Was zum Teufel ist da gerade aus mir rausgekommen? Ach, ich setz mich mal drauf und warte ab, was passiert.*»

Liv platzte ein Lacher heraus, bevor sie ihn unterdrücken konnte. Macks zufriedenes Grinsen verriet, dass er es gehört hatte. Verdammt.

Er rückte vor zum nächsten freien Nest. «Aber mal im Ernst: Was haben Hühner, wenn sie keine Vagina haben?»

Liv legte die Schaufel zurück in den Futtereimer. «Ich

will nicht mit dir über Hühnergenitalien reden. Eigentlich will ich nie wieder mit irgendwem darüber reden.»

«Ich werde es googeln, wenn du es mir nicht verraten willst, und stell dir nur vor, was ich danach für Werbung angezeigt kriege.»

Sie seufzte. «Sie haben eine Körperöffnung, die Kloake genannt wird. Die dient für alles.»

«*Alles?*» Er schauderte. «Wieso weißt du so viel über Hühnervaginas?»

«Bei einer der Hennen steckte neulich mal das Ei fest. Wir mussten ihr helfen.»

«Du hast ein wirklich interessantes Leben. Sag mir noch mal, warum du hier wohnst.»

Anstatt zu antworten, ging Liv einfach weg. Diese Frage wurde ihr häufiger gestellt. Aber sie schuldete niemandem eine Erklärung. Schon gar nicht Mack.

Er folgte ihr ins Haus, wo sie sich die Gummistiefel von den Füßen trat und ihm den Korb abnahm. «Wasch dir die Hände», sagte sie mit einer Kopfbewegung zum Bad.

Rosie saß mit einer Tasse Kaffee und der Morgenzeitung an der Kücheninsel. Das war auch so eine Sache, die Liv an ihr liebte. Rosie bekam noch täglich eine Zeitung geliefert wie früher ihre Großmutter. In ihrer Kindheit hatte sie sich nur bei ihr geborgen gefühlt, und am meisten wenn sie morgens während der Zeitungslektüre auf der Couch neben ihr saß.

Liv strich sich die feuchten Haare zurück und stellte die Eier auf den Küchentresen. «Randy ist schon wieder hinter Hazel her. Sie bekommt eine kahle Stelle am Hals. Vielleicht sollten wir sie für eine Weile reinholen.»

«Das arme Ding. Ich gehe gleich raus und hole sie.»

Im Bad hörte das Wasser auf zu rauschen, dann kam Mack herein. Rosie stieß einen kleinen Seufzer aus. «Sieh mal an, wer da ist.»

Mack ließ sich nicht zwei Mal bitten. «Rosie, du siehst heute Morgen besonders hübsch aus.»

«Oh Gott», stöhnte Liv.

«Hast du Hunger?», fragte Rosie. «Ich habe Muffins, und im Ofen steht eine Quiche.»

«Ich nehme gern einen Muffin.» Er zwinkerte.

Liv sah ihn an und rollte mit den Augen. «Gibt es eigentlich Frauen, mit denen du nicht flirtest?»

Rosie legte einen Muffin auf einen Teller und gab ihn Mack. «Was habt ihr beide heute vor?»

Mack biss rasch hinein, ehe er antwortete. «Eine geheime Mission.»

«Du hast mir draußen gar nicht erzählt, weshalb du hergekommen bist.» Liv sah ihn fragend an.

«Ich muss ein paar Dinge mit dir besprechen.»

Ehe er mehr sagen konnte, sprang die Hintertür auf und knallte zu, und zwei Kinderstimmen schallten durch das Haus. «Tante Livvie!»

Amelia kam hereingerannt, dicht gefolgt von Ava und Thea.

Die Mädchen strahlten, als sie Mack sahen.

Thea nicht.

«Interessant, dass du hier bist, Mack», meinte sie.

Macks Gesicht nahm ein blasses Oh-Scheiße-Weiß an. «Hey, Thea …»

«Ich will allein mit meiner Schwester sprechen.»

Mack legte den Muffin hin. «Ich, äh, gehe dann mal mit den Mädchen nach draußen.»

Rosie zögerte einen Moment, bevor sie zu dem Schluss kam, dass es wohl die sicherste Option war, sich den drei anzuschließen.

Liv wandte sich ihrer Schwester zu. «Gott, Thea, was ist los?»

Thea stemmte die Hände in die Hüften. «Wann wolltest du mir die Wahrheit über deine Entlassung sagen?»

Oh. Scheiße.

Zehn Minuten später schritt Thea in Rosies Wohnzimmer auf und ab. «Ich fasse es nicht, dass du mich angelogen hast.»

«Eigentlich habe ich nur etwas weggelassen», widersprach Liv.

Nach den roten Flecken auf ihren Wangen und den lodernden Blicken zu urteilen, legte ihre Schwester keinen Wert auf die Differenzierung. Liv schluckte und hielt den Mund.

«Ich schwöre bei Gott, ich begreife dich nicht, Liv. Warum hältst du so was vor mir geheim?»

«Ich wollte dich da nicht mit reinziehen.»

«Du bist meine Schwester. Deine Probleme sind meine Probleme.»

«Nein. Deine Probleme *entstehen* aus meinen Problemen.»

Thea warf stöhnend die Arme hoch. «Warum zum Teufel denkst du das, Liv? Ich verstehe dich nicht!»

«Ich bin schon mein Leben lang für andere eine Last. Für Mom, für Dad, für Gran Gran. Für dich.»

«Das ist nicht wahr. Wie kommst du denn darauf?»

Liv stand auf und machte eine abwehrende Geste, um weitere Fragen zu vermeiden und nicht versehentlich etwas preiszugeben, das sie für sich behalten wollte. «So ist es nun mal. Du kennst jetzt die ganze Geschichte. Und als Nächstes wirst du nach Hause fahren und dir Sorgen machen und dich ärgern, als hättest du nicht schon genug zu tun.»

Thea sah sie schon wieder so streng an. «Ich bin deine Schwester. Es ist meine Aufgabe, mich um dich zu sorgen.»

Liv strich sich die Haare aus dem Gesicht. «Und weil du das glaubst, habe ich es dir verschwiegen.»

«Dachtest du wirklich, ich würde nichts davon erfahren?»

«Irgendwann vielleicht! So weit habe ich nicht vorausgedacht. Ich war damit beschäftigt, die Sache zu regeln und … Moment. Wie hast du es überhaupt erfahren?»

«Was glaubst du wohl? Mack hat es heute Morgen Gavin und den anderen erzählt.»

Livs Muskeln zuckten alle auf einmal. «Er hat *was?*»

◆ ◆ ◆

Die angespannte Stimmung im Haus war Mack und Rosie nach draußen gefolgt. Selbst die Hennen waren sauer. Als Randy Hazel besteigen wollte, gackerte sie und hackte nach ihm, bis er sich zurückzog.

«Ob wir wieder reingehen sollten?», fragte Mack. Rosie fütterte mit den Mädchen die Ziegen.

«Ich denke, sie werden rauskommen, wenn sie fertig sind.»

Hop kam zu ihnen hinübergehinkt. «Rosie, ich muss zur Futterhandlung fahren. Willst du mitkommen?»

Rosie erstarrte kurz. «Kommt mit, Mädchen», sagte sie dann. «Gehen wir mal gucken, was meine Setzlinge machen.»

«Das war deutlich», meinte Mack, als Rosie außer Hörweite war. «Was hast du angestellt?»

Hop schürzte die Lippen. «So ist sie seit meinem Scherz über den Gleichberechtigungszusatz. Sie kann einfach keine Witze vertragen.»

«Vielleicht war er nicht lustig.»

«Siehst du, das ist das Problem heutzutage. Keiner hat mehr Sinn für Humor. Jeder ist schon wegen Kleinkram beleidigt.»

Mack schüttelte den Kopf. «Mann, einiges war schon immer beleidigend.»

«Zu meiner Zeit hat einem das niemand übel genommen.»

«Frauen mit Sicherheit. Du hast nur entschieden, dass ihre Ansichten nicht zählen.»

Hop blickte genervt zum Himmel, doch seine Überzeugung schien einen Kratzer bekommen zu haben.

«Wie lange soll das noch so weitergehen, bis du es endlich kapierst? Das Problem ist nicht, dass es ihr nicht an Humor fehlt, sondern dass du beschissene, abfällige Witze machst.»

Hop zeigte mit einem knotigen Knöchel auf ihn. «Pass auf, was du sagst.»

Mack zuckte die Achseln. «Eigentlich will ich sagen, dass ich dir helfen kann.»

«Wobei?», fragte Hop spöttisch.

Mack deutete zum Rübenkeller, wo Rosie und die Mädchen verschwunden waren. «Wie lange bist du schon in sie verliebt?»

«Wie kommst du denn darauf?», brummelte Hop.

«Du kannst so ahnungslos tun, wie du willst, ich weiß, was ich weiß.»

«Das heißt nicht viel.»

«Du kannst sie von dir überzeugen. Ich kann dir dabei helfen.»

Hop verzog den Mund, als hätte man ihm grad Quinoa als Hauptspeise serviert. «Du meinst, ich lasse mir von einem Mann Ratschläge in Liebesdingen geben, der nicht mal zugeben kann, dass er einer gewissen Frau unter den Rock will?»

«Ich will nichts von Liv. Ich kenne sie ja kaum.»

«Aber du wusstest sofort, wen ich meine.»

Diese Aussage ignorierte Mack lieber. «Wir reden hier von dir, alter Mann.»

«*Du* redest hier Unsinn.»

«Du musst lernen, in einer Sprache zu reden, die Rosie versteht.»

«Ihre Sprache kenne ich. Sie spricht fließend Mürrisch.»

Das kam Mack bekannt vor.

Hop wischte sich mit seinem Bandana über die Stirn. «Die Männer deiner Generation mögen ja über solchen Scheiß reden, aber meine nicht.»

«Und wie läuft das für dich?»

«Wie läuft es denn für dich?»

Mack grinste. «Bisher großartig.»

Hop schnaubte. «Wirklich? Denn das da sieht mir nicht nach einer Frau aus, die sich freut, dass du da bist.»

Mack drehte sich um, gerade als Liv über den Rasen gestürmt kam. Wegen ihrer Gummistiefel und dem viel zu großen Sweatshirt, das wirkte, als hätte es ein oder zwei Jahrzehnte im Fundsachenkarton hinter sich, hätte sie lächerlich erscheinen können.

Doch sie wirkte nicht lächerlich. Sie sah schön aus.

Schön wie ein Gewittersturm.

Der gleich Blitze auf ihn schleudern würde.

Sie blieb mit einem harten, wütenden Blick vor ihm stehen. «Du hast es dem Buchclub erzählt?»

Er zuckte zusammen. «Deshalb bin ich eigentlich hier. Um es dir zu sagen.»

«Du hättest mich vorher fragen müssen.»

Mack breitete die Hände aus. «Wir haben uns gestern Abend geeinigt, dass wir Royce zu Fall bringen müssen, um jeden Preis.»

«Das heißt nicht, dass du noch mehr Leuten ohne meine Erlaubnis davon erzählen darfst. Ich dachte, wir wären Partner.»

«Die Jungs können uns helfen, Liv.»

Sie schlug sich mit der Faust in die Handfläche. «Sie sind ein Buchclub.»

«Ein Buchclub aus einigen der einflussreichsten, mächtigsten Männer von Nashville. Sie können helfen.»

Ein Windstoß wehte ihr eine Locke über die Wange.

Mack verspürte den verrückten Impuls, sie um den Finger zu wickeln und ihr hinters Ohr zu stecken.

«Von jetzt an tust du nichts mehr, ohne vorher mit mir zu sprechen», verlangte Liv. «Ich habe das Sagen.»

Mack nickte. «In Ordnung.»

Liv nickte zufrieden.

«Unter einer Bedingung.»

Sie verschränkte die Arme. «Welcher?»

«Dass du aufhörst, leichtsinnig zu sein.»

Sie schaute derart verblüfft, dass er beinahe schmunzelte. «Wann war ich leichtsinnig?»

«Zum Beispiel gestern Abend bei Royce? Wir müssen klug vorgehen. Wenn du der Boss sein willst, meinetwegen. Aber gegen dumme Ideen habe ich ein Vetorecht.»

Von Hop kam ein leises Schnauben.

«Lass uns morgen ein Treffen mit allen einberufen, und dann denken wir uns einen Plan aus», schlug Mack vor.

«Gut.» Liv machte auf dem Absatz kehrt und lief zum Haus zurück. Rosie kam mit den Mädchen aus dem Rübenkeller, und als sie an Hop vorbeiging, blickte sie ihn auf die gleiche Art an wie Liv eben Mack.

Er sagte zu ihm über die Schulter: «Freitag, acht Uhr, Six Strings Diner.»

«Ich gehe ganz bestimmt nicht zu einer gefühlsduseligen Selbsthilfegruppe.»

«Der Neue bezahlt das Frühstück.»

«Verpiss dich.»

KAPITEL 11

«Ich habe einen schrecklichen Fehler gemacht.»

Diese Erkenntnis kam Liv am nächsten Tag kurz vor drei Uhr, als sie den Blick durch Rosies Wohnzimmer gleiten ließ.

«Es wird alles gut werden», sagte Mack. «Ich verspreche es.»

Sie war sich da nicht so sicher. Malcolm vertraute sie. Er war klug. Aber die anderen beiden, die gekommen waren, kannte sie nur vom Sehen. Derek Wilson hatte eine Baufirma oder so was in der Stadt, und nach allem, was sie bisher von Gavin und Mack über ihn gehört hatte, war er in Ordnung. Aber der Russe? Sie blickte zu Mack hoch und flüsterte: «Wie konntest du den einladen? Die Rohre in diesem Haus sind uralt.»

Rosie trug eine Platte mit Plätzchen ins Wohnzimmer. Ihr folgte ein Mann, den Liv gar nicht kannte. Er trug eine dunkle Sonnenbrille, eine hipstermäßige Slouch-Beanie und ein Pokémon-T-Shirt.

«Ich habe draußen einen Nachzügler aufgegabelt», sagte Rosie.

«Wer ist das?», flüsterte Liv.

«Noah.»

«Wer ist Noah?»

«Der Computerexperte.»

«Der, der Jessica gefunden hat? Du hast gesagt, er weiß nichts von der Sache!»

Mack hob die Hände, als wollte er sich ergeben. «Okay, das entsprach vielleicht nicht ganz der Wahrheit.»

Liv schlug ihm auf den Arm. «Das war fürs Lügen.»

Sie schlug ihn noch mal. Er legte die Hand über die Stelle und jammerte: «Wofür war der?»

«Nur so. Bist du sicher, dass wir ihm trauen können?»

«Beurteile ein Buch nie nach dem Cover. Ich glaube, dass die IT-Sache nur Tarnung ist und er eigentlich als Auftragskiller für die Regierung arbeitet.»

Liv kniff die Augen zusammen. «Ich kann nicht sagen, ob du das ernst meinst.»

Mack ging mit ausgestreckter Hand auf Noah zu, und die beiden machten ein Handschlag-Chest-Bump-Ding. «Danke fürs Kommen, Mann», sagte Mack.

Kurz stellte er Noah alle vor, indem er von jedem den Namen und die besondere Fähigkeit nannte, die er mitbrachte. Zuletzt den Russen.

«Er ist der Mann fürs Grobe.»

Der Russe schlug die Faust in die Handfläche. «Ich reiße ihn auseinander.»

Liv wedelte mit den Händen. «Niemand wird auseinandergerissen.»

Der Russe schob die Unterlippe vor. Rosie beeilte sich, ihm Plätzchen anzubieten.

«Gib ihm nichts mit Käse», sagte Mack hastig.

Liv sah zu ihm hinüber. «Du meinst, spät abends, oder …?»

«Überhaupt nicht.»

Rosie ging achselzuckend weiter zu Malcolm. «Sie können Käse essen?»

«So ziemlich jeder hier», antwortete Mack an seiner Stelle.

Schließlich begrüßte Noah auch Liv. Sie sah ihn mit schmalen Augen an, während sie seine Hand schüttelte. «Bringst du Menschen um?», fragte sie.

Er legte den Kopf schräg. «Nicht mit Absicht.»

Mack klatschte in die Hände. «Lasst uns anfangen.»

Wer noch keinen Sitzplatz hatte, versuchte sich zwischen die anderen auf eines der beiden schmalen Sofas zu zwängen, während Liv und Mack stehen blieben. Der Russe hatte Hops Sessel belegt, was ein Problem werden würde, falls Hop sich doch noch zu ihnen gesellte. Malcolm setzte sich kurzerhand auf den Boden, was auch ein Problem werden könnte, falls eine der Hennen sich zu ihnen gesellte.

«Gavin und Del haben heute ein Heimspiel. Wir müssen sie später darüber informieren, was wir heute entscheiden.»

«Was steht heute auf dem Programm?», fragte Derek und griff nach einem weiteren Plätzchen. «Die sind unglaublich gut.»

Rosie strahlte. Hop kam herein, sah Rosie einen anderen Mann anlächeln und machte ein böses Gesicht. Dann bemerkte er den Russen in seinem Sessel, und sein Blick wurde mörderisch. *Raus da!,* bedeutete er ihm mit einer unmissverständlichen Geste. Der Russe verzog sich hastig zu Malcolm auf den Boden.

«Du kommst zu spät», tadelte Rosie, gab ihm aber trotzdem ein Plätzchen.

«Wir müssen herausfinden, wie vielen Frauen Royce das schon angetan hat», sagte Liv. «Und wir müssen uns überlegen, wie wir ihn bloßstellen.»

«Warum wendest du dich nicht an die Medien und berichtest, was du gesehen hast?», fragte Derek.

«Damit würde ich gegen meine Verschwiegenheitserklärung verstoßen, was es ihm relativ leicht machen dürfte, uns aufzuhalten», erklärte Liv. «Außerdem müssten die Journalisten die Anschuldigungen nachrecherchieren, und das könnte sich hinziehen. Ich möchte die Sache größer angehen.»

Mack sah mit zusammengezogenen Brauen zu ihr hinunter. «Größer?»

«Er wird seine Kochbuchveröffentlichung im *Savoy* mit einem großen Event feiern. Dabei will ich ihn bloßstellen.»

«Das ist schon in drei Wochen», sagte Mack.

«Ich weiß.»

«Das ist unmöglich», brummte er.

«Wir können ihn entführen. Und zum Reden bringen.» Alle sahen den Russen an. Er zuckte nur die Achseln. «In Russland ist das normal.»

Liv schüttelte den Kopf. «Nein. Keine Entführung. Keine Gewalt.»

«Aber vielleicht könnten wir ihn dazu bringen, alles zuzugeben, und das aufnehmen», schlug Derek vor.

Liv blickte Mack an. «Das könnte funktionieren.»

«Aber wie?»

«Wie wär's beim Galaabend der Handelskammer?», sagte Derek. «Er wird dort sein. Einer von uns könnte ihn mit dem Handy aufnehmen.»

«Er wird bei einer Spendengala nicht einfach darüber plaudern, dass er seine Angestellten sexuell belästigt», meinte Mack.

«Vielleicht würde er es vor jemandem zugeben, der das schon weiß», sagte Liv. «Vor mir zum Beispiel.»

Es war seltsam; in der einen Sekunde wirkte Mack interessiert-neutral, in der nächsten war sein Gesicht plötzlich wie versteinert. «Nein. Das gefällt mir nicht. Wir brauchen einen anderen Plan. Der wird nicht funktionieren.»

«Da kann ich vielleicht helfen.» Noah beugte sich nach vorn und zog aus der hinteren Hosentasche zusammengerollte A4-Blätter.

Die hielt er niemand Bestimmtem hin, also griff Liv danach, ehe Mack reagieren konnte. «Was ist das?»

Mack schaute ihr über die Schulter.

«Ich habe in Royce' Bankkonten geschnüffelt», sagte Noah.

Liv blieb die Luft weg. «Du hast was?»

Mack klopfte ihr auf den Rücken. «Tief durchatmen.»

«Und das soll legal sein?»

«Im Prinzip ist das meiste davon öffentlich», sagte Noah.

«Das meiste?», kiekste Liv.

Noah zuckte gelassen mit einer Schulter. «An einen

Teil davon bin ich vielleicht mit fragwürdigen Mitteln gelangt.»

«Sag uns einfach, was da drinsteht», bat Mack.

Noah biss in sein Plätzchen. «Ich habe eine Reihe auffälliger Transaktionen entdeckt. Die habe ich zu einer Tabelle zusammengestellt, um ein Muster zu erkennen, und dabei etwas Interessantes festgestellt.»

Mack stand inzwischen so dicht hinter ihr, dass er sich praktisch an sie drückte. «Ich kapiere nicht, was ich da sehe», sagte er schließlich und blickte auf. «Was sollten wir da erkennen?»

«Von seinem Unternehmen wurden einige Überweisungen in unterschiedlicher Höhe an eine nichtssagende Stiftung mit Offshore-Adresse getätigt», antwortete Noah. «Von dort wurde das Geld sofort an unbekannte Empfänger weitergeleitet.»

«Du glaubst, das sind Schweigegeldzahlungen», sagte Hop.

Noah nickte. «Wenn ich Schweigegeld zahlen wollte und der Empfänger unauffindbar bleiben soll, würde ich es genauso machen.»

«Darf ich mal sehen?», fragte Malcolm.

Liv reichte ihm die Ausdrucke. Der Russe und Hop schauten Malcolm beim Blättern über die Schulter.

«Das beweist überhaupt nichts.» Hop setzte sich wieder. «Das sind nur ein Haufen Zahlen, die du widerrechtlich beschafft hast, und wenn du sie verwendest, steckst du genauso in Schwierigkeiten wie Royce.»

«Dann benutzen wir sie eben nur, um an weitere Informationen zu kommen», schlug Derek vor.

«Was steht auf den übrigen Blättern?», fragte Malcolm.

«Das sind Steuerabrechnungen.» Noah biss wieder von seinem Plätzchen ab. «Royce hat …»

Er unterbrach sich, als leises Glucken zu hören war. Hazel kam mit gesenktem Kopf ins Wohnzimmer auf der Suche nach Krümeln. Noah blinzelte. «Sieht außer mir noch jemand das Huhn?»

Die Augen des Russen leuchteten auf. «Komm hierher, put, put, put.» Er streckte die Arme nach Hazel aus.

«Was wolltest du sagen?», fragte Mack. Seine Anspannung war nicht nur an seinem Ton zu hören, sondern auch an seinen geballten Fäusten zu sehen.

«Royce hat vor mehreren Jahren eine Stiftung gegründet, aber die Einkünfte nicht korrekt angegeben», erklärte Noah. «Er wurde zu einer hohen Geldstrafe verurteilt, hat aber nicht gezahlt und musste vors Finanzgericht.»

«Und?»

«Und im nächsten Jahr hat er diese neue Stiftung in Panama gegründet.»

Malcolm riss die Augen auf. «Das war vor sieben Jahren.»

Noah nickte. «Der Scheißkerl vertuscht seine Übergriffe schon eine ganze Weile.»

Liv wurde übel. Seit sieben Jahren? Und vermutlich hatte es schon lange vor der Stiftung in Panama angefangen. Ihr Ekel verwandelte sich in Wut. Wie viele Frauen hatten in all der Zeit durch ihn gelitten? Und er war all die Jahre ungestraft damit durchgekommen. Dabei musste es unzählige Leute geben, die davon wussten, es ihm ermöglichten, ihn deckten.

«Was fangen wir jetzt mit diesen Informationen an?», fragte Derek.

«Wir müssen offensichtlich beweisen, dass das Geld an von ihm belästigte Frauen ging», antwortete Malcolm.

«Was du nicht sagst», erwiderte Mack. «Aber wie machen wir das?»

«Ich könnte mich weiter in alles Mögliche reinhacken», sagte Noah achselzuckend.

«Ihr seid wohl high.» Hop stand kopfschüttelnd von seinem Sessel auf und stapfte davon. Er kam allerdings nur bis zur Tür, bevor er doch noch mal seinen Senf dazugeben musste. «Ihr solltet das der Polizei melden, anstatt einen Scheiß-Privatfeldzug zu veranstalten.»

«Was sollen wir denen denn sagen?», wandte Mack ein. «Jessica will keine Anzeige erstatten, das hat sie klargemacht. Also steht Livs Wort gegen das von Jessica und Royce.»

«Tja, ich kann nicht bei etwas Illegalem mitmachen. Ich bin ein Cop, verdammt.»

«Ein Cop im Ruhestand», stellte Rosie richtig. «Und keiner hat dich gebeten, mitzumachen.»

«Dann seid ihr umso dümmer», schnauzte Hop. «Denn ich bin der Einzige von euch, der weiß, wie man ermittelt. Darum geht es hier nämlich, um eine Ermittlung.»

Der Russe begann, sich zu wiegen und dem Huhn auf seinem Schoß leise etwas vorzusingen.

Hop zeigte auf ihn. «Und der Kerl ist völlig irre.»

«Er ist Hockeyspieler», erklärte Mack.

«Herrgott noch mal», murmelte Hop an der Tür, aber dann kehrte er zu seinem Sessel zurück.

«Im Moment bin ich am meisten um Jessica besorgt», sagte Liv. «Offenbar ist sie so eingeschüchtert, dass sie Royce von unserem Gespräch erzählt hat, und ihn hat das offenbar so sehr erschreckt, dass er uns offen gedroht hat. Es wird nur noch schlimmer werden. Ich muss sie da rausholen.»

Noah schob sich das letzte Stück seines Plätzchens in den Mund. «Zum Glück kann ich auch in dem Punkt helfen.»

KAPITEL 12

«Bist du wirklich sicher, dass Noah diese Spelunke meinte?»

Am folgenden Donnerstag beäugte Liv die Tür der Kellerbar mit einem Blick, der nicht nur skeptisch, sondern auch ein kleines bisschen ängstlich wirkte. Mack machte ihr keinen Vorwurf. Der Schuppen war angeblich bei Studenten beliebt, wirkte aber so einladend wie ein Schild «Betreten auf eigene Gefahr».

Mack zuckte die Achseln. «Stand so auf Jessicas Facebook-Seite, hat Noah gesagt.»

«Die Seite ist auf Privat gestellt. Wie kann er ihre Einträge sehen?»

«Er hat sich in Überseekonten gehackt. Meinst du, da kommt er nicht in Facebook rein?»

Sie blickte ihn von der Seite an. «Gutes Argument.»

Mack legte die Hand an ihren Rücken und musste lächeln, weil ihre Muskeln sich unter der Berührung anspannten. «Lass uns reingehen. Hoffentlich sind wir vor ihr da.»

Die Klinke war blank und abgegriffen, was für die Beliebtheit der Studentenkneipe sprach, aber die Holztür zierten allerhand Schrammen und Kerben von Tritten – einige so hoch, dass da wohl die Rausschmeißer im Spiel gewesen waren –, was wiederum nichts Gutes verhieß. Beim Hineingehen behielt Mack die Hand an Livs Rücken, und kurz hinter der Tür blieben sie stehen, um sich an das schummrige Licht zu gewöhnen. Es war erst neun Uhr, also noch zu früh für das übliche Collegepublikum. Im Augenblick waren höchstens zwanzig Leute da. Und einige sahen aus, als wären sie noch zu jung für Alkohol.

«Ich komme mir plötzlich steinalt vor», sagte er.

«Du bist über dreißig. Für die bist du steinalt.»

«Darf Jessica überhaupt schon Alkohol trinken?»

«Nein, aber hier fragt bestimmt kein Mensch nach einem Ausweis.»

Wie in viel zu vielen Lokalen. Mack ließ das in seinen Clubs nicht zu. Seine Türsteher wurden regelmäßig über die neusten Tricks informiert und darauf geschult, gefälschte Ausweise zu erkennen. Jeden Abend wurden mindestens ein Dutzend Jugendliche weggeschickt. Am schlimmsten waren die Junggesellenabschiede. Kein Tag verging, an dem nicht irgendjemand versuchte, seinen kleinen Cousin oder Cousine mit einem netten Bitte-bitte-Augenaufschlag oder einem nicht gerade diskret zugesteckten Zwanziger reinzuschmuggeln. Bei seinen Männern funktionierte beides nicht. Dafür sorgte er.

«Setzen wir uns ganz hinten an einen Tisch, damit wir alles im Blick haben», schlug Liv vor und ging voraus.

In der Ecke bei einer halbrunden Sitznische unter einem beschädigten Miller-Lite-Neonschild blieb sie stehen. Jemand hatte einen Penis in die Tischplatte geritzt, und das Kunstleder der Sitzbank war überall rissig. «Ich kriege Ausschlag, wenn ich mir vorstelle, was hier unter Schwarzlicht zum Vorschein käme», sagte sie, rutschte aber trotzdem in die Bank.

«Bleib hier. Ich hole uns etwas zu trinken, damit wir nicht so auffallen.»

«Ich falle nicht auf. Du bist derjenige mit grauen Schläfen.»

Macks Hand schoss hoch zu seinem Haar, bevor er sie grinsen sah. Sie hatte gelogen. Er zeigte auf sie. «Das ist nicht komisch.»

«Du bist so eitel.»

Er deutete mit dem Kopf zur Theke. «Was möchtest du?»

«Am liebsten einen Dos Maderas mit Cola, aber ich schätze, das ist mehr eine Captain-Morgan-Kaschemme, also …» Sie zuckte die Achseln.

«Die Lady versteht was von Rum», bemerkte er, und absurderweise erregte ihn der Gedanke. «Bin gleich zurück.»

Die zwei Frauen hinter der Theke sahen kaum älter aus als die Kundschaft. Sie trugen die gleichen schwarzen Tanktops mit dem Namen der Bar quer über der Brust. Die jüngere der beiden schien ihr Outfit nicht zu mögen, denn sie zog in einem fort ihren Ausschnitt nach oben.

«Was möchtest du?» Sie lächelte ihn an.

«Habt ihr Dos Maderas?»

Sie sah ihn verständnislos an. Er schüttelte den Kopf. «Einmal Rum Cola und eine Flasche Sam Adams.»

Er trug beides zu ihrer Nische und schob sich neben Liv.

Sie wollte ein Stück zur Seite rutschen, aber er legte den Arm um ihre Schultern und zog sie an sich.

Der Blick, den sie ihm zuschoss, war dermaßen genervt, dass es dafür eigentlich ein neues Wort brauchte. «Was soll das?»

«Ich will nicht auffallen. Wir sind einfach nur ein Pärchen, das sich einen schönen Abend macht.»

«Das hättest du wohl gern.»

Ja, das hätte er. Mit einem Mal wünschte er sich tatsächlich genau das. Er trank einen großen Schluck Bier. So nah bei ihr zu sitzen war vielleicht doch ein strategischer Fehler. Sie roch gut. Nicht das Frischer-Tau-auf-Sommerblumenwiesen-Gut, das er aus Liebesromanen kannte, sondern einfach, na ja, gut. Ihre Haut roch ein bisschen nach Vanille oder so was. Süß.

Er rieb mit der Hand unter seiner Nase entlang.

«Ist was?»

«Nein.»

«Du siehst komisch aus.»

«Mir geht's gut.»

Sie zuckte mit den Schultern, was sie ihm noch ein wenig näher brachte. Er schluckte mühsam. Die Tür ging auf, und sie setzten sich erwartungsvoll auf, nur um sich gleich wieder zurückzulehnen. Es war nicht Jessica. Fünf Frauen taumelten herein, als hätten sie schon kräftig vorgeglüht.

«Das würde ich in meinen Clubs nicht zulassen», sagte Mack.

«Was meinst du?»

Er zeigte mit seiner Bierflasche auf die Gruppe. «Die sind schon betrunken. Da ist Ärger vorprogrammiert.»

Er spürte ihren Blick und sah sie an. «Was?»

«Du bist sehr anständig.»

«Überrascht dich das?»

«Reichtum und Anstand treffen meiner Erfahrung nach nur selten aufeinander.»

Er drehte sich zu ihr hin, um sie besser ansehen zu können. «Was hast du eigentlich gegen reiche Leute?»

«Ich traue ihnen einfach nicht.»

«Warum? Okay, es gibt viele schlechte Menschen, die mit dubiosen Geschäften tonnenweise Geld scheffeln …»

«Und das System manipulieren, um andere nicht hochkommen zu lassen.»

«… aber Reichtum basiert nicht automatisch auf einem schlechten Charakter.»

«Aber oft.»

Er wollte Liv verstehen. Er wollte es so sehr, dass dieser Wunsch die Stimme der Vernunft übertönte, die ihm riet, das Thema fallenzulassen. «Das hat mit deinem Vater zu tun, oder?»

Sie lächelte. «Ich wollte neulich nicht über ihn reden, und das will ich auch jetzt nicht. Aber netter Versuch.»

«Komm schon. Gib mir irgendetwas.»

Sie schüttelte den Kopf und sah wieder zur Tür.

«Über irgendein Thema müssen wir uns unterhalten. Was sollen wir sonst tun, bis Jessica kommt?»

Plötzlich bekam sie große runde Augen wie eine Disney-Prinzessin. «Küss mich.»

Mit der Flasche auf halbem Weg zum Mund hielt er inne. «Wie bitte?»

«Ich sagte, küss mich, du Idiot.»

Sie packte ihn am Hemd und riss ihn zu sich. Fast fiel er gegen sie, fing sich aber gerade noch rechtzeitig mit einer Hand an der Wand ab. «Mensch, Süße, spendier mir vorher wenigstens ein Abendessen.»

Sie drückte die Lippen auf seinen Mund.

Heilige Scheiße, die Frau konnte küssen. Er hatte genug Erfahrung, um zu merken, wenn jemand wusste, was er tat – und sie wusste es. Einem guten Kuss konnte er nicht widerstehen. Manche Männer standen auf Frauen, die im Bett gelenkig waren. Aber für ihn gab es nichts Heißeres als eine Frau, die allein mit ihren Lippen Liebe machen konnte.

Aber verdammt, das hier war verrückt. Warum zum Teufel tat sie das? Keuchend zog er den Kopf zurück. «Du willst wirklich nicht über deinen Vater reden, was?»

Ihr Blick schnellte an ihm vorbei zum Eingang. «Royce' Schläger sind hier.»

«Was?» Er wollte den Kopf drehen, doch sie umfasste seine Wangen und hinderte ihn so daran. Ihre Finger schmiegten sich an seine Wangen. Überraschend starke Finger. Teig kneten war offenbar ein gutes Workout.

«Royce hat Schläger? Wovon redest du da?» Die Worte kamen nur genuschelt aus seinem Mund, weil sie seine Lippen zusammendrückte.

«Er hat Sicherheitspersonal», erklärte sie, nicht im Geringsten außer Atem. Wie war das möglich? Ihm war, als hätte er einen Zehn-Kilometer-Lauf hinter sich.

Er versuchte noch mal, sich umzudrehen, und diesmal ließ sie ihn. Er sah sofort, welche Männer sie meinte. «Die beiden Schränke an der Tür?»

«Jep.»

«Die sehen …», Mack hielt inne, «hungrig aus.»

«Ich weiß nicht, ob Royce sie füttert.»

«Was tun die hier?»

«Ein Mal darfst du raten.»

Die zwei Männer blickten suchend umher. «Scheiße», zischte Liv, und dann tat sie es schon wieder. Sie küsste ihn.

Nur war er diesmal vorbereitet. Und wenn sie schon küssten, dann würden sie sich *richtig* küssen. Mack legte eine Hand an ihren Hinterkopf und vertiefte den Kuss, neigte ihr Gesicht, sodass sich ihre Münder im genau richtigen Winkel trafen. Sie spannte sich an, aber nur einen Moment lang, dann sank sie gegen ihn. Sie schmolz. Öffnete den Mund weiter. Spreizte die Hände an seiner Brust.

Und stieß ihn weg. «Sie gucken nicht mehr», sagte sie. «Wir müssen verschwinden, bevor sie uns entdecken.»

Mack blinzelte. Was? Ach ja. Die Schläger. Klar. Er spähte über die Schulter. Die Typen hatten ihnen inzwischen den Rücken zugedreht, um zu beobachten, wer hereinkam. Mack nahm Livs Hand und zog sie aus der Nische.

«Vielleicht gibt es einen Hinterausgang», sagte sie.

Sie gingen den schmuddeligen Flur hinunter, der zu einer einzelnen Toilette führte. Auf dem Schild über der Tür stand: «Pissen und kacken hier.»

«Mist.» Mack strich sich über die Haare.

«Siehst du sie noch?»

Mack schlich ein Stück zurück und linste um die Ecke. Die Typen drehten sich gerade wieder um und … FUCK. «Ins Klo!», raunte er ihr zu.

Er brauchte es nicht zweimal zu sagen. Liv riss die Tür auf und huschte hinein. Mack folgte ihr hastig, schloss hinter sich zu und sank dagegen.

Eine Hand vor der Nase, blickte sie zu ihm hoch. «Oh mein Gott. Wir brauchen hiernach eine Tetanusspritze.»

Jemand hämmerte gegen die Tür.

Erschrocken hielten sie den Atem an. Mack schaltete das Licht aus. Im Dunkeln schien sich der Gestank zu verstärken.

Wieder wurde energisch an die Tür geklopft. «Bist du da drinnen bald fertig?» Die Stimme einer jungen Frau. «Ich muss echt dringend pinkeln.»

Mack schaltete das Licht wieder ein, drehte sich um und schloss auf. Liv hielt seine Hände fest. «Was machst du da?»

«Das Mädchen muss mal.»

«Das könnte eine Falle sein! Was, wenn die Kerle sie eingespannt haben?»

Mack zuckte die Achseln und öffnete die Tür nur einen Spalt weit, sodass er mit der jungen Frau reden konnte. Die trat ungeduldig von einem Bein aufs andere. Sowie sie ihn sah, stöhnte sie ein «Gott sei Dank».

Er hob die Hand. «Siehst du da draußen zwei große, breite Kerle in schwarzen T-Shirts?»

«Ich muss wirklich, wirklich dringend», wimmerte sie.

«Sag mir nur, wo sie sind, dann lassen wir dich aufs Klo.»

Sie stampfte mit dem Fuß auf, ging aber weg und kam sofort zurück. «Sie stehen am Ausgang.»

Mack zog die Tür auf und ließ sie herein. Sie taumelte,

und er fing sie an der Taille ab. Als sie Liv sah, riss sie die Augen auf. «Ich stehe nicht auf Dreier.»

Liv rollte mit den Augen. «Wir verstecken uns vor den Typen in den schwarzen T-Shirts.»

Die junge Frau krümmte sich stöhnend. «Ich muss jetzt echt.»

Liv schob sie in die einzelne Kabine, hinter der sich die ekelhafte Toilette verbarg.

«Ich kann nicht pinkeln, wenn ihr hier drin seid!»

«Du trägst ein Sweatshirt einer Studentinnenverbindung. Ich soll dir allen Ernstes glauben, du hättest noch nie vor anderen gepinkelt?»

Sie zog einen geübten Schmollmund. «Nicht nüchtern.»

«Als ob du gerade nüchtern wärst.»

Die Studentin kicherte und schwankte. «Aber ihr dürft nicht zuhören.»

Mack drückte sich die Hände auf die Ohren und kniff die Augen zu, während sie sich in der Kabine einschloss. Als er die Spülung hörte, atmete er auf. Im nächsten Moment kam das Mädchen aus der Kabine und ging zur Tür. «Ihr erzählt keinem, dass ich mit euch hier drin war, ja?»

Mack zwinkerte. «Ein Gentleman ist taub und schweigt.»

Kichernd ging sie hinaus.

Als er sich umdrehte, blickte Liv ihn böse an. «Gibt es wirklich niemanden, mit dem du nicht flirtest?»

«Eifersüchtig?»

«Träum weiter.»

«Werden wir über den Kuss reden?»

Sie kehrte ihm den Rücken zu. «Nope.»

«Feigling.»

«Was gibt es da schon zu reden? Das war ein Fake-Kuss, und er ist vorbei.»

Er beugte sich ganz nah zu ihr hinab, so nah, dass er ihr Ohr mit dem Mund streifte. «Das war ein phantastischer Kuss, und wenn du mir weismachen willst, dass er dich kaltgelassen hat, kannst du es gleich lassen. Du bist eine schlechte Lügnerin.»

Sie stieß ihm den Ellbogen in die Seite. «Du liest zu viele Liebesromane.»

«Und du zu wenige.»

Wieder klopfte jemand. Liv fuhr herum und knallte ihm eine Hand auf den Mund.

«Sie sind gerade gegangen; nur falls euch das interessiert.» Es war die Studentin von eben.

«Dann raus hier.» Liv riss die Tür auf. Das Mädchen war anscheinend schon wieder gegangen.

Am Ende des Flurs hielt Mack sie auf. «Ich werfe vorsichtshalber einen Blick um die Ecke.»

Er spähte in den Raum. Inzwischen waren mehr Leute gekommen und füllten die kleine Kneipe, die dadurch noch enger erschien. Doch die beiden Schläger waren weg. Liv drängte sich von hinten an ihn. «Und?»

«Ich glaube, wir sind sicher.» Er zog sie an der Hand neben sich. Der Adrenalinrausch ließ langsam nach, und er sprach die Frage aus, die ihn am meisten beschäftigte. «Wie konnten die wissen, dass wir hier sind?»

«Vielleicht sind sie nicht unseretwegen gekommen. Vielleicht haben die auch Jessicas Facebook-Seite gehackt.»

«Warum sollten sie Jessica verfolgen?»

«Keine Ahnung. Royce ist halt ein Psycho.»

Mack wollte um einige betrunkene Arschlöcher herumgehen, denen Date-Rape förmlich auf der Stirn geschrieben stand. «Verzeihung», sagte er zu einem.

Der Typ schwang herum, total angriffslustig und stockbesoffen. «Wass'n?»

Herrgott noch mal. «Ich will nur an dir vorbei, Kumpel.»

«Mann, geh woanders lang, *Kumpel.*»

Einer seiner Arschlochfreunde wurde auf Liv aufmerksam. «Hey, Kleine», lallte er und taumelte ihr in den Weg. «Willste mit uns feiern?»

«Sie ist schon beschäftigt!» Mack schob Liv mit steigendem Puls hinter sich.

«Verpiss dich, Mann. Ich rede mit ihr.»

Liv trat um ihn herum. «Dann noch mal von mir: Ich bin schon beschäftigt.»

«Vergiss meinen Freund», sagte ein anderer aus der Gruppe. «Er ist blau.»

«Was du nicht sagst», erwiderte Liv trocken.

«Na komm. Warum so unfreundlich?»

«Vielleicht weil wir nur zum Ausgang wollen und ein paar Tinder-Fuckboys beschlossen haben, uns blöd zu kommen?»

Arsch Nummer eins verzog das Gesicht. «Mann, was für eine Fotze.»

Mack sah rot. Er drehte dem Kerl den Arm auf den Rücken und hatte ihn innerhalb einer Sekunde mit der Brust auf die Theke gedrückt, ein Trick, den er als junger Türsteher gelernt hatte. Der Typ brüllte auf vor Schmerzen, und die Leute ringsherum keuchten erschrocken auf. Die einen drängten sich näher heran, die anderen wichen zurück.

«Entschuldige dich. Sofort.»

«Fick dich, Mann.»

Liv zog an Macks Jacke. «Er ist es nicht wert, Mack. Lass uns gehen.»

Mack gab dem Kerl noch einen Schubs und ließ ihn los. Der fuhr mit fliegender Faust herum, verfehlte Mack und traf dafür einen vollen Pitcher Bier, das sich daraufhin auf dem Boden verteilte – und über eine Frau, die neben ihnen stand.

Sie fluchte laut und knallte dem Arschloch eine.

Und die Hölle brach los.

«Mack! Pass auf!»

Er blickte auf und sah Liv über die Theke klettern. Sie zeigte auf jemanden, aber zu spät. Er bekam eine Faust an den Kiefer. Hinter seinem rechten Auge flammte es grell auf. Er taumelte rückwärts, fing sich jedoch rasch genug ab, um einen Schlag von einem Freund des Arschlochs abzuwehren.

Als Nächstes sah er Liv auf der Theke stehen und die Barfrauen anschreien, sie sollten die Cops rufen.

«Runter da!», brüllte er.

Während Arsch Nummer eins zum Schlag ausholte, verpasste Mack ihm einen in den Magen. Der Typ klappte vornüber und fiel auf ein Knie. Leute schrien und rannten durcheinander. Gott, was für ein Albtraum. In seinen Clubs hatte es noch nie eine Schlägerei gegeben. Kein einziges Mal. Zwei Rausschmeißer schoben Leute aus dem Weg und stürzten zu ihnen. Gerade rechtzeitig konnten sie einen Freund vom Arschloch daran hindern, sich erneut auf Mack zu stürzen, waren aber nicht schnell genug, um zwei prügelnde Frauen zu trennen. Sie gingen zu Boden und rissen dabei einen Barhocker um.

Mack griff nach ihnen, um ihren Kampf zu beenden, und schrie erneut, Liv solle von der Theke herunterkommen. Das tat sie, aber nicht so, wie er sich das gedacht hatte. Sie sprang herunter und packte eine der Frauen am Arm.

«Lasst den Scheiß», schrie sie und versuchte, die beiden auseinanderzuzerren.

«Lass mich das machen, Liv», schnauzte Mack.

Sie ignorierte ihn. Was auch sonst.

Die Freunde der Frauen mischten sich ein, stießen und fluchten und schlugen. Liv versuchte erneut, eine der Frauen hochzuziehen, doch die riss ihren Arm weg und schubste Liv gegen die prügelnden Freunde. Einer von denen fuhr herum und traf Liv versehentlich mit dem Ellbogen an der Wange.

Von da an erlebte Mack alles wie in Zeitlupe. Liv rutschte aus und fiel auf den Hintern. Er selbst stieß einen der Mistkerle beiseite, sprang über die beiden Frauen und griff Liv unter die Achseln, warf sie sich über die Schulter und ignorierte ihren Protest, während er sie aus dem Handgemenge heraustrug.

«Was soll das, Mack? Lass mich runter!»

«Hör auf zu zappeln», brummte er, trat gegen die Tür, sodass sie nach außen schwang. Draußen stellte er Liv auf die Füße und umfasste sofort ihre Wangen. «Gott, geht's dir gut?»

Sie zog seine Hände weg. «Ich bin okay, du …»

«Dreh das Gesicht zum Licht.»

Die Straßenlampe erhellte eine rote Schwellung unter dem Auge. Mack fluchte. «Was zur Hölle hast du dir dabei gedacht, Liv?»

«*Ich?* Was ist bitte mit *dir* los? Du hast eine Schlägerei angefangen!»

«Ich habe dich nur beschützt!»

«Wovor? Unflätigen Ausdrücken?»

«Er hat dich Fotze genannt.»

«Ich habe drei Jahre lang gekellnert, Mack. Ich weiß, wie ich mit solchen Kerlen umgehen muss.» Sie warf die Hände in die Luft. «Mann, gerade fing ich an, dich zu mögen, und da ziehst du solchen ätzenden Macho-Scheiß ab!»

Obwohl sein Puls raste und ihm die Hände zitterten, gab es einen Teil in ihm, der gerade wie Del und der Russe Wetten abschloss, was wohl passieren musste, damit die Fassade des perfekten Liebesromanhelden aufbrach und ein unkontrollierter Alpha-Arsch zum Vorschein kam. Tja, anscheinend genau das hier. Er öffnete den Mund, und plötzlich redete er in einem Ton, den er noch nie zuvor gegenüber einer Frau gebraucht hatte.

«Ich schwöre bei Gott, Liv, du bist die frustrierendste Frau, die ich je kennengelernt habe.»

«Und du glaubst, du bist einer von den Guten, wenn du dich so aufführst?»

Ihre Worte trafen genau ins Schwarze. Adrenalin prallte mit Ärger, Begierde und Reue zusammen und bildete einen Mix, der die Kontrolle über seinen Verstand an sich riss. Nein, er war keiner von den Guten. Nicht hier und jetzt. Nicht wenn sich ihr T-Shirt bei jedem aufgeregten Atemzug über ihren Brüsten spannte. Nicht wenn er sah, wie sie ihn umgekehrt mit den Augen verschlang. Nicht wenn der Gehweg plötzlich zu klein und gleichzeitig zu groß erschien.

Er hob die Hand, wischte mit dem Daumen einen Tropfen von ihrem Schlüsselbein. Wasser? Bier? Er wusste es nicht. Ihre Lippen öffneten sich, ihr Atem ging schneller. Sein Daumen strich langsam an ihrem Hals hinauf, über ihr Kinn und verweilte schließlich an ihrer Unterlippe.

Und dann bewegten sie sich plötzlich blitzschnell, und eine winzige Beobachtung – dass sie sich auch auf ihn zubewegt hatte – reichte, sich zu erlauben, dem Feuer nachzugeben. Er fiel über ihren Mund her, und ohne das geringste Zögern schob sie die Finger in seine Haare. Sie roch nach Rum und schmeckte wie ein Fehler, und es war ihm egal. Getrieben von einer schmerzhaften Begierde, die er weder kannte noch verstand, stieß er ein Knurren aus, schlang den Arm um ihre Hüfte und hob sie an, um sie gegen die Hauswand zu drücken. Sie spreizte die Beine und hieß ihn dazwischen willkommen.

Sie nahm sein Gesicht in die Hände und zog ihn wieder an sich. Sofort wurde er heiß und hart. Sie packte seine Arme, um sich festzuhalten oder vielleicht damit er nicht völlig den Höhlenmenschen hervorbrechen ließ. Er neigte den Kopf, und sie öffnete die Lippen für ihn. Seine Zunge drang in ihren Mund.

Plötzlich ging neben ihnen die Tür auf. Ein paar Leute taumelten heraus und riefen: «Die Cops sind gleich da!»

Liv erstarrte, drückte ihn von sich weg, rutschte an der Hauswand runter und landete mit den Füßen auf seinen. Mack wandte sich entsetzt ab und fuhr sich mit zitternden

Händen durch die Haare. Scheiße! Oh Gott! Was hatte er getan?

«Wir müssen weg», sagte sie.

«Liv», krächzte er, als er sich zu ihr umdrehte. «Es tut mir leid, ich wollte nicht …»

Sie hastete an ihm vorbei Richtung Parkplatz. «Wir müssen hier weg.»

Mack holte sie im Laufschritt ein. «Warte. Wir müssen darüber reden.»

«Nein, nicht nötig.» Sie lief schneller und hielt energisch auf seinen Wagen zu. Er entriegelte ihn und hielt ihr die Tür auf. Wortlos glitt sie auf den Sitz.

Er setzte sich ans Steuer und blickte sie an. «Liv.»

«Fahr einfach los.»

Leise fluchend drückte er den Anlasser und gab Gas. Volle zehn Minuten lang herrschte Schweigen. So lange dauerte es auch, bis er endlich wieder halbwegs durchatmen konnte.

Er sah zu ihr hinüber. «Wir sollten dich untersuchen lassen. Du wurdest ziemlich hart getroffen.»

«Du auch.»

«Mir geht's gut.»

«Mir auch.»

«Verdammt, Liv. Ich versuche, mich zu entschuldigen.»

Sie schnaubte. «Weswegen?»

«Wegen … eben. Wie ich dich geküsst habe. Ohne deine Erlaubnis.»

Sie strich sich über die Haare. «Ich habe den Kuss erwidert, Mack. Also stell dich jetzt bloß nicht an.»

«Liv …»

Sie hob die Hand. «Es reicht. Fahr mich einfach zu meinem Wagen.»

Sie hatten sich vor dem *Temple* getroffen, und ihr Wagen stand hinter dem Gebäude auf dem Angestelltenparkplatz. Er bog in die Einfahrt und stellte den Motor ab. Keiner von beiden rührte sich.

«Können wir bitte darüber reden?»

Liv öffnete die Tür, stieg aus und beugte sich noch einmal hinunter. «Frag Noah, ob er herausfinden kann, wie uns die Kerle gefunden haben.»

Sie knallte die Tür zu und ging. Was war da gerade passiert?

Und wie oft wollte sie ihn noch mit dieser Frage stehenlassen?

KAPITEL 13

Es war kein guter Tag, um festzustellen, dass sie keine Foundation mehr hatte.

Liv stand am nächsten Morgen vor dem Badezimmerspiegel und hielt das Gesicht ins Licht. Nein. Das war kein Schatten. Sie hatte ein echtes blaues Auge. Der Concealer deckte das Schlimmste ab, aber jeder, der sie genauer ansah, würde sofort erkennen, dass sie sich geprügelt hatte. Oder die schlimmste schlaflose Nacht aller Zeiten hinter sich hatte.

Tatsächlich stimmte beides. Und beides hatte sie Mack zu verdanken. Wow, der Mann konnte küssen. Nicht, dass sie das überraschte. Wahrscheinlich hatte er genug Erfahrung, um ein eigenes Handbuch zu schreiben. Andererseits war sie sich nicht sicher, in welchem Kapitel diese Anweisung stünde: *Springen Sie von der Frau weg, als hätten Sie einen gewischt bekommen, und schütteln Sie sich, als wollten Sie dringend unter die Dusche.* Wenn sie mit den Jahren eine Mauer um sich errichtet hatte, dann genau wegen solcher

Dinge. Sie sollte eigentlich an Enttäuschungen und an Zurückweisung gewöhnt sein, aber … sie war es nicht. Es tat immer noch genauso weh wie früher.

Egal, es spielte keine Rolle. Mack zu küssen war ein Fehler gewesen. Ein adrenalingesteuerter Zusammenprall ihrer Libido mit einer dummen Entscheidung. Das würde ihr nicht noch mal passieren, und nun Schluss damit.

Sie föhnte sich die Haare, drehte sie zu einem Dutt zusammen und lenkte sich bis zum Frühstück ab, indem sie Rechnungen überwies. Nur leider bekam sie beim Blick auf ihren Kontostand Magenschmerzen. Sie musste heute unbedingt noch ein paar Bewerbungen rausschicken und sich auf LinkedIn einschleimen. Bisher hatte sie nur vom Parkway eine Antwort bekommen. Sie war nächste Woche zu einem Vorstellungsgespräch eingeladen worden. Vermutlich hatte sie das Alexis zu verdanken.

Sie stellte den Computer aus, stieg in ihre Gummistiefel und ging die Hühner versorgen. Als sie kurz darauf das Farmhaus betrat, hielt sie das Gesicht von Rosie abgewandt, aber die Frau sah alles.

«Ich hoffe, es gibt eine interessante Geschichte dazu.»

«Was heißt für dich interessant?»

«Wilder Sex.»

«Bedaure. Schlägerei in einer Kellerbar.» Liv fing an, die eingesammelten Eier zu waschen. «Soll ich beim Frühstückmachen helfen?»

«Ich bezahle dich, damit du die Tiere versorgst und den Garten pflegst und …»

«Nicht fürs Kochen», beendete Liv lächelnd den Satz.

Das Schlagen der Hintertür unterbrach ihre Plauderei.

Einen Moment später kam Hop herein. Ein Blick auf Liv, und er runzelte die Stirn. «Was ist mit dir passiert?»

«Cage-Fight. Da verdient man gut.»

«Wohin willst du so aufgebrezelt?», fragte Rosie ihn.

Liv betrachtete ihn. Er war tatsächlich aufgebrezelt, zumindest nach seinen Maßstäben. Seine Jeans hatte keine Flecken und sein Hemd noch sämtliche Knöpfe.

«Geht dich nichts an», antwortete er. Die Tür schlug wieder zu.

Liv seufzte. «Warum erlöst du ihn nicht von seinem Elend?»

Rosie nahm ein Messer aus der Schublade. «Weil Mord strafbar ist.»

«Ich meinte, warum du nicht mit ihm ausgehst. Das würde hier alle entspannter machen. Du weißt, du willst es.»

«Wozu brauche ich einen Mann? Ich habe zwei gesunde Hände, nicht wahr?»

«Das war mehr Information, als ich verkraften kann, Rosie. Aber im Ernst, ein Date kann doch nicht schaden.»

«Das sagt die Richtige.» Die Worte wurden vom Geräusch der Messerklinge unterstrichen, mit der sie die Kartoffel schälte. «Hast du schon mit Mack geschlafen?»

«Das wird so was von nie im Leben passieren.» Ihre Libido schmollte bei diesem Satz.

«Warum nicht? Wenn mich ein Mann so angucken würde, wäre ich innerhalb von fünf Sekunden nackt.»

«Mack will mich nicht.» Von einem wilden Kuss abgesehen, hatte er unmissverständlich klargemacht, dass er nicht interessiert war. Und das war gut. Denn sie war es auch nicht.

«Wann bringt Thea die Mädchen vorbei?»

«Um zwölf.»

In ihrer Hosentasche meldete ihr Handy mit einem Piepton eine neue E-Mail. Liv zog es hervor und öffnete sie.

Und … Scheiße. Ihr Herz zog sich zusammen.

«Was ist los?», fragte Rosie.

«Eine Nachricht vom Parkway Hotel. Sie haben das Vorstellungsgespräch abgesagt.»

«Was? Warum das?»

Liv knallte das Handy auf die Arbeitsplatte. «Das war Royce. Er ruiniert meinen Ruf.»

Ihre Stimme hatte nicht im Geringsten gezittert, aber ihre Beine hatten das Memo anscheinend nicht bekommen. Sie setzte sich an die Kücheninsel und legte den Kopf auf die Arme. «Erlöse *mich* aus meinem Elend.»

Rosie tätschelte ihr den Rücken. «Das geht vorbei, Liebes.»

Die schlichten Worte wirkten erstaunlich beruhigend. Liv stand auf und legte den Kopf auf Rosies Schulter. «Danke. Das habe ich gebraucht.»

Rosie strich ihr über die Wange. «Immer gern.»

◆ ◆ ◆

Mack kam zum Frühstück mit den Jungs eine Viertelstunde zu spät. Er hatte beschissen geschlafen und fühlte sich beschissen. Er setzte sich zu ihnen an den gewohnten Tisch, und nach den stummen, bestürzten Gesichtern zu urteilen, sah er auch beschissen aus.

Die Kaffeetassen halb zum Mund gehoben, starrten sie ihn an. «Was?», brummte er.

«Alles in Ordnung?», fragte Gavin.

«Ja.»

«Du bist unrasiert», stellte Del fest.

Mack strich sich über sein Stoppelkinn und zuckte zusammen, als er die Stelle streifte, wo ihn die Faust getroffen hatte. «Ich habe verschlafen.»

Eine Kellnerin kam vorbei und schenkte ihm Kaffee ein. Dabei fiel ihm ein, dass er immer noch seine Sonnenbrille trug. Er nahm sie ab und legte sie auf den Tisch. Alle keuchten auf und lehnten sich mit einem kollektiven «Fuck» zurück.

Der Russe fasste ihm an die Stirn. «Stirbst du?»

Mack schlug seine Hand weg. «Fuck. Nein. Was soll das? Ich sagte doch, ich habe schlecht geschlafen.»

«Bist du darum heute hässlich?»

«Was zum Teufel läuft bei dir verkehrt?», fauchte er.

Der Russe zuckte die Achseln. «Ich bin Hockeyspieler.»

Das erklärte tatsächlich einiges. «Ich bin nicht hässlich. Ich bin müde.»

«Du bist irgendwie hässlich. Die Augen. Sehr rot. Hässlich.»

«Fick dich.»

«Wir sind nur überrascht, weil du normalerweise nicht so schlecht aussiehst», erklärte Malcolm.

Mack zeigte allen den Stinkefinger.

Gavin zuckte die Achseln. «Ich bin eigentlich ganz froh, dass du mal scheiße aussiehst. Ich will zur Abwechslung auch mal der Hübsche sein.»

«Du bist trotzdem nicht der Hübsche», erwiderte Mack. «Das ist Malcolm. Er ist jetzt unser Covermodel.»

«Hört auf damit», sagte Del. «Ihr seid beide hübsch.»

Mack nahm die Speisekarte, obwohl er sie auswendig konnte, und hob sie vors Gesicht. Die konnten ihn alle mal. Die würden auch mies aussehen, wenn sie den unglaublichsten Kuss ihres Lebens bekommen hätten und die Frau sie dann stehengelassen und vorher noch gesagt hätte, dass das nie wieder passieren würde.

«Ich habe einen Neuen eingeladen, heute zu kommen», sagte er.

«Wen?», fragte Del.

Wie aufs Stichwort ging die Tür auf, und Hop hinkte herein.

Malcolm folgte Macks Blick. «Sieh mal an!»

«Ich hatte meine Zweifel, ob er tatsächlich aufkreuzt.»

Hops graue Augen blickten suchend durch das Diner, bis sie den Tisch entdeckten. Mack hob grüßend die Hand, worauf Hop mürrisch herüberkam.

«Keine Ahnung, was ich hier soll», brummte er und sank auf den freien Stuhl.

«Du kennst bereits alle», sagte Mack.

Hop nickte in die Runde.

«Normalerweise geben wir neuen Mitgliedern eine kurze Einführung, aber heute haben wir dafür keine Zeit.» Mack schob ein Exemplar von *The Protector* über den Tisch zu Hop. «Das ist die aktuelle Lektüre.»

Hop starrte auf das Cover, ohne es anzufassen. «Ich bereue es jetzt schon.»

«Du wirst den Sinn der Sache noch begreifen.»

Die Kellnerin kam, um ihre Bestellung aufzunehmen. Mack grinste sie an, aber sie ignorierte ihn. Verdammt. Er sah heute wohl doch hässlich aus.

Nachdem sie gegangen war, lehnte Del sich in seiner typischen Fangen-wir-endlich-an-Manier nach vorn. «Hat jemand weitergelesen?»

«Ich», sagte Gavin. «Das Buch ist echt krank.»

«Du liest das erste Mal Romantic Suspense», sagte Mack angepisst und richtete seinen Ärger über das Desaster von gestern auf Gavin. «Du kannst ein ganzes Buch nicht nach ein paar Kapiteln beurteilen.»

«Sie hasst ihn», argumentierte Gavin. «Ich mag nicht so viele Liebesromane gelesen haben wie ihr, aber das ist doch kein guter Start für eine Beziehung.»

«Du musst weiterlesen. Du kannst es nicht jetzt schon schlechtmachen.»

«Lass Gavin ausreden», mahnte Del. «In diesem Club wird jede Meinung wertgeschätzt.»

Gavin grinste. «Danke, Del.»

Mack hob den Mittelfinger.

Gavin erwiderte das.

Del seufzte. «Ich geb's auf.»

«Jedenfalls», sagte Gavin gedehnt, um weiter zu nerven, «wollte ich Folgendes sagen: Ihr redet immer darüber, wie subversiv und feministisch Liebesromane sind. Aber was ist feministisch an einem Roman, in dem die Frau nicht selbst entscheiden darf, wie sie sich schützt?»

«Er tut eben, was für sie das Beste ist», brummte Mack.

«Wer ist er denn, dass er das für sie entscheidet?», konterte Gavin.

«Aber genau darum geht es in dem Buch», hielt Mack dagegen. «Beide müssen erst lernen, dem anderen zu vertrauen und die Feindseligkeit zu überwinden, die die Autorin am Anfang etabliert.»

«Aber wozu einen Roman schreiben, der eine Frau überhaupt in so eine Lage bringt?»

«Vielleicht weil das im realen Leben auch vorkommt? Frauen werden ständig auf die eine oder andere Art angegriffen, und meistens, weil die anderen Männer wegsehen.»

«Also ist es eine Metapher?», überlegte Malcolm und strich sich über den Bart. «Interessant. So habe ich das noch nie gesehen.»

Mack zuckte die Achseln. «Ich meine nur, wenn die Gewalt gegen Frauen aufhören soll, sind wir es, die damit Schluss machen müssen. Wir müssen unsere Geschlechtsgenossen anprangern.»

Hop stöhnte.

«Möchtest du etwas beitragen, Hop?», fragte Del.

«Ja. Dieses Zeug zu lesen hat euch weich gemacht.» Er nahm das Taschenbuch in die Hand und drehte es um.

«Vielleicht war deine Generation auch nur zu hart», gab Mack zurück.

Hop wollte gerade aufbrausen, aber Malcolm ging dazwischen. «Mack will damit sagen, dass du zu einer bestimmten Art von Männlichkeit erzogen wurdest …»

«Meine Art von Männlichkeit ist durch den vietnamesischen Dschungel gekrochen und hat sich eine Kugel im Arsch eingefangen, als ihr noch gar nicht auf der Welt wart.»

«Und wir sind dir dankbar für deinen Dienst, aber wir wollen damit sagen, dass deine Art von Männlichkeit unausweichlich an die Herabsetzung der Frauen gekoppelt ist. Und das nützt niemandem.»

Hop rollte die Augen. «Politisch korrekte Scheiße.»

«Was, wenn jemand einen anzüglichen Witz über Rosie reißt?», fragte Mack.

«Den würde ich umbringen.»

«Du hältst das für die Antwort, aber das löst gar nichts», sagte Mack. «Du solltest nicht nur bei einer Frau empört sein, die dir wichtig ist, sondern erkennen, dass die sexuelle Erniedrigung aller Frauen ein Problem ist. Du solltest erkennen, dass das allein deshalb falsch ist, weil Frauen Menschen sind.»

Hop schnaubte.

«Du hältst nichts von der Gleichberechtigung von Männern und Frauen?», fragte Malcolm.

«Doch, sicher.»

Mack zog skeptisch eine Braue hoch.

Hop begann, einzelne Punkte aufzuzählen. «Ich denke, Frauen sollten für die gleiche Arbeit den gleichen Lohn bekommen wie Männer. Frauen sollten im Kongress gleich stark vertreten sein. Und am besten sollte noch zu meinen Lebzeiten eine Frau Präsident werden. Aber ich denke auch, wir sollten noch Witze reißen dürfen.»

«Ist dir mal der Gedanke gekommen, dass Frauen weniger Lohn bekommen oder dass wir noch nie eine Präsidentin hatten, weil Männer, wenn sie unter sich sind, sich mittels solcher Witze verbünden?»

Hop zuckte die Achseln.

«Können wir wieder auf das Buch zurückkommen?», bat Gavin.

«Nur zu», sagte Malcolm.

«Irgendwie … also, ich finde, sie verzeiht ihm viel zu schnell», meinte Gavin. «Ich musste einen Monat lang auf Knien betteln, damit Thea mich wieder in unser Schlafzimmer lässt.»

«Ich denke, sie hat ihm gar nicht verziehen», sagte Mack. «Sie hat die Situation erkannt und verhält sich entsprechend. Dir ist der Subtext entgangen.»

«Das ist doch Quatsch.»

Mack spürte, dass an seiner Schläfe eine Ader pochte. «Im Buch ist es ganz anders als bei dir.»

«Inwiefern?»

«Wollt ihr lieber allein diskutieren, oder dürfen wir auch noch mitmachen?», fragte Del.

Mack biss sich auf die Zunge.

«Ich finde, ihr Ärger ist berechtigt», meinte Malcolm. «Aber ich glaube nicht, dass sie nur wütend ist wegen seines Verhaltens. Sie fühlt sich, als hätte sie keinerlei Kontrolle. Sie war ihr Leben lang Männern ausgeliefert. Zuerst ihrem Vater. Dann ihren Secret-Service-Kollegen. Jetzt dem Stalker und Chase' Lügen. Das ist eine Metapher.»

«Wofür?», fragte Del.

Malcolm zuckte die Achseln. «Dass Frauen in unserer Gesellschaft gegen ihren Willen Kontrollmechanismen unterworfen sind, und das jeden einzelnen Tag.»

«Tja, aber in dem Buch ist es vielleicht wirklich nur zu ihrem Besten!», platzte Mack heraus.

«Ich finde den Roman trotzdem scheiße», sagte Gavin.

«Er lügt sie immer noch an. Ich weiß nicht, ich kann den Kerl echt nicht leiden.»

Mack fingerte an einem Kaffeesahnetöpfchen herum. «Vielleicht sind bei ihm schon starke Gefühle im Spiel.»

«Und?»

«Starke Gefühle können einen dazu bringen, Dinge zu tun, die man normalerweise nicht tun würde.» Und Mack meinte damit absolut hundertprozentig nicht sich selbst.

«Egal. Er lügt sie an.» Gavin zuckte die Achseln.

«Weil er sie schützen will.»

«Ich sage ja nur, dass ich auf die harte Tour gelernt habe, dass auch gutgemeinte Lügen eine Beziehung zerstören können.»

Mack knallte seine Tasse auf den Tisch. «Es kann doch nicht falsch sein, jemanden zu beschützen, der einem wichtig ist!»

Bei seinem Ausbruch zuckten die anderen zusammen, und sogar zwei Tische weiter wurden Leute aufmerksam. Na großartig. Er stützte die Ellbogen auf und kniff sich in die Nasenwurzel. Er hätte heute nicht herkommen sollen.

«Kumpel, was hast du denn?» Das war Derek.

Die Kellnerin rettete ihn vor einer Antwort, indem sie das Essen brachte. Alle wurden etwas panisch, als sie die Bestellungen verwechselte und Dels Käseomelett dem Russen gab. Aber sie brachten das in Ordnung, ehe jemand leiden musste.

«Was wolltest du gerade sagen?», hakte Derek nach, während er selig auf einen Haufen Rührei hinunterlächelte.

«Nichts.»

Malcolm neigte sich todernst nach vorn. «Du bist heute nicht du selbst, Mack. Rede mit uns. Bei diesem Buchclub geht es nicht nur um Bücher. Das weißt du.»

Ja, das wusste er. Er war nur noch nie selbst das Ziel ihrer psychologischen Hilfsversuche gewesen. Er erteilte lieber klugscheißerische Ratschläge, anstatt sie selbst zu benötigen.

«Na komm, Mann», drängte Del. «Was ist los?»

«Ich verspreche, mich nicht darüber lustig zu machen, egal was es ist», gelobte Gavin.

Del gab ihm einen Schlag auf den Hinterkopf. «Klappe. Lass ihn reden.»

Es hatte keinen Sinn, die Sache für sich zu behalten. Liv würde Thea wahrscheinlich von der Schlägerei erzählen – er bezweifelte, dass sie das schon getan hatte, da hatte er sich schon beim ersten Mal geirrt –, und Gavin würde sauer sein, wenn er erst von ihr davon erfuhr. Trotzdem zögerte er noch. Doch dann lehnte er sich zurück und brachte es hinter sich. «Gestern Abend kam es in der Kellerbar, in der wir nach Jessica gesucht haben, zu einer Schlägerei. Liv hat was im Gesicht abbekommen.»

Gavin verkrampfte die Finger um seine Gabel. «Geht es ihr gut?»

«Ja. Es war ein Versehen. Der Typ hatte es nicht auf sie abgesehen, aber …» Mack gab seinen eigenen starken Gefühlen nach und zeigte anklagend mit dem Finger auf Gavin. «Du hast mich nicht gewarnt, dass sie so ist.»

«Wer? Liv?»

Mack knirschte mit den Zähnen. «Ja, Liv. Wer sonst?»

«Ich weiß nicht, was du meinst. Wovor hätte ich dich

warnen sollen, außer dass sie manchmal ganz schön gemein ist? Aber das wusstest du ja.»

«Du hättest mir sagen können, dass sie so eine Nervensäge ist.»

Gavin schmunzelte. «Das weiß doch jeder.»

«Ja, aber jetzt geht es um *meine* Nerven.»

Gavin zuckte die Achseln und redete mit vollem Mund. «Du hast doch darauf bestanden, dass ihr das gemeinsam macht.»

«Ich verstehe nicht ganz», warf Del ein. «Hat Liv die Schlägerei ausgelöst?»

«Nein, aber …» Er schnaubte frustriert. «Wollt ihr wissen, was sie getan hat? Ich sag's euch. Gerade bricht die Hölle los, da steigt sie auch noch auf die Theke, und als ich ihr sage, sie soll runterkommen, hört sie da etwa auf mich? Nein. Sie wirft sich mitten ins Gewühl!»

Gavin nickte. «Das sieht ihr ähnlich.»

«Und dann, dann hatte sie die … die …» Verdammt, ihm fiel kein Wort ein. «Die *Eier*, mich anzuschreien, als ich sie nach draußen getragen habe.»

«Warte mal», sagte Gavin, wobei seine Mundwinkel zu zucken anfingen. «Du hast sie getragen?»

«Also hochgehoben und von der Prügelei weggebracht?», vergewisserte sich Hop, zum ersten Mal wieder am Gespräch beteiligt.

«Ja. Was ist daran so schwer zu verstehen?» Mack ließ sich tiefer in seinen Stuhl sinken und verschränkte die Arme vor der Brust. «Und wusstest du, dass sie sich über Liebesromane lustig macht? Sie hasst sie. Wusstest du das?»

Gavin, Del und Derek wechselten Blicke, die er nicht deuten konnte. Neben ihm zogen Malcolm und der Russe ihr Portemonnaie aus der Tasche. Mack erstarrte. «Was soll das? Was macht ihr da?»

«Das Essen bezahlen», antwortete Malcolm. «Sprich weiter.»

Er konnte nicht weitersprechen. Mack würde bestimmt nicht zugeben, was dann passiert war. Gavin und Hop nahmen das mit der Schlägerei ganz gelassen, aber sie wären womöglich nicht mehr so entspannt, wenn sie hörten, dass er Liv gegen eine Hauswand gedrückt, sie, ohne zu fragen, geküsst hatte und jetzt vor Verlangen fast verrückt wurde.

«Ist das … alles?», fragte Gavin schließlich nach einer langen Pause.

«Ja. Nein. Scheiße, keine Ahnung.»

Und dann passierte es wieder. Genau wie neulich bei dem Treffen in Gavins Haus wechselten die Jungs Blicke und brachen dann in schallendes Gelächter aus. Auf dem Tisch klirrte das Geschirr, und jeder in dem Diner schaute zu ihnen herüber.

«Schnauze», knurrte Mack und stocherte in seinem Eiweißomelett.

«Verdammt», keuchte Gavin. «Das habe ich nicht kommen sehen.»

«Was kommen sehen? Was ist so komisch?»

Malcolm schlug ihm mit seiner Pranke auf die Schulter. «Mack, dafür dass du so viele Liebesromane gelesen hast, bist du manchmal echt ahnungslos, wenn es um deine eigene Geschichte geht.»

«Nerv mich nicht. Worüber redet ihr?»

«Über Liv, du Trottel.» Del lachte. «Über dich und Liv, genauer gesagt.»

Ihm blieb die Luft weg. Er fühlte sich entblößt. «Nein. Um Gottes willen, nein. Seht mich doch an. Sie macht mich verrückt.»

«Genau», bekräftigte Malcolm. «Sieh dich an. Du bist total durch den Wind.»

«Das ist totaler Blödsinn.» Mack stopfte sich hektisch geschmacklose Eimasse in den Mund.

«Ich weiß nicht», meinte Derek. «So habe ich dich wegen einer Frau noch nie erlebt.»

«Ich auch nicht», pflichtete Malcolm bei. «Nicht mal, als Gretchen dich abserviert hat.»

«Sieh den Tatsachen ins Auge, Mann.» Del lehnte sich zurück, überheblich grinsend, der Arsch. «Sie könnte perfekt für dich sein.»

Mack zeigte nacheinander auf alle außer Hop. «Fick dich. Fick dich. Fick dich. Und fick dich.»

Der Russe sah ihn groß an. «Du hast nicht *Fick dich* gesagt zu mir.»

«Fick dich auch.»

«Ist dir nie der Gedanke gekommen, dass sie dich verrückt macht, weil du dich zu ihr hingezogen fühlst?», fragte Malcolm. «Das ist eine klassische *Enemies-to-lovers*-Geschichte.»

«Klassisch.» Gavin nickte und kaute.

«Ich fass es nicht», sagte Mack zu ihm. «Ich dachte, gerade du würdest mir recht geben, dass das verrückt ist.»

Gavin holte tief Luft. «Ich kenne nur zwei Frauen auf

der Welt, die einen Mann so durchdrehen lassen können, wie du es gerade tust. Mit der einen bin ich verheiratet, und die andere ist ihre Schwester. Ich sage, nichts wie ran.»

«Nichts wie ran?», wiederholte Mack, seine Stimme nicht mehr als ein ungläubiges Krächzen.

«Warum nicht?», meinte Gavin. «Aber ich sollte dich jetzt wohl wirklich warnen. Wenn du ihr weh tust, werde ich dir weh tun müssen.»

Mack legte sich die Hand auf die Brust. «Dein Vertrauen in mich ist wirklich rührend. Mein kleines Herz geht förmlich auf.»

«Ich will dir nicht drohen. Ich sage nur, sei vorsichtig. Liv ist … sie ist nicht so tough, wie sie scheint.»

Mack strich sich durch die Haare. «Ich weiß.»

«Sie tut gern so, als könne sie nichts unterkriegen, aber das ist Blödsinn.»

«Ich weiß.» Diesmal klang es wie ein Knurren, denn das war es, was ihm an ihr am meisten Angst machte. Dass ihr Sarkasmus, ihre Verpiss-dich-Haltung und ihr totales Misstrauen gegen Männer bloß etwas anderes überdecken sollte. Das war es vielleicht, vor allem anderen, was sie gemeinsam hatten. Sie lebten beide eine Lüge. Plötzlich fühlte er sich einsam. Nicht zum ersten Mal kam er sich wie ein Außenseiter vor. Der seltsame Kerl in der Gruppe. Der Mann, der hundert Ehen retten konnte, aber dazu verdammt war, nie sein eigenes Happy End zu finden.

KAPITEL 14

«Okay, ich glaube, das war alles.»

Thea ließ die letzte von Avas und Amelias Taschen in Livs Wohnzimmer auf den Boden fallen. «Aber wenn wir etwas vergessen haben, kannst du es einfach aus dem Haus holen.»

«Wer braucht Spielzeug, wenn es Ziegen und Hühner gibt?» Liv ließ sich auf die Knie nieder und breitete die Arme aus. Die Mädchen warfen sich jubelnd hinein. Thea wartete geduldig, während Liv ihr Bestes tat, um die beiden mit Kitzeln und In-den-Nacken-Prusten zum Lachen zu bringen.

Als die Mädchen schließlich kraftlos kichernd am Boden lagen, stand Liv auf.

«Bist du sicher, dass das okay ist?», fragte Thea. «Ich meine … der Hund und die Hühner?»

Liv musterte Butter Ball. «Das wird schon gutgehen.»

Butter hatte die Phase im Leben eines Golden Retrievers erreicht, wo er aufhörte, sich für Eichhörnchen zu interessieren und sich stattdessen lieber den besten Platz in der Sonne suchte, um ein Nickerchen zu machen. Wie aufs Stichwort legte er sich mit einem schweren Seufzer vors Fenster, wo ein Spalt zwischen den Vorhängen das Sonnenlicht hereinließ.

«Und wie läuft es so?», fragte Thea.

Liv blickte auf. Ihre Schwester war zum Küchentisch gegangen, wo Liv im Internet nach Jobangeboten gesucht hatte. Sie ging zu ihr und klappte den Laptop zu.

«Ich finde schon etwas.»

«So gut, hm?»

Ja. Großartig. Zwei weitere Absagen waren heute Morgen gekommen. «Ich finde etwas.»

Thea stellte ihre Handtasche auf den Tisch und holte ihr Portemonnaie heraus.

Liv knirschte mit den Zähnen. «Was soll das werden?»

Anstatt zu antworten, legte Thea einen Packen Zwanziger auf den Tisch. Liv nahm ihn und reichte ihn zurück.

Thea verschränkte nur die Arme. «Du passt auf die Kinder auf. Dafür wird man bezahlt.»

«Sie sind meine Nichten.»

«Dann unternehmt damit etwas Schönes.»

Liv stopfte das Geld in Theas Handtasche. «Beleidige mich nicht.»

«Liv.» Thea seufzte. Doch was immer sie hatte sagen wollen, es kam nicht dazu, weil sie Rosies unverkennbare Schritte auf der Außentreppe hörten. Rosie klopfte an und streckte den Kopf zur Tür herein. «Darf ich reinkommen?»

Die Mädchen rannten zu ihr. «Rosie! Wir bleiben drei Tage bei dir und Tante Livvie.»

Rosie drückte die beiden an sich. «Ich weiß, und ich habe allerhand mit euch vor. Wir werden Plätzchen backen und die Ziegen füttern und Eier einsammeln, und Hop will euch bei sich auf dem Trecker mitfahren lassen.»

Treckerfahren war für die Zwillinge das Größte. Sie hüpften vor Freude, als hätte Rosie ihnen gerade versprochen, sie dürften so viel Eis essen, wie sie wollten. Was aller Wahrscheinlichkeit nach auch noch passieren würde.

«Kommen Mack und seine Mutter nun morgen zum Abendessen?», fragte Rosie. «Das ist doch das Wochenende, an dem sie sich hier Häuser ansehen will, oder?»

Thea drehte so abrupt den Kopf zu Liv, dass Liv meinte, Knochen knacken zu hören. «Wie bitte?»

Na toll. «Es ist gar nichts.»

«Er hat gesagt, seine Mutter mag Ziegen», erzählte Rosie.

«Ist das so?», kommentierte Thea. «Und wann hat er euch das erzählt?»

Liv schoss Rosie einen Blick zu. Sie hätte problemlos den ganzen Tag reden können, ohne das Thema anzuschneiden. Rosies zufriedenes kleines Lächeln verriet, dass ihr das auch klar war. Sie wandte sich Thea zu. Liv kannte diesen Gesichtsausdruck. Gleich würden die beiden sich gegen sie verbünden.

«Okay, hört auf damit. Sofort.»

«Ich habe gar nichts gesagt», erwiderte Thea. «Hast du was gesagt, Rosie?»

Da ihr Werk offenbar getan war, gab Rosie den Zwillingen ein Küsschen, versprach ihnen eine Ration Zucker und ging.

Sowie sie die Tür hinter sich geschlossen hatte, stürzte Thea sich auf Liv. «Rede!»

«Oh mein Gott, es gibt nichts zu erzählen.» Liv ließ sich auf dem Boden nieder, um ihre Pflichten als Tante wiederaufzunehmen.

«Er kommt mit seiner Mutter her, damit sie dich kennenlernt», sagte Thea.

«Ach, Unsinn. Rosie hat vorgeschlagen, dass ich sie einlade. Das ist ein Riesenunterschied. Und ich werde es ohnehin nicht tun.»

«Warum nicht? Magst du ihn?»

Liv zuckte die Achseln. «Nein.»

«Oh, das klang überzeugend.»

Liv rollte mit den Augen. «Es ist Mack, Thea. Hör dir doch mal selbst zu.»

«Tue ich. Und es ist nicht verrückt.»

«Es ist total verrückt. Wir halten keine zwei Minuten durch, ohne uns zu streiten.» Oder sich aufzuregen und den anderen dann plötzlich knutschen zu wollen.

Theas kleines Lächeln sprach Bände. «Ich weiß.»

Liv schüttelte den Kopf und beschäftigte sich damit, die Taschen der Mädchen von der Tür wegzuräumen. «Ach, komm, Thea. Ernsthaft? Ein Typ wie er?»

«Ja, ein Typ wie er. Mack ist zuverlässig. Vertrau mir. Ich finde, du solltest der Sache eine Chance geben. Ihm eine Chance geben.»

«Ich weiß nicht mal, was das heißen soll.»

«Das heißt, du musst aufhören, jedem Mann zu unterstellen, dass er wie Dad ist.»

Liv erstarrte, dann atmete sie tief durch. Sie stand auf

und hielt mit einem süßen – oder vielmehr gemeinen – Lächeln die Tür auf. «Du verpasst noch deinen Flug.»

Thea lächelte zurück, gab ihren Mädchen einen Kuss und eine kuschlige Umarmung und ermahnte sie, brav zu sein. Dann machte sie praktisch dasselbe bei Liv. «Mack ist ein guter Kerl», sagte sie zum Schluss. «Ich denke, er könnte dich überraschen.»

Das hatte er bereits, aber sie war nicht gewillt, das Thea gegenüber zuzugeben. Und schon gar nicht würde sie ihr von dem Kuss erzählen. Thea würde viel zu viel hineininterpretieren; das war ihre Art. Ihre Schwester hatte eine übertrieben romantische Ader, weshalb sie an Dinge wie Liebe auf den ersten Blick glaubte – was, zugegeben, bei ihr tatsächlich geklappt hatte. Sie und Gavin waren nur ein paar Monate miteinander gegangen, bevor sie heirateten. Aber so was gab es selten.

Liv konnte sich romantische Gefühle nicht leisten. Wenn sich zwischen ihr und Mack etwas entwickeln sollte, dann würde es kurz und rein sexuell sein. Eine bedeutungslose Affäre. Ende. Ihn und seine Mutter einzuladen, um mit den Ziegen zu spielen und zu Abend zu essen, wäre nicht mal ein Schritt in diese Richtung. Es wäre harmlos.

Warum also starrte sie nach Theas Abschied ständig unentschlossen auf ihr Handy?

◆ ◆ ◆

«Ich weiß nicht.» Macks Mom seufzte und schüttelte den Kopf. «Dieses berührt mich irgendwie nicht.»

Mack kniff sich in die Nasenwurzel. Seit zwei Stunden sahen sie sich Häuser an und waren jetzt beim vierten. «Was gefällt dir nicht?»

«Eigentlich brauche ich kein so großes Esszimmer.»

«Das Haus vor diesem hast du abgelehnt, weil es kein Esszimmer hatte.»

«Ich weiß, aber es muss doch nicht gleich so groß sein. Wann soll ich denn so viele Leute zum Essen einladen?»

Christopher, sein Makler, stand still ein Stück abseits, die Hände höflich abwartend ineinandergelegt. Mack würde einen seiner Clubs verwetten, dass der Mann innerlich fluchte. Er selbst tat das jedenfalls. Seine Mom hatte an jedem Haus etwas auszusetzen gehabt. Nicht genug Garten. Zu viel Garten. Zu viele Schlafzimmer. Zu wenige Schlafzimmer. Zu nah am Highway, zu weit von der Stadt entfernt. Er war drauf und dran, Christopher einen Bonus zuzustecken und sich für die Zeitverschwendung zu entschuldigen.

«Es gibt noch zwei, die wir besichtigen können», sagte Christopher nach einem Moment Schweigen.

«Vielleicht sollten wir es für heute gut sein lassen», sagte sie. «Ich bin erschöpft.»

Nachdenklich rieb sie sich die Schulter. Ein Adrenalinstoß jagte unwillkürlich durch seine Adern und sorgte dafür, dass sich die Härchen an seinen Armen aufrichteten. Er streckte Christopher die Hand hin. «Danke. Vielleicht heben wir uns die anderen zwei Häuser für morgen auf?»

Der Mann lächelte. «Ich werde die Eigentümer anrufen.» Dann nickte er Macks Mutter zu. «Es war schön, Sie kennenzulernen, Erin.»

Ein paar Minuten später ließ Mack seine Mom auf der Beifahrerseite einsteigen und schloss die Tür. Sowie er hinterm Steuer saß, blickte er sie an. «Geht es dir gut?»

«Ich bin nur müde. Ich denke, ich werde mich zu Hause gleich hinlegen.»

«Du hast dir die Schulter gerieben.»

«Wirklich?» Sie schüttelte den Kopf. «Ist mir gar nicht aufgefallen. Sie wird manchmal etwas steif.»

Mack schloss die Fäuste um das Lenkrad. «Vielleicht solltest du das untersuchen lassen.»

«Pff», machte sie. «Ich bin sechzig Jahre alt. Sechzig Jahre alte Schultern werden manchmal steif.»

«Aber das ist die Schulter, die …»

Sie schnitt ihm das Wort ab. «Braden, lass bitte diese Überfürsorge.»

Während der Rückfahrt zu seinem Haus schlief sie ein. Ihr Kopf wackelte sanft, wann immer ein Ruckeln den Wagen erschütterte. Mack sah mehrmals zu ihr hinüber, während sich sein Magen vor Sorge verknotete. Sie verhielt sich wieder ausweichend. *Ich bin sechzig Jahre alt …* War sie etwa krank? Würde sie etwas Ernstes vor ihm verheimlichen? Er musterte ihr Gesicht und kam dabei fast von der Straße ab. Sie sah nicht krank aus. Ihre braunen Haare waren erst halb ergraut. Sie war nicht dünner geworden. Aber irgendetwas war los. Definitiv.

Als er in seine Einfahrt einbog, weckte er sie behutsam. «Wir sind zu Hause.»

Sie reckte sich und gähnte. «Ich gehe nach oben und

mache ein Nickerchen. Weck mich, wenn ich in einer Stunde noch nicht unten bin, ja?»

Er folgte ihr ins Haus, sah sie die Treppe hochsteigen und wartete, bis die Tür des Gästezimmers ins Schloss gefallen war, dann rief er seinen Bruder an. Liam meldete sich grußlos. «Wie läuft die Häuserjagd?»

«Schlecht. Bisher hat sie jedes abgelehnt.» Er nahm sich ein Bier aus dem Kühlschrank und ging die Treppe hinunter in seinen ausgebauten Keller.

«Vielleicht wird sie auf ihre alten Tage wählerisch.»

Mack ließ sich auf der Couchgarnitur nieder, die eine ganze Wand einnahm, und starrte auf den Sechzig-Zoll-Bildschirm seines Fernsehers. «Sechzig ist nicht alt.»

«Entspann dich, Mann. Das war ein Scherz.»

Im Hintergrund waren plötzlich trampelnde, schreiende Kinder zu hören, und Mack grinste breit, trotz seiner Nervosität, während Liam sie ermahnte, nicht so schnell zu rennen.

«Wo bist du?»

«Zu Hause. Lucy hat eine Freundin aus der Vorschule zu Besuch.»

Wieder spürte er Einsamkeit in sich hochsteigen. Das stechende Gefühl verpasste seinem Magen gleich noch ein paar Knoten. Seit Liam mit seiner Frau der Arbeit wegen nach Kalifornien gezogen war, sah er sie nur noch selten. Als sie noch in Iowa lebten, hatten sie sich mindestens einmal im Monat besucht, aber jetzt konnten sie von Glück reden, wenn sie sich zweimal im Jahr sahen. Gott, er vermisste die Kinder.

«Ich glaube, bei Mom geht irgendwas vor.»

«Was meinst du?»

«Ich weiß nicht genau. Sie benimmt sich seltsam. Und jemand hat ihr Blumen geschickt.»

«Ich bin mir sicher, dass es keinen Grund zur Sorge gibt.» Dann lachte Liam trocken auf. «Nicht, dass dich das je gehindert hätte.»

«Ich wünschte, sie würde sich endlich für ein Haus entscheiden. Sie lebt jetzt seit einem Jahr allein.»

«Du bist es, der nach Nashville gezogen ist, Kumpel. Sollte ich deswegen etwa in Iowa bleiben und auf meine Beförderung verzichten?»

«Ich mache dir ja gar keinen Vorwurf. Ich verstehe bloß nicht, warum sie den Hauskauf derart hinauszögert.»

«Vielleicht möchte sie nicht umziehen. Schon mal daran gedacht?»

Lächerlich. «Warum sollte sie das nicht wollen? Da hält sie doch nichts.»

«Außer ihren Freunden und der Stadt, in der sie aufgewachsen ist, und …»

«Und schreckliche Erinnerungen.» Mack war nach Nashville gezogen, um ihnen zu entkommen. Warum sollte seine Mutter das nicht auch wollen? «Sie ist doch nur euretwegen dortgeblieben. Aber jetzt seid ihr weg. Sie sollte da raus.»

«Gut. Vielleicht irre ich mich. Warum fragst du sie nicht einfach, was los ist?»

«Hab ich schon. Sie weicht mir aus und sagt, sie hätte ein Recht auf Privatsphäre.»

«Na ja, das hat sie auch.» Wieder war lautes, hohes Kinderlachen zu hören. «Scheiße, ich muss Schluss machen. Wer weiß, was die da anstellen.»

«Gib den Kindern einen Kuss von mir.»

«Mache ich.»

Mack ließ das Handy neben sich auf die Couch fallen. Hatte Liam vielleicht recht? Nein, das war doch Blödsinn. Mom hatte keinen Grund, in Des Moines zu bleiben. Und wenn sie nicht umziehen wollte, brauchte sie es nur zu sagen. Aber verdammt, das war schon ihr zweiter Besuch, bei dem sie sich Häuser ansah.

Verärgert schaltete er den Fernseher ein und zappte durch die Kanäle, bis er ein Basketballspiel fand. Einige Zeit später – er war offenbar für eine Weile eingenickt – summte sein Handy durch einen eingehenden Anruf. Er sah auf das Display, bereit, ihn zu ignorieren, wer auch immer da was von ihm wollte. Doch sein Herz klopfte ihm sofort bis in den Hals, sowie er Livs Namen sah.

Mit einem nervösen Gefühl im Bauch rappelte er sich hoch. Seit dem Kuss hatten sie nicht miteinander gesprochen. «Hey», sagte er zur Begrüßung, dann verzog er das Gesicht. *Hey?* Mehr brachte er nicht zustande?

«Hallo, äh … Sch … eibenkleister. Warte mal kurz.» Livs Stimme wurde leiser, als hielte sie das Handy von sich weg. «Ist schon gut, Ava. Ich wische das gleich auf. Hilf einfach deiner Schwester mit den Buntstiften.» Sie kam zurück. «Entschuldige. Ich habe die Mädchen hier.»

«Ach ja. Gavin hat so etwas erwähnt. Alles in Ordnung?»

Er hörte sie tief Luft holen und stellte sich vor, dass sie die Schultern straffte, wie sie es immer tat, bevor sie mit etwas herausplatzte. «Rosie hat sich gefragt, ob du mit deiner Mom morgen zu Besuch kommen möchtest. Wir könnten zusammen zu Abend essen und die Ziegen ansehen.»

Seine Nervosität ging in ein anderes Gefühl über. Erleichterung vielleicht? Definitiv Vorfreude. Und auch noch etwas anderes. Begehren. Und zwar jede Menge.

«Hallo? Bist du noch dran?» Und schon klang sie wieder so sauer wie immer, aber verdammt, er freute sich über ihre mürrische Stimme. Das hieß, zwischen ihnen war alles wieder normal.

«Rosie hat sich das gefragt, hm?» Mack lehnte sich zurück, streckte die Beine aus und überkreuzte sie. «Bist du sicher, dass die Einladung nicht von dir kommt, weil du mich vermisst?»

«Ja, ziemlich sicher.»

«Tja, na dann, ich muss in unseren Terminkalender sehen. An welche Uhrzeit hast du gedacht?»

«Rosie sagt, sie kann sich nach euch richten.»

«Ah. Wow. Das ist supernett von Rosie.»

«Ja, nicht? Ich wollte gar nicht anrufen, aber sie hat darauf bestanden.»

Er lachte tief aus seiner Brust. «Wie könnte ich solch eine Einladung ausschlagen?»

«Solltest du vermutlich. Das wird nämlich kein Spaß.»

«Hmhm», machte er. «Planen wir nicht zu knapp. Die Mädchen werden Zeit mit Onkel Mack verbringen wollen.»

«Warum das, wenn sie doch Tante Livvie haben?»

«Weil ich viel cooler bin.»

«Das ist eine Kampfansage.»

Über sich hörte er Schritte in der Küche. Gähnend streckte er einen Arm über den Kopf. «Ich rede gleich mal mit meiner Mom und gebe dir dann Bescheid, okay?»

«Wie auch immer. Ist mir egal.»

Lachend legte er auf. Er sprang die Treppe hinauf und fand seine Mutter vor dem Herd stehen, wo sie mit Kochen angefangen hatte. «Du brauchst wirklich nicht zu kochen, Mom.»

Sie blickte über die Schulter. «Ich mache es gern.»

«Aber du bist müde …»

«Lass mich das für dich tun, Braden.»

Der Satz traf ihn wie ein Schlag in den Magen. Ihm kam die Galle hoch zusammen mit einer Erinnerung, die er mühsam verdrängt hatte.

«Wieso bist du nicht im Bett?»

Seine Mom blickte auf. «Ich mache Kaffee.»

«Das kann ich doch tun. Du solltest dich ausruhen.»

«Braden, es geht mir gut.»

Aber das war nicht wahr. Sie trug den Arm in der Schlinge, und die Blutergüsse im Gesicht waren noch gut zu erkennen.

«Geh wieder ins Bett, Mom. Ich werde dir den Kaffee bringen.»

Sie bedachte ihn mit einem strengen Blick, der auf ihn null Wirkung hatte. «Ich mache dir Frühstück.»

«Ich kann mir das verfickte Frühstück selbst machen.»

«Braden Arthur. Was hast du gerade gesagt?»

Liam schlurfte in die Küche. Seine Haare standen ab, und er war noch im Schlafanzug. Braden sah ihn stirnrunzelnd an. «Geh dich anziehen. Wir kommen zu spät zur Schule.»

Liam ging zu ihrer Mutter. Sie legte ihren gesunden Arm um ihn und küsste ihn auf den Scheitel. Dann sah sie ihren Älteren an.

«Lass mich das für dich tun, Braden.»

Mack befreite sich blinzelnd aus der Erinnerung und ging zu ihr, um sie von hinten zu umarmen. Sie lachte erschrocken auf und sagte: «Was ist denn los?»

«Ich bin froh, dass du hier bist.» Er küsste sie auf den Kopf.

«Alles in Ordnung?» Sie sah ihn über die Schulter an.

«Klar.» Er räusperte sich und rang sich ein Lächeln ab. «Ich habe schon Hunger. Du schneidest die Möhren schön klein, oder?»

Sie lächelte. «Natürlich. Ich weiß doch, wie du sie magst.»

«Liv möchte wissen, ob wir morgen Abend zum Essen kommen wollen. Ich habe dir doch von ihr und von der Farm erzählt, auf der sie wohnt.»

Sie drehte lächelnd den Kopf zu ihm. «Das wäre schön.»

Ein paar Stunden später ging Mack mit vollem Bauch und zufrieden ins Bett. Wenn man davon absah, dass sein Herz immer noch seltsame Dinge in seiner Brust veranstaltete. Hastig schrieb er eine Nachricht an Liv:

> Mack: Wir sind gegen 4 mit den Hausbesichtigungen fertig. Passt es, wenn wir so um 5 kommen?

Sie antwortete mit einem Daumen-hoch-Emoji.

Er schickte ihr ein GIF mit einem Mann, der in der Nase popelte.

Sie schickte ihm eine twerkende Frau.

Darauf antwortete er mit einer Frage:

> Mack: Siehst du grad so aus?

Sie schickte ihm ein Foto von sich, auf dem sie mit hilflosem Gesicht auf dem Boden saß. Ava und Amelia hingen über ihren Schultern und grinsten mit rot verschmierten Lippen.

> Liv: So sehe ich grad aus.

In seiner Brust zog sich etwas so sehr zusammen, dass es beinahe weh tat. Er wusste nicht, wann er seinen Sinn für Humor oder für Sarkasmus verloren hatte, aber jetzt grad war er komplett weg.

Er tippte eine Frage.

> Mack: Reden wir noch über den Kuss?

Sie antwortete nicht.

KAPITEL 15

Liv hätte nicht darauf zu horchen brauchen, ob draußen Autoreifen im Kies knirschten, um zu wissen, dass Mack und seine Mom angekommen waren. Ava und Amelia verkündeten es, als hätten sie auf den Weihnachtsmann gewartet.

«Onkel Mack ist da!»

Liv schickte sie nach draußen, damit sie ihn in der Einfahrt in Empfang nahmen. Rosie trocknete sich die Hände an einem Geschirrtuch ab. «Ich hoffe, seine Mom mag Brathähnchen.»

«Das mag doch jeder», meinte Liv.

«Ich bin irgendwie nervös», gestand Rosie mit einem kleinen Lachen. «Es passiert nicht jeden Tag, dass du die Eltern kennenlernst.»

Livs Herz klopfte plötzlich in einem seltsamen Rhythmus. «Ich lerne nicht *die Eltern kennen.*»

«Rede dir das nur weiter ein.»

Die Hintertür ging auf, und Mack kam mit einem

Zwilling auf jeder Schulter herein. «Ich habe zwei streunende Katzen aufgegriffen», sagte er, als er Livs Blick begegnete.

Die Mädchen lachten. «Wir sind doch keine Katzen, Onkel Mack!» Ava lachte.

«Was seid ihr dann?»

«Mädchen!», antwortete Amelia.

Er ließ sie herunter und ließ zu, dass sich jede an ein Bein klammerte. Hinter ihm kam eine Frau herein, die Liv von dem Foto in seinem Büro wiedererkannte.

Rosie eilte auf sie zu. «Sie müssen Erin sein.»

«Ich freue mich sehr, Sie kennenzulernen», sagte Erin und nahm Rosies Hand. «Ihre Farm ist bezaubernd.»

«Danke.» Rosie trat zurück und sah zu Liv. «Und das ist Liv.»

Liv streckte die Hand hin. «Freut mich.»

Für Liv fühlte sich das Ganze so verlegen und peinlich an, als würden sie sich grad im Wartezimmer einer Samenbank begegnen. Nur war Mack zu sehr damit beschäftigt, die Mädchen zu bespaßen, als dass ihm irgendwas auffiel. Hop, der im Wohnzimmer gesessen hatte, als fürchtete er, sein Hemd könnte Falten bekommen, kam in die Küche, um sich vorzustellen.

«Ist mir ein Vergnügen», sagte Erin.

«Das Essen ist gleich fertig», sagte Rosie. «Möchten Sie etwas trinken? Oder vielleicht möchten Sie mit Liv und Mack einen kleinen Rundgang über die Farm machen?»

Rosie gab sich keine Mühe, ihre Eheanbahnungsabsichten zu verbergen. Liv begegnete Macks Lächeln. Es war nicht sein gewohntes Herzensbrecherlächeln, sondern ein weicheres. Es stellte etwas Seltsames mit ihrem Innenleben an. «Gehen wir zu den Ziegen», stieß sie aus.

Die Mädchen rannten zur Tür und versprachen Erin, ihr zu zeigen, wie man sie füttert. Draußen versuchte Erin lachend, mit ihnen Schritt zu halten. «Sie sind entzückend», sagte sie. «Du genießt es bestimmt, so viel Zeit mit ihnen zu verbringen.»

«Ja, das stimmt», sagte Liv, erleichtert über das ungefährliche Gesprächsthema, auch wenn das an ihrem Herzklopfen nichts änderte. Macks Anwesenheit nahm mehr Raum ein als sonst, und er hatte noch kaum ein Wort gesprochen. «Ich versuche, sie zu sehen, sooft es geht.»

«Eure Eltern leben nicht hier in der Gegend, oder?»

«Nein», antwortete Liv hastig. «Sie, äh, mein Vater wohnt in Atlanta mit seiner vierten Frau, und meine Mutter lebt derzeit auf den Jungferninseln. Sie zieht viel herum.»

Finger streiften sie am Rücken, und ihr stockte der Atem. Sie war sich nicht sicher, ob er sie mit Absicht oder versehentlich berührt hatte, trotzdem hatte sie das Gefühl, innerlich zu zerfließen.

«Ich vermisse meine Enkel», sagte Erin wehmütig. «Mein jüngerer Sohn, Liam, hat zwei Kinder, aber er ist mit seiner Familie nach Kalifornien gezogen.»

Liv nickte. «Ich habe sie auf einem Foto gesehen.»

«Für Liams Familie war es das Richtige», sagte Erin achselzuckend, «aber sie fehlen mir sehr.»

«Wenn du erst mal hier lebst, kannst du bestimmt bei Ava und Amelia Grandma spielen», sagte Mack.

Liv blickte rasch auf und wieder weg.

Die Mädchen riefen ihnen zu, sie sollten sich beeilen.

Sie hatten den Deckel vom Futtereimer genommen und hielten die Fäuste voller Futterpellets.

«Wir zeigen dir jetzt, wie das geht», sagte Ava zu Erin.

Liv und Mack blieben ein wenig zurück, während Erin sich die Hände füllen und erklären ließ, dass man sie den Ziegen still hinhalten musste. Einen Moment lang blickten sie einander schweigend an wie zwei verlegene Mittelstufenschüler beim Schulball, die sich nicht trauten, den anderen um einen Tanz zu bitten.

Mack ist zuverlässig. Ich finde, du solltest der Sache eine Chance geben. Ihm eine Chance geben.

«Sie ist eine gute Grandma», sagte Liv unvermittelt, um ihre Gedanken zu überspielen.

«Die beste.» Bei seinem warmen Ton bekam sie schon wieder Herzklopfen. Er strich sich über die Haare. «Je eher ich sie hier habe, desto besser. In Des Moines hat sie niemanden.»

Eine Frage, die sie beschäftigte, seit er das erste Mal zur Farm gekommen war, platzte aus ihr heraus. «Wie alt warst du … als dein Vater starb?»

Erin drehte den Kopf zu ihnen.

«Entschuldigung», flüsterte Liv. «Ich hätte nicht danach fragen sollen.»

Erin wandte sich wieder den Ziegen zu, und Mack blickte zu Liv hinunter. «Vierzehn.»

Erin rieb sich die Futterkrümel von den Händen. «Das hat Spaß gemacht», sagte sie zu den Mädchen, aber Liv hörte ein leises Zittern in ihrer Stimme. *Toll. Gut gemacht, Liv. Jetzt werden alle noch verlegener sein bei diesem* NICHT-*Elternkennenlernding.*

«Bestimmt ist das Essen inzwischen fertig», sagte sie. «Wollen wir zurückgehen?»

«Ich bin am Verhungern.» Mack setzte sein kitschiges Grinsen auf, das in diesem Moment irgendwie einsam wirkte. Liv schüttelte den Kopf bei dem Gedanken. Was war los mit ihr? Okay, sie wusste, was mit ihr los war. *Reden wir noch über den Kuss?* Die ganze Nacht hatte sie an seine letzte SMS denken müssen.

Mack ließ sich von den Mädchen an den Händen ins Haus ziehen.

«Er kann wirklich gut mit Kindern umgehen», sagte Erin, die neben Liv ging.

«Ava und Amelia lieben ihn.»

«Er wird eines Tages mal ein großartiger Vater sein.»

Liv stolperte, und Erin lächelte.

Als sie das Haus betraten, war der Tisch bereits gedeckt. In der Mitte stand eine Platte mit Brathähnchen, ringsherum Schüsseln mit Stampfkartoffeln und frischem Salat.

«Das duftet köstlich», seufzte Erin, während sie neben Mack Platz nahm.

«Livvie hat einen Pfirsichcobbler zum Nachtisch gemacht», sagte Rosie.

Mack zog eine Braue hoch. «Keine Cupcakes?»

Liv verbarg ihr Schmunzeln hinter ihrem Glas Limonade.

Rosie und Liv taten den Mädchen Essen auf und servierten es ihnen am Kindertisch. Als Liv zu ihrem Platz zurückkehrte, stand ihr Teller schon gefüllt da. Mack zwinkerte ihr zu.

Die Unterhaltung war anfangs steif, das distanzierte,

bedeutungslose Geplauder von Leuten, die sich noch nicht gut kannten. Bis der Pfirsichcobbler auf den Tisch kam und mehr als ein Glas Wein getrunken worden war, hatte sich die Atmosphäre allerdings gelockert.

Erin nahm einen Schluck von ihrem Chardonnay. «Mack hat erwähnt, dass Sie in Vietnam gedient haben», sagte sie zu Hop.

Hop sah zu Rosie und nickte dann. «Zwei Jahre. Achtundsechzig und neunundsechzig.»

«Mein Bruder war 1970 dort.»

«Infanterie?», fragte Hop.

Erin nickte. «Er hat Dinge gesehen, die … nun ja, eigentlich hat er kaum darüber gesprochen.»

Hop trank einen Schluck von seinem Bier. «Tut keiner von uns.»

«Nach seiner Rückkehr hat es eine Weile gedauert, bis wir wieder das gleiche Verhältnis zueinander hatten wie vorher.» Längst vergangener Kummer zeichnete sich auf ihrem Gesicht ab. «Ich habe damals gegen den Krieg protestiert.»

«Ich auch», sagte Rosie.

«Ich war jung, noch in der Highschool. Ich habe nicht so viel begriffen, wie ich damals glaubte.»

«Vieles versteht man erst, wenn man älter geworden ist», sagte Hop.

«Meine Meinung zum Krieg hat sich nicht geändert», sagte Erin. «Aber wenn ich jetzt zurückblicke, wünsche ich mir, ich hätte den Krieg und die Soldaten, die in ihm kämpfen mussten, nicht über einen Kamm geschoren.»

Hop starrte Rosie an. «Wenn ich zurückblicke, wünsche ich mir, ich hätte mir mehr Mühe gegeben, zu verstehen, warum so viele Leute dagegen waren.»

Rosie machte verblüfft den Mund auf, das Weinglas verharrte für einen Moment bewegungslos vor ihren Lippen.

Hop zuckte mit einer Schulter und sah auf seinen Teller. «Nichts ist so einfach, wie wir gern glauben.»

Liv schaute über den Tisch zu Mack, der Hop angrinste, als hätte der Mann die ganze Nacht Nora Roberts gelesen und das gerade zugegeben.

Eine halbe Stunde später brachte Liv die Gäste zum Auto. Erin überraschte sie mit einer herzlichen Umarmung. «Es war sehr schön, dich kennenzulernen.»

Liv erwiderte die Geste, vermied es aber, Mack anzusehen, der sie beobachtete. Dann stieg Erin ein und ließ sie beide allein am Heck des Wagens stehen.

«Danke für das Essen», sagte Mack. «Es war ein schöner Abend.»

«Ja.» Liv schlang die Arme um sich.

Mack rückte ein bisschen näher. Sein Adamsapfel hüpfte.

«Also», hauchte Liv.

Mack strich mit einem Finger an ihrem Arm hinunter. Schaudernd blickte sie zu ihm hoch.

«Sag mir Bescheid, wenn du bereit bist.» Er klang heiser.

«Bereit?»

«Zu reden.»

Sie atmete erst aus, als seine Rücklichter nicht mehr zu sehen waren.

KAPITEL 16

Am nächsten Morgen ging Mack in aller Herrgottsfrühe joggen. Als er eine Stunde später zurückkehrte, schlug ihm der Duft von gebratenem Speck und Eiern entgegen. Seine Mom drehte sich am Herd zu ihm um. Sie war fertig gekleidet, um das Haus zu verlassen. Ihr Koffer stand an der Hintertür.

Mack wischte sich mit dem Ärmel den Schweiß von der Stirn. «Hast du es eilig?»

«Du weißt, ich fahre gern früh zum Flughafen.» Sie drehte die Gasflamme unter den Eiern ab und deutete zur Kücheninsel. «Setz dich. Ich mache dir einen Teller fertig.»

«Ich sollte eigentlich erst duschen.»

«Pff», machte sie. «Wenn du früher vom Football-Training kamst, habe ich dich immer zuerst essen lassen, weißt du noch?»

Ja. Bis er den Football aufgab und sich einen Job besorgte, damit er finanziell etwas beitragen konnte, als sie ihre Stelle in der Bibliothek auf die halbe Stundenzahl zurückfahren musste wegen … des Vorfalls.

Erin füllte zwei Teller und trug sie zum Tisch. «Ich vermisse es, für dich zu kochen.»

Mack begann, sich Rührei in den Mund zu schaufeln. «Nach deinem Umzug kannst du für mich kochen, soviel du willst. Ich werde mich nicht beschweren.»

Sie gab einen unverbindlichen Ton von sich.

Mack blickte von seinem Teller hoch. «Was ist los? Soll ich lieber einen Privatkoch engagieren?» Er neckte sie, aber hauptsächlich um seine Unsicherheit zu überspielen. Denn sie hatte wieder diesen ausweichenden Blick.

Seine Mutter legte die Gabel hin und gab einen langen Seufzer von sich. «Braden …»

Er schluckte schwer. «Was?»

«Vielleicht sollten wir das erst mal verschieben.»

«Was verschieben?»

«Ich weiß wirklich zu schätzen, wie sehr du dich um ein Haus für mich bemühst, aber …»

Mack lehnte sich zurück. «Spuck's einfach aus, Mom.»

«Ich bin noch nicht bereit, aus Des Moines wegzuziehen.»

Mack blinzelte ein paar Mal, dann legte er ebenfalls die Gabel hin und wischte sich den Mund ab. In erste Linie, um in der Zeit eine Erwiderung zu formulieren, die nicht klang wie ein Wutanfall. «Ich verstehe nicht», brachte er schließlich hervor.

«Du warst so sehr damit beschäftigt, dich um mich zu kümmern, dass du nicht gemerkt hast, dass ich eigentlich niemanden mehr brauche, der das tut.»

Auf seiner Stirn bildete sich neuer Schweiß. «Du bist dort ganz allein.»

«Nein», widersprach sie und neigte sich nach vorn. «Ich habe Freunde und Kollegen.»

«Aber keine Familie.»

«Ich habe jemanden kennengelernt.» Im nächsten Moment atmete sie auf, als hätte sie das schon lange loswerden wollen und staunte jetzt, dass sie es wirklich gesagt hatte.

Mack dagegen holte scharf Luft. «Wen?»

«Er ist ein sehr netter Mann …»

«Wer ist er?»

«Er heißt Jason und ist Professor an der Universität.»

«In welchem Fachbereich?» Nicht, dass das wichtig war, aber …

«Physik.»

«Wie hast du ihn kennengelernt?» Seine Stimme klang, als hätte ihm jemand mit Sandpapier die Kehle aufgeschmirgelt.

«Bei gemeinsamen Freunden.»

Mack nahm seinen Teller und trug ihn zur Spüle. Er schob den Rest seines Essens in den Abfalleimer. «Warum hast du mir das nicht längst erzählt? Hat er dir die Blumen geschickt?»

«Ja. Und ich habe es dir nicht erzählt, weil ich wusste, wie du reagieren würdest.»

«Wie reagiere ich denn?»

«Gekränkt.»

Mack überging das. «Wie lange seht ihr euch schon?»

«Seit mehreren Monaten.»

«Weiß Liam davon?»

Ihr Zögern war Antwort genug. Sein Bruder hatte ihn gestern glatt belogen. Mack drehte sich heftig um. «Ich gehe duschen.»

Er kam zehn Schritte weit, bevor sie ihn aufhielt. «Braden, wie lange willst du noch lügen, was deinen Vater angeht?»

Er ballte die Fäuste. «Ich will nicht darüber reden.»

«Schweigen schafft es nicht aus der Welt.»

«Für mich hat es bisher gut funktioniert.»

«Wirklich?» Sie ging um ihn herum und sah ihm ins Gesicht. «Ich möchte, dass du glücklich wirst und dass du die Familie bekommst, die du dir wünschst.»

«Ich werde glücklich und habe genug Familie, wenn du hierherziehst.»

«Nein, das stimmt nicht.»

Mack löste die Fäuste. «Was hat das mit ihm zu tun?»

Sie legte eine Hand an seine Brust. «Alles.»

Mack schüttelte den Kopf und rieb sich übers Gesicht.

«Du hast es verdient, das endlich hinter dir zu lassen.» Sie tätschelte sanft seine Brust. «Und glücklich zu sein.»

Mack trat an ihr vorbei und ließ sie in der Küche stehen. Er war glücklich. Beliebt bei allen. Der Nachtclubkönig von Nashville. Er war Braden Fucking Mack.

◆ ◆ ◆

Während der Fahrt zum Flughafen war die Stimmung zwischen ihnen so angespannt wie schon lange nicht mehr.

«Du kannst mich vor der Eingangshalle rauslassen, Schatz.»

Mack rollte die Augen. «Es macht mir nichts aus, dich hineinzubegleiten, Mom.»

«Du bist böse auf mich und schlecht gelaunt, und es wäre besser für uns beide.»

«Wow, so dringend willst du mich loswerden?» Er preschte in eine Haltelücke vor dem Terminal und stellte den Hebel auf Parken.

«Sieh mich an.»

Er gehorchte. Kurz.

«Ich weiß, du bist wütend und auch verletzt. Das tut mir leid.»

Er zuckte mit einer Schulter und kam sich sofort vor wie ein trotziges Kind, aber egal. Er war wütend. Er war verletzt.

«Ich tue das zu deinem Besten, Braden. Es wird Zeit, dass du dich um dein eigenes Leben kümmerst und endlich aufhörst, dich um meines zu sorgen.»

Mack sprang aus dem Wagen und lud ihren Koffer aus. Auf dem Bürgersteig standen sie wieder voreinander.

«Hey.» Sie nahm sein Gesicht in die Hände. «Ich mag sie.»

Er musste nicht fragen, wen sie meinte. Er mochte sie auch. Mehr, als er sollte.

«Sie tut dir gut.» Seine Mutter trat einen Schritt zurück. «Sag ihr die Wahrheit.»

Klar. Die Wahrheit. Damit wären alle Probleme gelöst, nicht wahr? Liv hasste Lügner. Das hatte sie mehr als deutlich gemacht, ohne zu ahnen, mit welch großer Lüge er jeden Tag lebte. Er war ein Idiot, wenn er glaubte, sie würde die Achseln zucken und sagen: «Ist okay.» Es gab einen Grund, warum er schon so lange log. Und mit der Zeit wurde die Lüge nur größer.

Wenn die Leute die Wahrheit über ihn wüssten, über seinen Vater … Nein. Niemand durfte es wissen.

Nachdem er seine Mutter abgesetzt hatte, fuhr er ziellos durch die Gegend. Er wollte nicht nach Hause. Er wollte nicht zur Arbeit. Es gab nur einen Ort, wo er sein wollte. Eine Stunde lang versuchte er, sich das auszureden, bevor er schließlich mit der Faust aufs Lenkrad schlug und den Wagen wendete. Er wusste nicht mal, ob sie zu Hause war. Vielleicht unternahm sie etwas mit den Mädchen oder – fuck. Er wusste nur, dass er bei ihr sein wollte.

Er drückte auf die Taste am Freisprechgerät und wählte Livs Nummer.

«Hey.» Sie war außer Atem.

«Hi», erwiderte er lahm, denn sowie er ihre Stimme hörte, schaltete sein Gehirn ab und verwandelte sich in ein Pappbilderbuch mit Stimmen. *Hörst du, wie der kleine Mack stottert?*

«Äh, was gibt's?»

Er wischte sich die feuchten Hände an der Jeans ab. «Was, äh, was macht ihr drei heute Nachmittag?»

Keine Antwort. Sie schwieg so lange, dass er fast einen Herzanfall bekam.

«Äh, eigentlich nichts. Ich muss …» Sie lachte nervös und atmete einmal tief durch. «Alexis hat angerufen und gefragt, ob ich ihr heute Abend im Café helfen kann. Ihre Katze ist gebissen worden, glaub ich, auf jeden Fall muss sie mit ihr in die Tierklinik. Darum lasse ich die Mädchen bei Rosie. In einer halben Stunde fahre ich los.»

Sein Puls beschleunigte. «Ich kann auf sie aufpassen.»

Wieder Schweigen. Wieder ein winziger Herzanfall.

«Du willst auf sie aufpassen?»

«Ich könnte mit ihnen Eis essen gehen oder so.» Er zuckte zusammen. Oh Mann, konnte er noch verzweifelter und unheimlicher klingen? *Hörst du, wie der kleine Mack sich zum Idioten macht?*

«Das fänden sie bestimmt super», sagte sie endlich.

«Ich kann in zwanzig Minuten da sein.»

«Bist du sicher?»

«Soll ich unterwegs anhalten und etwas besorgen? Brot oder Milch oder sonst was?»

«Nein.» Sie lachte.

«Dann bis gleich.»

«Danke, Mack.»

Er schaffte es in fünfzehn Minuten, und nachdem er in die lange Zufahrt eingebogen war, atmete er zum ersten Mal heute richtig durch. Liv musste seinen Wagen gehört haben, denn sie erschien auf der Treppe, sowie er den Motor abstellte. Sie trug eine enge Jeans, bei der ihm der Mund wässrig wurde, und ein schlichtes weißes T-Shirt. Ihre Haare waren zu einem Knoten auf ihrem Kopf hochgesteckt.

Zwei Wonneproppen mit Pippi-Langstrumpf-Zöpfchen flitzten vor ihr die Treppe hinunter, als er aus dem Wagen stieg. «Onkel Mack!»

Er nahm jedes Mädchen in einen Arm und warf sie sich über die Schulter. Sie kreischten und quietschten, und als er sie wieder absetzte, sah er Liv liebevoll lächeln. Ob wegen ihm oder der Mädchen, war ihm nicht klar. Aber er wollte sie wieder so lächeln sehen.

«Danke, dass du das für mich tust», sagte sie, als sie nähertrat. Sie schien hin- und hergerissen zu sein. «Ich hatte überlegt, Alexis abzusagen, aber in letzter Zeit war sie wegen der Royce-Sache ziemlich seltsam drauf, und …»

«Liv.» Er legte eine Hand in ihren Nacken und drückte ganz sanft. «Ich verstehe das.»

Drei Dinge passierten gleichzeitig.

Sie blickte auf seinen Mund.

Er sah in ihre Augen.

Und ohne Worte trafen sie eine Vereinbarung.

Sie würden über den Kuss reden.

KAPITEL 17

Fünf Stunden später, gerade als Liv die Eingangstür zuschloss, kam Alexis von hinten ins Café.

«Wie ist es gelaufen?», fragte sie ein wenig außer Atem. Sie trug eine Transportbox in der Hand.

Liv band sich die Schürze ab. «Gut. Wie geht es Beefcake?»

«Sie haben ihn genäht und ihm Antibiotika gegeben. Es sollte ihm bald wieder gut gehen.» Alexis stellte die Box ab und zog sich den Regenmantel aus. «Danke, dass du für mich eingesprungen bist.»

«Natürlich. Immer gern.» Innerlich zuckte Liv zusammen. Das Gespräch war steif und irgendwie unangenehm. Alexis sah das offenbar ähnlich, denn nach einem Moment Zögern fragte sie hastig: «Kannst du noch ein bisschen bleiben?»

Und gleichzeitig fragte Liv: «Alles in Ordnung zwischen uns?»

Sie lachten. «Du zuerst», sagte Liv.

«Es wäre schön, wenn du nicht sofort gehen musst.»

Liv nickte. «Ein paar Minuten kann ich noch bleiben. Ich habe Ava und Amelia bei Mack gelassen, also …»

Alexis riss die Augen auf. «Bei Braden Mack?»

«Er kann überraschend gut mit Kindern umgehen. Die Mädchen lieben ihn.»

«Hmhm», machte sie, und es klang genau wie Theas *Ich weiß*.

«Interpretier da nichts hinein.» Liv lachte. «Er ist nur der Babysitter. Das ist alles.»

«Wenn du das sagst.» Alexis lächelte. «Und was wolltest du eben sagen?»

«Wann … oh. Richtig. Ich …» Liv biss sich auf die Lippe. «Ich wollte nur wissen, ob mit uns alles okay ist. Wir haben gar nicht mehr miteinander gesprochen, seit ich zuletzt hier war, und da war es komisch zwischen uns.»

Alexis seufzte erleichtert. «Das lag an mir. Ich habe überreagiert.»

«Ich auch.»

Alexis nahm die Transportbox und bedeutete Liv, mit nach hinten zu kommen. «Hattest du heute Abend viel zu tun?»

«Ziemlich. Es kamen ständig Leute, aber es war zu schaffen.»

Alexis stellte Beefcake auf den Boden. «Gibt es was Neues von der Jobfront?»

«Nein, gar nichts.»

«Hast du nicht mal vom Parkway gehört? Ich habe den Küchenchef persönlich angerufen.»

«Ich wurde zu einem Vorstellungsgespräch eingeladen …»

«Das ist doch klasse!»

«… aber sie haben es ohne Begründung gecancelt.»

Alexis ließ die Schultern hängen. «Meinst du, Royce hat etwas damit zu tun?»

Liv zuckte die Achseln. «Das scheint mir die einzig logische Erklärung zu sein. Er hat gedroht, mich in der Branche in Verruf zu bringen, und genau das tut er.» Frustriert seufzend setzte sie sich auf einen Hocker an der Wand. «Ich weiß nicht, was ich tun soll. Jessica weigert sich, zu kündigen. Mack hat ihr angeboten, sie einzustellen. Auf einer beliebigen Stelle. Sie wollte nicht.»

Alexis stellte Beefcake eine Schale mit Wasser hin. «Vielleicht solltest du einfach aufhören.»

«Das kann ich nicht. Er muss irgendwie gestoppt werden. Wir versuchen, eine Liste der Frauen zu erstellen, die für ihn gearbeitet haben und unter seltsamen Umständen gegangen sind.»

Alexis hielt inne. «Warum?»

«Damit ich mit ihnen sprechen kann. Eine von ihnen könnte etwas wissen oder selbst betroffen sein und aussagen wollen.» Liv kaute auf der Unterlippe, während zwei Stimmen lauthals in ihr stritten, ob sie weiterreden oder lieber den Mund halten sollte. Weiterreden gewann. «Vielleicht … kennst du ja jemanden?»

Alexis kam langsam aus der Hocke hoch. Und schüttelte den Kopf.

«Ich brauche nur einen Namen, Alexis. Mehr nicht.»

«Es tut mir leid, aber ich kann dir nicht helfen.»

Gott, waren sie wieder an diesem Punkt? «Warum? Ich verstehe nicht …»

«Wenn sich diese Frauen dagegen entschieden haben, an die Öffentlichkeit zu gehen, dann haben sie sicher gute Gründe dafür.»

«Kennst du eine dieser Frauen?»

Alexis zog die Brauen zusammen. «Ich kann dir keinen Namen geben.»

Liv sprang auf. «Also kennst du eine!»

Alexis' Miene wurde hart. «Du musst das auf sich beruhen lassen, Liv. Hast du denn gar nichts daraus gelernt, was vor ein paar Monaten passiert ist? Du hättest beinahe die Ehe deiner Schwester ruiniert.»

Livs Wangen brannten, als wäre ihr heißes Fett ins Gesicht gespritzt. Wow. Sie hatte nicht gewusst, dass Alexis fähig war, sich so erbarmungslos auf einen wunden Punkt zu stürzen. Es waren immer die Netten, Stillen, bei denen man mit Überraschungen rechnen musste.

Alexis seufzte. «Es tut mir leid. Das war unfair von mir.»

«Nein, du hast recht. Ich habe Thea damals nicht geholfen. Ich habe ihr eingeredet, dass sie Gavin nicht trauen darf, weil ich selbst keinem Mann vertrauen kann, und das hat ihre Chance, wieder zueinanderzufinden, beinahe ruiniert. Das war ein Fehler, mit dem ich jetzt leben muss.»

Alexis ging zu ihr und nahm sie in den Arm. «Ich hätte das trotzdem nicht sagen dürfen.»

Liv drückte ihre Freundin, bevor sie sich von ihr losmachte. «Ich sollte jetzt aufbrechen.»

Alexis nahm ihre Hände. «Bitte geh nicht wütend weg.»

«Tue ich nicht.» Liv schaute auf ihre Füße und entschied sich für Ehrlichkeit. «Ich bin enttäuscht und verwirrt. Ich will einen Mann an weiteren sexuellen Übergriffen hindern. Ich verstehe nicht, warum du mich davon abhalten willst.»

«Weil manche Kämpfe nicht zu gewinnen sind.»

Auf dem Weg zum Auto brannten Enttäuschung und Zorn in ihr. Und während der ganzen Fahrt zur Farm ging ihr Alexis' letzter Satz nicht aus dem Kopf. *Weil manche Kämpfe nicht zu gewinnen sind.* Liv weigerte sich, das zu glauben.

Eine halbe Stunde später erschien das Heck von Macks Wagen in ihren Scheinwerferkegeln, als sie in die Einfahrt einbog, und ihre Enttäuschung wurde verdrängt von nervöser Vorfreude. Ihr Wohnzimmerfenster schimmerte abwechselnd bläulich und weiß, als ob dort im Dunkeln der Fernseher lief. Sie stieg die Treppe hoch, fand die Tür unverschlossen und öffnete sie leise. Sie wollte die Mädchen nicht aufwecken. Es dauerte einen Moment, bis sich ihre Augen an die Dunkelheit gewöhnt hatten, und was sie sah, als sie das Wohnzimmer betrat, ließ ihren Herzschlag stolpern.

Mack saß auf der Couch, die Mädchen lagen eingerollt neben ihm, die Füße auf seinem Schoß. Sein Kopf ruhte auf der Rückenlehne, ein Arm lag ausgestreckt auf dem Polsterrücken, eine Hand auf seiner Brust. Wie die Mädchen schlief er tief und fest.

Ihre Wohnung war aufgeräumt. Die benutzte Kaffeetasse und die Müslischalen, die sie in die Spüle gestellt hatte, waren verschwunden. Das Spielzeug der Mädchen lag ordentlich vor der TV-Bank. Sogar die Schuhe, vorher ein Haufen neben der Tür, standen jetzt gerade aufgereiht auf der Schmutzmatte.

Liv schloss die Tür so leise, wie es irgend ging, aber als die Scharniere quietschten, hörte sie hinter sich ein lautes Luftholen. Sie drehte sich um. Mack hob schläfrig lächelnd den Kopf und winkte ihr wortlos. Liv schlich zur Couch. Mit einem Blick auf die schlafenden Zwillinge setzte er sich behutsam aufrecht, reckte sich und gähnte, und da war es endgültig um sie geschehen. Dieses Recken und Gähnen, männlich und verletzlich zugleich.

«Wie haben sie sich benommen?», flüsterte sie.

«Totale Monster.» Er lächelte dabei, also wusste sie, dass er log. «Sie waren großartig. Sie haben getobt und sich schmutzig gemacht, wie es sich gehört.»

«Vielen Dank.»

«Hör auf, mir zu danken.» Er stand auf und streckte sich wieder, und diesmal hob sich sein T-Shirt so weit an, dass ein Streifen Haut mit einigen dunklen Härchen hervorlugte. «Hast du Hunger?»

«Äh, was?» Sie riss sich vom Anblick seiner Bauchmuskeln los.

«Rosie hat Essen vorbeigebracht. Soll ich es dir aufwärmen?»

«Das kann ich machen.»

«Nein, lass mich. Bringen wir die Mädchen ins Bett, und dann sorge ich dafür, dass du satt wirst.»

Sie hoben jeder einen schlafenden Zwilling auf den Arm, und Mack folgte ihr durch den kurzen Flur ins

Schlafzimmer. Liv vermied jeden Blickkontakt mit ihm, als sie die Mädchen hinlegten und zudeckten. Es war viel zu leicht, sich vorzustellen, wie sie mit Mack in diesem Bett lag, und trotz aller Anziehung war sie dafür noch nicht bereit.

«Ich, äh, werde mich schnell umziehen.»

Er nickte. «Ich kümmere mich ums Essen.»

Er lehnte die Tür nur an, als er ging, und Liv fächelte sich Luft zu. Mack in ihrem Schlafzimmer, dafür waren ihre Sinne noch nicht gerüstet. Sie schlüpfte in Schlafshorts und ein T-Shirt.

«Wow, daran könnte ich mich gewöhnen», sagte sie, als sie in die Küche kam.

Er blickte auf. «Woran? Nach Hause zu kommen und ein warmes Essen vorzufinden oder nach Hause zu kommen zu einem prachtvollen Exemplar der männlichen Spezies wie mir?»

«Du musstest es schräg werden lassen, hm?» Ihr Ärger war allerdings nur gespielt. Sie war dankbar, dass er sie aufzog und dass sie mit Sarkasmus reagieren konnte. Es war, als hätte er gewusst, dass sie solche Leichtigkeit brauchte, um die sexuelle Spannung im Raum auszugleichen, an der sie fast zu ersticken drohte.

Mack stellte einen Teller mit Thunfischauflauf – ihr Lieblingsessen – und ein Glas Wasser vor sie hin. Dann setzte er sich neben sie.

«Also», sagte er viel zu lässig, «da du offenbar zu feige bist, um mit mir über den Kuss zu sprechen …»

«Äh, wie bitte?»

Er neigte sich nach vorn. «…sollten wir vielleicht erst

mal darüber reden, dass du mich beinahe geküsst hättest, als ich hier ankam.»

Hitze schoss ihr in die Wangen. Erwischt. «Äh, du meinst, dass *du mich* beinahe geküsst hättest.»

«Ich weiß, wann ich beinahe geküsst werde, Liebste, und das vorhin war ein ausgewachsenes Kussvorspiel.»

«So was gibt es gar nicht.»

Er leckte sich über die Unterlippe. «Oh, und ob es das gibt. Und du hast es getan.»

Liv verschränkte die Arme, aber ihre Brüste waren plötzlich superkribbelig, weshalb sie die Hände lieber in die Hüften stemmte. Das wirkte jedoch komisch, weil sie saß.

«Sitzt du bequem?», neckte er.

Sie pflanzte die Ellbogen auf den Tisch.

Er nickte. «Ich bin zufällig Experte in diesen Dingen.»

Liv schnaubte. «Das denkst du.»

«Bist du überhaupt nicht neugierig, wieso ich weiß, was du gedacht hast?»

«Nein.» *Doch.*

«Du denkst bestimmt, ich hätte es gemerkt, weil du auf meinen Mund gestarrt hast, als wolltest du von meinen Lippen trinken.»

«Wow, du hast *wirklich* zu viele Liebesromane gelesen.»

«Es lag auch nicht daran, dass du dir mit der Zungenspitze den Mundwinkel geleckt hast.»

Liv rollte mit den Augen und fing an zu essen.

«Nein. Du hast auf meinen Hals geguckt.»

Liv zog eine Braue hoch.

«Genau … da.» Mack legte den Daumen an ihren erhitzten Hals. «Wo dein Blut unter der Haut pocht. Damit hast du dich verraten.»

Er streichelte ihren Hals.

Sie hielt den Atem an.

Und dann blieb das Essen falsch stecken.

Liv fing an zu husten. Nach einem bösen Blick zu Mack trank sie einen Schluck Wasser. «Ich habe nicht auf deinen Hals geguckt», krächzte sie.

Er lehnte sich zurück, mit sich und der Welt zufrieden. «Willst du mit dem Meister streiten?»

«Ja, denn du vergisst ein wichtiges Detail.» Liv neigte sich ganz langsam zu ihm, bis sich ihre Nasen fast berührten. «Ich kann dich immer noch nicht leiden.»

«Ich denke, darüber sind wir hinaus, meinst du nicht?» Seine Stimme war wie eine Liebkosung auf ihrer Haut.

Liv nahm noch ein paar Bissen, dann gab sie auf. Ihr Körper hatte nur auf eines Hunger, und das war nicht Rosies Auflauf.

«Satt?» Er griff nach ihrem Teller.

«Du brauchst mich nicht zu bedienen.»

«Ich weiß, aber ich möchte, dass du mich beim Abwaschen siehst.»

Ein schnaubendes Lachen entfuhr ihr, obwohl sie wirklich versuchte, es zurückzuhalten. «Warum?»

«Damit du erkennst, wie sexy ich bin.»

Sie legte den Kopf schräg. «Okay, ich gebe zu, ein Mann, der mein dreckiges Geschirr abwäscht, gehört definitiv zu meinen Phantasien.»

«Phantasien? Plural?»

«Ich bin eine normale Frau. Natürlich Plural.»

«Ich hätte nichts dagegen, mir ein paar davon anzuhören.»

«Ich will dich nicht schockieren.»

Er drehte sich um und trocknete sich die Hände ab. Die entspannten Bewegungen beschworen unweigerlich schmutzige Gedanken. «Bitte, versuch nur, mich zu schockieren», sagte er gedehnt.

Liv stand auf und nahm seine Hand. «Okay, dann komm mit.» Sie zog ihn zur Couch und drückte sanft eine Hand gegen seine Brust. Als Nächstes gab sie ihm einen leichten Schubs. «Setz dich.»

Mack zog die Brauen fast bis zum Haaransatz hoch, gehorchte aber.

«Rutsch bis ganz nach hinten», befahl sie.

«So weit bin ich mit allem total einverstanden, was auch immer das wird.»

Liv setzte sich neben ihn und schlug die Beine unter, dann hob sie seinen Arm hoch, lehnte sich an ihn und ließ los. Der Arm fiel schwer auf ihre Schulter, während sie sich an ihn schmiegte und die Wange an seine Brust legte. Ein wohliges Mmmmmm kam aus ihrer Kehle, das sich ebenso wenig wie das Lachen unterdrücken ließ.

«Was tust du da?», fragte er heiser.

«Kuscheln.»

«Kuscheln?» Er lachte leise und ließ zugleich die Hand an ihrem Rücken hinuntergleiten. Am Bund ihrer Shorts stoppte er.

«Hm-mmm.»

«Kuscheln ist also eine deiner Phantasien.»

«Jep.»

Seine Finger strichen über den Stoff und fanden den schmalen Streifen zwischen Shorts und T-Shirt. Das Gefühl von Haut auf Haut ließ ihren Atem stocken. Unter ihrem Ohr schlug sein Herz schneller.

«Bist du schon schockiert?» Ihre Stimme klang, als hätte sie mit Kakaopulver gegurgelt.

«Total.» Er klang genauso. «Erzähl mir doch, was sonst noch in der Phantasie vorkommt.»

«Wir reden.»

«Dirty Talk?»

Sie schnaubte. «Boring Talk. Wie der Tag war, welche Filme wir sehen wollen, welche komischen Sonderwünsche die Restaurantgäste hatten und was für dumme Sachen in der Bar passiert sind.»

«Mit solchen Geschichten könnte ich einen ganzen Tag ausfüllen.»

Sie lachte. Sein Kinn ruhte auf ihrem Kopf. «Warum stellst du dir das hier vor?»

«Ich weiß nicht.»

«Es muss einen Grund geben.»

«Ich mag einfach den Gedanken, jemanden zu haben, an den ich mich manchmal anlehnen kann.»

Das hatte sie eigentlich nicht zugeben wollen, aber seine Wärme und das stete Pochen seines Herzens hatten sie eingelullt, sodass sie einen Moment lang nicht mehr auf der Hut gewesen war. Das würde sie später bestimmt bereuen. «An dem Abend, als ich gefeuert wurde, habe ich mir so jemanden gewünscht.»

Unter ihrem Ohr wurde sein Herzschlag schneller. «Was hast du stattdessen getan?»

«Vor der Glotze gesessen und geheult.»

Er hielt kurz den Atem an. «Ich hätte dich in den Arm genommen.»

«Da konnte ich dich nicht leiden, weißt du noch?»

Anstelle einer Antwort streichelte sein Daumen über ihre Taille. «Und wie ist es jetzt?», fragte er dann.

«Es wird langsam.»

Sie spürte, dass er schluckte. «Was kommt in dieser Phantasie noch vor?»

«Du reibst mir den Rücken.»

Seine Schultermuskeln spannten sich an, und ein erwartungsvolles Kribbeln durchlief sie. Seine Hand glitt unter ihr T-Shirt und wanderte gemächlich an ihrem Rückgrat hinauf. «Ungefähr so?»

«Ja.» Sie schloss die Augen und raffte sein Shirt in die Faust. Unter ihren Fingern fühlte er sich hart an. Sie wurde weich unter seinen.

«Erzähl mir mehr», raunte er zwischen schweren Atemzügen. Es war unmöglich, das Verlangen im Geräusch seines schnellen Atems zu überhören.

«Vielleicht massierst du mir den Nacken.»

«Jetzt nutzt du doch nur die Situation aus.»

Sie lachte, aber dann hielt sie still, als seine Hand höher hinaufwanderte. Seine Finger wirkten Wunder an ihren verspannten Nackenmuskeln. Sie senkte den Kopf auf seiner Brust, um ihm mehr Platz zu geben. «Wenn du glaubst, dass ich dich heute noch ranlasse, dann …»

«Ich bin glücklich.»

Ihr blieb die Luft weg. Als sie die Augen öffnete und zu ihm hochblickte, sah sie die Zuneigung, die sie in seinem

Ton gehört hatte, auch in seinen Augen. Was auch immer sie hier taten – was immer da plötzlich zwischen ihnen passierte –, es war monumental. Intim. Heiß. Und so gefährlich.

«Nur damit du es weißt», sagte er heiser. «Ich denke gerade wieder daran.»

«Woran?»

«Dich zu küssen.»

Sie schluckte schwer. «Aber du bist dir unsicher?»

«Ich bin nervös.»

«Warum?» Sie konnte kaum etwas hören, so laut rauschte ihr das Blut in den Ohren.

«Weil ich es richtig machen will.»

«Ich denke, bei deiner Erfahrung sollte das kein Problem sein.»

«Erfahrung ist unwichtig. Die Gefühle zählen. Und meine sind gerade ein bisschen durcheinander.»

Etwas zog sich in ihrer Brust zusammen. «Wow. Manchmal denke ich, jetzt kenne ich dich, und dann sagst du etwas Supersüßes wie das.»

«Verrat es keinem. Sonst ist mein Image im Eimer.»

«Vielleicht könntest du mich jetzt einfach küssen?»

Er senkte den Kopf. Dicht vor ihrem Mund hielt er inne, Lippen an Lippen, Atem an Atem. Plötzlich wurde ihr klar, dass er keinen Witz gemacht hatte. Er *war* nervös. Oder das war das Kussvorspiel, von dem er gesprochen hatte. Er sog ihre Unterlippe sanft zwischen seine, dann ihre Oberlippe. So blieben sie, spürten einander, stellten sich aufeinander ein, auf ihre plötzlich veränderte Beziehung.

Gerade als sie sich fragte, ob er den Kuss noch irgendwann vertiefen wollte, knurrte er und drückte den Mund fester auf ihren. Er griff um ihren Hinterkopf. Seine Hand war heiß.

Wenn ihr erster Kuss ein drängender Beat, ein schneller Tanz gewesen war, dann war dieser eine Ballade. Ein langsamer, süßer Walzer. Eine Vereinigung von Körper und Geist, die sie nie wieder beenden wollte. Unsicherheit würde früher oder später über sie hereinbrechen. Aber nicht jetzt. Jetzt war sie mit allen Sinnen lebendig. Das Feuer zwischen ihnen, es knisterte und sprühte Funken und loderte.

Ihr Verstand schaltete ab. Sie fühlte nur noch. Die langsame Bewegung seiner Finger in ihren Haaren. Der keuchende Atem, der von seiner Brust zu ihrer strömte. Der Druck seines Mundes auf ihrem.

Sie gab der Versuchung nach und strich an seinem Arm hinauf, schob die Finger in seinen Ärmel. Sie spürte, wie er erschauerte, und im nächsten Moment löste er den Mund von ihrem und zog damit eine heiße Spur an ihrem Kiefer entlang, während seine Hände an ihren Seiten hinabglitten. Als seine Lippen die zarte Stelle berührten, wo ihre Schlagader pochte, stöhnte sie und drückte seinen festen Bizeps. Er spannte ihn an. Lächelnd drückte sie ihn wieder, während sein Mund über ihr Schlüsselbein glitt.

«Du riechst gut», raunte er heiser auf dem Weg zu ihrem Ohr.

«Ich rieche wie eine Bäckerei.»

«Genau.» Seine Zungenspitze tippte ihr Ohrläppchen an. «Du riechst immer nach Plätzchen oder Vanilleeis.» Er zog eine Spur von Küssen bis zu ihrem Mund. «Das macht mich verrückt.»

So. So musste es beim Küssen sein. So musste es sein, wenn man sich in Empfindungen verlor und alles verschwand bis auf seine Lippen, seinen Geschmack, seinen Geruch, *ihn*. Das war es, was sie vermisst hatte, ohne sich dessen bewusst zu sein.

Aber durch dieses Gefühl beging man Fehler. Sie sollte sich deshalb in Acht nehmen. Aber das tat sie nicht. Sie sollte aufhören. Aber das konnte sie nicht. Ihr Denken, ihre ganze Wahrnehmung war nur auf eine Sache gerichtet – das Gefühl seiner Hände an ihrem Kopf, seines Mundes an ihren Lippen.

Als er schließlich den Kopf zurückzog, keuchten sie beide vor Erregung. Liv öffnete träge die Augen. Er betrachtete sie zärtlich, lächelte verwundert. Er zog ihre Hand zu sich hoch und küsste die Innenseite ihres Gelenks, um sie dann an sein Herz zu drücken.

Oh wow. Das war … sie hatte noch nie eine so romantische Geste erlebt. «Mack …» Mehr brachte sie nicht heraus.

«Ich mag es, wenn du meinen Namen so sagst.»

Er zog sie wieder an sich.

Und dann erstarrten sie, weil sich im Schlafzimmer etwas regte.

Mack stöhnte leise und hob den Kopf, um zu horchen. Da nichts weiter zu hören war, lehnte er die Stirn an ihre. So blieben sie für ein paar Augenblicke. Ordneten ihre Gedanken.

Livs waren ein einziges hektisches Chaos. Sie war verwirrt und erschrocken. Er hätte so nicht sein dürfen, so süß und zärtlich. Er hätte Braden Mack sein sollen, ein

Playboy, ein Sprücheklopfer. Dann würde er ihr nicht gefährlich werden.

«Darf ich dich etwas fragen?», flüsterte er.

«Okay.» Ihre Stimme war nur ein kaum hörbares Flüstern.

«Wie haben Hühner Sex, wenn sie keine Vagina haben?»

«Oh mein Gott.» Liv schob ihn lachend – dankbar lachend – von sich und warf ihm das nächstbeste Kissen an den Kopf. «Fahr nach Hause.»

Er lachte und packte sie blitzschnell an der Taille, bevor sie wegrücken konnte, zog sie an seine Brust und lehnte sich mit ihr auf der Couch zurück. «Du musst es mir sagen. Stell dir nur vor, was für üble Ergebnisse eine Google-Suche nach Hühnersex bringen würden.»

Sie seufzte. «Sie reiben ihre Kloaken aneinander.»

Er streichelte ihre Arme. «Du solltest morgen Abend zu mir kommen.»

«Diese Überleitung finde ich ein bisschen verstörend.»

«Du kannst mir Cupcakes backen.»

«Wirklich? Mensch, was für ein Angebot.»

«Hey, ich habe auf die Mädchen aufgepasst. Du könntest den Gefallen erwidern. Und in meiner phantastischen Küche von deinen Backkünsten Gebrauch machen.»

«Ich glaube es selbst nicht, aber ich werde ja sagen.»

Er verschränkte die Arme hinter dem Kopf, wahrscheinlich weil er wusste, dass er seine Muskeln damit am besten zur Geltung brachte. «Weil du mich beim Abwaschen gesehen hast, stimmt's? Ich weiß, ich habe recht.»

Sie kroch von ihm runter. «Hör lieber auf, bevor ich meine Meinung ändere.»

Er griff nach ihrer Hand, als sie aufstand. «Hey, Liv?»

Sie sah ihn an und rechnete mit einem weiteren Klugscheißerspruch, und wenn sie ehrlich war, brauchte sie den gerade. «Was?»

Er strich mit dem Daumen über ihre Knöchel. «Du kannst dich jederzeit bei mir anlehnen. Meine Schulter gehört dir.»

Das war der Mack, der ihr Angst machte. Dieser süße, charmante Kerl, der sich so sehr bemühte, sorglos zu erscheinen. Das war der Mack, in den sie sich verlieben könnte – was genau die Sorte von dummen, naiven Gedanken war, die sie so energisch verscheuchen sollte wie Randy. Denn soweit sie wusste, hatte er diese Seite allein im letzten Jahr schon einem Dutzend Gretchens gezeigt.

Nur schien das ihrem Herzen egal zu sein. Besonders wenn er sie anlächelte, als wäre sie die einzige Frau auf der Welt. Oder noch besser: als wäre sie die einzige, mit der er zusammen sein wollte.

Das war ein Mann, dem sie bereit wäre zu vertrauen.

Und das war die schlimmste Sorte von allen.

KAPITEL 18

Malcolm sah müde und verärgert aus, als Mack sich am nächsten Morgen um halb acht im Diner an ihren Tisch setzte. Mack hatte sonst niemanden angerufen, weil das hier nichts war, worüber er mit den anderen Jungs reden konnte.

«Was ist denn der Notfall?» Malcolm gähnte.

Mack blickte sich verstohlen um, ehe er antwortete. «Liv kommt heute Abend zu mir.»

Malcolm strich sich über den Bart. «Verstehe.» Dann schüttelte er den Kopf. «Nein, eigentlich nicht. Was ist daran ein Notfall?»

«Ich will das nicht vermasseln.»

«Mack, du bist derjenige, der uns alles beigebracht hat, was wir über Liebesromane und darüber, was man aus ihnen lernen kann, wissen. Du wirst das nicht vermasseln.»

«Ich rede nicht von Sex, Blödmann.»

Malcolm lächelte. «Ich auch nicht. Also sag mir, wo das Problem liegt.»

Mack schürzte die Lippen und sah weg. «Ich bin mir nicht sicher, ob sie … ob sie wirklich auf mich steht.»

Malcolm stieß den Atem aus. «Entschuldige, ich … ich will mich nur vergewissern, dass ich dich richtig verstehe. Du bist nervös, weil du dich zum ersten Mal wirklich anstrengen musst?»

«Ja, ja, saulustig, ich weiß. Aber ich bin nervlich ein Wrack. Die Sache mit Gretchen hat mich völlig aus dem Konzept gebracht. Mir hat noch nie eine Frau den Laufpass gegeben, und ich weiß wirklich nicht, was ich bei ihr falsch gemacht habe. Und Liv ist …» Mack strich sich übers Gesicht.

Eine Kellnerin brachte ihnen Kaffee und fragte, ob sie Essen bestellen wollten. Sie winkten ab.

«Liv ist …?», hakte Malcolm nach.

Mack atmete tief durch. Ihm wurde langsam klar, dass er nie wirklich verstanden hatte, wie hart es war, auf dieser Seite des Buchclubs zu stehen, auf der Seite desjenigen, der Hilfe brauchte. Jahrelang hatte er alle anderen gedrängt, vollkommen ehrlich mit ihnen und sich selbst zu sein, wenn sie ihre Beziehung retten wollten, ohne je wirklich zu glauben, er könnte eines Tages mal an ihrer Stelle sein.

«Sie ist schreckhaft. Misstrauisch. Kaum denke ich mal, endlich öffnet sie sich, macht sie schon wieder dicht. Ich will nicht, dass das nach heute Abend wieder passiert.»

«Du magst sie wirklich», stellte Malcolm fest, und sein Ton klang nach «Heilige Scheiße». Macks Stimmung verdüsterte sich.

«Hör zu.» Malcolm stützte die Ellbogen auf. «Du weißt, wie das funktioniert. Wenn sie Angst hat und deshalb Abstand wahren will, wird sie heute Abend verletzlich sein, weil Sex eine große Sache ist. Sei darauf gefasst, dass sie dir erst mal nur ihre sarkastische Seite zeigt.»

Das leuchtete ihm ein. Genau das hätte er auch gesagt. Trotzdem … «Und was mache ich dann?»

Im Ernst?, schrie Malcolms Blick. Doch nach einem Moment antwortete er in seinem üblichen ruhigen Tonfall. «Die Antwort kennst du selbst.»

Sicher. Er wusste, was er zu jemand anderem sagen würde. «Der sein, den sie in dem Moment braucht.»

Malcolm nickte.

Doch das half ihm gerade gar nicht, weil Liv alles auf den Kopf stellte, was er zu wissen glaubte. Gestern Abend, nachdem er von ihr weggefahren war, hatte er sich gefühlt, als hätte ihn jemand mit einer schartigen Klinge aufgeschlitzt. Sie hatte ihn mit der Kuschelphantasie und der Verletzlichkeit in ihren Worten erledigt. *Ich mag einfach den Gedanken, jemanden zu haben, an den ich mich manchmal anlehnen kann.* Noch nie hatte er jemanden etwas sagen hören, das so einsam klang, und es machte ihm Angst, dass er genau wusste, was sie meinte. Er würde das vor seinen Freunden nie zugeben, aber er hatte so viele Nächte allein in seinem riesigen Haus damit zugebracht, die Stille zu verfluchen oder die leere Hälfte des Bettes anzustarren.

Malcolm riss ihn aus seinen Gedanken. «Das ist schwerer, als du es dir vorgestellt hast, oder?»

Mack trank seinen Kaffee.

«Hast du wirklich keine Ahnung, warum Gretchen dich abserviert hat?»

«Na ja, sie hat mir ihre Gründe genannt, aber die waren Blödsinn.»

«Welche denn?»

«Das ist peinlich.» Mack wusste, dass es dumm war, das zu sagen, noch bevor er die Worte aussprach.

«Wie oft hat einer von uns genau das gesagt, und du hast uns erklärt, dass wir drüber wegkommen sollen?»

Mack spielte an einer Ecke der Speisekarte herum. «Ich weiß.»

«Du kennst jedes peinliche Detail aus unseren Leben, Mann. Jetzt bist du dran.»

«Ich weiß.» Er blies die Backen auf und ließ den Atem entweichen. «Sie meinte, sie hatte das Gefühl, als würde ich nach einem Handbuch vorgehen. Es sei zu perfekt.» Das stieß ihm noch immer sauer auf. «Wie kann etwas zu perfekt sein?»

«Weil perfekt das Gegenteil von authentisch ist, Mack.»

Er schluckte. Gretchen hatte im Grunde das Gleiche gesagt. *Irgendwann muss es sich echt anfühlen.*

«Ich weiß nicht, wer ich bei ihr sein soll», gab er leise, schamerfüllt zu.

«Sei einfach du selbst, Mack.»

Und wenn das nun das eine war, das er ihr nicht geben konnte? Wenn er klug wäre, würde er die Verabredung canceln. Sie hatte jemand Besseren verdient. Jemanden, der nicht genau das tat, was sie am meisten verabscheute: sie anlügen.

Er würde der sein müssen, den sie brauchte. Den sie wollte.

Braden Fucking Mack.

◆ ◆ ◆

Was zum Teufel tat sie hier?

Sich kratzen. Das tat sie. Sich kratzen, weil es juckte. Mehr nicht. Um fünf nach acht bog Liv in Macks Straße ein und bremste ab, um im Zwielicht der Laternen, die einen warmen Schein auf gepflegte Rasenflächen warfen, nach der Hausnummer zu suchen. Da er tausend Dollar für einen blöden Cupcake ausgab, hatte sie sich schon gedacht, dass er im Luxus lebte. Trotzdem verblüffte sie der offen zur Schau gestellte Reichtum dieses Viertels. In kunstvoll angelegten Gärten standen zweistöckige Villen, angestrahlt von geschickt platzierten Scheinwerfern, die ihre Besonderheiten dezent hervorhoben.

Sie hatte in ihrem Leben genug reiche Leute gekannt, um zu wissen, dass solche Zurschaustellung selten ohne Grund passierte. Die Eigentümer wollten entweder etwas beweisen oder hatten etwas zu verbergen.

Letzteres war immer das Schlimmere.

Fünfhundert Meter weiter fand sie schließlich einen gemauerten Briefkasten mit der richtigen Nummer. Sie bog in die gepflasterte Auffahrt ein und fuhr unter dichten hohen Bäumen entlang. Ein Stück dahinter erhob sich sein Haus über dem Rasen.

Die Haustür schwang auf, als sie vor dem Vorbau anhielt. Mack erschien in Golfshorts und einem T-Shirt, das sich auf gute Art an seine Muskeln schmiegte. Er kam die paar Stufen heruntergelaufen, um sie am Wagen zu begrüßen. Ihr Herz klopfte lauter, aber sie befahl ihm, still zu sein.

Heute Abend ging es nur um körperliche Bedürfnisse. Nichts weiter.

«Hey.» Er hielt ihr die Tür auf. Ehe sie wusste, was geschah, hatte er sich heruntergebeugt und drückte die Lippen auf ihre. «Gibt es etwas ins Haus zu tragen?»

Sprachlosigkeit kannte sie bei sich nicht, aber genau das erlebte sie gerade. «C-cupcakes auf der Rückbank», stammelte sie dann.

«Ich nehme sie.»

Liv folgte ihm ins Haus und versuchte, nicht mit offenem Mund zu staunen. Der Eingangsbereich war sechs Meter hoch und hatte eine Wendeltreppe aus Stein. Der Marmorboden war kalt unter ihren Füßen, nachdem sie sich die Schuhe abgestreift hatte.

«Hast du gut hergefunden?», fragte er im höflichen Gastgeberton, in der Hand den Kuchenbehälter.

«Jep.»

«Zur Küche geht's hier entlang.»

Diesmal war Sprachlosigkeit nicht das Problem. «Heilige Scheiße», hauchte sie. «Das kann nicht dein Ernst sein.»

Das war die Küche ihrer Träume. Die Küche eines Spitzenkochs. Ein Gasherd mit acht Flammen und zwei Backöfen. Oh, was sie damit alles anstellen könnte.

«Gefällt's dir?» Sein amüsierter Tonfall drang in ihre kulinarischen Phantasien ein, während er den Behälter hinstellte.

«Wozu brauchst du so eine Küche?» Sie war aus keinem ersichtlichen Grund gereizt, außer dass sie nervös war.

«Zum Essen?» Er zwinkerte.

«Kochst du überhaupt?»

Er zuckte die Achseln. «Klar. Tiefkühlpizza. Manchmal schiebe ich mir sogar eine Lasagne in die Mikrowelle.»

Er wollte sie bloß provozieren. Mit voller Absicht. Sein Grinsen hätte einen Eisberg zum Schmelzen gebracht.

«Du kochst tatsächlich», sagte sie, als sie begriff, dass er sie aufgezogen hatte.

«Natürlich kann ich kochen. Ich bin erwachsen. Sich selbst Essen zu machen gehört dazu.»

Sie rollte mit den Augen.

«Möchtest du etwas trinken?», fragte er.

«Sicher.»

Mack holte einen Chardonnay aus dem Kühlschrank, entkorkte ihn und schenkte zwei Gläser ein. Eines gab er ihr und ließ dabei für einen Moment die Finger auf ihren verweilen.

«Könnte sein, dass ich etwas Härteres brauche», sagte sie und wich einen Schritt zurück.

«Damit kann ich dienen, Baby.»

Ein Lachen sprudelte aus ihr hervor und brach die Spannung. Allein dafür wollte sie ihn küssen. «Das war eine armselige sexuelle Anspielung, Mack. Ich erwarte mehr von dir.»

Er lachte leise mit seiner tiefen männlichen Stimme und stieß dabei den Korken wieder in den Flaschenhals.

«Das scheinst du gut zu können», meinte sie.

«Was?»

Sie deutete mit dem Kinn auf die Flasche. «Lange Dinge in enge Löcher stecken.»

Er lachte, tief aus dem Bauch heraus, ein ungetrübtes, schallendes, verblüfftes Lachen, das sein ganzes Gesicht erhellte und Liv vorkam wie ein Lotteriegewinn: unerwartet, aufregend und lebensverändernd.

Mack griff um sie herum nach seinem Glas, das auf der Arbeitsfläche hinter ihr stand, und beugte sich dabei so dicht an sie heran, dass er ihre Brüste streifte. «Und du denkst, ich bin armselig?» Sein Ton und sein Blick waren warm.

Sie zuckte die Achseln mit vorgetäuschter Lässigkeit. «Ich bin vielleicht ein bisschen aus der Übung.»

«Hast länger nicht mehr gespielt, hm?»

«Das ist wie Baseball, das verlernt man nicht.»

«Willst du einen Homerun-Tipp?»

«Immer.»

Er neigte sich ein wenig zu ihr. «Alles hängt davon ab, wie du den Schläger hältst.»

«Erzählst du mir jetzt, ich soll ihn zärtlich streicheln, bevor ich zum Schlag aushole?»

Er zwinkerte. «Streicheln hilft immer.»

Liv fächelte sich Luft zu. «Verdammt. Ist es hier drin heiß, oder liegt das an meiner Vagina?»

Er lachte wieder, und ihr Herz hüpfte wie ein Kaninchen im Koffeinrausch. Noch immer lächelnd lehnte Mack sich gegen die Kücheninsel, eine Hand auf die Arbeitsplatte gelegt, in der anderen das Weinglas. In seinen starken Fingern sah es absurd zerbrechlich aus. Er strahlte selbstbewusste, unangestrengte Männlichkeit aus. Und sie hatte gerade genug mädchenhafte Schwärmerei in sich, um jeden Zentimeter davon würdigen zu können.

«Das ist ein verdammt großes Haus für einen Single», sagte sie.

Er sah sich um, bevor sein Blick zu ihr zurückkehrte. «Ich werde nicht immer Single sein.»

«Was, wenn die künftige Mrs. Mack nicht hier leben möchte?»

Ehrliche Überraschung zeichnete sich in seiner Miene ab. «Warum sollte sie nicht?»

«Ich weiß, es ist total verrückt, aber manche Frauen wollen tatsächlich mitreden, wenn es um ihr Zuhause geht», neckte sie ihn über den Rand ihres Glases hinweg.

«Kein Problem, ich bin anpassungsfähig. Ich plane, die zukünftige Mrs. Mack wie eine Prinzessin zu behandeln. Also, was immer sie möchte, soll sie bekommen.»

Liv schnaubte. «Du hast wirklich zu viele Liebesromane gelesen.»

Er zog eine Braue hoch. «Und du wirklich zu wenige.» Er nippte an seinem Wein. «Möchtest du einen Rundgang durchs Haus?»

Nein. Sie wollte nicht. Sie wollte nicht noch mehr über ihn erfahren, nicht noch tiefer in diesen gefährlichen Strudel von klischeetrotzenden Überraschungen geraten. Sie wollte keine Familienbilder mehr sehen und nicht hören, welches Zimmer er sich für das Baby vorstellte.

«Komm mit.» Er löste sich von der Kücheninsel. «Ich zeige dir meine Büchersammlung.»

Liv stöhnte genervt. «Erschieß mich.»

Mack griff nach ihrer freien Hand. «Du brauchst in deinem Leben ein bisschen Romantik.»

Nach einem sanften Ruck ging sie mit ihm durch den Flur. An der Treppe wandten sie sich nach links und betraten ein Arbeitszimmer mit deckenhohen Regalen aus dunklem Holz, praktisch eine Bibliothek, die nicht nur Liebesromane enthielt, sondern auch Bücher über Politik, Geschichte, Sport und Naturwissenschaft. Verdammt. Sie wollte ihn so gerne als hirnlosen Playboy sehen, nicht als vielseitig gebildeten Mann.

Zwei dick gepolsterte Ledersessel standen vor einem Kamin. Einer war sichtlich mehr benutzt worden als der andere, und ungebeten kam ihr ein Bild in den Sinn, wie Mack darin saß, die Füße auf dem Hocker, und ein Buch über den Untergang des Römischen Reiches las.

Auf dem Kaminsims zogen Familienfotos ihren Blick an. Sie ließ seine Hand los und trat näher. Unbewusst strich sie mit der Fingerspitze über ein goldgerahmtes Foto, auf dem ein lächelnder Mann einen Fisch hochhielt. «Ist das dein Dad?», fragte sie leise.

Er räusperte sich hinter ihr. «Nein. Mein Onkel.»

«Hast du auch Fotos von deinem Vater?»

«Nicht hier.»

Das kurze Schwanken seiner Stimme brachte sie dazu, sich umzudrehen. Genau deshalb wollte sie keinen Rundgang durchs Haus. Sie konnte es sich nicht leisten, ihn als trauernden Sohn zu sehen, dem fast die Stimme versagte, wenn er an seinen Vater dachte. Sie ging an ihm vorbei zu den Regalen hinüber, wo die Liebesromane standen.

«Welches ist dein Lieblingsbuch?» Sie neigte den Kopf zur Seite, um sich die Buchrücken anzuschauen, von denen viele Leserillen hatten.

«Dieses.» Er griff über ihre Schulter hinweg, zog ein abgegriffenes Buch heraus und hielt es ihr hin.

Sie nahm es und las den Titel. «Mistelzweigträume.»

«Ich habe es bestimmt ein Dutzend Mal gelesen.»

Sie drehte es um und überflog, was da über die Handlung stand. Alleinstehende Mutter zieht zurück in ihre Heimatstadt und verliebt sich in den Nachbarn. Außerdem ging es um die Rettung eines Hundes und die wahre Bedeutung von Weihnachten. «Warum gefällt es dir so sehr?»

«Lies und finde es heraus.»

Sie stellte das Buch wieder an seinen Platz. «Hast du was mit Serienmördern? Das ist eher nach meinem Geschmack. Und bringt mich vielleicht auf Ideen, wie ich mit Royce fertigwerden könnte.»

Plötzlich stützte Mack die Hände rechts und links von ihr gegen das Regal und nahm sie so von hinten gefangen. Im nächsten Moment streifte sein Mund ihr Ohrläppchen. «Warum bist du heute Abend gekommen?»

Liv fühlte sich auf einmal schwach. «Außer dass ich die Küche sehen wollte, mit der du angibst?»

«Ja.»

Ihr Magen schlingerte. *Denk dran: rein sexuell. Bedeutungslos.* «Ich habe eine Entscheidung getroffen.»

«Eine gute oder eine schlechte?»

«Wahrscheinlich eine schlechte.»

«Die mag ich besonders.» Ganz langsam kam er näher, bis sie seinen Körper an ihrem spürte. «Was hast du entschieden?»

Sie stellte ihr Glas im Regal ab und drehte sich in der Hitze seiner Arme zu ihm um. «Du und ich werden Sex haben.»

Er fasste sich ans Herz. «Jetzt bin ich wirklich schockiert. Schlägst du vor, dass wir unsere Kloaken aneinanderreiben?»

«So ähnlich, ja, aber ich schwöre bei Gott, wenn du nur drei Sekunden wie Randy durchhältst, werde ich überall herumerzählen, dass der berühmte Braden Mack eine Mogelpackung ist.»

Er stieß knurrend einen Fluch aus und riss sie an seinen festen Körper. «Wenn das eine Herausforderung ist, nehme ich sie an.»

Liv wich zurück bis an das Regal. «Du bist bestimmt neugierig, wie ich zu der Entscheidung gekommen bin.»

«Nicht besonders.»

«Sie ist nämlich total vernünftig.»

«Ja?» Sein Mund fand die zarte Stelle unter ihrem Ohr.

«Wir fühlen uns offensichtlich zueinander hingezogen.»

«Offensichtlich.»

«Wir haben uns drei Mal geküsst, und es war gar nicht übel.»

Gekränkt fuhr er zurück. «Gar nicht übel?»

Liv seufzte theatralisch. «Männer und ihr Ego.»

«Liegt in unserer Natur», erklärte er, wobei er zärtlich die Nase an ihrer rieb. «Wir werden gern gestreichelt, egal ob es das Ego oder etwas anderes ist.»

«Mir ist außerdem klar, dass du Sex mit mir haben willst.»

«Was hat mich verraten?»

«Das hier zum Beispiel.» Sie griff zwischen ihnen nach unten und umfasste die unübersehbare Wölbung, die seinen Reißverschluss einem Härtetest unterzog.

Er schluckte. «Durch den fliege ich ständig auf.»

«Wir verbringen sowieso schon viel Zeit miteinander.»

«Stimmt.»

«Also ist es nur vernünftig. Richtig?»

Statt etwas zu erwidern, schob er die Finger in ihre Haare und zog ihren Mund zu sich heran. Es war ein heißer, dominanter, atemraubender Kuss. Viel zu bald hob er den Kopf an und raunte an ihren Lippen: «Genug geredet, Liv. Tun wir es oder nicht?»

Sie biss ihm sanft in die Lippe. «Bring mich nach oben.»

Mack griff unter ihre Schultern und Beine und hob sie hoch. Sie dachte an den Abend, als er sie aus der Kellerbar nach draußen getragen hatte. Aber diesmal hatte sie nichts einzuwenden. Wortlos und mit entschlossener Miene trug er sie die Treppe hoch. Liv lehnte den Kopf an seine Schulter und knabberte an der zarten Haut unter seinem Ohr.

Er stieß ein tiefes Knurren aus, trat die Schlafzimmertür auf und stellte Liv vor einer Kommode auf die Füße.

Das ist rein sexuell. Nicht mehr. Liv hob sich auf die Zehenspitzen, um ihn zu küssen, doch er schüttelte den Kopf. «Dreh dich um», befahl er schroff.

Sie gehorchte und legte die Hände auf die Kommode. «Werde ich gefilzt?»

Mack strich an ihren Seiten hinunter bis zu den Hüften und zog sie hart gegen seine Erektion. Sein Mund traf ihr Ohr. «Du bist der Boss, Liv. Sag mir, was ich tun soll. Ich weiß, das tust du gern.»

Ja. Das war perfekt. Sie konnte eine Rolle spielen. Ihr Herz außen vor lassen. Ihn ihren Körper zum Vibrieren bringen lassen wie der große Fachmann, der er zu sein behauptete.

«Küss meinen Nacken.» Sie senkte den Kopf.

Seine Lippen sandten kribbelnde Stromstöße über ihre Haut und den Rücken hinunter. Er nahm sich Zeit und tat Dinge mit der Zunge, die sie in fünf Sekunden zum Keuchen brachten.

Sie legte ihre über seine Hand und schlang die Finger zwischen seine, um sie von der Hüfte weg zu ihrem Bauch und zum Knopf ihrer Jeans zu ziehen.

«Sag mir, was du möchtest», raunte er heiser.

«Berühr mich.» War das ihre Stimme? Du lieber Himmel, sie klang wie eine Ertrinkende.

Geschickt schnippte er den Knopf aus dem Knopfloch und zog den Reißverschluss quälend langsam hinunter. Erwartungsvoll holte sie Luft, als seine Fingerspitzen die seidige Barriere zwischen ihrem Geschlecht und seiner Berührung streiften.

«Tu es!», stöhnte sie.

Seine Finger schoben den Stoff beiseite. Bei der ersten Berührung ihrer erhitzten, feuchten Haut bekam sie weiche Knie. Er fing sie an der Taille ab. «Ich hab dich, Liebling», murmelte er.

Das war süß und zärtlich. Zu süß und zärtlich.

Rein sexuell.

Sie bewegte sich an seiner Hand. Suchend. Flehend. Er nahm ihren Rhythmus auf und rieb sie, wo sie es brauchte. «Oh Gott», stöhnte sie. «Du bist wirklich gut.»

«Ich weiß.» Er biss sie sanft in die Schulter.

«Deine Arroganz verdirbt das hier ein bisschen.»

«Hättest du es lieber, wenn ich schlecht wäre?»

Sie stöhnte ein Nein. Er biss ihr ins Ohrläppchen, sodass sie wimmerte. Er hielt inne. «Hab ich dir weh getan?»

Sie schob die Hand in ihre Hose und über seine Finger. «Hör ja nicht auf.»

«Genau so, Baby», flüsterte er an ihrem Ohr. «Sag mir, was du brauchst, Liv. Sag es mir.»

«Ich will deine Finger in mir.»

Er stieß zwei Finger in sie. Mit einem Aufschrei drückte sie die Nägel in seinen Handrücken. Ihr Körper übernahm die Führung, und Mack hielt einen Arm um ihre Taille gelegt, während er tat, was sie wollte. Sie wiegte sich gegen seine Hand, er begegnete dem Takt ihrer Hüften mit seinen Stößen.

«Du bist schon nah dran, oder?», keuchte er, denn Reden war für ihn offenbar genauso schwierig wie für sie.

«Ja», stöhnte sie.

«Sag mir, was ich tun muss. Sag mir, wie ich dich zum Kommen bringe!»

«Fester.» Mehr brachte sie nicht heraus, doch er hatte verstanden. Er drückte mit dem Handballen gegen sie und rieb. Sie schrie auf und zog sich um seine Finger zusammen. Kraftlos sank sie danach gegen ihn. In ihrem Slip verschränkte er die Finger mit ihren. Sie drehte den Kopf nach hinten und küsste ihn.

Mack hob sie auf die Arme, drehte sich um und legte sie aufs Bett. Sie sank in die Matratze, ihr Körper schlaff und geschmeidig, ihre Haut rosig vor Befriedigung.

«Was jetzt?», fragte er, vor ihr stehend.

«Zieh dich aus.»

Er ließ sich Zeit dabei, entblößte langsam Haut und Muskeln ihrem hungrigen Blick. Es war kein Gramm Fett an ihm. Er hatte den schlanken, muskulösen Körperbau, den man vom Joggen bekam, nicht vom stundenlangen Gewichtheben. Seine Brust war dunkel behaart, und eine dünne Haarlinie verlief bis zum Hosenbund, in dem sie lockend verschwand.

Sie schluckte mühsam.

Er zwinkerte. «Das ist die übliche Reaktion, wenn ich mich ausziehe.»

«Ich wusste es», sagte sie kopfschüttelnd. «Deine Klappe wird alles ruinieren.»

«Glaub mir, du wirst noch dankbar für meinen Mund sein.»

«Ts, leere Versprechungen.»

Mack riss ihr die Hose herunter, dann entledigten sie sich mit fliegender Hast der übrigen Kleidung. Sowie er neben ihr lag, stieß er ein Knurren aus und senkte die Lippen auf ihre. Ohne den Kuss zu unterbrechen, zog er sie auf seinen Schoß. Als sie rittlings auf ihm saß, keuchte sie auf, denn das verlangende Pochen zwischen ihren Beinen traf auf seine Härte. Das intensive Lustgefühl riss sie mit sich, und sie beide gerieten in den Sog von etwas Primitivem, Wildem, Ungezügeltem.

Macks Hände glitten an ihr hinab und fassten um ihren Po. Drückend, massierend hielt er sie fest, während er seine Hüften rhythmisch gegen sie presste. Die Finger in seine Schultern gedrückt, wiegte Liv sich an seiner harten Erektion. Sein und ihr Stöhnen wurde zu einem, daher tat sie es noch mal, während er die Hände an ihr hinaufschob.

Seine kräftigen, schwieligen Finger strichen über die Unterseite ihrer Brüste und höher hinauf, und ihre Knospen wurden hart unter seiner Erkundung.

Es war nicht genug. «Ich brauche deinen Mund», stöhnte sie.

Er saugte eine harte Brustwarze zwischen die Lippen. Liv schrie auf und warf den Kopf in den Nacken, die Finger in seine Haare gekrallt. Jeder Brust widmete er Aufmerksamkeit, saugte und leckte, bis der Druck zwischen ihren Schenkeln unerträglich wurde.

Es hätte klappen können, Liv hätte es rein sexuell halten können, wenn er in diesem Moment nicht innegehalten hätte, wenn er nicht zu ihr hochgeblickt, nicht den Kopf geschüttelt und leise verwundert gesagt hätte: «Ich kann die Augen nicht von dir lassen.»

Sie hätte sich vielleicht einreden können, dass es nichts zu bedeuten hatte, wenn ihr Herz sich bei diesen Worten nicht zusammengezogen hätte, bei seinem Blick, bei der Zärtlichkeit, mit der er sie jetzt küsste.

Sie hätte sich vielleicht einfach sagen können, sie solle mit dem romantischen Blödsinn aufhören. Wenn er nicht so verdammt zärtlich gewesen wäre. Wenn er sie nicht mit einer leisen Ehrfurcht berührt hätte, die sie zum Zittern brachte. Wenn er sie nicht angelächelt hätte, als er sie gerade lang genug anhob, um sich ein Kondom überzustreifen.

Dieses Lächeln. Vielleicht war es das mehr als alles andere.

Er lächelte, als wäre er glücklich, mit ihr zusammen zu sein.

Als wäre er glücklich.

Gegen dieses Lächeln war sie machtlos.

Sie senkte sich herab, um sich an seiner Erektion zu reiben. Sein tiefes, raues Stöhnen erfüllte sie mit solch einer Befriedigung, dass sie es noch einmal tat. Er reagierte mit einem Knurren, und plötzlich rollte er sie auf den Rücken. Und dann küsste er sie wieder, langsam und erregend, während seine harte Erektion sich zwischen ihre gespreizten Beine drängte.

«Liv», stöhnte er, presste sich gegen sie, und dann war er in ihr.

Füllte sie aus.

Ließ sie höher und höher steigen. So hoch, dass sie schon in diesem Moment wusste, dass der Sturz zurück zur Erde weh tun würde.

◆ ◆ ◆

Mack musste das Bewusstsein verloren haben.

Er merkte nicht, wann es passierte oder wie es passierte, aber eben genoss er noch das Nachglühen der wunderbarsten sexuellen Erfahrung seines Lebens, und dann musste er plötzlich weg gewesen sein.

Er merkte es daran, dass er zu sich kam, kalt und allein im Bett.

Er stützte sich auf die Ellbogen und schaute durch sein dunkles Schlafzimmer. «Liv?»

Sie trat aus dem Bad. Halb angezogen.

Er setzte sich auf und rieb sich die Augen. «Was machst du?»

«Nach Hause fahren.»

«Warum?»

«Wir haben getan, wozu ich hergekommen bin.»

Sein erster Impuls war, gekränkt zu reagieren, doch dann fiel ihm ein, was Malcolm gesagt hatte. Dass sie verletzlich sein würde. Dass sie sich deshalb zurückziehen wollen würde. Er hatte den ganzen Abend eine Rolle gespielt und sie auch, und nun ging das Spiel weiter. Also spielte er mit.

Er lehnte sich gegen das Kopfteil und tat, als wäre alles bestens. «Bekomme ich keinen Gutenachtkuss?»

Sie kam seinem Wunsch nach und zog den Kuss gerade genug in die Länge, dass er wieder hart wurde. Er schob die Hand um ihre Taille, um sie zu sich herunterzuziehen, aber sie richtete sich auf. «Es ist für uns beide besser, wenn ich jetzt gehe.»

«Ich fürchte, das musst du mir erklären, denn ich denke, es wäre besser, wenn du dich wieder ausziehst und mich noch ein bisschen herumkommandierst.»

«Eigentlich ist es in erster Linie zu deinem Besten.» Sie zog sich ihr T-Shirt über den Kopf. «Ich hab inzwischen kapiert, wie du tickst, und weiß, du brauchst etwas Zeit, um das hier zu verarbeiten.»

Das war beunruhigend zutreffend. «Ich kann das hier genauso gut verarbeiten, wenn du nackt bei mir im Bett liegst.»

Sie zuckte die Achseln und schüttelte mitleidig den Kopf. «Seien wir mal ehrlich. Wenn wir nicht aufpassen, wirst du dich in mich verlieben. Und das will ich mir nicht aufs Gewissen laden.»

Er lachte schallend. Es klang ein bisschen nervös. Denn … verdammt. «Wie kommst du auf die Idee, ich könnte mich in dich verlieben?»

«Weil es das ist, was du tust.»

«Das ist doch Unsinn. Ich bin nicht der Typ, der sich das Herz brechen lässt. Ich bin der Typ, der jeden Monat mit einer neuen Frau ausgeht.»

«Und der gleichzeitig Liebesromane verschlingt und so verzweifelt eine Freundin will, dass er tausend Mäuse für einen Cupcake hinblättert.»

«Das wirst du mir ewig vorhalten, oder?»

«Sieh den Tatsachen ins Auge, Mack. Du bist ein wandelnder Heftroman-Held.»

Das versetzte ihm einen Stich in die Brust. «Wie meinst du das?», knurrte er.

Sie deutete auf sein Schlafzimmer. «Du lebst in einem Schloss, das du für eine Prinzessin erbaut hast, die es gar nicht gibt. Eigentlich bist du ein Softie … und ich will nicht diejenige sein, die dein weiches Herz zerbricht.»

Damit hatte sie derart ins Schwarze getroffen, dass er den Stich nun im ganzen Körper spürte. Hatte sie ihn tatsächlich so leicht durchschaut? Oder zog sie ihn auf? «Du meinst das ernst, oder? Du willst wirklich nach Hause?»

«Sicher.»

Sie beugte sich herunter und küsste ihn noch mal. Und dann ging sie einfach so. Wie sie es ständig tat.

Mack horchte auf ihre Schritte auf der Treppe, hörte die Tür aufgehen und ins Schloss fallen. Er ließ sich zurück aufs Kissen fallen. Diese Frau sah viel zu leicht hinter seine Fassade. Und das gefiel ihm überhaupt nicht.

Fünf Minuten später klingelte sein Handy, und er nahm ab, ohne aufs Display zu sehen. «Hast du es dir anders überlegt?»

«Wie bitte?»

Scheiße. Mack setzte sich auf. Das war nicht Liv, sondern Sonia. «Was gibt es?»

«Du musst herkommen und Liv mitbringen. Ein Mädchen namens Jessica ist hier und sucht euch.»

Mack trat sich die Decke von den Beinen, beendete schnell das Gespräch und wählte Livs Nummer. «Mensch, ich bin gerade erst weg», sagte sie, ihr Ton angestrengt flapsig. «Vermisst du mich etwa schon?»

«Komm mich abholen. Jessica ist im Club aufgekreuzt.»

KAPITEL 19

Mack schloss die Bürotür hinter ihnen, als Jessica sich mit wackligen Beinen in einen der Sessel vor dem Schreibtisch setzte. Sie zog ihren Mantel enger um sich und kaute auf der Unterlippe.

Liv setzte sich in den anderen Sessel. «Wie geht es dir?», fragte sie behutsam.

Mack lehnte sich an die Schreibtischkante und verschränkte die Arme. Jessica sah nervös zu ihm hoch. «Möchten Sie lieber mit Liv allein reden?», fragte er. Vielleicht war etwas vorgefallen, das sie nicht vor einem Mann erzählen wollte. Bei dem Gedanken allerdings bekam er Magenschmerzen.

Doch Jessica schüttelte den Kopf. «Nein, ich … ich weiß nicht, was ich tun soll.»

«Erzähl einfach ganz von vorn», bat Liv ruhig.

«Ich kann das nicht mehr. Er ist so gemein, und … heute Abend war es wirklich schlimm.»

Mack ballte unwillkürlich die Fäuste. «Wie schlimm?»

«Hat er …» Liv stockte, als überlegte sie, wie sie die naheliegende Frage am besten formulieren sollte. «Hat er dich wieder so belästigt wie neulich?»

«Nein. Nicht so.»

Mack atmete aus und merkte da erst, dass er die Luft angehalten hatte.

«Aber er hat gebrüllt. Sobald er mich sieht, guckt er mich drohend an. Und er …» Jessica hielt inne und blickte nervös zu Mack hoch. «Er versucht, Sie zu ruinieren.»

«Wen? Liv?»

«Liv und Sie.»

Mack hörte Knöchel knacken und merkte dann erst, dass es seine eigenen waren. «Was tut er?»

«Er sorgt dafür, dass Liv keinen Job bekommt. Was er gegen Sie unternimmt, weiß ich nicht. Aber er hasst Sie, weil er weiß, dass Sie mit ihr zusammen sind. Er hat Leute darauf angesetzt, Sie und Liv ständig im Auge zu behalten.»

Obwohl er wegen Royce Preston innerlich schäumte und sich wegen Jessica sorgte, wartete ein Teil von ihm darauf, dass Liv abfällig betonte, dass sie und Mack nicht zusammen seien. Doch eine derartige Bemerkung blieb aus, und darüber war er, gemessen an den Umständen, irrational glücklich.

«Woher weißt du das?», fragte Liv.

«Er hat es mir gesagt. Jeder, der sich ihm in den Weg stellt, hat das hinterher bereut, sagt er. Ich glaube … er wollte mich damit einschüchtern.»

Mack räusperte sich. «War das heute?»

Jessica nickte. «Ich hatte die Nachmittagsschicht, und als die vorbei war, hat er Geoff befohlen, mich nach Hause zu fahren. Wahrscheinlich, damit ich nicht zu Ihnen gehe. Ich verstehe nicht, warum er mich nicht einfach entlässt.»

«Sie dürfen nicht mehr ins *Savoy* zurück.» Mack klang schroffer als beabsichtigt.

Jessicas Unterlippe fing an zu zittern. «Ich weiß. Aber was soll ich denn machen?»

«Du musst kündigen, Jessica.» Liv nahm ihre Hand. «Geh nicht mehr hin. Wir *werden* ihn zu Fall bringen.»

Sie fuhren Jessica nach Hause. Als sie in einer Parkbucht vor dem Studentenwohnheim standen, gab Mack ihr seine und Livs Telefonnummer. «Liv und ich werden uns etwas überlegen», versprach er in einem Ton, der auf sie hoffentlich beruhigend wirkte. «Rufen Sie uns an, falls Royce oder Geoff und der andere Kerl Sie kontaktieren oder versuchen, Sie irgendwie einzuschüchtern, okay? Und wenn Sie bereit sind, in meinem Club wartet ein Job auf Sie.»

Jessica nickte. «Danke, dass Sie mir helfen», sagte sie leise. «Es tut mir leid, dass ich vorher so zickig war.»

«Hey, nein. Sie brauchen sich für nichts zu entschuldigen.»

Sie zuckte die Achseln, und ihre Unterlippe zitterte wieder. «Aber was jetzt passiert, ist meine Schuld. Wenn ich einfach …»

Liv drehte sich auf ihrem Sitz nach hinten. «Alles, wirklich alles, was passiert, ist Royce' Schuld. Keiner von uns wäre in dieser Lage, wenn er nicht so ein übergriffiger Dreckskerl wäre. Er ist allein schuld. Ende der Geschichte.»

Jessica senkte den Blick in den Schoß und biss sich auf die Lippe.

«Mack und ich kümmern uns um ihn», sagte Liv. «Royce wird dir nie wieder etwas tun, und auch keiner anderen.»

Jessica nickte, und diesmal schien sie es tatsächlich zu glauben.

Liv fuhr schließlich zurück auf den Highway, um Mack nach Hause zu bringen. Geschlagene zehn Minuten brütete er vor sich hin, bevor er wieder etwas sagte. «Royce dreht allmählich durch.»

«Er ist schon immer durchgedreht.»

«Aber es wird offenbar schlimmer mit ihm, und wenn Jessica kündigt, wird er völlig ausrasten.»

Liv fuhr bei seiner Ausfahrt vom Highway ab. Mack musterte ihr Gesicht im Schein des Armaturenbretts. Selbst anderthalb Stunden nachdem sie sein Bett verlassen hatte, lag auf ihren Wangen immer noch ein rosiger Schimmer wie kurz nach dem Orgasmus. Und das machte seine Hose eng und beschleunigte seinen Puls.

Scheiß auf das Spiel. Scheiß auf den Abstand, den sie brauchte. *Er* brauchte die Gewissheit, dass sie in Sicherheit war. «Vielleicht solltest du bei mir wohnen, bis die Sache vorbei ist.»

Liv drehte so schnell den Kopf zu ihm, dass er fürchtete, sie könnte das Steuer verreißen. «Was?»

«Es beunruhigt mich, wie sich Royce in die Sache reinsteigert. Dass er Jessica von Geoff bewachen lässt. Dass er uns beobachten lässt. Der Kerl ist gefährlich, Liv.»

Sie lachte und bog in seine Straße ein. «Ich komme schon klar.»

«Es wäre aber sicherer.»

Sie warf ihm einen Blick zu, der klarmachte, dass er

gegen eine der wichtigsten Regeln der Handbücher verstoßen hatte. Er war zu weit gegangen. Hatte zu viel gesagt. Und jetzt machte sie wieder dicht.

Sie fuhr in seine Auffahrt und hielt vor dem Haus an. «Ich kann selbst auf mich aufpassen, Mack.»

«Das weiß ich doch, aber mir wäre wohler, wenn …»

Sie packte das Lenkrad fester. «Ich rufe dich an.»

«Wann?»

Sie zuckte die Achseln. «In ein paar Tagen.»

Ihm blieb ungläubig der Mund offen stehen, während sich sein Herzschlag verdoppelte. «In ein paar *Tagen*?»

Sie holte scharf Luft, das einzige Anzeichen, dass sie nicht so unbeteiligt war, wie sie tat. Was zum Teufel sollte er jetzt tun? Sich weigern auszusteigen? Frustriert stieß Mack die Tür auf. Er hatte sie noch nicht ganz zugeworfen, da setzte sie schon zurück. Er stand in der Auffahrt und sah ihr nach.

Wieder mal hatte sie ihn stehengelassen, und er fragte sich jedes Mal dasselbe.

Was war da gerade passiert? Diesmal jedoch fragte er sich gleich danach noch etwas anderes: Wie konnte er dafür sorgen, dass es wieder passierte?

KAPITEL 20

Zwei Nächte später lag Liv hellwach in ihrem Bett und presste sich ihr Handy an die Brust. Sie verfluchte sich für ihre dämliche Angst, sich zu verlieben, als ein Geräusch von draußen sie im Bett hochschnellen ließ.

Vielleicht war es nur ein Waschbär.

Oder eine der Ziegen war ausgebrochen.

Oder Hop war noch mal zurückgekommen, um weiter am Traktor zu arbeiten.

Doch dann hörte sie vorsichtige Schritte im Kies und sprang aus dem Bett. Da schlich jemand um die Garage herum. Wahrscheinlich würde ein ausgeglichenerer Mensch erst mal an seine Sicherheit denken, doch Livs erster Gedanke drehte sich darum, wie nervig Mack sein würde, wenn er damit recht behielt, dass Royce die Sache weiter eskalierte.

Gottverdammt. Sie hasste es, wenn er recht hatte. Sie hasste es wirklich.

Auf Zehenspitzen schlich sie durch den kurzen Flur

zum Wohnzimmer – gerade als draußen die unterste Treppenstufe knarrte.

Vielleicht war es bloß Rosie. Das war am wahrscheinlichsten, oder? Sie brauchte … irgendetwas. Um elf Uhr abends.

Beim nächsten vorsichtigen Schritt auf der Treppe bekam sie eine Gänsehaut. Rosie würde niemals so langsam und vorsichtig ihre Treppe hochkommen. Heftig atmend blickte Liv auf ihr Handy und überlegte, wie lange die Polizei bis zur Farm bräuchte. Zehn Minuten? Sollte sie anrufen? Was, wenn der Eindringling ins Farmhaus einbrach und Rosie überfiel?

Liv drückte den Notruf-Button und ging an der Wand in die Hocke. Sofort meldete sich die Leitstelle und fragte nach der Art des Notfalls.

«Ich glaube, da will jemand in meine Wohnung einbrechen.»

«Okay, Ma'am. Wie lautet Ihre Adresse?»

Sie rasselte sie herunter.

«Wo sind Sie im Moment, Ma'am?»

«Im Wohnzimmer auf dem Boden.»

«Können Sie jemanden sehen?»

«Ich höre ihn. Er kommt die Treppe rauf.»

«Ist er in Ihrem Haus?»

«Was? Nein. Ich … ich wohne über der Garage. Die Treppe ist draußen.»

«Ich schicke zwei Kollegen zu Ihnen. Wie heißen Sie?»

«Liv.»

Die Stimme war weiter ganz ruhig. «Liv, ich bleibe am Apparat, bis die Kollegen eingetroffen sind.»

«Wissen Sie, wann sie hier sein werden?»

«Ich habe einen Streifenwagen in Fünf-Minuten-Entfernung.»

«Das ist zu lang.»

Liv robbte zum Fenster. Die Stimme im Telefon fragte sie, was gerade passierte. Liv zog eine Ecke des Vorhangs beiseite und spähte hinaus. Es war zu dunkel, als dass sie etwas erkennen konnte.

«Er ist nicht zu sehen, aber ich höre ihn heraufkommen.»

Er hatte den Treppenabsatz an der Ecke noch nicht erreicht.

«Liv, bitte gehen Sie von der Tür weg. Können Sie sich im Bad einschließen?»

«Ich rufe zurück.»

Trotz heftigen Protests legte sie auf. Kriechend bewegte sie sich zur Tür, griff nach oben an den Knauf und drehte ihn ganz langsam. Es klickte leise. Liv erstarrte. Der Mann draußen hielt nicht inne. Also hatte er es entweder nicht gehört, oder es war ihm egal.

Liv packte das Nächstbeste, was sie in die Finger bekam – eine Sandale –, und richtete sich auf. Entschlossen Luft holend, riss sie die Tür auf und flog die Stufen hinunter, sprang auf den Treppenabsatz und holte zu einem wimbledontauglichen Schlag aus.

Sie traf ein Gesicht, und der Mann ächzte überrascht. Einen Moment lang ruderte er mit den Armen und schwankte auf der Stufe. Lange genug für Liv, um zu erkennen, dass sie einen schrecklichen Fehler gemacht hatte. Lange genug, um seinem Blick zu begegnen und zu erkennen, dass er kein Eindringling war. Lange genug, um die Stufen zu zählen, die er hinunterstürzen würde.

«Verdammte Scheiße, was …?», rief Mack aus.

Und dann fiel er. Wie einst der Cupcake verlor er den Kampf gegen die Schwerkraft. Er kippte hintenüber und polterte die zehn Holzstufen hinunter.

Den Kopf auf dem Kies, die Beine noch auf der Treppe, kam er schließlich stöhnend und fluchend zum Stillstand.

Ihr schlechtes Gewissen machte sie sauer. «Verdammt, Mack. Was zum Teufel machst du da?»

Er hob den Kopf an. «Soll das ein Witz sein? Was machst *du*?»

«Mich gegen einen Einbrecher verteidigen. Ich hab dir doch gesagt, ich kann auf mich aufpassen.»

«V-verteidigen?», wiederholte er ungläubig. Fast kriegte er das Wort nicht heraus. «Mit einem Hausschlappen?»

«Etwas Besseres konnte ich gerade nicht finden.»

Mack stemmte sich vom Boden hoch. Seine Jeans und sein weißes Hemd waren voller Staub. Ein zornroter Fleck unter dem linken Auge hatte den Umriss einer Schuhsohle.

Sie stemmte die Hände in die Hüften. «Warum hast du nicht vorher angerufen?»

«Weil mir klar war, dass du nein sagen würdest, wenn ich frage, ob ich herkommen darf. Und … fuck, es waren zwei verdammt lange Tage! Ich wollte dich sehen.»

«Und da dachtest du, es wäre eine gute Idee, einfach mitten in der Nacht aufzukreuzen?»

Mack wischte sich die Hände an der Hose ab. «Nur damit ich das richtig verstehe», erwiderte er zähneknirschend. «Du hörst draußen einen Einbrecher, und anstatt die Polizei anzurufen, stürzt du dich auf ihn, ohne zu wissen, ob er bewaffnet oder allein ist?»

Scheiße. Die Cops. Liv raste die Treppe hoch und durch die Tür, klaubte das Handy vom Boden und drückte wieder den Notruf-Button.

Vielleicht konnte sie die Streife noch abbestellen.

Nope. Zu spät.

Die Leitstelle meldete sich gerade, als draußen rot-blaues Licht über die Einfahrt zuckte.

◆ ◆ ◆

«Das Missverständnis tut mir wirklich furchtbar leid.»

Zwanzig Minuten später entschuldigte sich Liv etwa zum hundertsten Mal. Die vier Polizisten hatten sie von Mack getrennt und auch Rosie und Hop befragt – der aus irgendeinem Grund tatsächlich mitten in der Nacht da war. Seltsam.

«Ich dachte, er wäre einer von den Bösen.»

«Den Bösen?»

«Ja, aber das ist er nicht. Er ist mein …» Sie sah zu Mack, der amüsiert eine Braue hochzog. «Er ist ein Freund.»

Mack schnaubte.

Es dauerte noch einige Minuten, bis die Cops beschlossen, dass es nun genug Demütigung gewesen war, und abzogen.

«Ich kann nicht fassen, dass du einfach hier aufkreuzt.» Liv stampfte die Treppe hoch.

«Tja, und ich kann nicht fassen, dass du meinetwegen die Polizei rufst.»

«Vor zwanzig Minuten warst du noch sauer, weil ich die Polizei nicht gerufen habe! Entscheide dich mal.»

Er folgte ihr in die Wohnung.

«Du ahnst nicht, auf wie viele Arten ich dir gerade weh tun will», zischte sie. «Zur Hölle, auf wie viele Arten ich dir weh tun *werde.*»

«Ist das ein Versprechen?»

Liv riss die Kühlschranktür auf und nahm eine Eiswürfelschale aus dem Gefrierfach, schnappte sich ein Küchenhandtuch von der Spüle und knallte die Schale darauf. Ein Dutzend Eiswürfel fielen heraus. Einer rutschte über die Arbeitsfläche und auf den Boden. Egal. Hoffentlich würde er darauf ausrutschen und auf sein blödes Gesicht fallen.

Im Wohnzimmer ließ sich Mack dramatisch stöhnend auf die Couch fallen und hielt sich die Wange. Mit wütendem Gemurmel knotete sie das Handtuch um die Eiswürfel fest und ging nach nebenan. Er hatte die Füße auf den Couchtisch und den Kopf auf die Rückenlehne gelegt und die Augen geschlossen. Schon aus der Entfernung sah sie den Bluterguss.

Wow. Sie hatte ihm echt eine verpasst.

Als sie näher kam, drehte er den Kopf und machte ein Auge auf. Darauf warf sie ihm das Eispäckchen zu. «Hier. Allerdings weiß ich nicht, wieso ich dir überhaupt helfe.»

«Weil du mich magst?»

«Du hast mich zu Tode erschreckt.»

Er hielt sich das Eis an die Wange. «Ich könnte ein Aspirin gebrauchen.»

Liv stampfte ins Bad und machte reichlich Lärm, während sie im Spiegelschrank herumkramte, dann kehrte sie mit Tabletten zurück.

«Kein Wasser?», fragte er.

«Erstick doch dran.»

«Dafür dass du gerade einen unschuldigen Mann verprügelt hast, verhältst du dich ziemlich feindselig.»

«Unschuldig? Du hast dich wie ein Verbrecher angeschlichen!»

«Ich bin nicht geschlichen. Ich wollte nur leise sein, um Randy nicht aufzuwecken.»

«Was willst du überhaupt hier?»

«Zwei beschissene Tage, Liv.» Er warf das Eispäckchen auf den Tisch und stand auf. «Vielleicht stehst du auf so eine Rein-raus-Sache, aber ich nicht.»

Liv schluckte Schuldgefühle und Scham hinunter. Sie hatte jeden Kontakt gemieden, um nicht mit ihren Gefühlen konfrontiert zu werden. «Ich sagte doch, ich melde mich in ein paar Tagen. Ich wollte dir Zeit geben, alles zu verarbeiten.»

«Weißt du, was ich denke?» Er trat näher, sie wich zurück. «Ich denke, du bist es, die Zeit zum Verarbeiten braucht. Deshalb erfindest du eine blöde Geschichte und lässt mich zwei gottverdammte Tage lang hängen.»

Ihr war heiß und kalt zugleich. Heiß wegen seines sengenden Blicks, und kalt wegen … zur Hölle mit ihm, das war unfair. Er trieb sie vor sich her bis zur Küchentheke und blieb vor ihr stehen. Er war ihr viel zu nah. Wenn sie ihm jetzt in die Augen sähe, würde er bis in ihr Innerstes blicken und wissen, dass er recht hatte.

«Genau das habe ich befürchtet», brachte sie rau hervor. «Du bist jetzt schon anhänglich. Ich werde dir nur das Herz brechen.»

Mack stützte rechts und links von ihr die Hände auf die Arbeitsfläche und beugte sich herab. Er wirkte erschöpft und angespannt, und sie fragte sich, ob das tatsächlich sein konnte. Hatte er sie wirklich vermisst? Hatte es ihn wirklich verletzt, dass sie sich zwei Tage nicht gemeldet hatte?

Mack verzog angefressen das Gesicht. «Wäre es so schlimm, wenn ich dich mag?»

Ihr Herz machte einen Sprung. «Tust du aber nicht.»

«Nicht?»

«Du denkst das vielleicht, aber es ist nicht echt.»

Er rollte mit den Augen und stöhnte. «Oh bitte. Aber rede nur weiter.»

«Du hast einen Heldenkomplex und denkst, ich bin in Gefahr. Deshalb … deshalb feuern deine Heldenhormone aus allen Rohren.»

«Heldenhormone?»

«Ja. Und dann hatten wir auch noch Sex, und bäm, schon führst du dich auf wie ein Disney-Prinz.»

Er verschränkte die Arme. «Warte mal. Ich dachte, du machst dir Sorgen, dass ich mich rettungslos in dich verliebe. Jetzt ist das alles nur Einbildung, und du bist mir in Wahrheit egal? Entscheide dich mal.»

Sie zuckte zusammen. Mist. Plot-Hole. «Du denkst, du magst mich, weil du der Typ bist, der sich gern verliebt. Aber eigentlich bin ich dir egal.»

«Also hast du keine Angst davor, dass ich mich tatsächlich in dich verliebe, sondern dass ich nur glaube, in dich verliebt zu sein.»

Sie sah zur Seite. «Ja.»

Er blickte zu ihr runter, seine Mundwinkel hoben sich zu einem zögerlichen Lächeln. «Mann, Liv, du bist kompliziert.»

Sie zuckte die Achseln. «Das ist dein Problem, nicht meins.»

«Tja, dann hoffe ich mal, du hast recht. Denn dich wirklich zu mögen wäre verdammt nervenaufreibend.»

«Ich kann bestimmt noch gemeiner sein, wenn dir das hilft.»

«Danke. Das macht mein Leben definitiv leichter.»

«Gern geschehen.»

«Liv?» Er beugte sich viel zu dicht an sie heran.

Sein unverwechselbarer Duft traf sie mit der Wucht einer Abrissbirne. Der Kerl roch nie unangenehm. Egal ob er verschwitzt, dreckig oder blutig war. Der arrogante Scheißkerl roch für sie immer nach purer Lust. «Was?», krächzte sie mit extrem trockener Kehle.

«Ich denke, du redest nur Blödsinn.»

Da lag er nicht falsch. Und deshalb setzte sich ihr Herz über ihren Verstand hinweg und sagte: Scheiß drauf. Liv packte ihn am Hemd und riss ihn an sich. Ihre Münder prallten aufeinander, und sie ließ ihn sein Ding machen. Und das begann mit einem tiefen, heißen Zungenkuss und entwickelte sich in zehn Sekunden zu einer Hand unter ihrem Shirt. Und danach hörten ihre Prinzipien und ihre Libido endgültig auf zu streiten, denn die waren sich jetzt anscheinend einig. Einig, dass es eine hervorragende Idee war, sich auf der Stelle nackig zu machen. Denn heilige Scheiße, was der Mann nur mit seinen Fingern an ihrer Brustwarze tun konnte, sollte verboten werden.

Liv stöhnte und drängte sich gegen seine Hand.

Mack zwickte sie. «Wer ist jetzt der Boss?»

«Du ruinierst es schon wieder mit deiner großen Klappe.»

«Mein großer Mund wird dir das Gegenteil beweisen.»

Plötzlich ging er auf die Knie, und Liv wusste wirklich nicht, wie es dazu kam, aber auf einmal stand sie ohne Hose da, und besagter Mund liebkoste sie durch den Slip. Sie konnte nicht mehr tun, als sich an seinem Kopf festzuhalten.

«Nur um das mal klarzustellen, ich habe dem Sex nicht zugestimmt», stöhnte sie.

«Das ist kein Sex, Liebling.» Seine linke Hand stahl sich an ihrem Oberschenkel hinauf und hielt am Rand des Slips inne, wo nur dünne Baumwolle seine Finger von dem pochenden Verlangen trennte, das sich verzweifelt nach seiner Berührung sehnte.

«Es fühlt sich aber so an», hauchte sie.

«Dann musst du es öfter tun.»

Sie fing gerade an, unverständliches Zeug zu wimmern, als er den Stoff beiseitezog und sie entblößte. Er liebkoste sie wieder mit der Zunge, und als er mit zwei Fingern in sie eindrang, explodierte sie. Einfach so. Ein Feuerwerk. Sie biss sich in den Arm, um nicht die Nationalhymne zu schmettern.

Er war jedoch nicht fertig. Benebelt nahm sie wahr, wie er sich mit knabbernden Küssen an ihrem Körper hocharbeitete, wie seine Finger an seinem Reißverschluss fummelten, wie eine Kondomverpackung knisterte …

Sie stutzte. «Woher hast du das?»

«Hintere Hosentasche.»

«Gut mitgedacht.»

«Ich bin gern auf alles vorbereitet.»

Liv auch, aber sie hatte nicht damit gerechnet, dass er sie hochhob, gegen die Wohnungstür presste und mit einem tiefen Stoß in sie eindrang. Er vielleicht auch nicht, denn danach hielt er erst mal still. Er senkte den Kopf auf ihre Schulter und gab ein Stöhnen von sich, das halb nach Lust, halb nach Schmerz klang, und das konnte sie so was von nachfühlen. Der Türknauf drückte sich in ihre Hüfte, aber ihn in sich zu fühlen war so intensiv, dass ihr alles andere egal war.

Und dann begann er, sich zu bewegen, mit harten Stößen, die sie fest gegen die Tür drängten und ihre inneren Muskeln von neuem pulsieren ließen. Und dann gingen tatsächlich schon wieder die Raketen los. Mack schloss ihren Mund mit seinem und dämpfte ihren Schrei.

Knurrend drückte er die Finger fester in ihre Pobacken. Sie hielt sich einfach an ihm fest, mit den Armen um seinen Nacken und den Beinen um seine Hüfte.

«Liv», stöhnte er plötzlich und kam mit einem letzten tiefen Stoß.

Sie war kaum auf die Erde zurückgekehrt, als er sich die Hose hochzog und sie dann wieder hochhob.

«Was hast du vor?»

«Dich zum Bett tragen.»

«Nein. Nichts da. Du bleibst nicht hier.»

«Oh doch. Ich mache so etwas nicht. Ich haue nach dem Sex nicht einfach ab, Liv.»

Sie erwartete, dass er sie aufs Bett fallen lassen würde, doch das tat er nicht. Er bückte sich, um sie langsam abzusetzen. Anscheinend konnte er den groben Alphamann genauso rasch abstreifen wie ihre Hose. Jetzt schaute er zu ihr hinunter auf eine Art, die sie daran erinnerte, warum sie ihn zwei Tage lang nicht angerufen hatte. Bei solch einem Blick konnte eine Frau nämlich anhänglich werden, und wäre das nicht das Dümmste überhaupt?

«Ich möchte einfach nur neben dir aufwachen», sagte er leise. «Ist das für dich okay?»

Sie sagte nicht ja. Aber in diesem Moment zog er sich schon das Shirt über den Kopf und warf es auf den Boden. Seine Jeans folgte gleich hinterher. Sie hatte kaum Zeit, zur Seite zu rutschen, da hob er schon die Decke an und schlüpfte darunter. Liv drückte sich die Decke an die Brust.

Er drehte den Kopf und stieß ein Lachen aus. «Angst vor mir?»

Angst? Ja. Er machte ihr schreckliche Angst.

«Nacht, Liv», gähnte er. Und dann machte der Mistkerl die Augen zu. Innerhalb von zwei Minuten nahm sein Atem einen langsamen, gleichmäßigen Rhythmus an. Wie konnte er jetzt schlafen? Ihr Körper stand in Flammen. Es bräuchte nur ein Zwinkern, und sie würde auf ihn steigen. Doch ihn schien ihre Nähe nicht im Geringsten zu beeinträchtigen.

Männer. Sie konnten ihre Emotionen ein- und ausschalten wie eine Lampe. Das war so unfair.

«Blödmann», murmelte sie.

«Was habe ich diesmal getan?»

Liv schnappte nach Luft. «Ich dachte, du wärst eingeschlafen.»

«Ich weiß. Ich wollte dir die Gelegenheit geben, mich ungestört zu bewundern.»

«Ich hasse dich.» Sie drehte sich auf die andere Seite. Hinter ihr senkte sich die Matratze, und ein schwerer Arm schob sich um ihre Taille. Er zog sie an sich. Sie spürte die Konturen seines festen Oberkörpers. Wenn sie mit dem Hintern nur einen Zentimeter näher an ihn heranrückte, stieße sie wahrscheinlich gegen sein Ihr-wisst-schon-was.

«Es tut mir leid, dass ich dir Angst mache», sagte er leise. Und ernst.

Sie drehte sich wieder zu ihm um. «Es tut mir leid, dass ich nicht angerufen habe.» Wenigstens das konnte sie ihm geben.

Mack ließ die Hand von ihrer Taille nach oben gleiten, bis er ihr Gesicht erreichte und ihre Wange umfasste. Sie brauchte die Ermunterung nicht. Sie streckte sich seinem Kuss entgegen. Seinem ganzen Körper. Bis sie wieder auf dem Rücken lag. Er strich an ihrer Seite hinab, griff unter ihr Knie und zog es über seine Hüfte.

«Ich dachte immer, ich kenne mich mit Frauen aus, Liv», flüsterte er. «Aber dann traf ich auf eine gewisse Konditorin, und meine Welt wurde auf den Kopf gestellt.»

Eine ganze Weile später – während sie in seinen Armen einschlief – fragte sie sich, ob er wusste, was er mit diesen einfachen Worten angerichtet hatte.

KAPITEL 21

Sie wurde wach, weil er auf ihr lag.

Was zum …?

«Still!» Er hielt ihr den Mund zu und flüsterte dicht an ihrem Ohr. Was sollte das denn werden? Etwa ein versautes Rollenspiel? Sie wand sich unter ihm, doch er hielt sie fest.

«Ist das die Rache für den Schlag mit der Sandale?», zischte sie undeutlich hinter seiner Hand.

«Hör mir zu», sagte er eindringlich. «Draußen ist jemand.»

Sie rollte mit den Augen. Ja, klar.

«Ich will, dass du dich im Bad einschließt …»

Was? Auf keinen Fall. Sie schüttelte unter seiner Hand den Kopf.

«Verdammt, Liv, tu nur dieses eine Mal, worum ich dich bitte!»

Und in dem Moment hörte sie es. Das unverkennbare Krähen eines angepissten, männerhassenden Hahns.

◆ ◆ ◆

Mack zog sich hastig die Jeans an und rannte die Treppe hinunter. Liv weigerte sich natürlich, in der Wohnung zu bleiben.

«Hilfe!» Die Schreie des verzweifelten Mannes gingen fast in Randys bösartigem Krähen unter. Mack übersprang die letzten Stufen und rannte in die Einfahrt, wo jemand auf dem Rücken lag und mit den Armen die Klauen des Untiers abwehrte.

«Wer zum Teufel sind Sie?»

«Helfen Sie mir!», schrie der Mann, während er das Gesicht mit den Unterarmen schützte.

Dann schlug er den Hahn mit kräftigem Schwung gerade so weit weg, dass er sich auf die Seite rollen und der nächsten Attacke ausweichen konnte. Er kam auf alle viere hoch, den Hintern in ihre Richtung gestreckt. «Ich bin's», brüllte er.

«Ich kenne Sie nicht.»

Der Mann stand auf und drehte sich um, gerade als Liv neben Mack trat. Vor Schreck stieß sie einen schrillen Schrei aus.

«Geoff.»

Der Kerl zuckte zusammen und hielt sich die Ohren zu.

«Was haben Sie hier zu suchen?», donnerte Mack.

«Livvie!», dröhnte eine Männerstimme. Hop.

Liv drehte sich um. Mack drehte sich um. Geoff drehte sich um. Und alle drei schrien kollektiv auf, weil …

«OH MEIN GOTT, WIESO BIST DU NACKT?» Liv schlug sich die Hand vor die Augen.

Mack verstand ihre Reaktion. Hop nackt, du lieber Himmel. Und er rannte. Nackt.

Und dann stieß Geoff einen Schreckensschrei aus, denn Hop flog durch die Luft auf ihn zu und riss ihn in einem NFL-tauglichen Tackle um. Rings um sie stieg Staub auf, als sie zu Boden gingen, Hop obenauf. Mit nacktem Hintern.

«Oh Gott», stöhnte Liv. «Davon werde ich mich nie erholen.»

Hop drückte dem Kerl einen Unterarm gegen die Kehle. «Sie haben fünf Sekunden, um mir zu sagen, wer Sie sind und was Sie hier wollen.»

Geoff ächzte und rang nach Luft. Hop ließ ein wenig locker.

«Er ist einer von Royce' Schlägern», sagte Liv.

Die Hintertür des Farmhauses ging auf. Rosie kam im Morgenmantel mit fliegenden Haaren herausgerannt, in den Händen eine Jeans und ein Flanellhemd. Die gab sie Hop und warf ihm dabei einen *Blick* zu. Einen von der Sorte, der sagte, dass sie der Anblick nicht im Geringsten störte.

Liv blieb der Mund offen stehen. «Du meine Güte.»

«Wir können später darüber sprechen», mahnte Rosie. «Was ist hier los?»

Hop versorgte sie rasch mit dem, was sie wussten. Rosie hielt sich den Morgenmantel zu.

Hop zerrte Geoff auf die Füße. «Was wollen Sie hier?»

«Helfen», keuchte der.

«Bullshit», schnauzte Mack.

«Ich schwöre.» Geoff strich sich mit schmutzigen Händen übers Gesicht. «Ich will bei Royce' Scheiße nicht mehr mitmachen.»

Hop beeindruckte das nicht. «Warum sollten wir dem Kerl trauen? Das kann eine Falle sein.»

«Das ist keine», beteuerte Geoff. «Ich schwöre. Hören Sie mir zu. Bitte.»

◆ ◆ ◆

«Reden Sie.»

Geoff hielt sich den Eisbeutel, den Rosie ihm gegeben hatte, an die Wange und hielt misstrauisch ein Auge auf Hop gerichtet, der sich – Gott sei Dank! – die Jeans angezogen hatte.

«Ich will helfen.»

«Das sagten Sie schon.» Mack verschränkte die Arme. «Wobei?»

«Ich weiß, dass Sie aufdecken wollen, wie Royce wirklich ist.»

«Keine Ahnung, wovon Sie reden», sagte Hop.

Er war im Cop-Modus. Mack konnte das nur bewundern. Geoff blinzelte einen Moment verwirrt, als könnte er sich tatsächlich geirrt haben. Dann aber gab er ein genervtes Schnauben von sich. «Hey, ich bin nicht verkabelt oder so.»

«Wir sollen Ihnen einfach trauen?»

«Scheiße, soll ich mich etwa ausziehen?»

Hop schlug ihm gegen den Hinterkopf. «Passen Sie auf, was Sie sagen.»

«Bitte nicht ausziehen», flehte Liv. «Ich habe genug ungebetene Eier gesehen, dass es für ein ganzes Leben reicht.»

Mack hoffte, dass seine nicht dazu zählten.

«Ich schwöre bei Gott, ich will Ihnen helfen», beteuerte Geoff noch einmal. «Ich wusste nicht, dass ich so einen Scheiß machen muss, als ich den Job angenommen habe. Ich dachte, es geht nur um Personenschutz! Aber der Kerl ist durchgeknallt, ich schwöre.»

«Was heißt das?»

«Er ist paranoid!»

«Jetzt mal langsam. Was hat er von Ihnen verlangt außer Personenschutz und Einschüchterung?»

«Sie wissen davon?»

Liv nickte. «Wir wissen davon.»

Er zuckte die Achseln. «Zuerst sollte ich nur, na ja, deine Facebook-Seite und so überwachen und aufpassen, ob du dich über ihn auslässt.»

«Und dann?»

«Als Jessica ihm erzählte, dass Sie bei ihr auf dem Campus waren, ist er ausgerastet. Er …» Er schluckte sichtlich beklommen.

«Er was?», brummte Mack.

«Wir sollten Sie beschatten. Und dich auch.»

Die letzten drei Worte hallten wie ein Pistolenschuss in Macks Hirn.

Er fluchte, und Hop nickte. «Seht ihr, das habe ich gemeint. Ihr mischt euch da in etwas rein, wovon ihr keine Ahnung habt und …»

Rosie legte sanft eine Hand auf seinen Arm, und wie durch ein Wunder wurde Hop still.

«Er dreht immer mehr durch. Vor allem seit Jessica gekündigt hat», sagte Geoff. «Ich will da nicht mehr mitmachen.»

«Dann kündigen Sie doch auch», erwiderte Mack herausfordernd. Er traute dem Kerl noch lange nicht.

«Ich soll einfach gehen und ihn mit dem Scheiß durchkommen lassen? Auf keinen Fall, Mann. Ich habe Schwestern. Wenn das jemand mit ihnen machen würde, dem würde ich den Arsch aufreißen.»

Mack unterdrückte den Drang, ihn darauf hinzuweisen, dass auch ein Mann, der keine Schwestern hatte, Royce' Verhalten widerlich finden sollte. Das schien nicht der richtige Moment zu sein.

«Weißt du, wem er das außer Jessica noch angetan hat?», fragte Liv.

«Nein.»

«Wie könnten wir an Namen rankommen?»

«Vielleicht in seinem Büro. Er hat definitiv Unterlagen über alles in seinem Computer.»

«Schwachsinn», brummte Hop. «Niemand wäre so dumm.»

«Bist du ihm mal begegnet?», erwiderte Liv. «Er ist ein arroganter Wichser, der denkt, er kommt mit allem durch. Er kann sich nicht mal vorstellen, dass irgendjemand hinter seine schmutzigen kleinen Geheimnisse kommt.»

«Oder dass jemand ihn hintergehen würde», fügte Mack hinzu, den Blick auf Geoff gerichtet.

«Ich bin dem Drecksack keine Loyalität schuldig», stellte Geoff klar. Dann sah er Liv an, mit einer gewissen Bewunderung. «Du hast ihm Angst gemacht, denke ich. Er weiß, dass du ihn für ein Stück Scheiße hältst und nie loyal gewesen bist. Er ist es nicht gewohnt, dass er die Leute nicht einschüchtern, kaufen oder beeindrucken kann.»

Stolz ließ Wärme in Macks Brust aufglühen.

«Was genau können Sie für uns tun?», fragte Hop.

«Was brauchen Sie?»

«Namen», sagte Liv. «Wir müssen wissen, wie viele Frauen er belästigt hat und wie viel er ihnen gezahlt hat.»

«Das steht bestimmt in seinen Unterlagen.»

«Kannst du an die rankommen?»

«Ich … bin mir nicht sicher. Aber ich kann euch in das Büro bringen.»

Mack zog die Brauen hoch und wandte sich an Liv. «Was meinst du?»

«Ich meine, wir sollten ihm vertrauen. Das ist bisher die beste Chance, an diese Informationen zu kommen.»

«Ich bin einverstanden», sagte Hop. «Treffen wir uns morgen und planen das weitere Vorgehen.»

Geoff stand auf und gab Rosie den Eisbeutel zurück. «Danke, Ma'am. Ich sollte dann wohl mal gehen.»

«Unsinn», widersprach Rosie. «Es ist mitten in der Nacht. Bleiben Sie einfach hier.»

Mack und Hop gaben zeitgleich Laute von sich, in denen deutlich ein «What the fuck» zu hören war, wurden aber mit einem Blick zum Schweigen gebracht. Sie sahen wortlos zu, wie Rosie mit Geoff zum Bad ging. Liv stand auf und sagte, sie brauche ein Glas Wasser.

«Also …», begann Mack, als sie ebenfalls außer Hörweite war, und deutete Richtung Badezimmer, wo Rosie verschwunden war. «Das sah vielversprechend aus.»

«Lass mich in Ruhe», knurrte Hop.

«Du könntest auch einfach danke sagen.»

«Wüsste nicht, wofür.»

Mack grinste, dann wurde er ernst. «Die Sache ist eine Nummer zu groß für uns, oder?»

«Jep.» Hop nickte.

«Meinst du, wir sollten aufhören?»

Hop blickte ihn mit einer Entschlossenheit an, die ihn beeindruckte. «Auf keinen Fall. Ich bin dabei.»

KAPITEL 22

Kurz vor Mittag trafen die Jungs, außer Del und Gavin, die ein Auswärtsspiel hatten, auf der Farm ein. Geoff saß in der Ecke wie eine Geisel und kaute abwechselnd an den Nägeln oder an einem Plätzchen.

«Was nützt es überhaupt, wenn wir eine Liste mit Namen kriegen?», fragte Malcolm. «Die haben sicher alle Verschwiegenheitserklärungen unterschrieben. Und wenn eine der Frauen an die Öffentlichkeit gehen wollte, hätte sie es schon getan.»

«Die Namen sollten wir ohnehin für uns behalten», sagte Liv. «Wir müssen ihn nur mit den Zahlen konfrontieren. Das reicht.»

«Das Geld ist schon ein ziemlich deutlicher Beweis. Man könnte diese Informationen einem Journalisten bei seinem Kochbuch-Event zuspielen», meinte Derek. «Niemand muss sich zu erkennen geben. Niemand muss wissen, woher sie stammen.»

«Ich kann unsere Spuren verwischen», sagte Noah.

Liv bezweifelte das nicht, aber der Plan als solcher bereitete ihr trotzdem Magenschmerzen. «Ich will mich nur vergewissern: Wir reden tatsächlich darüber, in Royce' Büro einzubrechen, richtig?»

Mack stand neben ihr, nah genug, um leise reden zu können, nah genug, damit alle Bescheid wussten. «Das ist deine Entscheidung. Wenn dir dabei nicht wohl ist, sag es einfach.»

Dafür könnte sie ihn küssen, hielt sich aber zurück. Sie war sich nicht sicher, wo sie nach der vergangenen Nacht standen, und war noch nicht bereit für öffentliche Zuneigungsbekundungen.

«Ich will nur sichergehen, dass wir uns alle darüber einig sind, worauf wir uns einlassen. Royce hat schon genug Schaden angerichtet. Ich möchte nicht, dass einer von euch Probleme bekommt, weil er hilft, ihn bloßzustellen.»

«Dann sollten wir dafür sorgen, dass wir nicht erwischt werden», sagte Hop.

Die Details waren schnell festgelegt. Derek würde als Erster eintreffen und sich an die Bar setzen, um Royce im Auge zu behalten. Malcolm und seine Frau würden einen Tisch im VIP-Bereich reservieren …

«Bestellt euch den Sultan», sagte Liv. «Das bringt ihn auf Touren.»

Dadurch würde Royce beschäftigt sein, während Mack, Noah und der Russe sich von Geoff durch die Hintertür reinschleusen ließen und dann zum Büro hinaufgingen.

«Und was soll ich tun?», fragte Liv.

«Du bleibst hier», sagte Mack.

«Was? Kommt nicht in Frage!»

Mack sah ihr in die Augen. «Liv, du kannst nicht mit. Royce weiß, dass etwas im Busch ist, sobald er dich sieht.»

«Das gilt auch für dich.»

Mack biss die Zähne aufeinander. «Es wäre zu riskant.»

«Nicht mehr als für dich.»

«Er hat recht, Liv», schaltete Hop sich ein.

«Das ist total sexistisch!»

Mack strich sich durch die Haare. «Liv, bitte, lass mich das dieses eine Mal allein regeln.»

«Äh, nein. Ich habe mit der Sache angefangen, und ich werde mich nicht verstecken, während ihr das durchzieht.»

Rosie kam herein und setzte dem Russen eine Henne auf den Schoß. «Vielleicht könntest du im Wagen bleiben», schlug sie vor.

Liv fuhr herum und starrte sie an. «Ich dachte, gerade du wärst auf meiner Seite.»

Rosie zuckte die Achseln. «In diesem Fall bin ich etwas befangen.»

«Ich auch», pflichtete Mack leise bei. «Ich will dich in Sicherheit wissen.»

Der Ausdruck in seinen Augen ließ ihr Herz wieder diese Sache machen, die sie nicht mochte. Weil sie noch nicht bereit dafür war und weil sie noch nicht wusste, wie sie darauf vertrauen sollte. Und deshalb reagierte sie wie gewohnt: sauer. «Wenn du so bist, kann ich nicht mit dir reden. Du benimmst dich wie ein … wie ein …»

Er zog die Brauen hoch.

Sie stemmte die Hände in die Seiten. «Wie ein übervorsorgter liebeskranker Irrer.»

Mack warf die Hände hoch. «Weil ich das bin! Vielleicht

ist es dir heute Nacht nicht aufgefallen, Liebling, aber ich bin verrückt nach dir.»

Der Satz schlug ein wie eine Bombe, und danach war es totenstill. Liv blinzelte hektisch und holte scharf Luft.

Die dröhnende Stille wurde von einem leisen Flüstern durchbrochen: «Ich wusste es.»

Es war der Russe.

Im nächsten Moment zückten die Jungs ihre Portemonnaies und warfen ihm Geldscheine zu.

Der Russe stand auf, hob die Henne hoch über den Kopf und tanzte mit ihr. «Wette gewonnen! Wette gewonnen!», sang er.

«Ihr habt gewettet?», zischte Liv.

Mack hob die Hände. «Ich hatte nichts damit zu tun.»

Hop erhob sich und verlangte lautstark Ruhe. «Wir haben hier ernsten Scheiß zu besprechen.»

Seine Cop-Stimme brachte den Tumult unter Kontrolle.

«Liv, du fährst mit mir im Van. Malcolm, reserviere den Tisch für acht, wenn's geht. Noah, du sagtest, du hast einen Transporter, den wir benutzen können?»

Noah nickte und grinste wie ein Gamer, der gerade ein Hardware-Update bekommen hat. «Oh ja.»

◆ ◆ ◆

«Der will uns doch verarschen.»

Um sieben Uhr parkte Noah vor Macks Haus in einem schmutzigen weißen Van, der kaum verdächtiger in seiner gruselig verlotterten Unauffälligkeit hätte wirken können. Fehlte nur die Aufschrift: kostenlose Hundewelpen.

Liv, Hop und Mack starrten schweigend auf den Wagen. Noah fuhr das Beifahrerfenster herunter. «Seid ihr so weit?»

Mack riss die Tür auf. «Ist Kinderschänder-Schick inzwischen in oder was?»

«Hey, das ist ein guter Wagen. Ich bin hier drin zum ersten Mal flachgelegt worden.»

«Ich bin raus.» Hop hob die Hände und wich zurück.

«Keine Sorge. Ich habe die Sitze hinten schon vor langer Zeit rausgenommen.»

«Wann?», brummte Hop. «Während Clintons Amtsenthebungsverfahren? Die Karre ist antik.»

«Während Clintons Amtsenthebungsverfahren ging ich noch in die Grundschule.»

Hop hob den Mittelfinger.

Noah winkte ihnen, dass sie endlich einsteigen sollten. «Das war einer der Transporter meines Großvaters. Er war Dachdecker.»

«Ein Dachdeckerauto», sagte Mack. «Klasse. Genau das, was wir brauchen.»

Noah stieg aus, ging zur Beifahrerseite und zog die Schiebetür auf. Dahinter verbarg sich ein dunkler Fond voller Computer und Funkgeräte. Auf den Bildschirmen sah man lückenlos die gesamte Umgebung.

Das sorgte für einen Moment Schockstarre. «Das ist tatsächlich ein Überwachungsfahrzeug», sagte Mack. «Du hast nicht gelogen.»

«Nein.» Noah setzte sich wieder hinters Steuer.

«Und wieso hast du so was?»

Nachdem Liv und Hop es sich hinten bequem gemacht hatten, fuhr Noah langsam auf die Straße. «Alle IT-Spezialisten haben so einen.»

«Du arbeitest für die CIA, oder?», fragte Liv von hinten.

«Die CIA darf nicht im Inland operieren.»

«Was eine total normale Antwort ist.»

«Die NSA dagegen …»

«Ich weiß jetzt nicht, ob du einen Witz machst oder nicht», sagte Liv.

«Niemand gibt zu, für die NSA zu arbeiten, Liv.»

Der Russe wohnte nur vier Kilometer von Mack entfernt. Er wartete bereits draußen in der Einfahrt in schwarzen Cargohosen, schwarzem T-Shirt und einer gangstermäßigen Lederjacke. In der Hand hielt er eine schwarze Lunchbox, wie sie auf Baustellen benutzt wurde.

Nachdem sie ihn einen Moment schweigend bewundert hatten, stellte Noah die offensichtliche Frage: «Was soll das?»

Mack seufzte und kratzte sich am Kinn. «Ich habe ihm gesagt, er soll was Schwarzes anziehen.»

Noah parkte, stieg aus und ging die Hecktür öffnen. Der Russe stieg ein. Seine kräftige Gestalt nahm verdammt viel Platz ein. Er setzte sich auf den Boden, stellte die Lunchbox neben sich und zog die Knie an die Brust.

Kurz nachdem Noah wieder losgefahren war, raschelte es im Fond. Mack drehte sich nach hinten um. Der Russe kramte in der Lunchbox und verteilte Snacks an Hop und Liv.

«Was machst du da?», fragte Mack.

«Ich habe Hunger.»

«Du hast *Proviant* eingepackt?»

«Ich habe oft Hunger.»

«Wehe, wenn da irgendwo Käse drin ist.» Mack drehte sich wieder nach vorn. «Allmählich entwickelt sich das Ganze zur schlechtesten Idee in der Geschichte der schlechten Ideen.»

◆ ◆ ◆

«Da kommen sie.»

Kurz vor acht richtete sich Mack auf seinem Platz im Wagenfond auf und blickte auf einen der Bildschirme. Sie standen mit dem Transporter auf dem obersten Deck des Parkhauses gegenüber dem *Savoy*. Malcolms schwarzer SUV hielt vor dem Restaurant. Ein schwarz livrierter Mitarbeiter des Parkservices öffnete die Beifahrertür und ließ Tracy aussteigen.

«Ich kann immer noch nicht fassen, dass wir das wirklich durchziehen», sagte Liv, die neben Mack am Boden hockte. Er nahm ihre Hand, und sie schob die Finger zwischen seine, so nervös war sie.

«Alles wird gut», versicherte er ihr. Er hätte sich gern hinuntergebeugt und ihr einen Kuss auf den Kopf gegeben, aber damit würde er es wahrscheinlich zu weit treiben.

Es verging keine Minute, bis Geoff sich meldete. «Sie werden zu ihrem Tisch geführt.»

Und einige Minuten später: «Er geht gerade, um sie zu begrüßen.»

«Das ist unser Stichwort», sagte Mack.

Er drehte sich zu Liv, die an den Nägeln kaute. «Wir kriegen das hin.»

Sie nickte. «Seid vorsichtig.»

Scheiß drauf. Er beugte sich hinunter und gab ihr einen raschen, harten Kuss.

Mit Noah und dem Russen sprang er aus dem Wagen und rannte die Parkhaustreppe hinunter. Atemlos kamen sie im Erdgeschoss an. Sie bogen um die Ecke in die Gasse hinter dem Restaurant. Vor ihnen schwang die Hintertür auf. Leise schlüpften sie hinein.

Geoff wartete bereits auf sie. Er schloss die Tür und gab Mack eine Schlüsselkarte.

«Wem gehört die?»

Geoff tropfte der Schweiß vom Kinn. Er war extrem nervös. «Keinem. Das ist die allgemeine Karte, die wir bei Anlieferungen benutzen.»

«Also lässt sich nicht feststellen, wer sie benutzt hat. Perfekt.»

Sie betraten den Anlieferbereich des Lagers, in dem es bei Tag wahrscheinlich hektisch zuging, der aber jetzt zum Glück verlassen war. Es roch nach schmutzigem Betonboden und Motoröl. Über einer Tür am anderen Ende leuchtete ein Ausgangsschild.

Geoff zeigte darauf. «Da ist die Treppe. Sie haben meine Wegbeschreibung noch im Kopf?»

«Treppe rauf, dann links», sagte Mack.

Geoff nickte und wischte sich übers Gesicht.

«Und das Büro ist ganz sicher unverschlossen?», fragte Noah.

«Hab es gerade selbst aufgeschlossen. Sie haben zehn Minuten.»

«Dann los.»

«Redet mit mir», befahl Hop über Funk.

«Wir sind drin», antwortete Mack. «Gehen jetzt die Treppe hoch.»

Laut Geoff gab es zwei Treppen, die in die oberen Stockwerke führten. Die am Hinterausgang wurde hauptsächlich vom Personal der Tagesschicht benutzt, sodass ihnen hoffentlich niemand begegnen würde.

Oben angelangt schlüpften sie durch die Tür der Verwaltungsetage. Vor ihnen lag ein Großraumbüro im bläulichen Licht der Computerbildschirme. Royce' Büro sollte sich linker Hand am Ende befinden.

«Beeilung», zischte Mack.

Die drei schlichen über den Teppichboden zu dem Raum. Mack hielt den Atem an, als Noah mit Handschuhen an den Türknauf fasste. Oh Mann, sie taten es tatsächlich.

Nach einer geräuschlosen Drehung ging die Tür auf.

Mack atmete auf und folgte Noah hinein, nach ihm kam der Russe.

Mack deutete hinter sich. Der Russe nickte. Er postierte sich an der Tür, um Schmiere zu stehen, während Noah und Mack zum Schreibtisch gingen. Der Computer war eingeschaltet, verlangte aber ein Passwort.

Mack fluchte leise. «Kriegst du das hin?»

Noah setzte sich und haute in die Tasten. Es war, als sähe man Mozart beim Komponieren zu. Sekunden später hatte er sich eingeloggt.

«Mann, das ging schnell.»

«Die Leute geben sich mit ihren Passwörtern zu wenig Mühe.» Noah holte einen Speicherstick aus der Hosentasche und schob ihn in die entsprechende Öffnung.

Mack wandte sich ab, um das Büro zu mustern. Finster betrachtete er das Foto von Royce und seiner Frau.

«Zehn Minuten», mahnte Hop.

Mack liefen Schweißperlen übers Gesicht. Der Russe stand an der Tür, bereit, jeden auszuschalten, der sie überraschte.

Noahs Finger flogen über die Tasten.

«Woher weißt du, wonach du suchen musst?», fragte Mack.

«Nicht reden», zischte Noah.

Hop meldete sich erneut. «Liv will wissen, was gerade passiert. Sie macht mich verrückt.»

Mack lächelte. «Sag ihr, es läuft alles nach Plan.»

Was leider nicht stimmte. Noah fluchte und schlug auf die Tasten ein.

«Was ist?»

«Nicht reden!»

Draußen hupte ein Auto, Mack sprang fast bis unter die Decke. «Fuck, beeil dich.»

«Ich bin drin», hauchte Noah.

Mack rannte zu ihm und sah ihn reihenweise Dateien markieren. «Was ist das alles?»

«Ich lade einfach alles runter.»

«Wie lange wird das dauern?»

Noah ignorierte ihn. Mack drückte sich die behandschuhten Fäuste an die Stirn.

«Fast fertig», sagte Noah. «Noch fünf Sekunden.»

Mack zählte im Stillen.

«Erledigt», sagte Noah.

Mack atmete erleichtert auf. «Hauen wir ab.»

Noah zog den Speicherstick, schloss die Datei, in der er gewesen war, und verließ den Schreibtisch. Der Russe hob die Hand, um sie aufzuhalten, blickte vorsichtig durch das Großraumbüro und gab das Zeichen zum Abrücken.

Sie hatten den Gang halb hinter sich, als sie Schritte hörten.

Scheiße. Scheißescheißescheiße. Mack fing Noahs erschrockenen Blick auf. Der Russe machte kehrt.

Wer auch immer sich dort näherte, kam direkt auf sie zu. Mack packte Noah und stieß ihn unter einen Schreibtisch. Der Russe schloss die Faust um Macks Handgelenk und zog ihn hinter die Trennwand einer Arbeitsnische.

Zwei Männerstimmen waren zu hören. Die Nachtwächter, vor denen Geoff sie gewarnt hatte. Oh verdammt. Scheiße.

Plötzlich gab der Russe ein leises Stöhnen von sich.

«Nein.» Mack sah ihm prüfend ins Gesicht. «Oh, Scheiße, nein.»

«Was?», zischte Hop in ihre Ohrhörer.

«Ich glaube, ihm geht's nicht gut», antwortete Noah.

«Wem?»

«Dem Russen. Er macht so ein komisches Gesicht.»

Mack packte den Russen an der Jacke und zog ihn zu sich. «Atme. Atme es weg.»

Der Russe fing an zu hecheln, als hätte er Wehen.

«Was zum Teufel ist da bei euch los?», schnauzte Hop.

«Keine Ahnung!», flüsterte Noah.

«Was hast du gegessen?», flüsterte Mack.

«Keinen Käse. Nur veganen Käse.»

«Du darfst keinen Käse essen!»

«Laktosefrei. Ohne Milch.»

«Es ist immer noch verfickter Käse!»

Der Russe stöhnte wieder, und jetzt wurde er auch noch blass. Selbst in dem schummrigen Licht war das zu erkennen.

Mack rann der Schweiß den Rücken runter. «Du musst die Arschbacken zusammenkneifen, Mann. Kneifen und atmen, klar? Wenn du den jetzt fahrenlässt, sind wir geliefert.»

«Ist das euer Ernst?», zischte Noah. «Es geht um einen Furz?»

«Du verstehst das nicht.» Mack sah zu ihm rüber. «Er furzt nicht bloß. Es ist, als würde die gesamte Kanalisation explodieren und …»

Leiser russischer Gesang unterbrach ihn.

Panik setzte ein. «Das ist übel. Das ist ganz, ganz übel.»

«Kann er ihn nicht einfach lautlos fahrenlassen?», fragte Noah.

«Das Geräusch ist nicht das Problem, sondern der Gestank.»

«Ihr macht Witze, oder?», fragte Hop.

«Kann nicht mehr halten», stöhnte der Russe.

«Du musst!»

«Das ist ungesund», ächzte der Russe.

Mack schüttelte ihn. «Es wird noch ungesünder für dich, wenn du ihn rauslässt.»

Der Russe hielt sich stöhnend den Bauch und verzog das Gesicht vor Schmerzen. Die Schritte kamen allmählich näher. Mack hielt seinem Kumpel den Mund zu. Ihm lief der Schweiß in Strömen.

Er konnte es nicht glauben. Er würde beim Einbrechen erwischt werden wegen eines gottverdammten Furzes.

Und nicht mal seines eigenen!

Aber wie es in Liebesromanen, die er las, so oft passierte, brach auch bei ihm eine plötzliche Erkenntnis durch den Nebel der Panik. Ein paar Jahre Gefängnis wären das hier wert. Weil er es für Liv tat. Für niemand anderen. Er hatte sich definitiv in sie verliebt. *Enemies to lovers* war für ihn nicht mehr einfach nur ein Romanmotiv – es war sein verdammtes Leben.

«Was zum Teufel ist bei euch los?», blaffte Hop in ihren Ohren.

Zwei Lichtkegel strichen über den Boden und kamen immer näher.

Der Russe atmete tief ein und hielt die Luft an.

Die Wächter gingen vorbei.

Der Russe atmete aus.

Und der Gestank des Todes breitete sich aus.

Noah fiel auf alle viere und kroch würgend unter dem Schreibtisch hervor. Ein Stück entfernt rief jemand: «Gottverdammt, Alter. Hast du einen abgelassen?»

«Das war ich nicht», antwortete der Angesprochene.

Einen Moment lang war es still, während den Wächtern langsam klarwurde, was das bedeutete.

Mack packte Noah am Arm und zog ihn mit sich hoch. «Lauf», zischte er.

Das Letzte, was sie hörten, als die Tür zum Treppenhaus hinter ihnen zuschwang, war ein angewiderter Aufschrei. «Oh mein Gott, was ist das für ein Gestank?»

◆ ◆ ◆

«Ich glaube, ich hab geschissen.» Der Russe konnte kaum gehen, geschweige denn die Treppe runterrennen.

«Dann läufst du nach Hause», zischte Mack. «Deinetwegen wären wir fast geschnappt worden.»

«Allmächtiger», keuchte Noah würgend. «Fuck! Was zum Teufel stimmt nicht mit ihm?»

«Er hat Verdauungsprobleme.»

«Oh mein Gott! Es hat gestunken, als hätte er vor Wochen irgendwas in seinem Darm geschlachtet.»

Sie hasteten durch den Lieferanteneingang nach draußen und in die Gasse. Das Quietschen von Reifen schallte ihnen entgegen, als der Van vor ihnen bremste. Liv warf die Tür auf. «Kommt rein!»

Mack sprang als Erster in den Fond, gefolgt von Noah und dem Russen.

«Was zum Teufel ist passiert?» Liv brüllte beinahe.

Noah zeigte auf den Russen. «Er hat gefurzt.»

«Ist mir egal», brummte Hop auf dem Fahrersitz. «Haben wir, was wir brauchen?»

Mack ließ sich gegen die Seitenwand sinken. «Ja.»

Noah nahm seinen Laptop auf den Schoß, lehnte kurz den Kopf an die Wand, um zu verschnaufen, und fuhr ihn hoch. Dann steckte er den Speicherstick hinein.

Mack sah Liv an. Er wollte sie in die Arme schließen, hielt sich aber zurück. Sie wirkte wieder distanziert und unruhig. Wahrscheinlich hatte das nichts mit ihm zu tun, sondern mit der riskanten Aktion, aber er wollte es nicht drauf ankommen lassen.

«Das wird eine Weile dauern», kündigte Noah an. «Ich muss alle Dateien durchgehen und mir ansehen, was wir haben.»

«Gut», keuchte Mack. «Der Russe muss sowieso duschen.»

«Falscher Alarm», erwiderte der. «Trockener Furz.»

Die Fahrt bis zu Macks Haus verlief angespannt und still. Noah trug den Laptop ins Haus und arbeitete an der Kücheninsel weiter. Mack teilte kaltes Bier aus.

«Wie lange brauchst du noch?»

«Weiß ich nicht.» Noah ignorierte das hingehaltene Bier. «Vielleicht eine Stunde. Vielleicht zwanzig Minuten. Lasst mich einfach in Ruhe.»

Mack begegnete Livs Blick. «Ich ziehe mir was anderes an.» Im Klartext: *Ich werde mich jetzt ausziehen, und es wäre toll, wenn du das auch tust.* Hoffentlich verstand sie, worauf er hinauswollte.

Tat sie nicht, oder sie wollte ihm grad nicht nahe kommen. «Ich warte hier.»

Aber als er zehn Minuten später in die Küche kam, war sie weg. Er traf nur Noah, den Russen und Hop an, die alle mit einem Oh-Scheiße-Ausdruck im Gesicht auf den Laptop starrten.

«Was ist los? Wo ist Liv?»

«Du musst dir das ansehen», sagte Noah.

Mit zwei großen Schritten war er bei ihnen und schaute auf den Bildschirm. «Ich verstehe nicht. Ist das eine Liste ehemaliger Angestellter?»

Noah schluckte. «Das sind die Frauen, denen er Schweigegeld bezahlt hat.»

Und ganz oben stand ein Name, den er kannte.

Alexis Carlisle.

KAPITEL 23

Es war kurz vor Ladenschluss, als Liv das *ToeBeans* betrat.

Alexis stand in ihrer kirschroten Schürze hinter der Verkaufstheke, vor ihr eine Kundin, die total begeistert war, weil sie die letzten Cookies des Tages zum halben Preis bekam. Beim Klang der Türglocke blickte Alexis auf und winkte lächelnd. Doch das Lächeln verging ihr rasch.

Liv marschierte um die Theke herum. «Ich muss mit dir reden.»

Alexis schaute entschuldigend zu der Kundin, die gerade ihren Kreditkartenbeleg unterschrieb. «Äh, kann das einen Moment warten?»

«Nein.»

Alexis bat den jungen Mann an der Espressomaschine, für sie einzuspringen. Dann wandte sie sich verärgert um und ging in die Küche. Dort war der Koch mit Putzen beschäftigt, also führte sie Liv weiter ins Büro. Darin war gerade mal Platz für einen Schreibtisch, zwei Stühle und einen Aktenschrank. Liv musste sich gegen die Wand drücken, um die Tür zu schließen.

Alexis verschränkte die Arme. «Okay, das war echt unhöflich. Was ist so dringend?»

«Ich habe die Liste.»

Alexis schluckte. «Welche Liste?»

«Auf der die Frauen stehen, die Royce für ihr Schweigen bezahlt hat.»

Alexis wurde blass und schüttelte den Kopf. «Das hatten wir doch schon. Ich werde dir nichts dazu sagen.»

«Dein Name steht auf der Liste!» Bei Livs Ausbruch zuckte ihre Freundin zusammen. Doch Liv hatte gerade weder die Zeit noch die Geduld, deshalb ein schlechtes Gewissen zu kriegen. «Warum hat er dir Geld gegeben? Warum schützt du ihn?»

Alexis' Augen funkelten zornig. «Ich schütze nicht ihn!»

«Du hast die Chance, mir zu helfen, ihn bloßzustellen. Ihm endlich das Handwerk zu legen. Und du bist nicht bereit dazu. Also, tut mir leid, aber damit bist du genauso schlimm wie all die Männer, die ihn decken.»

Alexis schlug mit den Fäusten auf den Schreibtisch. «Wie kannst du es wagen?! Wie kannst du es wagen, einfach hier hereinzutrampeln und das zu mir zu sagen? Du hast keine Ahnung, worüber du redest oder was ich durchgemacht habe.»

Liv sah Alexis an, und plötzlich sah sie sie wirklich: die schimmernden Tränen der Wut, die zitternde Unterlippe, die hektische Röte in den Wangen.

«Oh mein Gott», hauchte sie. Ihre Knie wurden weich,

und ihr wurde schlecht. «Mein Gott, Alexis. Wie konntest du mir das verschweigen?»

Augenblicklich bereute sie die Frage, aber sie war so verwirrt und fühlte sich so sehr hintergangen, dass sie ihre Zunge nicht im Zaum halten konnte. «Du hast mich dort arbeiten lassen, ohne mich auch nur zu warnen. Nicht mal, nachdem du gekündigt hattest, hast du mich vor ihm gewarnt.»

Alexis zitterte vor Wut. «*Das.* Genau das ist der Grund, warum ich es dir nie gesagt habe. Weil es sich immer nur um dich dreht. Hast du auch nur die geringste Ahnung, wie es für mich war? Interessiert dich das überhaupt?»

«Du hast eine Verantwortung gegenüber anderen Frauen!»

«Hörst du dir eigentlich zu? Du kommst hier rein mit deinem vorgefassten Urteil über mich ...»

Liv schluckte krampfhaft, um sich nicht zu übergeben. «Ich verurteile dich nicht.»

«Ernsthaft? Seit du gefeuert wurdest, hast du über nichts anderes geredet, als dass du dir das niemals gefallen lassen würdest und dass du nicht verstehen kannst, wieso andere Frauen das mit sich machen lassen.»

«Das ist nicht wahr.» Außer ... dass es das doch war. Selbst Mack hatte sie deswegen zur Rede gestellt.

In Alexis' Gesicht mischte sich Trauer zur Wut. «Glaubst du wirklich, dass ich es dir nicht sagen wollte? Dass ich dieses gottverdammte Geheimnis nicht loswerden wollte? Aber ich wusste, das geht nicht. Weil du Schwäche als Waffe benutzt. Du schämst dich so sehr für die Fehler, die du in deinem Leben gemacht hast, du fürchtest dich so sehr vor deiner eigenen Unsicherheit, dass du allen anderen vorwirfst, zu weich zu sein, wenn sie auch nur das geringste bisschen Verletzlichkeit zeigen.»

Ihre Worte waren wie Glasscherben. Sie schnitten, sie rissen, sie ließen Liv blutend zurück. Irgendwie drängte sich Livs Stimme durch all diese Zerstörung, um einen weiteren kraftlosen Widerspruch zu stammeln. «Das ist nicht wahr.»

«Ich werde dir nicht helfen, Liv. Ich habe genug durchgemacht wegen Royce Preston. Ich bin raus, es ist vorbei. Und du hast kein Recht, diese Frauen bloßzustellen und ihnen etwas zuzumuten, das du gar nicht nachfühlen kannst. Wenn du die Heldin spielen und gegen Royce antreten willst, bitte. Aber zieh uns da nicht mit rein, nur weil du dir etwas beweisen musst.» Alexis' Hand zitterte, als sie zur Tür zeigte. «Und jetzt verschwinde aus meinem Leben und lass dich nie wieder blicken.»

◆ ◆ ◆

Zwei Stunden später war Mack offiziell beunruhigt, denn Liv reagierte auf keine seiner Nachrichten. Noah, Hop und der Russe waren gegen elf gegangen.

Kurz vor Mitternacht schrieb er noch eine Nachricht:

> Mack: Ich mache mir Sorgen. Sag mir bitte nur, ob es dir gutgeht.

Es klingelte an der Tür.

Er hatte sie kaum geöffnet, da stürmte Liv bereits herein. Er stolperte zurück, erleichtert, aber auch ein bisschen sauer. «Gott, Liv, wo bist du gewesen …»

Sie fiel ihm um den Hals und brachte ihn mit einem Kuss zum Schweigen. Obwohl ihm sofort die Knie weich wurden, erkannte der logische Teil seines Hirns, dass etwas nicht richtig war. Sie wirkte fast verzweifelt. Da musste etwas passiert sein.

Er legte einen Arm um ihre Taille, zog sie einen Schritt weiter ins Haus und trat die Tür zu. «Was ist passiert?», murmelte er an ihren Lippen.

Sie küsste ihn erneut, und diesmal nutzte sie aus, dass er davon abgelenkt war, und schob ihn vor sich her ins Wohnzimmer. Er ließ es geschehen, weil er machtlos war gegen die Gefühle, die sie in ihm auslöste. Mit nur einer Berührung konnte sie seine Vernunft ausschalten.

In der Mitte des Zimmers blieben sie stehen. Mit einem tiefen Stöhnen unterbrach er den Kuss. «Rede mit mir. Was ist bei Alexis passiert?»

Sie presste das Gesicht gegen seine Brust und verkrampfte die Finger im Stoff seines T-Shirts.

«Liv.»

Sie trat von ihm weg und ließ die Arme fallen. «Sie hat mich die ganze Zeit belogen. Seit *Jahren.*»

Mack schluckte den beißenden Geschmack von etwas Saurem und Dunklem hinunter.

«Sie hat mir nicht vertraut», sagte Liv tonlos. «Ich würde alle nur verurteilen und Schwäche als Waffe benutzen.»

Sein intuitives Bedürfnis, sie zu schützen, ließ ihn die Hand um ihre Wange legen. «Dann kennt sie dich nicht.»

Liv sah zu ihm hoch, und der Ausdruck in ihrem Gesicht erinnerte ihn an den Tag, als sie in sein Büro kam und von ihm verlangte, Jessica einzustellen. Denn auch jetzt verrieten ihre Augen den Kampf in ihrem Inneren: Sie wollte seinen Worten glauben, ihm vertrauen, wusste aber nicht wie. Doch diesmal kam ihm die Übelkeit erregende Erkenntnis, dass sie keinen Grund hatte, ihm zu vertrauen.

Denn er belog sie auch.

Er hatte sich in sie verliebt. Rettungslos. Und er belog sie.

«Liv ...» Seine Stimme klang, als knirschten Kiesel in seiner Kehle.

Sie fiel ihm ins Wort. «Sie will uns nicht helfen. Sie wird nicht aussagen.»

«Vielleicht braucht sie nur Zeit, um sich dazu durchzuringen.»

«Wir haben keine Zeit!» Sie schüttelte den Kopf und sah ihn mit einem Gesichtsausdruck an, der für gewöhnlich andeutete, dass er ihre nächsten Worte ganz und gar nicht mögen würde. «Wir können nicht darauf warten, dass irgendwer uns die Sache abnimmt.»

Macks Griff an ihrer Wange wurde unwillkürlich etwas fester. «Und das heißt?»

«Das ist mein Kampf. Ich habe ihn angefangen. Ich muss ihn auch beenden.»

«Liv ...»

Sie entzog sich seiner Berührung. «Die Gala der Handelskammer findet morgen Abend statt.»

«Und?» Vor Angst fing er an zu schwitzen.

«Ich werde hingehen. Und ich werde sein Geständnis aufnehmen.»

KAPITEL 24

«Das ist kein schlechter Plan, Mack.»

Liv, Noah, Hop, Derek, Malcolm und der Russe saßen am nächsten Morgen an Macks Kücheninsel. Noah zog die Schultern hoch, während er das sagte, als ahnte er schon, wie Mack reagieren würde.

«Es ist ein grauenhafter Plan! Sie kann sich ihm doch nicht allein stellen.»

«Ich werde nicht allein sein», widersprach Liv. «Ihr werdet alle zuhören …»

«Nein.»

«Und Derek wird auch im Saal sein. Royce weiß nicht, dass wir uns kennen.»

Mack ballte die Fäuste. «Nein. Es muss einen anderen Weg geben, um an ein Geständnis zu kommen.»

«Und welchen?», fragte Liv herausfordernd.

«Weiß ich nicht», knurrte Mack.

Noah räusperte sich leise. «Ich kann sie verkabeln …»

Mack fuhr beinahe aus der Haut. «Sie verkabeln? Hörst du eigentlich, was du da sagst?»

Liv versuchte, ihn zu beruhigen. «Wir reden hier über Royce. Es ist ja nicht so, als wäre er ein Entführer oder Mörder.»

«Man weiß nie, wozu Leute fähig sind, wenn sie in die Enge getrieben werden, Liv.» Er fuhr sich durch die Haare. «Das ist eine schlechte Idee.»

«Hast du eine bessere?», schoss Liv zurück.

Mack warf die Hände in die Höhe. «Ja. Jede ist besser, bei der du ihn nicht persönlich konfrontieren musst. Was, wenn er merkt, dass das Gespräch aufgezeichnet wird?»

«Wird er nicht», sagte Noah.

«Woher willst du das wissen?»

Noahs Miene wurde ausdruckslos, und zwar auf die *Hör auf, Fragen zu stellen*-Art. «Ich weiß, wie man das macht.»

Mack tigerte mehrere Minuten lang hin und her.

«Du wirst mir einfach vertrauen müssen», sagte Liv schließlich.

«Dir vertraue ich. Aber Royce nicht.»

«Dann verlass dich darauf, dass ich mit ihm fertigwerde. Ich habe ein Jahr lang für ihn gearbeitet. Ich weiß, wie er tickt und welchen Ton ich bei ihm anschlagen muss.»

Mack blieb stehen. «Ich sollte dich begleiten.»

«Nein. Das wäre viel zu verdächtig.»

Der bittere Geschmack von Verzweiflung stieg in Macks Kehle hoch. «Es gibt zu viel, was schiefgehen kann.»

«Ich bin in der Öffentlichkeit. Was soll da passieren?»

«Er kann dein Essen vergiften», sagte Mack finster.

Sie lachte. «Ich werde nichts essen.»

«Er kann dir unter Tisch Zeug spritzen, das dich umbringt», meinte der Russe.

Alle starrten ihn an. Er zog die Brauen hoch und breitete die Arme aus. «Radioaktives Zeug. Passiert in Russland ständig.»

«Okay, wie wäre es damit?», sagte Mack. «Wir schicken zwei Jungs vor dir rein ...»

«Nein. Ich muss alleine sein.»

«Zwei, die er nicht kennt und nicht mit dir in Verbindung bringt», fuhr Mack fort. «Sie suchen sich einen Platz, bevor du aufkreuzt, und beobachten die Situation. Wenn etwas Schlimmes passiert, können sie dich retten.»

«Mich *retten?*»

Hop strich sich übers Gesicht und murmelte so etwas wie «Jetzt geht's los».

«Das ist nur ein Wort, Liv.»

«Ich kann selbst auf mich aufpassen, Mack.»

«Wir sollten ein Zeichen vereinbaren, nur für den Fall», schlug Derek vor.

«Den Salzstreuer umhauen», sagte Malcolm.

Die Jungs begannen alle, begeistert zu nicken.

«Kam das in einem eurer Romane vor?», fragte Liv.

Sie nickten wieder.

Macks Stimmung wurde noch finsterer.

«Das wird schon gutgehen», sagte Liv. «Royce wird in der Öffentlichkeit nichts tun, womit er hinterher auf Instagram schlecht dasteht.»

«Aber was ist danach? Was, wenn er dir anschließend folgt?»

Der Russe ließ die Fingerknöchel knacken. «Dann reiße ich ihm die Eier ab.»

◆ ◆ ◆

Liv stand gerade unter der Dusche, als Mack am Nachmittag kurz vor fünf bei ihr ankam. Noah würde alle um sechs Uhr abholen, außer Liv. Sie würde allein zum Parkway Hotel fahren. Mack hatte eine halbe Stunde lang dagegen argumentiert und war überstimmt worden.

Seit gestern Abend hatte er nicht einen Moment allein mit ihr sprechen können. Dabei gab es einiges, das er ihr sagen wollte. Irgendwas erfüllte ihn mit unguten Vorahnungen, und er wollte sie nicht gehen lassen, ohne ein paar Dinge geklärt zu haben. Später würde noch Zeit genug sein, um ihr die ganze Wahrheit zu sagen, und das würde er. Aber im Augenblick wollte er nur …

Die Dusche wurde abgestellt. Mack räusperte sich. «Ich bin da», rief er.

«Okay. Ich komme gleich.»

Nur mit einem Handtuch bekleidet, kam sie ins Wohnzimmer. Und der Anblick traf ihn mitten in die Brust. «Liv», krächzte er.

«Alles in Ordnung?»

Er räusperte sich. «Ja.»

Sie sah ihn belustigt an und ging an ihm vorbei in ihre winzige Küche. «Ich brauche Kaffee.»

Mack sah ihr zu, wie sie Kaffeepulver in die Maschine füllte. Eine seltsame Verzweiflung trieb ihn zu ihr. Er schob einen Arm um ihre Taille und zog sie an sich, bis sich ihre Körper auf ganzer Länge aneinanderpressten. «Fühlst du das?»

«Äh, ist das die Stelle, wo ich fragen soll, ob du einen Baseballschläger in der Hose hast oder …?»

Er ignorierte den Sarkasmus. «Ich meine mein Herz, Liv.»

Er merkte, dass ihr kurz der Atem stockte. «Es rast», flüsterte sie.

Er senkte den Kopf, bis seine Stirn an ihrem Hinterkopf ruhte. «Das tut es, seit du mich in der Kellerbar geküsst hast, und ich kann es nicht dazu bringen, wieder langsamer zu schlagen.»

«Willst du … das denn?»

«Nur wenn deins nicht genauso heftig klopft.»

Seine Hände lagen auf ihrem Bauch, und sie griff sanft nach einer davon. Er reagierte sofort, hob die Finger an, um sie mit ihren zu verschränken und eine gemeinsame Faust zu bilden. Liv rieb mit dem Daumen über seinen, und er erwiderte das. Dabei hielt er die Stirn an ihren Kopf gelehnt, und die Finger seiner anderen Hand waren besitzergreifend über ihrem Bauch gespreizt.

«Liv?», flüsterte er, und mit dem fragenden Ton klang er jung und verletzlich. «Empfinde nur ich so?»

Liv hob ihre verschränkten Hände und presste seine Finger knapp über dem Handtuch auf ihr klopfendes Herz, sodass er die sanfte Rundung ihrer Brust spürte. «Ich habe gelogen», flüsterte sie.

Mack erstarrte. «Wann?»

«Als ich sagte, dass du Zeit brauchst, um das mit uns

zu verarbeiten, und dass ich dir nicht das Herz brechen will.»

Er lächelte. «Ich erinnere mich.»

«Da habe ich über mich selbst gesprochen.»

Mack schob die Nase in ihre Haare. Das Herz schlug ihm bis zum Hals. «Ich weiß.»

«Da wollte ich mich schützen, weil … Ich hatte Angst, dass du mir zu nahekommst.»

«Warum?» Er klang kaum noch wie er selbst, weil seine Stimme beinahe von seinen Gefühlen erstickt wurde.

«Ich weiß nicht, wie man das hier macht. Wie man vertraut.»

Vertrauen. Da war es wieder. Das verdammte Wort.

«Mein Vater …» Sie hielt inne und schluckte. «Er hat uns ständig belogen. Sagte, er ruft an, und tat es dann nicht. Versprach, wir könnten in den Sommerferien eine Woche bei ihm verbringen, und dann kam er mit Ausreden, warum das doch nicht ging. Ich weiß nicht, wie man an Menschen glaubt.»

Glaub an mich, bat er im Stillen. Er hielt sie fester. Er zitterte und rang mit dem Drang, ihr die Wahrheit zu sagen. Er könnte es tun. Jetzt. Er brauchte nur den Mund aufzumachen und sie auszusprechen, die Wahrheit über sich. Er könnte ihr sagen, dass sie die Einzige auf der Welt war, der er so sehr vertraute, die Einzige, bei der er sich überhaupt vorstellen konnte, sie auszusprechen, und dann vielleicht …

Vielleicht was? Dann würde sie verstehen? Ihn küssen und sagen, alles ist gut?

Oder würde sie ihn angewidert stehenlassen?

Er fing an zu schwitzen. Mit einem langen Seufzer senkte er die Stirn auf ihre nackte Schulter. Sie beugte den Kopf zurück und hielt ihn, als spürte sie, dass er … etwas brauchte.

Schließlich drehte sie den Kopf und küsste ihn. Süß. Sanft. «Ich muss mich fertig machen», sagte sie.

Und dann schlüpfte sie aus seinen Armen.

KAPITEL 25

«Könnt ihr mich hören?»

Liv sprach leise, als sie den Aufzug im obersten Stock des Parkway Hotels verließ. Ihre Absätze sanken in den Teppichboden. Kurz hielt sie inne, um einmal tief durchzuatmen, dann ging sie dem Geräusch von Stimmen nach zur Gala, die am Ende des Flurs im Ballsaal stattfand.

«Ich empfange dich, Liv», antwortete Noah. «Melde dich wieder, wenn du drin bist.»

Je näher sie dem Saal kam, desto angespannter wurde sie. Was, wenn sie versagte? Was, wenn Royce sich weigerte, mit ihr zu sprechen, oder wenn er zwar mit ihr sprach, aber nichts verriet? Oder wenn er zwar offen über seine Taten redete, aber wegen der Musik auf der Aufnahme nichts zu verstehen war?

«Liv.» Diesmal war es Mack, und allein der Klang seiner Stimme beruhigte ihr rasendes Herz. «Du brauchst jetzt nicht zu antworten. Ich wollte nur, dass du weißt, dass ich da bin.»

Ich bin da. So simple Worte, aber so bedeutsam. Wie konnte jemand mit so wenigen Worten so viel ausdrücken? Und wie hatte sie ihn derart falsch einschätzen können?

Empfinde nur ich so?

Nein, hatte sie antworten wollen. *Nein, das tust du nicht. Ich empfinde dasselbe.*

Sie bereute, dass sie es nicht ausgesprochen hatte. Sie bereute, dass sie ihn nicht hatte mitkommen lassen. Sie bereute ihre Angst, ihre Unsicherheiten. Dass sie nicht wie andere Leute offen ihre Gefühle zeigen konnte, dass sie durch ihre Vergangenheit immerzu zweifelte und misstraute. Sie bereute, dass sie sich in seinen Armen nicht zu ihm umgedreht und gesagt hatte, dass er ihr Herz genauso schnell schlagen ließ und sie sich wünschte, es möge nie aufhören.

Am Eingang zum Ballsaal stand ein Hotelmitarbeiter im Smoking und begrüßte sie. «Guten Abend. Darf ich bitte Ihre Einladung sehen?»

Liv öffnete ihre Clutch und holte sie heraus. Derek hatte sie ihr besorgt. Zufrieden, dass sie sich nicht unter Vorwänden reinschmuggeln wollte, lächelte der Mann sie an und öffnete ihr die Tür. Ihr schlug Partylärm entgegen – Gelächter, Stimmengemurmel, das Klirren von Gläsern und Musik von einer Oldie-Band. Üppige Kronleuchter sorgten für weiches gelbes Licht, perfekt geeignet, um funkelnde Diamantohrringe und Paillettenkleider zum Glitzern zu bringen. Reiche Leute verstanden es, sich buchstäblich ins beste Licht zu rücken.

Liv blieb stehen, um sich zu orientieren. «Ich bin drin»,

murmelte sie und tat, als blicke sie auf ihre Schuhe, damit man ihre Lippenbewegungen nicht sah. «Hört ihr mich?»

«Laut und deutlich, Liv.»

Die Erleichterung gab ihr den Mut, ein Lächeln aufzusetzen und sich weiter in den Saal zu wagen. Ein Kellner näherte sich mit Champagnerflöten. Liv nahm sich eine von seinem Tablett, dankte ihm leise und trank einen kleinen Schluck. Eigentlich wollte sie den Champagner nicht, fürchtete aber, aufzufallen, wenn sie keinen nahm.

«Derek sitzt am Tisch für die Stadt», sagte Noah in ihr Ohr.

Liv schaute suchend über den Saal, der wie für eine Hochzeit zurechtgemacht war. Runde Tische nahmen eine Hälfte des Raumes ein, wo Gäste in den unterschiedlichsten Kleidern speisten und tranken. Manche Tische waren für Sponsoren reserviert, wie den Schildern zu entnehmen war, die hoch über den Blumengestecken hingen. Sie scannte die Schilder, bis sie schließlich eins mit der Aufschrift *City of Nashville* fand. Derek und seine Frau schauten beiläufig in ihre Richtung und rasch wieder weg.

«Ich sehe ihn», sagte sie.

«Und Royce?», fragte Mack.

In der anderen Hälfte des Raumes gab es eine lange Bar, umgeben von kleinen Cocktailtischen, wo die Gäste plaudern konnten. In der Mitte hatte man eine Tanzfläche geschaffen, die bisher nur von wenigen genutzt wurde.

«Ich hab ihn noch nicht entdeckt.»

«Falls irgendwo Blitzlicht aufflammt, guck da nach», sagte Mack. «Da wird garantiert er sein.»

Liv unterdrückte ein Lachen hinter ihrem Champagnerglas. Wieder wünschte sie, er stünde jetzt neben ihr, anstatt draußen im Van zu sitzen. Sie wollte seine Hand am Rücken spüren, seine Kraft und Wärme. Sie brauchte ihn, und das Erstaunlichste daran war, es machte ihr nichts aus, das zuzugeben. Sie brauchte ihn, und das war okay. War es das, was Vertrauen bedeutete? Fühlte es sich so an, jemandem zu vertrauen?

An der Bar brach schallendes Gelächter aus und zog ihren Blick an. Etliche Leute umringten jemanden, der die Aufmerksamkeit genoss und die Bewunderung aufsog wie ein Schwamm. Das konnte nur Royce sein. Liv ging ein paar Schritte auf die Gruppe zu. Der Mann im Mittelpunkt drehte sich um, und ihr Herz setzte aus. Royce. Er warf den Kopf in den Nacken und lachte über die Bemerkung eines anderen, dann klopfte er ihm kumpelhaft auf die Schulter. Eine Frau bat ihn um ein Foto mit ihm, eine andere wollte danach auch eins.

Diese Leute ahnten nicht, wie Royce wirklich war. Wozu er fähig war. Dass hinter der liebenswürdigen Fassade ein Monster lauerte.

Und deshalb tat sie das hier.

«Ich sehe ihn», flüsterte sie.

«Okay. Von jetzt an verhalten wir uns still», sagte Noah, «aber wir sind weiter auf Empfang.»

«Du schaffst das, Liv», sagte Mack noch. «Du bist der mutigste Mensch, den ich kenne.»

Seine Zuversicht ging auf sie über. Liv straffte die Schultern, trank einen großen Schluck Champagner und schritt auf Royce zu. Unterwegs stellte sie das Glas auf einen Cocktailtisch und klemmte sich die Clutch unter den

Arm. Die Gruppe um Royce ließ den Neuankömmling nur zögerlich ein, aber schließlich drängte Liv sich zwischen zwei Menschen hindurch, sodass man sie sehen konnte. Sie wartete darauf, dass er sich umdrehte und sie bemerkte. Ihr Herz klopfte so heftig, dass es im Van zu hören sein musste.

Endlich sah Royce in ihre Richtung. Eine kurze Sekunde lang blitzte Unglauben auf, danach war da nur noch eine völlig emotionslose Maske. «Olivia», sagte er, und seine Stimme nahm diesen widerlich falschen Ton an. «Welche Überraschung.»

«Hallo, Royce.»

«Sie sehen heute Abend bezaubernd aus», sagte er, ganz der entspannte Partygast, der höflichen Smalltalk betrieb.

Sie zuckte die Achseln. «Das Kleid ist uralt.»

Neugierige Gesichter verfolgten den Wortwechsel. Eine der Frauen neben Royce beobachtete sie mit einem Ausdruck, den man nur als sauer beschreiben könnte. Offensichtlich passte ihr nicht, dass ihr ein Eindringling seine Aufmerksamkeit stahl. Wusste die Frau denn nicht, dass er verheiratet war? Nicht, dass ihn das je von nächtlichem Naschen abhielt, aber … Gott.

Liv streckte der Frau die Hand hin. «Liv Papandreas. Ich habe mal im *Savoy* gearbeitet.»

Die Frau lächelte, aber der Ausdruck in ihren Augen blieb gleich. «Oh wow! Wie aufregend!»

«Nun, es war definitiv interessant.»

«Sie sind Köchin?»

«Olivia *war* meine Patissière», mischte Royce sich ein. Einerseits weil sie ihn seit ganzen zwanzig Sekunden ignorierten und er das nicht ertragen konnte. Andererseits weil er vermutlich fürchtete, was Liv sagen könnte. Gut. Sie wollte ihn ängstlich und nervös.

«Was ist eine Patissière?», fragte die Frau.

«Eine Konditorin. Ich war für die Desserts zuständig. Meine Spezialität war der Sultan.»

Das brachte ihr eine Runde Ohs und Ahs ein, denn vom Sultan hatte hier jeder schon gehört.

«Den wollte ich immer mal probieren», sagte ein Mann. «Bin mir nur nicht sicher, ob ich ihn mir leisten kann.» Er lachte nervös, dann sah er prüfend zu Royce, ob er ihn vielleicht beleidigt hatte.

Liv machte eine wegwerfende Geste. «Es ist nur ein Cupcake. Die Zutaten kosten bloß zweihundert Dollar.»

Royce' Miene wurde hart und drohend. Er überspielte das rasch mit einem Lachen. «Sie verraten Staatsgeheimnisse, Olivia.»

Die anderen lachten ebenfalls. Es klang erleichtert, als hätten sie bemerkt, dass da etwas schwelte.

Einen Moment lang stellte sie sich Mack im Fond des Wagens vor, wie er angespannt zuhörte, und das gab ihr den Mut, die nächsten Sätze zu sagen.

«Royce, ich hatte gehofft, Sie den Leuten für einen Moment zu entführen. Wollen wir?» Sie deutete zur Tanzfläche.

Die Frau neben ihm warf ihm einen gekränkten Blick zu, als hätte er ihr den ersten Tanz versprochen. Aber Royce war wie ein hungriger Hai. Er würde sich die Gelegenheit nicht entgehen lassen, einen großen Happen

Liv zu bekommen. Er ahnte nicht, dass sie diejenige war, die schon das Blut im Wasser roch. Er war verwundet. Er wusste es nur noch nicht.

Er zwang sich ein weiteres Lächeln ab, das jedoch finster blieb. «Natürlich. Nur zu gern.»

Die Menge teilte sich, als würde sie einem gottverdammten König Platz machen. Sie spürte die neidischen Blicke in ihrem Rücken, während sie sich zur Tanzfläche führen ließ. Die Band begann gerade ein langsames Stück, und andere Paare gesellten sich zu ihnen.

Liv bekam eine Gänsehaut, als Royce die Hand an ihren Rücken legte und sie an sich zog. Sie würde stundenlang duschen müssen, um sich wieder sauber zu fühlen. Er roch nach Champagner und Rasierwasser, eine süßliche Kombination, die ihr beides für den Rest ihres Lebens ruinierte.

Royce packte ihre andere Hand fester als nötig, und als er sprach, war seine Stimme ein kaltes, drohendes Flüstern. «Was glauben Sie, was Sie hier tun?»

«Networking. Ich suche unglücklicherweise immer noch nach einer neuen Stelle.»

Royce' Blick huschte hin und her, als hätte er Angst, mit ihr gesehen zu werden. So gefiel er ihr: ängstlich.

«Sogar hier habe ich mich beworben», sagte sie im Plauderton. «Das Parkway suchte einen Konditor. Ich wurde zum Vorstellungsgespräch eingeladen, aber dann – puff. Mir wurde ohne Begründung abgesagt. Sie wissen nicht zufällig etwas darüber?»

Seine Kiefermuskeln mahlten. «Die Konkurrenz ist groß.»

«Erst recht, wenn jemand Gerüchte streut, um mich zu ruinieren.»

Die Finger an ihrer Taille gruben sich in ihre Haut. «Ich habe Sie gewarnt.»

«Ja, das haben Sie.»

Er sah ihr in die Augen – kalt, finster, gnadenlos. «Wenn Sie sich entschuldigen wollen, dafür ist es zu spät. Sie hatten Ihre Chance.»

«Tatsächlich ist das hier eher *Ihre* Chance.» Ihr liefen Schweißtropfen am Rückgrat hinunter, und sie betete, dass er die Feuchtigkeit nicht durch den dünnen Stoff ihres Kleides fühlen konnte.

«Denken Sie nicht mal daran, mir zu drohen, Olivia. So viel Einfluss haben Sie nicht einmal ansatzweise.»

Sie gab einen eingeübten Seufzer von sich. «Da haben Sie leider recht. Ich kann nicht mit Ihnen konkurrieren. Sie haben Ihre Ex-Angestellten derart terrorisiert, dass niemand ein schlechtes Wort über Sie sagen will.»

«Das hätten Sie viel eher begreifen können.»

«Wie wär's stattdessen mit einem Waffenstillstand?»

Er zog eine allzu gut gezupfte Braue hoch und sah sie von oben herab an. «In einem Waffenstillstand gibt man und bekommt man etwas. Aber über diesen Punkt sind wir längst hinaus.»

«Ich will nur zwei Kleinigkeiten von Ihnen.»

«Sie kriegen gar nichts von mir.»

Sie redete schnell weiter, bevor sie noch anfing zu zittern. «Erstens will ich ein Versprechen, dass Sie Jessica ein gutes Zeugnis ausstellen.»

Sie sah seine Kiefermuskeln zucken. «Und zweitens?»

«Sie hören auf, meinen Ruf zu ruinieren. Ich brauche kein Empfehlungsschreiben. Sabotieren Sie nur nicht länger meine Vorstellungsgespräche.»

Im einen Moment wirkte er ehrlich überrascht, dann kam sein höhnisches Grinsen zum Vorschein. «Ich habe Sie gewarnt. Eine zweite Chance gibt es bei mir nicht.»

«Wollen Sie das Risiko wirklich eingehen? Ich meine, ich könnte Sie einfach verklagen, und dann kommt es womöglich zu so hässlichen Dingen wie Offenlegungspflichten. Das könnte wirklich verdammt unangenehm werden …»

Er gab den Anschein von Höflichkeit auf. Er riss sie hart an sich, sein Blick bohrte sich in sie. «Versuchen Sie's. Ich werde Sie vernichten. Ich habe mehr Geld, als Sie sich vorstellen können.»

Sie zuckte die Achseln und hoffte, dass es ruhig und gelassen wirkte. Denn innerlich zitterte sie und stand kurz davor, sich zu übergeben. Er hatte immer noch nichts gesagt, das sie irgendwie gegen ihn verwenden konnten. «Ja, es wäre durchaus für uns beide unangenehm.» Sie lachte. «Wäre es nicht einfacher, sich irgendwie zu einigen?»

Er bebte vor Wut. «Wie?»

Liv schluckte mühsam. «Sagen Sie es mir. Was muss ich tun, damit Sie mich in Ruhe lassen?»

«Eine schriftliche Erklärung abgeben», zischte er.

Sie hielt den Atem an. Jetzt … kamen sie der Sache näher. «Und was soll darin stehen?»

«Dass Sie nichts gesehen haben.»

Scheiße. Reichte das? Hatte sie ihn in der Falle? Das schien ihr nicht genug zu sein, aber wenn sie klug wäre, würde sie zustimmen und gehen und hoffen, dass es reichte. Aber sie war nicht klug. Sie war wütend und hatte Angst, und wenn sie sich so fühlte, tat sie verrückte Dinge, zum Beispiel reden, wenn sie den Mund halten sollte.

«So machen Sie das also? So wahren Sie Ihre schmutzigen kleinen Geheimnisse? Sie schüchtern Frauen ein, bis die unterschreiben, dass nichts passiert ist, dass sie nichts gesehen haben, dass der große Royce Preston sie nie angefasst hat?»

Royce seufzte müde, als wäre er es leid, sich mit dieser Unannehmlichkeit zu befassen. «Glauben Sie wirklich, ich wüsste nach all der Zeit nicht, wie ich mich absichere?»

Ihr Puls beschleunigte sich wieder, aber diesmal vor Freude. Heilige Scheiße. Sie hatte ihn! Diese Aussage würde er nicht wegerklären können. Er hatte es so gut wie zugegeben!

«Ja, ich schätze, das tun Sie», brachte sie etwas atemlos hervor, während sie sich bemühte, ein nichtssagendes Gesicht zu machen. «Ich denke, ich lasse mich auf Ihre Bedingungen ein.»

Er zwinkerte, was ihr das Blut in den Adern gefrieren ließ. «Braves Mädchen. Sie waren immer clever.»

«Ich bin mir nicht sicher, ob das ein Kompliment ist, aber danke.» Sie wollte sich von ihm lösen, doch er hielt sie fest. Das trieb ihren Puls in ganz neue Höhen.

«Ich habe Sie immer gemocht, Olivia. Ich bin froh, dass wir uns einigen konnten.»

«Ich auch.» Erneut wollte Liv sich von ihm losmachen, doch seine Finger krallten sich in ihren Rücken. Sie konnte nicht weg, außer sie ließ es auf eine Szene ankommen.

Royce lächelte triumphierend, als wäre sie ihm gerade in die Falle gegangen. Adrenalin flutete ihre Adern, und das Bild einer Spritze mit radioaktivem Gift blitzte vor ihren Augen auf. Mit einem flauen Gefühl erkannte sie, dass sie nicht mal Derek winken konnte, damit er ihr zu Hilfe kam. Sie schaute in die entgegengesetzte Richtung und wurde zudem von den tanzenden Paaren verdeckt. Sie konnte nur hoffen, dass Noah und Mack mit ihm redeten.

«Wissen Sie was?», sagte Royce, und seine Stimme klang viel zu beiläufig. «Aus Anlass unseres Waffenstillstands werde ich Ihnen einen Rat geben.»

«Lassen Sie mich los», flüsterte sie.

«Ich bin besorgt, mit wem Sie sich neuerdings abgeben.»

Liv versuchte, ein neutrales Gesicht zu wahren, doch ihr war schlagartig eiskalt. «Ich weiß nicht, was Sie meinen.»

«Braden Mack natürlich.»

Vor Wut begann sie zu zittern, und ihr verschwamm die Sicht. «Braden Mack ist tausendmal mehr Mann, als Sie es je sein werden. Wagen Sie es nicht, seinen Namen in den Mund zu nehmen. Wagen Sie es nicht mal, ihn zu denken.»

«Wissen Sie, was das Lustige daran ist?» Royce' Miene wurde ganz ruhig, beängstigend ruhig. Als hätte sie ihm die perfekte Überleitung ermöglicht. «Sein Name ist genau das Problem.»

◆ ◆ ◆

Mack hörte ihre Stimmen, aber gedämpft und undeutlich, weil ihm das Blut in den Ohren rauschte. Der Van war plötzlich zu eng, zu heiß und viel zu weit von ihr weg.

«Alter, hast du das gerade gehört?» Es mochte Noah sein, der das fragte, aber Mack konnte gerade nur an eins denken: Mit Liv reden, bevor es zu spät war.

«Liv», sagte er ins Mikrophon. «Liv, hör mir zu. Verschwinde da. Geh weg von ihm!»

Er hörte sie weiter mit Royce reden, und plötzlich klang sie ängstlich. «W-was soll das heißen?»

«Liv, bitte.» Scheiße. *Bitte, lieber Gott, sie darf das nicht auf diese Weise erfahren. Nicht von diesem Drecksack.* «Du musst verschwinden.»

Noah neigte den Kopf an sein Mikro. «Derek, was geht da vor? Kannst du sie sehen?»

Was Derek antwortete, bekam Mack nicht mit. Er hörte nur Liv. Und Royce. Und das Dröhnen, mit dem sein Leben über ihm zusammenbrach.

Royce' Stimme füllte den Van. «Genau das hatte ich befürchtet, Olivia. Er hat Ihnen die Wahrheit verschwiegen. Sie sollten mir danken, dass ich Sie vor diesem … diesem Sohn eines Mörders warne.»

Hop packte Mack am Arm. «Wovon redet er da, Mack?»

Mack schüttelte seine Hand ab und versuchte noch einmal, zu Liv durchzudringen. «Baby, bitte, hör nicht auf ihn.»

«Sie sind ein widerlicher Lügner», fauchte Liv. Aber das Zittern in ihrer Stimme war selbst durch das Mikrophon zu hören.

«Mack ist der Lügner, Olivia.»

Macks Magen zog sich zusammen. Er würde sich übergeben müssen. *Ich hasse Lügner.* So durfte sie es nicht erfahren. Warum hatte er ihr das nicht selbst erzählt, als er die Gelegenheit hatte?

«Oder besser gesagt McRae. So heißt er in Wirklichkeit. Braden McRae.»

«Liv, bitte.» Mack ballte die Fäuste in seinen Haaren. Noah schrie Derek an. Hop schrie Mack an.

Mack hörte beide nur wie aus der Ferne, denn Royce sprach weiter. «Er ist der Sohn von Josh McRae. Einem Mörder, der regelmäßig seine Ehefrau verprügelt hat. Er sitzt lebenslänglich im Staatsgefängnis von Iowa.»

«Sie lügen», widersprach Liv. Aber sie klang so verletzt. «Sein Vater ist tot.»

«Liv!» Mack versuchte es erneut. Seine Stimme brach.

«Lassen Sie mich los», flehte Liv.

Es raschelte laut, dann hörte man Royce: «Ich gewinne immer, Olivia. Immer.»

Wieder Rascheln, dann Keuchen und schnelle Schritte.

Mack schluckte mühsam. «Liv, hör mir zu.»

«Scheiße!» Das kam von Derek.

«Was passiert da?», rief Mack panisch. Ihm lief der Schweiß übers Gesicht.

Hop packte ihn erneut am Arm. «Du Mistkerl. Was für Lügen hast du ihr noch erzählt?»

Mack brüllte ins Mikrophon. «Derek, was passiert da?»

«Sie läuft aus dem Saal. Ich versuche hinterherzukommen.»

Mack hastete gebückt zur Hecktür …

Noah erwischte ihn am Arm. «Mack, was hast du vor?»

Mack stieß die Tür auf und sprang raus.

«Mack, warte!», brüllte Noah. «Wenn er dich sieht, ist die ganze Operation im Arsch!»

Schritte folgten ihm, als er auf das Hotel zurannte. Noah holte ihn ein, riss ihn herum und – was zum Teufel? – schleuderte ihn mühelos gegen die Wand. Woher nahm er dafür bitte die Kraft?

Mack versuchte, ihn wegzuschieben. «Lass mich los. Ich muss zu Liv.»

Noah hielt ihn an den Schultern gegen die Wand gedrückt. «Sie ist weg, Mann. Sie ist gegangen.»

Mack stieß Noahs Arme zur Seite. «Was soll das heißen, sie ist weg?»

«Derek sagt, sie ist abgehauen. Er findet sie nicht mehr. Und du kannst da nicht reinrennen.»

«Ich muss mit ihr reden.» Er ließ sich gegen die kalte Ziegelwand sinken. «Ich muss … ich muss es ihr selbst sagen. Ihr erklären, warum.»

Noah stützte keuchend die Hände auf die Knie. Als er sich wieder aufrichtete, wischte er sich mit dem Ärmel über die Stirn. «Steig wieder ein. Im Augenblick können wir nichts weiter tun.»

Doch. Er konnte etwas tun. Er musste sie finden. Bevor er sie für immer verlor.

KAPITEL 26

Es war fast elf Uhr, als der Uber-Fahrer vor Theas Einfahrt hielt. Im großen Schlafzimmer brannte Licht, also war Thea vermutlich noch wach und las. Oder hatte Telefonsex mit Gavin. So oder so bedauerte Liv, dass sie sie stören musste.

Nachdem sie von der Gala abgehauen war, war sie ziellos durch die Gegend gefahren, mit abgeschaltetem Handy und blutendem Herzen. Irgendwann knapp außerhalb der Innenstadt war ihr das Benzin ausgegangen, sodass sie den Fahrdienst rufen musste. Liv dankte dem Fahrer und stieg aus. Sie schaute zum Haus. In dem Moment wurde oben der Vorhang beiseitegeschoben. Wenigstens brauchte sie nicht zu klopfen. Wacklig ging sie mit ihren Highheels den gepflasterten Weg entlang, der zur Veranda führte. Das Licht ging an, sowie sie auf die Stufen trat, und im nächsten Moment schwang die Tür auf.

Thea kam ihr in Schlafanzug und Sweatshirt entgegen. «Oh mein Gott, wo warst du? Alle drehen total durch und – oh Liv, was ist passiert?»

Und dann, zum ersten Mal seit einer langen Zeit, warf Liv sich in die Arme ihrer Schwester und brach in Tränen aus.

◆ ◆ ◆

Zwanzig Minuten später stand Thea von der Couch auf und ging im Zimmer auf und ab. «Er muss einen Grund haben, warum er gelogen hat.»

«Macht das einen Unterschied?»

«Natürlich macht es einen Unterschied! Er hat nicht nur dich belogen, sondern uns alle. Er muss einen Grund haben. Willst du ihm nicht eine Chance geben, es zu erklären?»

Liv schüttelte den Kopf. «Ich kann im Moment nicht denken. Ich weiß nicht, was ich will.» Ihre Stimme brach, die Gefühle erstickten sie beinahe. «Ich wusste es doch besser. Ich hätte mich nie in ihn verlieben dürfen.»

«Aber du hast es getan. Das sollte dir etwas sagen.»

Ja. Dass sie dumm war.

Thea setzte sich wieder neben sie und nahm ihre Hände. «Ich weiß, es fällt dir schwer, jemandem zu vertrauen, aber …»

«Hier geht es nicht um Vertrauen! Sondern darum, dass ich es offenbar nicht wert bin, die Wahrheit zu erfahren!»

Liv zitterte, als die Worte aus ihrem Mund explodierten, geschockt, dass sie sie tatsächlich ausgesprochen hatte.

Thea ließ sich nach hinten sinken. «Was soll das heißen?»

«*Du bist den ganzen Ärger nicht wert*», flüsterte Liv. «Das hat er gesagt.»

«Wer?»

«Dad.»

Thea schüttelte den Kopf. «Wann? Wann hat er das zu dir gesagt?»

«An dem Tag, als ich mit dem Bus zu ihm gefahren bin.»

Thea ließ die Schultern hängen, als die Erinnerung in ihr hochkam. Die grässliche Erinnerung an den Tag, an dem Liv mit dreizehn Jahren einfach von zu Hause abhaute, um bei ihrem Vater die Sommerferien zu verbringen, wie er es versprochen hatte.

«All die Jahre hat er uns angelogen. Immer hieß es, er hätte keine Zeit oder keinen Platz für uns, und in Wirklichkeit ...» Sie zuckte die Achseln. «War das gelogen. Er hatte ein riesiges Haus. Er wollte sich nur nicht mit seiner neuen Frau streiten.» Die mit seinen Töchtern nichts zu tun haben wollte. Die sie nicht bei sich wohnen ließ und ihnen Besuche verweigerte.

Thea nahm wieder Livs Hände. «Ich verstehe nicht. Wann hat er gesagt ...»

«Dass ich den Ärger nicht wert bin? Bevor er mich wieder in den Bus gesetzt hat, damit ich zurückfahre.»

Thea wurde blass. «Du hast damals gesagt, du seist zurückgekommen, weil er nicht da war. Dass nur sie da gewesen ist.»

«Ich wollte nicht, dass du es weißt.» Welche Ironie. Ein trauriges Lachen entkam aus ihrer brennenden Kehle. «Ich habe gelogen.»

Tränen traten in Theas Augen. «Oh Liv. Das tut mir so

leid.» Und plötzlich ging ihr Kummer in Zorn über. «Gott, es ist zum Kotzen, dass wir beide immer noch unter dem Scheiß unserer Eltern leiden.» Sie kniete sich vor Liv hin. «Hör mir zu. Ich hätte Gavin beinahe verloren wegen der seelischen Narben, die wir ihnen verdanken. Lass nicht zu, dass du Mack deswegen verlierst.»

«Das ist etwas anderes.»

«Warum?»

«Ich … es ist nun mal so.»

Aus Theas Miene konnte sie deutlich Mitleid und zu gleichen Teilen Enttäuschung ablesen. Liv hasste beides. Deshalb sah sie weg. Sie konnte ihrer Schwester nicht erklären, was sie selbst kaum verstand.

Theas Handy summte. Sie zog es aus der Tasche und sah aufs Display. Ihr Blick flog sofort zu Liv. «Er ist es. Schon wieder.»

Liv sackte der Magen weg. «Geh nicht ran.»

«Liv, er ist so besorgt. Er verliert grad den Verstand.»

«Ich …»

Thea nahm den Anruf in letzter Sekunde an. Sie hielt sich nicht mit einer Begrüßung auf. «Sie ist hier.»

◆ ◆ ◆

Mack rannte in Theas Haus, während ihm das Herz fast aus der Brust sprang und er sich zurückhalten musste, um nicht zu schreien. Er ignorierte Thea, umfasste Livs Hinterkopf und presste seine Lippen auf ihren Mund.

Dann zog er sich gerade weit genug zurück, um seine

Stirn an ihre lehnen zu können. «Hast du irgendeine Ahnung, was für Sorgen ich mir gemacht habe?»

Ein hohes Räuspern aus Richtung der Treppe erinnerte ihn daran, dass Thea auch hier war.

«Ich, äh, zieh mich mal zurück, denke ich, und lass euch in Ruhe reden», sagte sie, und mit weichen Stakkato-Schritten verschwand sie nach oben.

Mack ignorierte auch ihre Abwesenheit, da sein wirrer Verstand damit beschäftigt war, die Details von Livs Erscheinung in sich aufzunehmen wie Puzzlestücke, die er nicht zusammensetzen konnte. Rotes Kleid. Umwerfende Kurven. Lange lockige Haare. Nackte Schultern.

Augen, die ihn mal leidenschaftlich angesehen hatten und jetzt anklagend anstarrten.

«Braden McRae», flüsterte sie.

Er ließ die Hände sinken. «Das ist nicht mehr mein Name.»

«Warum hast du mich belogen?»

Mack sah zu Boden. «Weil ich alle schon so lange anlüge, dass ich nicht wusste, wie ich es dir sagen soll.» Er hob den Blick, und ihre ausdruckslose Miene brach ihm das Herz. «Mein Vater war gewalttätig und alkoholsüchtig. Er hat meine Mutter geschlagen. Uns auch. Meinen Bruder und mich. Keiner von uns blieb verschont.»

Eine Träne lief über Livs Wange. «Oh Mack. Das tut mir leid.»

Er fuhr sich durch die Haare. «Eines Abends ist er in eine Schlägerei geraten, in einer Bar, und hat einen Mann getötet. Er war ihm völlig egal. Er war danach immer noch wütend. Und als er nach Hause kam, ließ er das an ihr aus.»

Seine Stimme brach, aber er konnte nicht aufhören. Nicht ehe sie alles wusste. «Ich war dabei, als es passierte. Und ich habe nichts unternommen. Ich hatte zu große Angst, um dazwischenzugehen. Ich habe meinen kleinen Bruder genommen und mich wie ein Feigling mit ihm im Schrank versteckt, bis es vorbei war, und dann war es zu spät. Ich dachte, sie ist tot, als ich sie am Boden liegen sah.»

Liv tropften Tränen vom Kinn. Er fragte sich, ob ihr bewusst war, dass sie weinte.

«Du hast mich gefragt, warum ich Liebesromane lese.»

Sie nickte schniefend.

«Das fing an, als sie im Krankenhaus lag. Während sie operiert wurde, habe ich im Warteraum gesessen, und da lag einer herum.» Er sah Liv an, nahm sie aber eigentlich nicht wahr. Alles verschwamm, als wäre er unter Wasser, als würde er untergehen. Alles war trübe, dunkel, verwirrend. «Ich habe die Romane geliebt. Nicht wegen der Sexszenen, obwohl» – er lachte traurig – «ich aus denen alles gelernt habe, was ich weiß. Ich liebte sie, weil darin die Guten immer gesiegt haben. Männer waren immer heldenhaft, und wenn nicht, dann bekamen sie, was sie verdienten. Immer.»

Er schüttelte den Kopf. «Ich habe meinen Namen offiziell ändern lassen, als ich achtzehn wurde. Ich wollte nicht, dass mich noch irgendetwas mit ihm verbindet.»

Liv stand auf und kam auf ihn zu. Er wollte nach ihr greifen, sie im Arm halten, doch ihre Körperhaltung schrie: *Fass mich nicht an!*

«Braden», flüsterte sie.

Sein Herz setzte einen Schlag aus, als er seinen echten Namen von ihren Lippen hörte.

«Es tut mir sehr leid, dass du das durchmachen musstest.»

«Ich hätte es dir erzählen sollen», sagte er mit belegter Stimme.

«Warum hast du nicht?»

«Ich …»

«Du hattest viele Gelegenheiten dazu», sagte sie, und ihre Stimme wurde stärker. «Wie oft kam das Gespräch auf deinen Vater? Du hast mir jedes Mal ins Gesicht gelogen.»

«Da kannten wir uns kaum, Liv. Warum sollte ich dir etwas erzählen, das ich jahrelang selbst meinen Freunden verschwiegen hatte?»

Es war ein Fehler gewesen, das zu sagen. Ihre Miene wurde starr und strahlte plötzlich eine ruhige Selbstgewissheit aus. «Du hast recht. Wir kannten uns kaum. Vielleicht tun wir das noch immer nicht. Und deshalb war die ganze Sache zwischen uns von Anfang an völlig verrückt. Aber mehr als das ist es auch nicht. Ein verrückter kleiner Flirt. Und jetzt …»

Mack schüttelte den Kopf. «Sag es nicht.»

«Vielleicht ist es das Beste, wir beenden es jetzt.»

Schmerz bohrte sich in ihn, als wäre ihm ein Messer in die Brust gerammt worden. «Warum? Nichts hat sich geändert. Nichts. Mein Name ändert nichts daran, dass ich noch nie so für jemanden empfunden habe wie für dich.»

Sie winkte ab und zog sich ihren Sarkasmus über wie eine Rüstung. «Du wirst es überstehen. Nächste Woche lässt mit Sicherheit eine andere einen Cupcake in deinen Schoß fallen.»

«Hör auf damit. Das ist kindisch.»

Sie wurde rot vor Scham.

Er wandte sich ab und verschränkte die Hände auf dem Kopf. Der Boden schwankte vor seinen Augen. «Ich bin nur ein Mann.» Er drehte sich wieder zu ihr um. «Ob ich Braden Mack heiße oder Braden McRae. Ich bin nur ein Mann, der dir sein Herz gegeben hat. Und du brichst es gerade.»

«Ich kann das nicht», flüsterte sie und sank auf die Couch.

«Glaubst du, für mich ist das leicht?» Er fiel vor ihr auf die Knie. «Gerade habe ich eine Scheißangst, weil ich nicht weiß, was der Ausdruck in deinem Gesicht bedeutet. Und wenn du jetzt mit mir Schluss machst, nach allem, was wir miteinander geteilt haben, dann weiß ich nicht, ob ich mich davon erhole.» Er legte eine Hand an ihren Hinterkopf und zwang sie, ihn anzusehen. «Gib mir eine Chance. Bitte.»

Sie erwiderte seinen Blick, forderte ihn damit heraus.

Er ließ seine Hand zu ihrer Wange gleiten.

«Ich habe nicht mit dir gerechnet», sagte sie.

«Ich mit dir auch nicht», sagte er leise und rau. «Aber wir können das klären. Wir können dafür sorgen, dass es funktioniert. Ich werde dich nie wieder wegen irgendetwas anlügen. *Vertrau* mir einfach.»

Und damit verlor er sie.

Ihr Gesicht erstarrte, ihr Blick wurde leer. Sie zog sich von ihm zurück. «Tut mir leid. Ich kann das nicht.»

Mack spürte seinen Körper nicht, als er aufstand. «Bist du dir sicher, dass du das willst?»

«Was ich will, spielt keine Rolle. Diese Lüge wird immer zwischen uns stehen. Ich werde mich immer fragen, ob du mir die Wahrheit sagst.»

Mack war wie betäubt. «Ich bin nicht dein Vater, Liv.»

Ihre Augen wurden dunkel. «Und ich bin keine Prinzessin aus deinen Liebesromanen. Das hier ist eine Geschichte ohne Happy End.»

Mack wusste später nicht mehr, wie er gegangen war, erinnerte sich nicht mehr an die Autofahrt, nur noch daran, dass er schließlich im Wagen vor seinem Haus saß.

Es gab kein Happy End für ihn. Es würde nie eins geben.

Und er war dumm, dass er je daran geglaubt hatte.

KAPITEL 27

Zum ersten Mal in ihrem Leben war Liv dankbar, keine Arbeit und keine Verpflichtungen zu haben.

Am nächsten Morgen fuhr Thea sie zurück zur Farm, wo Liv sofort ins Bett ging. Sie zog sich die Decke über den Kopf und blieb den ganzen Tag liegen, eine Schachtel Taschentücher neben sich. Sie stand dreimal auf, um zu pinkeln, und einmal, um die letzten Krümel aus einer Tüte Doritos-Tortilla-Chips zu essen. Am Abend kurz nach sieben Uhr klopfte Rosie leise an ihr Schlafzimmer und sagte, sie stelle ihr einen Thunfischauflauf auf den Tisch.

Der Teller stand am nächsten Morgen noch unberührt da, als Liv auf der Suche nach Schmerztabletten in die Küche kam. Sie hatte mitten in der Nacht Kopfschmerzen bekommen. Und sie wurden durch das schlechte Gewissen nur noch schlimmer. Sie hätte Rosie gestern Abend wenigstens antworten und ihr danken sollen, weil sie ihr Essen brachte und für sie ihre Pflichten auf der Farm erledigte.

Liv fuhr sich mit den Fingern durch die Haare und

zuckte zusammen, als sie am Hinterkopf in einer Filzmatte hängen blieb. Gott, sie musste sich endlich zusammenreißen. Genau deshalb hasste sie Heulerei. Wenn sie einmal angefangen hatte, konnte sie nicht mehr aufhören, und das Ganze war so eine beschissene Zeitverschwendung. Sie hatte einen ganzen Tag ihres Lebens verloren, weil sie seinetwegen geheult hatte.

Und es ging ihr noch nicht mal besser. Es ging ihr sogar schlechter.

Sie fühlte sich nicht entgiftet. Sie fühlte sich verkatert.

Und sie fühlte sich auch nicht befreit oder was immer laut Selbsthilfeschwachköpfen die gesunde Reaktion auf stundenlanges Weinen war. Nein. Sie fühlte sich wie eine zerrupfte Stoffpuppe, die der Hund zwischen die Fänge gekriegt und durch den Schlamm geschleift hatte.

In ihr war etwas zerbrochen. Mack hatte etwas zerstört. Und vielleicht war das, noch vor allem anderen, der Grund dafür, dass sie ihn hasste.

Sie band sich die Haare zum Pferdeschwanz, wusch sich rasch das Gesicht, wobei sie einen Moment lang an den orangen Doritos-Flecken in den Mundwinkeln rubbelte, und zog sich frische Sachen an. So öffnete sie zum ersten Mal seit einem Tag ihre Wohnungstür.

Auf dem Treppenabsatz hielt sie inne, um zu sehen, ob ihr die Welt jetzt anders vorkam. Nein. Draußen empfing sie dieselbe Geräuschkulisse wie immer. Randy krähte in seinem Baum. Die Ziegen blökten. *Gehen Sie weiter,* schien die Welt zu sagen. *Hier gibt's nichts zu sehen.* Nur eine junge Frau mit gebrochenem Herzen, die ihre Lektion jetzt gelernt hatte.

In den Legenestern fanden sich nur zwei Eier, und Futterkrümel auf dem Boden verrieten ihr, dass Rosie sich schon um die Hennen gekümmert hatte. Neue Entschlossenheit ließ sie die Schultern straffen. Das war definitiv das letzte Mal, dass Rosie für sie einspringen musste.

Sie marschierte ins Farmhaus, stemmte die Hände in die Hüften und wollte genau das zu Rosie sagen. Doch bevor sie ein Wort herausbekam, drehte Rosie sich an der Spüle um, neigte den Kopf zur Seite und sagte: «Oh, Schätzchen, ich verspreche dir, das geht vorbei.»

Und sie fing schon wieder an zu heulen. Herrgott noch mal. Liv stampfte zur Spüle. «Ich bin das so leid.»

Sie klatschte sich etwas Wasser ins Gesicht. Rosie rieb ihr mit kreisenden Bewegungen den Rücken. «Hunger?»

«Ist noch was vom Thunfischauflauf übrig?»

«Im Kühlschrank steht ein Teller für dich. Setz dich. Ich wärme ihn auf.»

Liv überlegte zu widersprechen, weil sie das selbst tun konnte, aber ihr fehlte die Energie. Rosie hantierte leise in der Küche herum, während Liv den Auflauf in sich reinschaufelte. Als ihr Teller leer war, nahm Rosie ihn wortlos weg und spülte ihn ab.

«Ich habe Schokoladenkuchen gebacken», sagte sie mit dem Rücken zu Liv.

Das schlechte Gewissen ließ ihre Schläfen schmerzhaft pochen. «Es tut mir leid wegen gestern Abend.»

Rosie blickte ratlos über die Schulter. «Was meinst du?»

«Ich habe dich überhaupt nicht beachtet, als du mir Essen gebracht hast. Und du musstest meine Arbeiten erledigen.»

Rosie schnaubte. «Liebes, du warst gestern nicht in der Verfassung, irgendetwas zu tun. Du brauchst dich nicht zu entschuldigen. Manchmal ist es für eine Frau das Beste, wenn sie sich mal einen Tag lang selbst bedauert.» Sie drehte sich zu ihr um und zeigte auf sie. «Solange sie am nächsten Tag wieder aufsteht und die Ärmel hochkrempelt.»

«Ich weiß. Es tut mir leid. Ich verspreche, das wird nicht wieder vorkommen.»

«Livvie, ich rede nicht von den verdammten Hühnern.»

Liv nickte. «Ich werde auch bald neue Bewerbungen schreiben …»

«Davon rede ich auch nicht.» Rosie kam zur Küchentheke. «Ich spreche von Royce.»

Liv stöhnte und schüttelte den Kopf. «Ist mir inzwischen egal.» Okay, das stimmte nicht. Aber es war ein gutes Gefühl, so zu tun, als ob. Ihr fehlte die Kraft, um weiter an emotionalen Abgründen entlangzuschwanken. Jetzt brauchte sie erst mal eine Weile sicheren Boden unter den Füßen.

«Unsinn», erwiderte Rosie. «Du tust dir nur selber leid.»

«Hast du nicht gerade gesagt, ich darf mich bemitleiden?»

«Ja, gestern durftest du das. Heute musst du die Scherben aufkehren und weiterkämpfen.»

Scham ließ Liv den Blick senken. «Ich glaube, ich habe alles nur schlimmer gemacht.»

«Das kommt dir so vor, weil du den Bären gereizt hast und der daraufhin zurückgeschlagen hat. Er hat dich da getroffen, wo es am meisten weh tut, und jetzt leckst du deine Wunden und hast Angst, den Kampf zu Ende zu bringen.»

«Vielleicht ist es nicht mein Kampf.»

Rosie knallte die Hände auf die Arbeitsplatte. «Bullshit!»

Liv zuckte zusammen und blickte auf. Noch nie hatte sie Rosie derart laut werden hören. Nicht mal gegenüber Hop.

Rosie zeigte wieder mit dem Finger auf sie. «Das ist der Kampf jeder Frau, Olivia Papandreas. Du hast nicht darum gebeten, aber du steckst da jetzt drin. Jessica zählt auf dich. Alexis zählt auf dich. Die Frauen auf der Liste zählen auf dich. Und ich auch.»

Bei den letzten drei Worten wurde ihre Miene weich, und sie kam zu Liv herum. Sie stellte sich neben sie und strich ihr eine Strähne aus der Stirn, eine Geste, die Livs Blick schon wieder mit Tränen verschleierte.

«Ich zähle darauf, dass du beendest, was meine Generation begonnen hat, Livvie. Was Generationen von Frauen begonnen haben, aber nicht abschließen konnten.»

Liv schnaubte, dankbar, endlich einen Vorwand dazu zu haben. «Lass uns mal nicht übertreiben. Ich bin bloß eine Konditorin, Rosie.»

«Die Gesellschaft wurde verändert durch Tausende Frauen, die dachten, sie seien *nur* eine Hausfrau oder *nur* eine Sekretärin oder *nur* eine Näherin, bis sie eines Tages die Nase voll hatten und beschlossen, sich zu wehren.»

Eine Erinnerung zauberte ein Lächeln auf Livs Gesicht. «Meine Gran Gran hat immer etwas Ähnliches gesagt. *Nichts und niemand ist stärker als eine wirklich angepisste Frau.*»

«Deine Großmutter war eine kluge Frau.»

«Na ja, sie hat auch geglaubt, dass es regnet, wenn sich alle Kühe auf der Weide hinlegen, also …»

«Das stimmt auch. Siehst du? Sie war klug.»

Liv gab einen zittrigen Seufzer von sich. «Ich habe alles versaut», sagte sie einen Moment später.

Rosie nickte. «Aber das lässt sich wieder geradebiegen.»

«Ich muss mich bei Alexis entschuldigen.»

«Ja, das musst du. Wir brauchen unsere Freundinnen. Royce hat schon genug kaputt gemacht. Lass ihn nicht auch noch eure Freundschaft zerstören.» Rosie nickte entschieden. «Und nun habe ich etwas für dich. Das scheint mir ein guter Moment zu sein, um es dir zu geben, denn du könntest etwas gebrauchen, das dein Selbstvertrauen stärkt.»

Sie ging durch die Küche ins Wohnzimmer. Liv drehte sich um und sah sie die Schublade des Schreibtischs aufziehen und einen dicken Umschlag herausholen.

«Was ist das?», fragte sie, als Rosie zurückkam und ihn vor sie hinlegte.

«Mein Testament.»

Panik trieb ihr die Luft aus den Lungen, und sie atmete zischend aus. «Ich schwöre bei Gott, Rosie. Wenn du mir jetzt sagst, dass du bald stirbst, dann bringe ich dich um.»

«Aber nein. Ich werde Urlaub machen.»

Liv sank in sich zusammen. «Gott sei Dank.»

«Ich wollte das bloß erledigt haben, bevor ich verreise.»

«Und was genau?»

«Ich habe dich als Erbin in meinem Testament eintragen lassen.»

Das bisschen Luft, das Liv zurück in ihre Lungen gezwungen hatte, entwich ihr direkt wieder. «Das … das …», stammelte sie kopfschüttelnd. Der emotionale Abgrund rief nach ihr. «Das darfst du nicht.»

«Ist schon alles erledigt. Letzte Woche war ich beim Anwalt.»

Liv brachte nur ein Wort heraus. *«Warum?»*

«Weil ich alt bin. Ich will mich zur Ruhe setzen, reisen, mehr Sex mit Hop haben, solange er ihn noch hochkriegt.»

Liv verzog das Gesicht.

«Und weil der Tag, als du hier aufgetaucht bist, der beste meines Lebens war.»

Liv stützte den Kopf in die Hände und gab auf. Warum noch gegen die Tränen ankämpfen? Rosie legte die Hand auf ihre Schulter, warm und tröstend. «An diesem Tag habe ich eine Tochter gewonnen. Eine Tochter, von der ich gar nicht wusste, dass ich sie brauche.»

Liv wischte sich mit dem Handrücken über die Nase und hickste. «War der beste Tag deines Lebens nicht der, an dem Neil Young dir aus dem Tourneebus sein verschwitztes T-Shirt zugeworfen hat?»

«Du hast recht. Als du hierherkamst, war das der zweitbeste Tag meines Lebens.»

«Ich weiß nicht, was ich sagen soll.» Liv starrte auf den Umschlag.

«Du brauchst gar nichts zu sagen.» Rosie strich ihr wieder eine Strähne aus der Stirn. «Sei einfach die Frau, die ich schon immer in dir gesehen habe. Eine Frau, die mich stolz macht.»

Aber konnte sie auch eine Frau sein, die sich selbst stolz machte? Liv stand mit wackligen Beinen auf. Rosie war erst der zweite Mensch in ihrem ganzen Leben, der das je zu ihr gesagt hatte. Sie wich ein Stück zurück, aber überall lauerte der verdammte Abgrund. Sie ruderte verzweifelt mit den Armen, und die Furcht zu fallen raubte ihr die Kraft. «Ich habe Angst», flüsterte sie schließlich.

«Wovor?»

«Dich zu enttäuschen.»

Rosie stieß ein ungläubiges Schnauben aus. «Das ist das Zweitdümmste, was du heute gesagt hast. Du könntest mich nicht enttäuschen, selbst wenn du es versuchst.»

Liv senkte den Blick auf ihre Füße. Der Boden schwankte und verschwamm. «Alexis hat recht. Ständig verurteile ich andere Menschen. Ich habe solche Angst vor meinen eigenen Schwächen, dass ich andere für ihre bestrafe. Ich … ich mache es anderen schwer, mir zu vertrauen. Mich zu mögen.»

Rosie gab einen mitfühlenden Laut von sich. «Wer auch immer dich das glauben gemacht hat, er hat dich nicht verdient.»

Liv merkte erst, dass sie unbewusst die Augen geschlossen hatte, als sie Rosies Hand an ihrer Wange spürte. «Sieh mich an, Liebes.»

Liv gehorchte. In Rosies Blick sah sie nichts als Wärme, Liebe und Stolz. «In diesem Menschen war etwas zerbrochen. Aber das ist nicht deine Wunde.» Rosie wischte ihr eine Träne weg. «Du musst dich nicht mit ihren Narben belasten. Du darfst dich davon befreien, Liv. Von allem. Lass dich lieben und lass *los.*»

Liv ließ zu, dass Rosie sie in die Arme zog, und schluchzte an ihrer Schulter. Loslassen, wie sollte das gehen? Konnte man das einfach beschließen: *Jetzt will ich heilen?* Sie konnte das nicht. Und deshalb hatte sie den einzigen Mann verloren, den sie je geliebt hatte.

Ja, sie liebte ihn. So sehr. Die ganze Nacht hatte sie ihn immer wieder vor sich gesehen. Wie verloren er gewesen war … Sie hatte ihm das angetan. Er hatte ihr die Wahrheit gesagt, und sie hatte ihn abgewiesen wegen ihrer verdammten Ängste. Würde er ihr das überhaupt verzeihen können?

Liv löste sich von Rosie und rieb sich die Tränen aus dem Gesicht.

Rosie holte tief Luft, ein stilles *Nachdem das nun geklärt ist*-Durchatmen. «Okay, zuerst musst du dich aber um dich kümmern. Geh dir die Haare kämmen. Nimm ein heißes Bad. Trink ein Glas Wein. Ich bringe dir Schokoladenkuchen und lasse Hop deinen Wagen holen.»

«Ich liebe dich, Rosie», sagte Liv mit brechender Stimme.

«Ich weiß, Liebes. Und ich liebe dich auch.» Sie zeigte zur Tür. «Und nun geh. Ich habe zu tun.»

Liv ging in ihre Wohnung zurück und kämmte sich die Haare, trank ein Glas Wein, nahm ein heißes Bad. Sie tauchte unter und ließ das Wasser die frischen Tränen wegspülen.

Eine Stunde später wickelte sie sich in ein Handtuch und ging mit dem leeren Weinglas in die Küche. Da lag ein Buch auf dem Tisch.

The Protector.

Wie …? Wo kam das her?

Auf dem Umschlag klebte ein Zettel:

Hat mir ein Freund zu lesen gegeben. Dachte, es könnte dir gefallen. Hop

Liv lachte ungläubig. Hop … hatte ihr einen Liebesroman mitgebracht?

Unter seinem Namen stand noch:

Seite 245. Angst ist ein starker Motivator. Aber Liebe auch.

Angst ist ein starker Motivator. Dasselbe hatte Mack – Braden – zu ihr gesagt. Liv nahm das Buch mit auf die Couch und blätterte, bis sie Seite 245 gefunden hatte.

> *Ellie schob die Finger in Chase' Haare. «Was vorher gewesen ist, spielt keine Rolle. Wir können neu anfangen.»*
>
> *«Wie?» Seine Stimme war gedämpft, weil er sein Gesicht an die heiße, süß duftende Haut ihres Halses schmiegte, aber man hörte trotzdem das verzweifelte Flehen darin. Er wollte so sehr glauben, dass das tatsächlich möglich war.*
>
> *«Sieh mich an.» Ihre Hände glitten zu seinen Wangen und zwangen ihn sanft, den Kopf zu heben. Er tat es, aber nur so weit, dass er die Stirn an ihre Wange lehnen konnte.*
>
> *«Wir fangen einfach neu an.» Sie zog ihn bis auf Augenhöhe zu sich hoch. «Wir vergessen, was war.»*
>
> *«Einfach so?»*
>
> *«Nein. Nicht einfach so. Ich habe Angst und bin verwirrt und fühle mich entblößt und verletzlich, und*

das sind Gefühle, die ich lange Zeit nicht zugelassen habe. Das wird ganz bestimmt nicht einfach. Ich weiß nur, dass sich voneinander fernzuhalten nicht sonderlich gut funktioniert hat. Vielleicht könnte einander verzeihen und neu anfangen klappen.»

Chase klammerte sich an ihre Worte. Er saugte sie auf, schwebte darauf, fühlte die Last der Schuld von seinen Schultern weichen für den einen wunderbaren Moment, in dem er sie glaubte.

Er wollte, dass das hier zu seiner Wirklichkeit wurde. Eine Realität, in der ihm verziehen werden und wo er sich ihrer würdig erweisen konnte. Wo die Vergangenheit, die Wahrheit, sie nicht mehr beeinträchtigte. Wo er nehmen konnte, was sie ihm anbot – eine zweite Chance, Gnade, sie. Er wollte ein Mann sein, der ihre Bewunderung, ihre Vergebung verdiente. Er wollte der Mann sein, den er in ihren Augen sah, wenn sie ihn so anschaute wie jetzt.

Und er brauchte nichts weiter zu tun, als sich zu entscheiden.

Ehre oder Selbstsucht.

Glück oder Einsamkeit.

Die Entscheidung machte ihm Angst. Aber gab es überhaupt eine Wahl?

Angst war ein starker Motivator. Aber Liebe auch.

◆ ◆ ◆

Einige Stunden später klappte Liv das Buch zu und legte es auf die Couch neben sich. Das Badehandtuch war an ihr längst getrocknet, ihre Haare unter dem anderen Handtuch jedoch kalt und klamm.

Als Kind war sie einmal mit dem Fahrrad gestürzt und hatte sich die Unterarme aufgeschürft. Genauso fühlte sie sich innerlich. Wund und empfindlich.

Als Mack sie anlog, hatten Angst und Liebe ihn dazu getrieben. Und sie hatte ihn und seine Gefühle harsch zurückgewiesen. Denn sie selbst war nur von Angst motiviert gewesen. Von Schwäche. Ihre Kehle schmerzte, neue Tränen stiegen auf, aber sie drängte sie zurück. Sie hatte keine Zeit mehr zum Weinen.

Es war schon fast neun Uhr. Aber sie durfte das nicht länger aufschieben und wollte es auch nicht. Sie musste sich entschuldigen. Sie suchte aus den sauberen Sachen im Wäschekorb eine Yogahose und ein Sweatshirt hervor, zog sich hastig an, kämmte sich die feuchten Haare und schlüpfte in ihre Tennisschuhe.

Eine halbe Stunde später fand sie einen Parkplatz vor Alexis' Café.

Nach dem Schild an der Ladentür zu urteilen war noch geöffnet, aber drinnen war niemand. Liv drückte die Tür auf und hörte Alexis aus der Küche rufen. «Komme sofort.»

Beefcake linste hinter der Ladentheke hervor und verzog sich wieder. Liv stellte sich vor, wie er zu Howler ging, um den nächsten Zug zu planen. *Sie ist wieder da. Du rennst ihr zwischen die Beine, damit sie stolpert, und ich springe ihr an die Kehle.*

Nach ein paar Augenblicken kam Alexis mit strahlendem Lächeln herein – das jedoch verblasste, sowie sie Liv sah. «Oh.»

Ihre kühle Zurückhaltung ließ Liv frösteln. Es gab keine leichte Art, das zu tun. «Es tut mir so leid, Alexis.»

Alexis erstarrte. Das einzige Lebenszeichen war ein kurzes Blinzeln. Doch dann schluckte sie, und ohne ein Wort ging sie an Liv vorbei zur Tür. Liv zuckte zusammen, sicher, dass Alexis sie jetzt rauswerfen würde. Doch stattdessen drehte sie nur das Schild um. Einen Moment lang verharrte ihre Hand an der Glasscheibe, ihre Finger zitterten sichtlich.

Als sie sich herumdrehte, hatte ihr Gesicht alle Farbe verloren.

Liv holte tief Luft – und ließ alles raus. «Es tut mir leid, dass ich dir keine gute Freundin war und du mir deshalb nicht vertrauen konntest. Es tut mir leid, dass ich alles nur schwarz-weiß gesehen habe und nicht verstehen konnte, was du mir sagen wolltest. Es tut mir …»

Alexis seufzte und wedelte mit den Händen. «Stopp.»

Liv begann zu zittern. «O-okay.»

Alexis schaffte es, ein schwaches Lächeln zu produzieren. «Ich muss mich auch bei dir entschuldigen.»

«Nein, musst du nicht.»

«Ich habe ein paar unverzeihliche Sachen zu dir gesagt.»

«Und das hatte ich dringend nötig.»

«Niemand verdient es, so was zu hören.»

Liv ging zwei Schritte auf sie zu. «Aber du hattest recht. Ich habe mich mein Leben lang für meine Schwächen geschämt und deshalb anderen ihre ständig vorgeworfen.

Und verlangt, dass sie einem Maßstab gerecht werden, den ich selbst nicht erfüllen kann.»

«Und ich habe dich verletzt, um meine Scham zu überspielen.»

Scham? «Aber du hast nichts getan, wofür du dich schämen müsstest», erwiderte Liv entrüstet. «Royce ist der Scheißkerl, der dich in diese Situation gebracht hat!»

Alexis lachte leise. «Ich wünschte, ich hätte deinen Kampfgeist.»

«Alexis, das ist nicht …»

Alexis schnitt ihr das Wort ab. «Weißt du was? Es ist tatsächlich befreiend, dass es jetzt jemand weiß. Ich bin das alles so leid, diesen … diesen verfickten Scheiß.»

Liv riss die Augen auf. «Du hast geflucht.»

«Ich weiß. Es schien mir angemessen.»

«Finde ich auch.»

Alexis blickte zur Decke und atmete tief durch. «Ich brauche jetzt einen Drink.»

«Oh Mann, ich auch.»

Liv ging mit ihr in die Küche, wobei sie wachsam nach Beefcake und Howler Ausschau hielt. Womöglich hatten sie sich inzwischen Waffen besorgt. Alexis holte eine Dose Cola aus dem Kühlschrank. Liv lachte laut auf, als der Dose eine Flasche Whiskey folgte.

«Vielleicht nur den Whiskey», schlug sie vor.

Alexis nickte. «Hast recht.»

Nachdem jede von ihnen zwei Gläser gekippt hatte, saßen sie auf dem Küchenboden, mit dem Rücken an die kalten Stahlschränke gelehnt.

«Meine Mom war krank», sagte Alexis.

«Ich weiß.»

«Er hat mir so viel Geld geboten, und ich brauchte dafür nur den Mund zu halten. Plötzlich hatte ich einen Ausweg. Da war endlich eine Chance, von ihm und dem grässlichen Job wegzukommen. Und es half auch meiner Mom, ich konnte ihre Arztrechnungen bezahlen. Es hat sogar später noch für eine ordentliche Bestattung gereicht, und …»

Sie blickte um sich und holte mit dem Schwung von zwei Whiskey aus, um auf das Café zu zeigen.

«Und um dein eigenes Café aufzumachen», schloss Liv.

«Um meinen Traum zu verwirklichen.»

«Du hast keinen Grund, dich dafür zu schämen.»

«Mein Verstand sagt mir das auch. Und an deiner Stelle würde ich das wahrscheinlich auch sagen. Aber es ist anders, wenn man selbst betroffen ist.»

«Wie lange ging die Sache?»

«Kurz nach meiner Einstellung fing es an.»

Liv blieb die Luft weg. «Das war über ein Jahr.»

«Jep. Ein Jahr ständiger Demütigung.» Alexis' Ton wurde hart. «Ein Jahr, in dem ich gelernt habe, ihm auszuweichen und so zu tun, als wäre es egal. Ein Jahr, in dem ich glaubte, ich müsste das meiner Karriere wegen über mich ergehen lassen, weil sonst alles umsonst gewesen wäre.»

«Hat er … wie weit ist er gegangen?» Liv wusste nicht, wie sie es anders ausdrücken sollte, und fühlte sich schlecht, weil sie überhaupt danach fragte.

«Du meinst, ob ich mit ihm geschlafen habe?»

«Es spielt keine Rolle. Ich hätte nicht fragen sollen.»

«Ja.»

Dieses Ja war so leise und weich, dass Liv erst nicht sicher war, worauf es sich bezog, aber ein Blick in Alexis' Gesicht und sie wusste es.

«Du hast dich gefragt, warum ich mich schäme. Deshalb. Ich habe ihm nachgegeben. Wozu macht mich das?»

Alexis wartete nicht auf Livs Antwort. Sie stemmte sich taumelnd vom Boden hoch und begann bereits zu würgen, als sie zum Mülleimer rannte. Liv sah hilflos, wie ihre Freundin sich erbrach.

Liv eilte ihr nach, hielt ihr von hinten die Haare zusammen und rieb ihr tröstend den Rücken.

Einen Moment später richtete Alexis sich ein wenig auf, stützte sich keuchend auf die Eimerkante. Liv nahm sie bei den Schultern und drehte sie zu sich herum.

«Wozu dich das macht?» Sie fasste sanft an ihre Wange, wie Rosie es heute Morgen noch bei ihr getan hatte. «Zu einer Überlebenden.»

Alexis liefen Tränen über die Wangen. «Ich habe mit ihm geschlafen. Freiwillig, Liv.»

«Nein, das war es nicht. Nicht wirklich. Dass du dich nicht körperlich gewehrt hast, macht keinen Unterschied. Er hatte Macht über dich. Er wusste von deiner kranken Mom. Das hat er ausgenutzt. Er hat dich ausgenutzt. Und du hast es zugelassen, weil du geglaubt hast, dich und deine Mom nur so schützen zu können.» Leise lächelnd dachte Liv an den Liebesroman. «Angst ist ein starker Motivator. Aber Liebe auch.»

Alexis kniff die Augen zusammen und fing an zu schluchzen. Sie beugte sich vor und legte den Kopf auf Livs Schulter, und Liv hielt sie so. Wiegte sie. Rieb ihr über den Rücken, bis das Schluchzen schließlich in zittrige Atemzüge überging, bis es vorbei war.

Seufzend löste Alexis sich von ihr und drehte sich weg, um sich die Wangen abzuwischen. «Gott, ich hasse Weinen.»

«Ich auch. Was ich in den letzten zwei Tagen an Tränen vergossen habe, reicht für ein ganzes Leben.»

«Warum?» Alexis schniefte und wandte sich wieder um.

Oh. Ach ja. Sie wusste das mit Mack noch gar nicht. Liv brachte sie auf den neusten Stand.

Alexis sah sie groß an. «Wow. In deinem Leben war echt was los.»

«Jep.»

«Und … ist es jetzt aus zwischen euch?»

Liv bekam einen Kloß im Hals. «Ich habe ein paar unverzeihliche Dinge zu ihm gesagt.»

Alexis legte den Kopf schräg, und Liv wusste sofort, dass sie jetzt etwas sehr Kluges und Alexis-Typisches zu hören bekommen würde. «Vielleicht hatte er das dringend nötig.»

Liv stöhnte und rollte mit den Augen. «Das hatte ich verdient, hm?»

«Ja.»

Gott. Was, wenn sie es endgültig ruiniert hatte? «Aber ich hätte das wirklich nicht sagen dürfen. Er hätte Verständnis gebraucht. Ich hätte ihn in den Arm nehmen müssen. Und das habe ich nicht.»

Alexis legte eine Hand auf ihren Arm. «Tief durchatmen.»

Liv ging zum Kühlschrank, goss sich einen weiteren

Whiskey ein und kippte ihn runter. Alexis folgte ihrem Beispiel.

«Weißt du, worauf ich jetzt richtig Lust habe?», fragte Alexis, als sie das Glas hinstellte.

«Dich betrinken und über Männer herziehen?»

«Nein. Na ja, doch. Aber ich meine danach.»

«Was möchtest du machen?»

Alexis schenkte noch einmal nach und gab Liv ein Glas. «Royce Preston vernichten.»

Liv stieß mit ihr an. Das war eine Sache, die sie in Ordnung bringen konnte. «Ich auch.»

KAPITEL 28

Zum ersten Mal in seinem Leben wünschte Mack, er wäre arbeitslos.

Denn nachdem er zu Hause angekommen war, hatte er sich eine volle Flasche Jameson genommen und war damit ins Bett gegangen. Seine Clubs mussten erst mal auf ihn verzichten. Er wollte niemanden sehen, bis er vergessen hatte, wie sie schmeckte, wie sie sich anfühlte, wie sie aussah.

Inzwischen war seine letzte Dusche drei Tage her. Er hatte kaum etwas gegessen. Jeden Anruf, jede Textnachricht ignoriert. Hatte mit einigem Zeug um sich geschmissen. Hatte einiges Zeug kaputt gemacht. Aber meistens hatte er getrunken und geschlafen, und wenn er zu viel getrunken hatte, hatte er wirklich sehr, sehr oft darüber nachgedacht, ihr etwas auf die Mailbox zu nuscheln. Aber Gott sei Dank hatte er das nicht getan, weil er manchmal sogar weinte.

Denn sein Herz blutete ihm immer noch in seiner gottverdammten Brust.

Am vierten Tag wurde seine Schlafzimmertür aufgestoßen. «Fuck, was stinkt hier so?»

Mack drehte sich um. In der Tür standen seine Freunde und machten alle das gleiche angewiderte Gesicht.

«Was wollt ihr?», knurrte er.

«Wir sind hier, um dich zu retten», sagte Gavin, «aber ich denke, wir brauchen wohl Gasmasken.»

«Verpisst euch.»

Gavin hielt sich eine Hand vor Mund und Nase. «Im Ernst, Mack. Es stinkt hier drin wie im Kamelgehege. Hast du dich eingepinkelt oder so was?»

Mack warf ein Kissen nach ihm. Er traf drei Meter daneben. «Geht weg.»

Mit einem dramatischen Würgen stieg Gavin über das Kissen und einen Haufen schmutziger Klamotten und lief ins Bad. Im nächsten Moment hörte Mack die Dusche prasseln.

«Der Wasserschlauch war nicht lang genug, also geh duschen, Arschloch», sagte Gavin, als er zurückkam. «Sofort. Und dann kommst du nach unten. Es ist Zeit für eine Intervention.»

Sie knallten die Tür hinter sich zu.

Mack starrte an die Decke. Zur Hölle mit ihnen. Er brauchte keine Intervention. Er brauchte Ruhe, um sich in seinem Elend zu suhlen. Er strich sich über sein Stoppelkinn, wurde von seinem Gestank angeweht und kapierte, dass sie in einem Punkt recht hatten. Er sollte mal duschen.

Seine steifen Muskeln protestierten, als er sich aufsetzte und die Beine aus dem Bett schwang. Er konnte sich nicht entsinnen, wann er das letzte Mal so lange mit Joggen ausgesetzt hatte. Das heiße Wasser prasselte kurz darauf auf seine verspannten, schmerzenden Schultern und Nacken, die er in seiner depressiven Stimmung nicht mal bemerkt hatte.

Im Grunde genommen hatte diese ganze Scheiß-Situation etwas von ausgleichender Gerechtigkeit. Der Gründer des Secret Book Club, der Mann, der glaubte, die Lösung für jedes Problem in Liebesromanen zu finden, und der dachte, alles zu wissen, was es über die Liebe zu wissen gab, war von einer Frau fertiggemacht worden.

Nur war das nicht wahr, oder? Er hatte sich fertiggemacht. Er hatte gegen eine der wichtigsten Regeln verstoßen: Nie, niemals lügen. Er hatte reichlich Gelegenheit gehabt, Liv von seiner Vergangenheit zu erzählen, und hatte jede verstreichen lassen. Selbst nachdem sie ihm ihre schmerzhaften Erinnerungen anvertraut hatte, redete er sich noch ein, er brauche mehr Zeit, um die richtigen Worte zu finden. Er hatte alles ignoriert, was er aus seinen Büchern gelernt hatte, jede mühsam errungene Erkenntnis seiner Helden. Und nun war es zu spät.

Mack rieb sich übers Gesicht, dann legte er den Kopf zurück, sodass ihm der heiße Strahl ins Gesicht rauschte, eine Strafe, eine Verwarnung, eine brennende Läuterung. Es würden allerdings noch viele sengend heiße Duschen nötig sein, um das Gefühl ihres Körpers wegzuwaschen. Und selbst wenn das gelang, könnte er weder sein Herz noch sein Hirn von der Erinnerung befreien, wie es gewesen war, sich endlich voll und ganz zu verlieben. Keines der Handbücher konnte ihm dabei helfen, mit einem Unhappy End klarzukommen. Er war auf sich allein gestellt.

Eine Viertelstunde später verließ er sein Schlafzimmer und ging nach unten. Der Russe kam ihm im Flur entgegen, der in die Küche führte. «Du brauchst eine Umarmung, ja?»

«Eigentlich n…hmpf.» Der Russe zog ihn ungeschickt und hart an sich. Macks Gesicht wurde herzlich und ungestüm an seine Schulter gepresst, aber eigentlich tat das gut. Also verharrte er für einen Moment und schloss die Augen. Umarmungen wurden unterschätzt.

«Du riechst viel besser», sagte der Russe beim Loslassen.

Immerhin etwas.

Als Mack die Küche betrat, waren die Jungs mit Putzen beschäftigt. Malcolm hatte seine Pranken in Gummihandschuhe gezwängt und scheuerte die Spüle, in der wie durch Zauberhand die schmutzigen Kaffeetassen verschwunden waren.

«Deine Bude war ein Saustall, Alter», sagte Del, ohne aufzublicken, und kratzte mit dem Wischlappen an einem klebrigen Fleck auf der Arbeitsfläche. «So hat es hier noch nie ausgesehen.»

«Ich hatte ein paar miese Tage.»

«Sag bloß. Da drüben lag ein Stück Pizza auf dem Boden, das bereits eigenständiges Denken entwickelte und einen Putsch plante», sagte Gavin.

«Herrgott noch mal, es waren bloß vier Tage.»

Alle hielten inne und starrten ihn an.

«Was denn?», blaffte er.

«Es waren fünf Tage», sagte Gavin.

Alle Luft wurde aus seinen Lungen gepresst. Fünf Tage? Ihm war ein ganzer Tag entgangen? Wie konnte das sein?

Scheiße. Hatte Liv versucht, ihn anzurufen? Wann hatte er zuletzt aufs Handy geguckt?

«Wo ist mein Handy?», keuchte er.

Gavin zuckte die Achseln. Mack drehte sich um und rannte nach oben. Er riss die Decken vom Bett, warf die Kissen hinter sich. Nichts. Wo war es? Er warf sich auf den Boden und spähte unters Bett. Da. Er zog es hervor und drehte es um. Drückte auf die Powertaste und fluchte ausgiebig: tot. Er schnappte sich das Ladekabel und rannte nach unten in die Küche.

Malcolm holte gerade etwas aus der Mikrowelle. Macks leerer Magen quittierte den Duft nach Essen mit einem lauten Knurren, doch er sah kaum hin, sondern legte Handy und Ladekabel an die Steckdose. Nervös trommelte er mit den Daumen auf der Arbeitsplatte und wartete auf das erste Lebenszeichen.

«Komm, setz dich und iss», sagte Malcolm, der mit einem gefüllten Teller an ihm vorbeiging.

Mack ignorierte ihn und drückte erneut auf die Powertaste, bekam aber nur dieselbe Batteriestandanzeige.

«Ich werde es nicht noch mal sagen», warnte Malcolm.

Mack knurrte schon wieder der Magen, also gab er nach. Er setzte sich an die Kücheninsel, und Malcolm stellte ihm den Teller und eine Flasche Wasser hin.

Mack starrte auf das Essen. «Was ist das?»

«Hühnersuppe.»

«Das habt ihr in *meinem* Gefrierschrank gefunden?»

«Nein, ich hab sie mitgebracht.»

Mack zog eine Braue hoch. «Wieso?»

«Du willst dich allen Ernstes über das Essen beschweren, das ich mitgebracht habe? Du hast eine Woche lang von Bourbon und Käsekräckern gelebt.»

«Whiskey, nicht Bourbon.»

«Ist alles dieselbe Scheiße.»

«Eigentlich nicht», sagte Gavin. «Alle Bourbons sind Whiskey, aber nicht jeder Whiskey ist ein Bourbon.»

«Meinetwegen», brummte Malcolm und zupfte an seinem Bart. «Meine Mutter hat mir immer Hühnersuppe gemacht, wenn ich krank war. Ich dachte, du könntest Trostfutter gebrauchen.»

Mack probierte. Seine Geschmacksknospen jubelten, aber sein Magen rebellierte nach ein paar Löffeln. Es fühlte sich, als hätte er gerade einen Stein geschluckt. Er hielt sich lieber an die Flasche Wasser.

Die Jungs standen in einer Reihe vor ihm und beobachteten ihn angespannt. «Ich bin noch am Leben», murmelte er. «Ihr könnt wieder gehen.»

Del schnaubte. «Du denkst, wir lassen dich jetzt allein?»

«Ich will allein sein.»

«Nein, tust du nicht», sagte Gavin.

«Doch, tu ich.»

«Pech», sagte Malcolm. «Freunde lassen Freunde nicht allein.»

Der Russe deutete auf die Suppe. «Ist da Käse drin?»

Mack schob ihm den Teller rüber. Der Russe holte sich Besteck und fing in Lichtgeschwindigkeit an zu löffeln.

Gavin sah ihn entgeistert an. «Mann, wie kannst du schon wieder essen? Wir haben unterwegs an einem Scheiß-Drive-in angehalten.»

«Das war Frühstück», antwortete der Russe mit vollem Mund. «Das hier ist Mittagessen.»

Malcolm zog sich den Stuhl neben Mack heran und setzte sich. «Erzähl uns, was passiert ist.»

«Das wisst ihr schon.»

«Wir wissen nur, was passiert ist, bevor du die Gala verlassen hast, nicht danach», sagte Del.

«Und ich soll glauben, dass er», Mack deutete auf Gavin, «nicht den Rest ergänzt hat?»

«Thea hat mir das mit deinem Vater erzählt.» Er schwieg einen Augenblick, bevor er dann doch fortfuhr: «Ich habe Liv nicht gesehen. Sie hat sich verkrochen wie du und geht nicht ans Telefon.»

Mack überkam plötzlich der Drang, den Kopf auf die Arbeitsplatte zu legen und zu weinen, doch er ballte die Fäuste und riss sich zusammen. Gavins stilles Mitgefühl war eine Qual. Halb wünschte er sich, Gavin würde ihn vermöbeln, ihn anbrüllen, für das, was er Liv angetan hatte.

«Na komm, Mann», sagte Del leise. «Du weißt, wie das läuft. Wenn du uns nicht erzählst, was passiert ist, können wir dir nicht helfen, es wieder hinzubiegen.»

«Da gibt es nichts hinzubiegen. Es ist vorbei.»

«Gesprochen wie ein wahrer Liebesromanheld, wenn alles verloren scheint», sagte Malcolm.

Mack stöhnte. «Ich will nicht mehr über den dämlichen Buchscheiß reden.»

Das löste kollektives Augenrollen aus. «Mack», seufzte Malcolm. «Du weißt ganz genau, was das hier ist. Du stehst am Tiefpunkt deiner Geschichte. Du darfst jetzt nicht aufgeben.»

«Hört ihr mir nicht zu? Das hier ist keine Geschichte. Das ist mein verdammtes Leben, und es ist beschissen. Sie hat gesagt, es ist aus, und das war's.»

«Was genau das ist, was so ziemlich jede Romance-Heldin sagt, nachdem der Held es vergeigt hat», beharrte Del. «Aber das ist nicht das Ende. Komm, Mann. Du weißt das doch alles.»

«Alles, was ich weiß, ist, dass Liv die ganze Zeit recht gehabt hat.» Es schnürte ihm die Brust zusammen, als er ihren Namen aussprach. «Ich habe zu viele Liebesromane gelesen, und was hat mir das eingebracht? Ein gebrochenes Herz!»

«Diese Liebesromane haben unsere Ehen gerettet, Mann», sagte Del. «*Du* hast das für uns getan. Du hast uns immer wieder bestärkt, weiterzulesen und durchzuhalten, als wir uns so gefühlt haben wie du jetzt. Glaubst du wirklich, wir lassen uns verscheuchen, nur weil du schließlich den emotionalen Tiefpunkt deiner Geschichte erlebst?»

«Meiner *Geschichte?*» Mack zeigte zur Hintertür. «Raus. Allesamt.»

Sie ignorierten das. «Was hat sie genau gesagt?», hakte Malcolm nach.

«Gottverdammt», murmelte Mack und fuhr sich mit den Händen übers Gesicht. «Welche Rolle spielt das? Es ist vorbei.»

«Was – ist – passiert?», knurrte Del mit schmalen Lippen, sichtlich frustriert.

«Sie wollte mich nicht mehr!» Es brach förmlich aus Mack heraus. «Ich habe ihr alles erzählt! Ich habe ihr mein Herz ausgeschüttet, aber kaum hatte sie die Wahrheit über mich und meine Vergangenheit gehört, wollte sie mich nicht mehr. Es ist genau das passiert, wovor ich von Anfang an Angst hatte.» Erschöpfung und Resignation verwandelten seine Muskeln zu Brei. Er ließ die Schultern hängen, und seine Hände fielen nutzlos herab. «Ich habe ihr alles erzählt, und es war nicht genug.»

Malcolm verschränkte die Arme und nahm eine bedrohliche Haltung an. «Das war's also? Du willst nicht mal um sie kämpfen?»

«Es ist hoffnungslos. Sie hat unmissverständlich klargemacht, dass sie mit mir nichts mehr zu tun haben will.»

«Bullshit», schnauzte Del. «Da muss mehr dahinterstecken. Liv würde dich deswegen nicht abservieren.»

Seufzend setzte sich Gavin an die Kücheninsel. «Ich weiß nicht, Del. Das sieht ihr irgendwie schon ähnlich. Sie kann eine ganz schön rachsüchtige Furie sein.»

Mack kniff die Augen zusammen. Was für ein Scheiß war das denn?

Gavin stützte sich auf die Ellbogen auf. «Ich meine, ich mag meine Schwägerin, aber sie macht mich auch wahnsinnig. Manchmal begreife ich gar nicht, wie sie und Thea verwandt sein können. Thea ist freundlich und fürsorglich, Liv dagegen sarkastisch und biestig.»

Mack ballte die Fäuste, sein Blutdruck schnellte hoch.

«Ich find's echt bewundernswert, dass du versucht hast, mit ihr klarzukommen, Mack. Liv ist wirklich ...» Gavin schüttelte den Kopf und gab ein Pfeifgeräusch von sich. «Na ja, sie macht es einem echt schwer, sie zu lieben.»

Mack reichte es. Er sprang auf. «Gavin, aus Respekt vor unserer Freundschaft gebe ich dir genau eine Sekunde, das zurückzunehmen, bevor ich dir deinen verfickten Kiefer breche.»

Gavin zog eine Braue hoch. «Wie bitte?»

«Das ist Bullshit. Das ist einfach totaler Bullshit. Es ist das Leichteste auf der Welt, Liv zu lieben. Sie ist lustig und klug und freundlich und tapfer, und wenn ihr euch die Zeit nehmen würdet, sie richtig kennenzulernen, würdet ihr sehen, dass sie ihren Sarkasmus nur dazu benutzt, Leute wegzustoßen, bevor sie verletzt wird. Das ist alles bloß Tarnung für ein weiches Herz, das Angst hat, gebrochen zu werden. Und wenn ihr das nicht kapiert, verdient ihr es gar nicht, sie in eurem Leben zu haben.»

Die Jungs wechselten einen dieser wissenden, nervtötenden Blicke. Gavin lehnte sich auf seinem Stuhl zurück und neigte den Kopf zur Seite. «Und warum willst du dann nicht um sie kämpfen?»

In dem Moment kapierte Mack, dass Gavin ihn manipuliert hatte. So ein Hurensohn. «Du denkst nicht wirklich so über Liv, oder?»

Gavin grinste. «Kein bisschen.»

In Macks Schläfe schien eine Ader zu platzen. «Raus aus meinem Haus. Alle.»

Er wandte sich wütend ab und stampfte zum Küchentresen, wo sein Handy lag. Das Display blieb schwarz. Er griff um die Kante der Arbeitsplatte und drückte zu, bis die Knöchel weiß hervortraten und seine Handflächen brannten.

«Alter, für jemanden, der uns jahrelang Vorträge gehalten hat, wie sich die Lektionen aus den Romanen bei unseren Beziehungen anwenden lassen, ignorierst du echt hartnäckig deine eigenen Ratschläge», sagte Malcolm hinter ihm.

Mack hob den ausgestreckten Mittelfinger über die Schulter.

Er hörte hinter sich etwas über den Fliesenboden schaben, dann Gavins Stimme. «Was hast du zu mir gesagt, als ich meinte, dass ich Chase' Verhalten in *The Protector* unverständlich finde?»

Mack griff noch fester um die Kante der Granitplatte. «Ich will nicht über das gottverdammte Buch reden.»

«Du hast gesagt, ich übersehe den Subtext.»

«Es ist nur ein Scheiß-Buch!»

Jemand boxte ihn leicht gegen die Schulter. «Du übersiehst den Subtext deines eigenen Verhaltens, Mack», hörte er Gavin sagen.

Er machte eine abwehrende Schulterbewegung. «Sie hat Schluss gemacht, Gavin. Nicht ich.»

«Hat sie das wirklich?», fragte Malcolm. Mack hörte Schritte auf dem Boden, als auch er näher kam. «Oder bist du einfach nur kampflos abgezogen?»

Mack spannte sich an. Er fühlte sich plötzlich in die Enge getrieben – nicht von seinen Freunden, sondern von Tatsachen, denen er sich nicht stellen wollte. «Sie hat gesagt, es ist vorbei.»

«Eben hast du uns selbst erklärt, dass Liv Leute wegstößt, um nicht verletzt zu werden», erwiderte Gavin ruhig.

«Du wusstest, dass sie abwehrend reagieren würde», sagte Del, der jetzt auch noch zu ihnen trat. «Dass sie ihre Mauern wieder hochfahren würde.»

«Du hast das gewusst und trotzdem genau das getan, womit sie gerechnet hat», sagte Malcolm.

Mack starrte auf sein Handy und flehte es an, wieder zum Leben zu erwachen, doch das Display blieb dunkel. Vielleicht war es besser so. Denn was, wenn es genügend aufgeladen wäre, aber keine Nachricht von Liv eingegangen war? Unwissenheit konnte wirklich ein Segen sein. In vielerlei Hinsicht. Was gäbe er nicht darum, nicht diesen quälenden Schmerz zu empfinden, diese seelenzerreißende Angst, weil er wusste, dass die Jungs recht haben könnten.

Der Schraubstock um seine Brust zog sich immer enger zusammen.

«Du hast dich von Liv wegstoßen lassen, anstatt zu bleiben und um sie zu kämpfen», sagte Gavin. «Warum?»

Mack schloss die Augen. *Angst ist ein starker Motivator.*

«Komm schon, Mann», drängte Del. «Rede mit uns.»

Er konnte nicht. Er brachte kein Wort heraus.

«Mack …»

«Weil sie ohne mich besser dran ist.» Die Worte waren leise. Vielleicht weil er es mehr zu sich selbst sagte. Vielleicht weil er es aussprechen musste, anerkennen, der Tatsache ins Auge sehen, damit leben musste. Ein für alle Mal.

«Scheiße», sagte Gavin leise. «Da haben wir deinen Subtext.»

«Warum glaubst du das, Mack?», fragte Del.

Mack machte die Augen auf, sah aber nichts.

«Sieh uns an.» Das kam von Malcolm in seinem ruhigen Befehlston.

Mack schüttelte den Kopf. Er konnte sich unmöglich umdrehen. Ein Blick und sie würden alles sehen. Den wahren Mack. Sie würden sehen, was für ein Betrüger er war. Dass er nichts anderes war als ein ängstlicher Vierzehnjähriger, der sich im Schrank versteckte, während sein Vater seine Mom verprügelte. Und dann würden auch sie nichts mehr mit ihm zu tun haben wollen.

«Warum sollte Liv ohne den Mann, den sie liebt, besser dran sein?», fragte Del.

«Weil sie sich in eine Illusion verliebt hat.» Scheiße. Was war mit seiner Stimme los? Er konnte kaum sprechen. «Sie hat sich in einen Mann verliebt, der aus nichts weiter als den Seiten zu vieler Liebesromane besteht.»

«Nein», widersprach Del. «Mit Liv zusammen warst du mehr du selbst als mit irgendeiner anderen Frau. Sie hat sich in den echten Mack verliebt.»

«Vielleicht macht dir gerade das Angst», folgerte Malcolm.

«Ich …» Und jetzt ließ ihn seine Stimme endgültig im Stich.

«Mack.» Malcolms Stimme war sanft, und er drückte ihm mit tröstender Sicherheit die Schulter. «Erzähl uns von deinem Vater.»

Mack schloss die Augen und versuchte zu schlucken, aber irgendetwas Hartes saß ihm in der Kehle fest. «Ich habe Angst, dass ein Teil von ihm in mir weiterlebt. Darum habe ich meinen Namen geändert.»

Gott. Die Wahrheit auszusprechen machte ihn tatsächlich schwindlig. Er hielt sich an der Kante fest, um nicht zu schwanken. «Meinen Namen konnte ich ändern, aber sein

Blut fließt trotzdem in meinen Adern. Was, wenn es einen Teil von mir gibt, der genauso ist wie er?»

«Mack. Du bist nicht dein Vater.» Die klare Strenge in Malcolms Ton durchdrang die letzte Abwehr, mit der er seine Gefühle zurückhielt. «Und du wirst nicht von dem definiert, was er getan hat.»

Etwas tropfte Mack vom Kinn. Ach, fuck. Er weinte. Herrgott noch mal.

«Dass du anfingst, Liebesromane zu lesen, um ein besserer Mann zu werden als er, zeigt, dass du schon damals ein besserer Mensch warst, als er es sich je erträumen könnte.»

Gavin kam näher. «Du lebst schon so lange mit dieser Undercover-Identität, dass du vergessen hast, wer du wirklich bist – ein guter, anständiger Mann.»

«Fuck», flüsterte Mack. «Fuck!»

Er schlug mit der Faust auf den Küchentresen, aber dann griff Malcolm mit seinen Riesenarmen von hinten um ihn. Und dann nahm Del ihn in die Arme und dann Gavin und zuletzt der Russe, und daraus wurde ein großes Männerknäuel mit Mack in der Mitte.

Seine Freunde hielten ihn, als der ganze Mist, den er seit seinem vierzehnten Lebensjahr angestaut hatte, mit einer Flut aus Tränen aus ihm herausströmte, die er nicht hätte aufhalten können, selbst wenn er gewollt hätte. Und sie ließen ihn weinen, während er sich an sie klammerte.

Malcolm lehnte die Stirn an Macks Nacken. «Lass es raus, Mann. Lass es raus. Wir sind da, so lange, wie du es brauchst.»

Und er brauchte sie. So sehr. Seine Knie zitterten, seine

Beine trugen ihn kaum. Mack verlor jedes Zeitgefühl, als all der angestaute Druck von jahrelangen Geheimnissen, von jahrelanger Scham und Reue und Schmerz von ihm wich.

Bis das Ding-Dong der Türglocke sie unterbrach, sofort gefolgt von ungeduldigem Klopfen.

Na toll. Wer zum ... Moment. Vielleicht war es Liv. Mack machte sich von seinen Freunden los.

«Ich gehe.» Der Russe lief zur Tür, ehe Mack ihn aufhalten konnte.

Dreißig Sekunden später kam er zurückgehastet, die Augen vor Panik weit aufgerissen. «Alarmstufe Rot. Alarmstufe Rot.»

Alarmstufe Rot? Was zum Teufel sollte das heißen?

Eine kleine, stinkwütende Frau erschien in der Küche.

Oh fuck. Alarmstufe Rot!

Ein kollektives Schlucken war in der angespannten Stille zu hören, als Thea Scott die Arme verschränkte und jeden Einzelnen mit Blicken aufspießte.

«Äh, hallo, Schatz», sagte Gavin. «Was machst ...»

«Komm mir nicht mit Schatz», fauchte sie.

Gavin verstummte.

Thea richtete ihren glühenden Todesblick auf Mack. «Also, echt jetzt, das macht mich wirklich sauer. Da komme ich hierher, richtig in Stimmung, um mit ein paar kreativen Schimpfwörtern um mich zu werfen und dir vielleicht auch noch einen Tritt in die Eier zu verpassen, weil du meiner Schwester das Herz gebrochen hast. Und dann besitzt du die Dreistigkeit, so ...», sie deutete wedelnd auf seine jämmerlich verheulte Erscheinung, «vor mir zu stehen. Wie soll ich dich bitte leiden lassen, wenn du das eh schon tust?»

Mack griff sich in den Nacken. «Thea …»

«Sei still.»

Er machte den Mund zu.

Sie stemmte die Hände in die Seiten. «Ich schwöre bei Gott, du und Liv, ihr bringt mich noch ins Grab!»

Macks Herz geriet ins Stolpern. «W-was ist mit Liv? Ist sie okay?»

«Ich sagte, halt die Klappe.»

Die Loyalität seiner Freunde hatte offensichtlich ihre Grenzen erreicht. Alle bewegten sich unauffällig Richtung Hintertür, außer Gavin. Der zögerte, als wüsste er nicht, was für ihn schlimmer ausgehen würde, Gehen oder Bleiben.

Theas Kopf ruckte herum, und sie zeigte anklagend auf die anderen Jungs. «Ihr geht nirgendwohin. Ihr seid alle mit schuld.»

Gavin opferte sich fürs Team und trat todesmutig einen Schritt vor. «Schuld woran?»

Thea schürzte die Lippen. «Meine Schwester ist im Begriff, Royce zu überfallen.»

KAPITEL 29

Mack rauschte es in den Ohren. «Ich … was hast du gesagt?»

Thea stöhnte frustriert. «Hallo? Die Kochbuchveröffentlichung? Sie will ihn dort öffentlich bloßstellen.»

Heute fand die Kochbuchveröffentlichung statt. Heilige Scheiße. Er war so lange betrunken gewesen, dass er nicht gemerkt hatte, wie die Tage vergingen. Sein Mund wurde trocken. «Sie will das allein tun?»

«Nein. Jessica und Alexis helfen ihr. Und Hop und dieser unheimliche Geoff.»

«Was haben sie denn vor, verdammt?» Mack konnte nichts gegen seinen scharfen Ton ausrichten. Er war verdammt noch mal besorgt, und der Drang, Liv zu beschützen, kochte beinahe über. Das war die Frau, die er liebte.

«Im Grunde das Gleiche wie vorher, schätze ich. Aber anstatt die Sprachaufnahme einem Journalisten zuzuspielen, haben sie sieben Frauen von der Liste überzeugt, an die Öffentlichkeit zu gehen. Jede hat einen Text darüber verfasst, was ihnen passiert ist, und Liv hatte die irre Idee, dass Riya und Geoff die Pressemappen in letzter Minute austauschen.» Thea warf die Hände in die Luft. «Ich weiß nicht genau, wie sie es anstellen wollen. Ich weiß nur, dass es vollkommen verrückt ist, und ich gebe euch die Schuld dafür!»

Ihm zitterten die Hände. Einerseits war er stolz, denn, heilige Scheiße, sie hatte es geschafft. Sie hatte die Frauen überzeugt, mit ihr zu kämpfen. Andererseits war er in Panik, denn, heilige Scheiße, er durfte sie nicht allein da reingehen lassen. Ohne ihn. Ohne die Jungs und, fuck, Noah.

Noah. Mack fuhr zu seinem Handy herum und flehte im Stillen, es möge bereit sein. Das war es. Gott sei Dank. Noah nahm beim zweiten Klingeln ab. «Wow. Du lebst.»

«Wo ist die Tonaufnahme? Kann sie so, wie sie ist, veröffentlicht werden?»

Noah schwieg eine Sekunde. «Die Aufnahme von Royce? Wieso? Was hast du vor?»

«Wir müssen ins *Savoy* und unseren Plan durchziehen.»

Er hörte etwas rascheln, als ob Noah etwas durchwühlte. «Wie viel Zeit bleibt uns?», fragte Noah.

Mack stellte das Handy auf Lautsprecher und sah Thea an. «Wie viel Zeit haben wir noch?»

Sie schüttelte den Kopf. «Nicht viel. Das Event beginnt in einer Stunde. Ich konnte nicht eher von zu Hause weg.»

«Das kriege ich hin», sagte Noah. «Ich kann das im Van fertig machen, aber wir müssen sofort los, wenn das noch hinhauen soll.»

Mack und die Jungs wechselten Blicke. Sie lächelten. Dann nickten sie.

Del klopfte Mack auf die Schulter. «Zeit für die große Geste?»

Hoffnung und Angst ließen sein Herz rasen. «Zeit für die große Geste.»

Es war Zeit, die Frau zurückzugewinnen, die er liebte.

◆ ◆ ◆

Von meinen Fingernägeln wird morgen nichts mehr übrig sein, dachte Liv. Der Plan war simpel, aber verdammt riskant. Am Ende des Tages würde Royce Preston entweder öffentlich bloßgestellt sein oder …

Oder die Frauen, die sich aus der Deckung gewagt hatten, würden seine Wut von neuem zu spüren bekommen, und Riya wäre ihren Job los, und …

Liv hörte auf, vor der Garage auf und ab zu gehen, und legte sich die Hände vors Gesicht.

«Hör auf, dir Sorgen zu machen», sagte Alexis, die gerade die Treppe von Livs Wohnung herunterkam.

«Gott, es kann so viel schiefgehen.»

«Und es kann auch so viel gutgehen.»

«Was, wenn Riya uns nicht reinschleusen kann? Oder wenn Geoff die Mappen nicht austauschen kann? Was, wenn …»

Alexis legte die Hände an Livs Wangen. «Was, wenn in zwei Stunden die ganze Welt weiß, was Royce getan hat? Daran musst du denken und nur daran. Ich jedenfalls tue das.»

Als Nächste kam Jessica die Treppe herunter, in den

Armen die Mappen für die Journalisten. Riya hatte vorher eine aus dem *Savoy* rausgeschmuggelt, damit sie genau die gleichen besorgen konnten. Kurz vor dem Einlass der Gäste würde Geoff die Mappen dann austauschen.

Das war zumindest der Plan.

Liv nahm Jessica die Hälfte ab, und sie trugen sie zu Hops Wagen. Er würde fahren, war aber noch im Haus. Mit jeder Sekunde, die sie warten mussten, wurde sie nervöser.

Sie kaute am nächsten Fingernagel. «Wofür braucht er denn so lange?»

«Dafür.» Jessica zeigte mit dem Arm zum Haus.

Liv drehte sich um. An der Hintertür standen Hop und Rosie ineinander verschlungen und küssten sich wie in einem Hollywood-Blockbuster. Freude für die beiden durchdrang ihren Kummer wegen Mack und ließ Liv lächeln. Wenigstens ein Paar bekam sein Happy End.

«Wow», seufzte Jessica. «Toll, dass sich auch alte Leute noch verlieben können.»

Livs Gesichtsausdruck musste wohl verraten haben, in welche Richtung ihre Gedanken gingen, denn Alexis kam an ihre Seite. «Bist du sicher, dass du Mack nicht anrufen willst?»

Liv kniff die Augen zu. Mack. Sie wollte jetzt nicht an ihn denken. Sie musste sich konzentrieren. «Ganz sicher.»

«Es ist noch nicht zu spät.»

Die Bemerkung konnte zweierlei bedeuten – dass Mack noch mithelfen könnte oder dass sie noch zueinanderfinden könnten. Aber Liv fragte nicht nach, was Alexis meinte, sondern stieg ins Auto ein. Zuerst musste sie die Sache mit Royce hinter sich bringen. Und dann würde sie zu Mack gehen und ihm sagen, dass sie sich wie eine Idiotin verhalten hatte. Dass es ihr leidtat – so verdammt leid –, weil sie nicht tapfer genug gewesen war, sich seine Seite der Geschichte anzuhören, sie zu akzeptieren, ihm zu vertrauen.

Sie würde ihm sagen, dass sie ihn liebte.

Ihn.

Braden Mack oder Braden McRae. Sie liebte ihn, egal wie er hieß. Sie wusste nicht, wie das möglich war, aber es war passiert, und sie würde es nicht überleben, wenn sie ihre Liebe zerstört hatte wegen ihrer dummen Ängste.

Hop setzte sich hinters Steuer. «Letzte Gelegenheit, um noch aus der Sache auszusteigen», sagte er schroff.

Alexis und Jessica rutschten auf die Rückbank und schnallten sich an. «Tun wir's», sagte Alexis.

«Ich bin bereit», bekräftigte Jessica. «Er darf nicht länger ungestraft davonkommen.»

Liv drehte sich um und streckte eine Hand nach hinten. Alexis und Jessica legten ihre obendrauf.

«Ich liebe euch zwei», sagte Liv, ihre Stimme plötzlich rau von einem Gefühl, das sie nicht erwartet hatte. «Es tut mir leid, wie ich mich zu Anfang verhalten habe …»

«Hör auf, dich zu entschuldigen», unterbrach Alexis.

«Ich habe euch zu sehr unter Druck gesetzt.»

Jessica schüttelte den Kopf. «Wir wären jetzt nicht hier ohne dich.»

Die Unterstützung und die Vergebung berührten etwas

tief in ihr, und Liv lachte die beiden durch einen Tränenschleier an.

«Okay. Los geht's.»

◆ ◆ ◆

«Okay.» Mack ließ den Sicherheitsgurt einrasten. «Los geht's.»

Er fuhr den Van, Malcolm saß neben ihm. Der Russe war im Fond bei Noah, der fieberhaft an der Tonaufnahme arbeitete. Thea, Gavin und Del folgten ihnen in Theas Wagen, weil die beiden später tatsächlich noch zu einem dämlichen Spiel mussten. Mack hätte darüber gelacht, wenn ihm das Herz nicht die ganze Zeit bis zum Hals schlagen würde.

Gerade als der kleine Konvoi auf den Highway fuhr, summte sein Handy. Sein Herzschlag stolperte vor lauter Hoffnung, dass Liv anrief. Aber es war Gavin. «Was?», blaffte Mack.

«Sie hat gerade Thea geschrieben. Sie sind fast da. Wir müssen uns beeilen.»

Mack trat das Gaspedal durch, doch diese Steinzeitkarre kam gerade mal auf 95 km/h.

Er gab Noah kurz Bescheid, dann telefonierte er weiter. «Und Thea denkt wirklich, wir sollten ihr nicht verraten, dass wir kommen?»

«Auf keinen Fall. Liv muss das …»

«Auf ihre Weise tun», schloss Mack. «Ich weiß.»

Er legte auf und versuchte erneut, mehr aus dem Motor

rauszuholen, um sich wenigstens der Geschwindigkeitsgrenze anzunähern. Er wurde rechts und links überholt. Fuck. Wenn die Sache vorbei war, würde er Noah einen neuen Van kaufen.

Tatsächlich hatte er einige Dinge vor, wenn das hier vorbei war, und fast alle drehten sich darum, zu tun, was auch immer nötig war, um Liv zurückzugewinnen.

Endlich erschien die Skyline der Innenstadt vor ihnen.

«Mack, wir haben ein Problem», sagte Noah aus dem Fond, als sie die Ausfahrt nahmen.

Das war nicht das, was Mack hören wollte. «Was für eins?»

«Ich kann die Aufnahme nicht bearbeiten.»

«Was heißt das?»

«Den Teil über dich. Ich kann ihn nicht mehr rechtzeitig rausschneiden. Wenn wir uns in deren Audioanlage reinhacken, kann ich nicht garantieren, dass ich die Aufnahme anhalten kann, bevor …»

Mack umklammerte das Lenkrad.

… bevor ganz Nashville die Wahrheit über ihn zu hören bekäme.

Wie würde sich das wohl anfühlen? Befreiend? Würde er dann jeden Morgen aufwachen ohne die drückende Last der Vergangenheit? Wie würde sein Leben sein, wenn er sich endlich von der erstickenden Illusion namens Braden Fucking Mack losmachte?

Hier war seine Chance.

Und er ergriff sie. «Ist mir egal.»

«Bist du dir sicher?», fragte Malcolm leise.

«Vollkommen.» Und es war ihm anzuhören. Sein Ton

hatte eine gewisse Schärfe. «Ich habe es satt, mit dieser Tarngeschichte zu leben.»

Er hoffte nur inständig, nicht zu spät zu kommen.

◆ ◆ ◆

Sie würden zu spät kommen.

Schon einen Block vor dem *Savoy* war die Straße wegen des Events abgesperrt. War ja klar. Wenn Royce die ganze Innenstadt abriegeln konnte, um sich in seinem unverdienten Ruhm zu sonnen, tat er das auch. Der Verkehr staute sich schon drei Blocks von dem Parkhaus entfernt, wo sie sich mit Geoff treffen wollten. Hop stieß ein paar Flüche aus, bei denen Jessica verblüfft den Mund aufsperrte. Offenbar war ihr auch nicht bekannt gewesen, dass alte Leute fluchen konnten.

«Schick ihm eine Nachricht», sagte Alexis.

Liv hämmerte die SMS an Geoff in ihr Handy und wartete, die Unterlippe zwischen die Zähne gezogen, auf seine Antwort. Die war nicht gut:

> Geoff: Wenn ich in fünfzehn Minuten nicht drin bin, sind wir erledigt.

Liv drehte sich nach hinten. «Gebt mir die Mappen.»

«Wieso?», fragte Alexis. «Was hast du vor?»

«Ich steige hier aus. Ihr parkt, und wir treffen uns dort.»

Alexis schüttelte den Kopf, Hop fluchte. Diesmal über sie. «Kommt nicht in Frage», sagte Alexis. «Wir machen das zusammen.»

«Das tun wir, aber Geoff braucht die Mappen jetzt.»

Hop musste begriffen haben, dass ihnen nichts anderes übrig blieb, denn er bremste hart. «Dann lauf!»

Alexis reichte ihr die Mappen durch die Lücke zwischen den Kopfstützen. Liv drückte sie an sich und stieß die Beifahrertür auf. Zwischen den wartenden Wagen hindurch lief sie zum Bürgersteig, der von Touristen nur so wimmelte.

Sie drückte sich die Mappen an die Brust und rannte los.

Drei Blocks. Sie brauchte nur drei Blocks weit durchzuhalten. Und dann konnte sie beweisen, dass es all das wert gewesen war.

◆ ◆ ◆

«Verdammte Scheiße. Hast du dich vorher nicht über Staus informiert?»

Mack drehte den Kopf zu Malcolm, der sonst fast nie fluchte. «Ich war ein bisschen beschäftigt», blaffte er.

Der Verkehr in der Nähe des *Savoy* war ein Stop-and-go-Albtraum. Vor allem Stop.

Sie standen schon seit drei Minuten auf demselben Fleck. Mack rieb sich übers Gesicht. «Ich muss zu Liv.»

«Schalte auf Parken», befahl Malcolm.

Mack blickte ihn verwirrt an. «Was? Wieso?»

«Weil ich weiterfahre. Du steigst aus und rennst.»

Mack schob den altmodischen Hebel hastig in die entsprechende Position, stieß die Tür auf und sprang hinaus, während Malcolm hinter den Lenker rutschte. Er lief zwischen den Fahrzeugen hindurch, die in beiden Richtungen standen, und hörte hinter sich die Seitentür quietschen. Über die Schulter sah er den Russen herausspringen.

«Was machst du?», rief Mack.

Der Russe hechtete über eine Motorhaube und kam auf dem Bürgersteig neben ihm zum Stehen. «Jetzt kommt große Geste.»

Mack grinste und klopfte ihm auf die Schulter. «Und wir rennen für die große Geste.»

Drei Blocks. Er brauchte nur drei Blocks weit zu rennen. Und dann konnte er ihr beweisen, dass er es wert war.

◆ ◆ ◆

Oh Gott, Liv hasste rennen. Sie *hasste* es. Wirklich. All die Leute, denen das Spaß machte, die an Marathons und so was teilnahmen, die würde sie nie verstehen. Nie. Jeder Aufprall ihrer Sohlen auf dem Pflaster war eine Qual, vor allem da sie die Arme nicht mitbewegen konnte.

Aber das wäre es alles wert. Geoff würde die Mappen austauschen. Die Journalisten würden die Wahrheit über Royce lesen. Und dann würde sie jeden Marathon laufen, um zu Braden zu gelangen und ihm alles zu sagen, was sie längst hätte sagen sollen.

Nur noch einer. Noch ein Block.

Liv schlitterte um die Ecke. Die Einfahrt zum Parkhaus war schon zu sehen. Endlich. Ihr lief der Schweiß den Rücken runter. Ihr Herz hämmerte und wurde allenfalls von ihrem Schnaufen übertönt.

«LIV!»

Sie bremste schlitternd ab und drehte sich um. Halluzinierte sie schon durch den Sauerstoffmangel? Denn das klang wie –

Er war es. Er war *hier*. Rannte auf sie zu, sprintete mit pumpenden Armen, wich Passanten aus.

Einen Schritt vor ihr kam er zum Stehen.

Und das Einzige, was ihr einfiel, war, grinsend zu sagen: «Braden Fucking McRae.»

◆ ◆ ◆

Von allen Dingen, die Liv hätte sagen können, war das bei weitem das Beste.

Aber Mack konnte gerade nicht denken. Er machte den letzten Schritt auf sie zu, nahm ihr Gesicht in die Hände und küsste sie, bis sie vom Sauerstoffmangel fast ohnmächtig wurden. Dann zog er sie fest an seine Brust.

«Gott, Liv. Es tut mir so leid.»

Sie löste sich ein Stück von ihm. «Was machst du hier?»

«Thea hat es mir erzählt. Ich bin so stolz auf dich.»

Sie schüttelte den Kopf und drückte einen ganzen Armvoll Pressemappen an sich. «Ich muss dir so vieles sagen, aber jetzt ist keine Zeit dafür. Ich muss Geoff die Mappen bringen.»

Mack griff danach. «Gib sie mir. Wohin müssen wir?»

«Zum Parkhaus. Viertes Deck.»

Er blickte in die Richtung, in die sie zeigte, und nahm ihre Hand in seine freie. «Dann los.»

Hinter ihnen stieß der Russe einen Jubelschrei aus. «Ich liebe große Geste!»

◆ ◆ ◆

«Wo wart ihr?» Geoff tauchte hinter einem Betonpfeiler auf, dunkle Schweißflecke unter den Achselhöhlen.

Liv stützte sich schnaufend auf die Knie. «Stau.»

«Hier.» Mack drückte ihm die Mappen in die Hand.

Geoff lief sofort los. «In fünf Minuten Treffen mit Riya an der Küchentür», rief er noch.

Er sprintete die Treppe runter und verschwand aus ihrem Blickfeld.

«Wir haben die Aufnahme», sagte Mack, immer noch außer Atem. «Noah wird die Audioanlage hacken und Royce' Geständnis abspielen.»

«Mack, ich …»

Er umfasste ihre Wange. «Ich weiß. Lass uns das hier erledigen, und dann können wir alles sagen, was wir loswerden müssen.»

Sie nahmen sich wieder bei den Händen und rannten ebenfalls zur Treppe.

«Wo sind die anderen?», keuchte Liv.

«Noah bleibt im Wagen. Was Malcolm macht, weiß ich nicht.»

Der Russe hielt die schwere Tür des Treppenhauses auf. «Schnell», drängte er und scheuchte sie hindurch.

Sie nahmen zwei Stufen auf einmal. Ihre polternden Schritte hallten von den Betonwänden zurück. Der Russe war vor ihnen und bog im Erdgeschoss um die Ecke.

Plötzlich ächzte er und fluchte auf Russisch.

Liv und Mack wechselten einen Blick und sausten die letzten paar Stufen hinunter. «Was ist los?», bellte Mack, als sie um die Ecke bogen.

Der Russe kauerte über jemandem, der am Boden lag. Oh Scheiße.

«Geoff!» Liv fiel auf die Knie. Geoff lag mit geschlossenen Augen auf der Seite.

«Bewusstlos», sagte der Russe. «Wie Hockeyspieler, wenn er gegen Glaswand prallt.»

«Was ist passiert?» Mack klopfte gegen Geoffs Wangen. «Kommen Sie, Mann. Aufwachen.»

«Die Mappen sind weg», hauchte Liv.

Hinter ihnen ertönte eine drohende Stimme. «Diese hier?»

Liv sprang auf und fuhr herum.

Und stieß mit der Nase gegen eine breite Brust, die nach Salamisandwich roch.

Sie hob den Kopf und blickte in zwei eisig blaue Augen.

KAPITEL 30

«Ich wusste, du würdest noch irgendwas versuchen», höhnte Sam. Den Stapel Pressemappen hielt er über seinen Kopf. «Was ist das?»

«Die Wahrheit», fauchte Liv.

Mack griff um ihre Taille und zog sie von hinten an sich. Geoff stöhnte auf dem kalten, schmutzigen Boden und rollte sich auf den Rücken.

«Was hast du mit ihm gemacht?», fragte Liv.

Sam zuckte die Achseln. «Ihm eins übergezogen. Er wird früher oder später zu sich kommen.»

«Es spielt keine Rolle, wie lange Sie uns hier festhalten», sagte Mack. «Auch wenn die Mappen nicht zu den Journalisten kommen, wir haben Royce' Geständnis auf Band.»

Sam blinzelte. Man merkte es fast nicht, aber sie war da. *Angst.* Er überspielte sie nur mit einem abfälligen Schnauben. «Sie lügen.»

«Nope», erwiderte Liv. «Und mit Geoffs und Jessicas

Hilfe werden wir dich auch drankriegen. Du hast ihn jahrelang gedeckt und die Drecksarbeit für ihn gemacht.»

Livs Handy klingelte. Sam sah sie drohend an. «Geh nicht ran.»

«Es wird alles rauskommen, Sam. Es ist vorbei. Sieh es ein und lass uns gehen.»

Jetzt klingelte Macks Handy. Alle suchten nach ihnen.

«Jetzt oder nie, Sam», sagte er.

Auf Sams Stirn bildeten sich Schweißperlen. «Ich geh für den Kerl nicht ins Gefängnis.»

«Das ist eine Sache zwischen dir und der Staatsanwaltschaft. Wir wollen ihn bloß daran hindern, so weiterzumachen. Entweder du hilfst uns oder nicht. Aber heute geht Royce unter. So oder so.»

Sam fing an, auf und ab zu gehen, sichtlich in Panik. Mack fing den Blick des Russen auf. «Vlad?»

Der zog die Brauen hoch. «Ja?»

«Reiß ihm die Eier ab.»

Sam erkannte die Gefahr einen Sekundenbruchteil, bevor die Faust seine Visage traf. Er ging zu Boden, die Mappen fielen ihm aus der Hand. Liv hockte sich sofort hin, um sie aufzusammeln, und hielt nur kurz inne, um Sam zu mustern. «Ist es schlimm?»

«Er wird wieder.» Der Russe hievte sich Geoff auf seine Schulter. «Gehen wir.»

«Ich will nicht, dass du Schwierigkeiten bekommst, weil du ihn geschlagen hast», sagte Liv und drehte den Kopf nach hinten, als Mack sie an der Hand weiterzog.

«Keine Sorge», sagte der Russe. Oder Vlad, wie Mack ihn genannt hatte. Er hatte also tatsächlich einen Namen.

Sie rannten kurz darauf in die Gasse hinter dem Restaurant. Ihre Sohlen knirschten auf dem rissigen Asphalt, als sie auf die Küchentür zuhielten. Riya ging draußen in ihrer Küchenuniform auf und ab und kaute an den Nägeln. Als sie sie bemerkte, sackte sie vor Erleichterung beinahe zusammen. Doch dann sah sie den Russen mit Geoff über der Schulter. «Oh mein Gott, was ist passiert?»

«Sam hat ihn niedergeschlagen.»

Geoffs Stimme ertönte hinter Vlads Rücken. «Was ist los? Wieso hänge ich kopfüber?»

«Hier.» Liv drückte Riya die Mappen in den Arm. «Schnell.»

Riya schüttelte den Kopf, und die Zeit hielt an, als Liv ihren Gesichtsausdruck sah. «Nein», hauchte Liv. «Wir sind zu spät?»

«Die Gäste werden schon eingelassen. Wir können die Mappen nicht mehr auswechseln.»

Nein. Verdammt, nein! Liv raufte sich die Haare. Mack stieß sich fluchend die Faust in die Handfläche.

«Wir haben immer noch die Aufnahme», sagte er. «Ich rufe Noah an.»

Liv holte tief Luft. Sie musste nachdenken. Umdenken. «Wo sind Jessica und Alexis?»

Riya schluckte nervös. «Sie haben versucht, dich zu erreichen.»

«Wo sind sie?», fragte Liv. Ihr Magen verkrampfte sich.

«Im Saal. Sie wollen ihn vor allen Leuten bloßstellen.»

◆ ◆ ◆

«Atme.» Mack rieb über Livs Rücken. Vornübergebeugt saß sie auf der Bank in der Umkleide für die Angestellten und rang nach Luft. Riya hatte sie hier drin versteckt, bevor sie hinauslief und ihren Platz unter dem Personal einnahm. Inzwischen waren fünfzehn Minuten vergangen, ohne dass sie in der Zeit etwas Neues erfahren hätten. Gavin und Thea hatten vor zehn Minuten angerufen und gesagt, sie würden nicht reingelassen. Malcolm ebenfalls nicht. Er saß im Van bei Noah.

Liv würde sich gleich übergeben.

Geoff lag ausgestreckt auf der anderen Bank, den Kopf in Vlads Schoß, der ihm einen Eisbeutel an die Stirn hielt. «Keine Gehirnerschütterung», sagte er. «Ich kenne mich aus.»

«Ich sollte bei ihnen sein», murmelte Liv. «Ich habe sie in diese Situation gebracht.»

«Royce hat sie in diese Situation gebracht», erwiderte Mack bestimmt.

«Ich kann mich doch nicht einfach hier drin verstecken!»

Die Tür flog auf. Riya stürmte herein, ein wilder Ausdruck lag auf ihrem Gesicht.

Liv sprang auf. «Was ist passiert?»

«Alexis und Jessica haben sich auf einen Stuhl gestellt und geschrien, dass er sie sexuell belästigt hat, und dann brach die Hölle los!»

Riya drückte ein paar Knöpfe der Gegensprechanlage an der Wand, die es in allen Räumen des Restaurants gab. In der Umkleide hörte man plötzlich Leute durcheinanderschreien, entsetzt keuchen und dazwischen Royce' aufgeregte Dementis.

«Diese Frauen sind unzufriedene ehemalige Angestellte! Ich musste sie entlassen! Ignorieren Sie sie.»

Liv griff nach Macks Hand, als Alexis' Stimme alle anderen übertönte. «Royce Preston hat mich erpresst und zu einem sexuellen Verhältnis mit ihm gezwungen …»

«Halten Sie den Mund!», blaffte Royce. «Hören Sie nicht auf diese Frauen!»

«… über ein Jahr lang!», sagte Alexis.

«Sieht die aus, als wäre sie mein Typ?», höhnte Royce.

«Es gibt sieben weitere Frauen, die bereit sind, gegen ihn auszusagen», rief Jessica in den Saal.

Liv schlug sich die Hand vor den Mund. «Oh mein Gott», hauchte sie. «Hört sie euch an.»

«Wir haben für jeden Journalisten im Saal schriftliche Statements», sagte Alexis.

«Ich will, dass diese Frauen verhaftet werden!», schrie Royce durch den Stimmenlärm. «Ich verklage Sie wegen Verleumdung. Sam! Wo zum Teufel ist Sam?»

Liv sank gegen Macks Brust. Sie konnte spüren, wie schnell sein Herz klopfte.

Durch die Gegensprechanlage hörten sie den ganzen Tumult mit an, erregte Dementis, Fragen der Journalisten und über allem die zuversichtlichen, starken Stimmen von zwei Frauen, die genug hatten und ihr Leben wieder zurückeroberten.

Die Tür flog erneut auf.

Royce kam hereingestampft, wie ein angriffslustiger schnaubender Büffel. Er bebte vom Toupet bis zu den Berluti-Slippern, und sein Gesicht war rot wie eine Schmortomate. «*Olivia*.»

Mack schob den Arm um ihre Taille.

«Ich wusste, dass Sie dahinterstecken.» Drohend kam er auf sie zu, aber Vlad sprang so schnell auf, dass Geoff von der Bank fiel, und stellte sich Royce in den Weg. «Halt», sagte er tonlos.

Royce riss die Augen auf und wich zurück.

«Es ist vorbei, Royce», sagte Liv. «Sie sind erledigt.»

Royce drohte ihr mit dem Finger. «Damit kommen Sie nicht durch. Ich werde Sie verklagen. Sie alle. Glauben Sie wirklich, dass Ihnen irgendjemand glauben wird? Unbedeutende kleine Schlampe!»

Mack rief Noah an, und den Blick auf Royce geheftet, sagte er nur drei Worte: «Spiel es ab.»

Aus den Lautsprechern im Restaurant knisterte es kurz, dann hörte man eine klare, kräftige Stimme.

«Was muss ich tun, damit Sie mich in Ruhe lassen?»

Liv lächelte. «Ich habe unsere Unterhaltung aufgenommen, Royce.»

Er erbleichte. Offenbar begriff er endlich, dass er ein für alle Mal am Ende war.

«Eine schriftliche Erklärung abgeben.»

«Und was soll darin stehen?»

Liv lachte, als sie ihre Stimme hörte. Sie klang ruhiger, als sie sich dabei gefühlt hatte. Und viel ruhiger, als sie sich jetzt fühlte.

«Dass Sie nichts gesehen haben.»

«So machen Sie das also? So wahren Sie Ihre schmutzigen kleinen Geheimnisse? Sie schüchtern Frauen ein, bis die unterschreiben, dass nichts passiert ist, dass sie nichts gesehen haben, dass der große Royce Preston sie nie angefasst hat?»

«Glauben Sie wirklich, ich wüsste nach all der Zeit nicht, wie ich mich absichere?»

Beim letzten Satz sprang die Aufnahme zurück und wiederholte ihn. Sprang zurück und wiederholte ihn, immer wieder. Ein albtraumhaftes Echo. Ein Geständnis, das für Royce den Ruin bedeutete.

Mack lachte und lehnte die Stirn an Livs Kopf. «Noah», murmelte er.

Royce plusterte sich noch ein letztes Mal auf. «Vergessen Sie nicht etwas? Ich habe an dem Abend auch etwas über Sie erzählt, *Mack*. Ich werde dafür sorgen, dass auch jeder von *Ihrem* schmutzigen Geheimnis erfährt.»

Mack blickte auf, und mit einer Hand auf ihrem Bauch hielt er Liv eng an sich gedrückt. «Das ist mir egal, Royce. Ich habe es satt, mich zu verstecken.»

Liv drehte sich in seinen Armen um und sah ihn an. «Bist du dir sicher?»

Er strich ihr eine Locke hinters Ohr. «Ich will neu anfangen. Du verdienst das.»

Und noch einmal flog die Tür auf. Royce' Presseagent kam hereingelaufen. «Wir müssen Sie hinten rausbringen, Royce.» Der Mann war leicht grün im Gesicht. «Vorne ist die Hölle los. Die Presse würde sich auf Sie stürzen.»

Vlad fasste Royce am Kragen. «Halt.»

«Lass ihn gehen, Vlad», sagte Liv. «Er kann nicht mehr entkommen.»

Der Presseagent warf einen vorsichtigen, vielleicht sogar entschuldigenden Blick zu Liv, dann nahm er Royce beim Ellbogen und zog ihn mit sich hinaus.

Was weiter geschah, bekam Liv nur noch am Rande mit.

Geoff stand stöhnend vom Boden auf. Der Russe kam ihm zu Hilfe. Riya sagte, sie müsse zu Jessica und Alexis zurück.

Liv sah und hörte nur eines ganz klar.

Mack.

Er zog sie in seine Arme. «Geht es dir gut?»

«Jetzt ja.» Sie schmiegte die Wange an seine Brust.

Plötzlich verstärkte sich der Druck seiner Arme, und er ließ den Kopf auf ihre Schulter sinken. «Sag mir, dass ich dich nicht verloren habe, Liv.»

Liv schob ihn ein wenig von sich weg und sah ihn an. «Meinst du, wir können jetzt diese Sachen sagen, die wir noch loswerden müssen?»

Mack schluckte schwer und nahm ihr Gesicht in seine Hände. «Es tut mir so leid, dass ich an dem Abend bei deiner Schwester gegangen bin. Ich hätte dich in den Arm nehmen und halten sollen, aber ich konnte nicht, weil ich ein verdammter Feigling war und …»

Sie hielt ihm den Mund zu. «Sei still.»

Er riss die Augen auf, gehorchte aber.

«Ich bin es, die an dem Abend feige war.» Sie legte eine Hand an sein Kinn. Ein Zittern stahl sich in ihre Stimme, das verriet, wie es ihr wirklich ging. Wie nervös sie war, wie viel Angst sie hatte und wie unendlich leid es ihr tat. «Ich habe deine Lüge nur als Vorwand benutzt, weil ich Angst hatte. Weil ich drauf und dran war, mich in dich zu verlieben, und das ist mir noch nie passiert.»

Er grinste auf eine Art, die ihr sagte, dass alles gut werden würde. «Tja, Liebling, ich schätze, dann sollten wir es mal versuchen.»

Ihr Herz klopfte. «Was versuchen?»

«Meinst du nicht, es ist höchste Zeit, dass wir uns ineinander verlieben?»

In ihrer Brust zerbrach etwas, und Wärme, Freude, Geborgenheit breiteten sich in ihr aus. Pures Glück sprudelte durch ihre Adern, als sie sich auf die Zehenspitzen hob und ihm einen Kuss gab. «Hey, Braden?»

Er senkte den Kopf, um sie noch mal zu küssen. «Hm?»

«Ich bin eigentlich schon in dich verliebt.»

«Gut.» Er lachte leise, und sie spürte seinen warmen Atem an den Lippen. «Ich nämlich auch.»

Er lehnte die Stirn an ihre und umfasste ihr Gesicht, als wollte er sie nie wieder loslassen. «Hey, Braden?», flüsterte sie.

«Hm?»

«Küss mich, du Idiot.»

Das tat er. Und wie er das tat. Er verschlang sie. Und in jedem Stups seiner Lippen, in jeder zärtlichen Berührung seiner Hände, jedem leisen Schwur spürte sie seine Liebe. Liv schob die Finger in seine Haare und hielt ihn fest. Sie würde ihn auch nie wieder loslassen.

Laute Schritte näherten sich der Tür. Sie lösten sich gerade so weit voneinander, dass sie den Kopf drehen konnten.

Gavin, Del und Malcolm kamen hereingerauscht, dicht gefolgt von Thea. «Man hat uns nicht reingelassen! Was haben wir verpasst?»

Alle vier stoppten gleichzeitig und starrten, auf Macks Hand an Livs Rücken, auf ihre Finger in seinen Haaren, auf ihre feuchten, von Küssen geschwollenen Lippen.

«Oh», kiekste Thea. «Oh, Gott sei Dank.»

Del griff in die Tasche und holte sein Portemonnaie heraus, ging auf Mack zu und hielt ihm ein Bündel Scheine hin.

«Was soll das?» Liv zog eine Braue hoch.

«Ich gratuliere», sagte Del. «Du hast endlich eine feste Freundin.»

Liv wich einen Schritt zurück und stemmte die Hände in die Hüften. «Wie bitte? Ihr hattet darüber eine Wette laufen? Noch eine?»

Mack steckte das Geld ein, zog sie wieder an sich und brachte ihre Empörung mit einem Kuss zum Schweigen. Ausnahmsweise hatte sie nichts dagegen.

Ein diskretes Räuspern unterbrach sie einen Augenblick später. Ein Mann, den Liv nicht kannte, kam herein. Sein einfaches weißes Hemd und die khakifarbenen Twillhosen schrien förmlich Journalist.

«Laut Jessica und Alexis sind Sie es, die all das hier losgetreten hat», sagte der Mann.

Liv wandte sich ihm zu. «Wir haben nur geholfen.»

Der Mann schüttelte den Kopf, sah von einem zum anderen, und als er bei Gavin, Del und schließlich Vlad ankam, zeichnete sich erst Erkennen und dann Verwirrung auf seinem Gesicht ab.

«Ich verstehe nicht. Sie sind doch alle prominent. Was haben Sie mit der Sache zu tun? Wer sind Sie?»

Liv sah zu, wie die Jungs diese Sache machten, bei der sie wortlos miteinander sprachen: hochgezogene Brauen, Achselzucken, Nicken.

Mack grinste sie an. Sie lachte und barg das Gesicht an seiner Brust.

«Wer wir sind?», sagte Mack und stellte sich sehr aufrecht hin. «Wir sind der Secret Fucking Book Club.»

Der Journalist zog die Brauen hoch. «Bitte was?»

Mack nahm Livs Hand. «Das erklären Ihnen die anderen.» Er nickte den Jungs zu. «Und wenn Sie uns jetzt entschuldigen würden, wir müssen mit unserem Happy End anfangen.»

EPILOG

Sechs Monate später

«Die Staatsanwaltschaft hat heute bekannt gegeben, dass der berüchtigte Fernsehkoch Royce Preston, der wegen Gefährdung am Arbeitsplatz, Unterschlagung und Steuerhinterziehung angeklagt wurde, einen Deal angenommen hat. Das Strafmaß wurde noch nicht verkündet, aber Experten rechnen mit sechzehn bis zwanzig Jahren Haft in einem Bundesgefängnis …»

Liv drehte ihren Fernseher leiser und warf sich neben Braden auf die Couch. «Keine Verurteilung wegen sexueller Belästigung.»

Braden hob den Arm, damit Liv sich an ihn kuscheln konnte. «Er hätte mehr als zwanzig Jahre verdient.»

«Es war nett von Gretchen, die Frauen zu vertreten. Und dass sie es pro bono macht.»

«Ich bin nur froh, dass es vorbei ist.» Braden lehnte die Stirn an ihre Schläfe. «Ich möchte mich endlich auf etwas anderes konzentrieren.»

«Wie das neue Restaurant?»

«Und meine heiße neue Konditorin.»

«Scheint mir riskant», sagte Liv und drehte sich, um sich rittlings auf seinen Schoß zu setzen. «Die eigene Freundin einstellen? Das kann kompliziert werden.»

«Ich bin bereit, das Risiko einzugehen.» Bradens Hände fanden den Weg unter ihr Shirt. «Vor allem, wenn sie gar nicht mehr meine Freundin ist.»

Liv zog die Brauen zusammen. «Das ist eine wirklich komische Art, mit mir Schluss zu machen, Mack.»

«Ich dachte eher an ein gemeinsames Berufsleben mit meiner Frau.»

Liv erstarrte. «Was hast du gerade gesagt?»

«Ich bitte dich, mich zu heiraten.» Er legte die Hände an ihre Taille, und in seinen Augen sah sie nichts als Liebe. «Ich möchte jeden Abend zu dir nach Hause kommen und jeden Tag mit dir zusammen arbeiten. Ich möchte, dass du dich auf der Couch an mich lehnst und mir von deinem Tag erzählst. Ich möchte dich jede Nacht lieben und mit dir streiten und dich dann wieder lieben.»

Sie blickte auf ihn hinunter, und der Ausdruck in seinem Gesicht zog ihr die Brust zusammen. Wie war das passiert? Wie hatte sie diesen Mann gefunden? Sie drückte die Lippen auf seinen Mund. Er küsste sie voller Hunger. Sie überließ ihm ihren Mund, aber schließlich nahm sie seinen Kopf und hielt ihn fest. Im nächsten Moment spürte sie seine Finger am Bund ihrer Jeans. Ungeduldig öffnete er sie, konnte sie ihr aber nicht über die Hüften schieben. Sie stieg von seinem Schoß und legte sich auf die Couch, das Verlangen nach ihm jagte ein Inferno durch ihr Inneres.

Sie liebten sich, gaben sich tausend Versprechen, und später, als sie fertig waren, zog er sie an sich. «Willst du kuscheln?»

Sie drückte die Wange in die warme Mulde über seinem Herzen. «Ja.»

«Ja, du willst kuscheln, oder ja, du willst mich heiraten?»

«Beides.»

Tatsächliche dauerte es noch eine Weile, bis sie zum Kuscheln kamen, denn nachdem sie Ja gesagt hatte, tat er ein paar Dinge, bei denen sie das Ja noch einige Male laut herausschrie. Erschöpft und befriedigt sank sie schließlich auf ihn, und er zog die Decke über sie beide.

«Deine Brust ist herrlich.»

Er küsste sie auf den Kopf. «Sie gehört dir.»

Liv hielt ihm die Faust hin, damit er dagegenstoßen konnte. «Partner?»

Er zog ihre Faust an seine Lippen. «Für immer.»

DANKSAGUNG

Ich will nicht lügen. Dieses Buch hat mich fast umgebracht, und ich hätte nicht überlebt ohne die Hilfe meiner geduldigen Agentin, Tara Gelsomino (du hattest recht, Tara; der Roman war wirklich sehr ambitioniert), und meiner kreativen, zuversichtlichen Lektorin, Kristine Swartz. Danke, dass du meine Panikattacken ertragen und mir geholfen hast, die Geschichte von Mack und Liv zum Leben zu erwecken. Herzlichen Dank auch an das gesamte Berkley-Team. Bridget O'Toole und Jessica Brock, ihr seid die Besten eures Fachs. Ich stehe für immer in eurer Schuld, nachdem ihr meine vielen Fragen zum Marketing beantwortet habt. Und ich wäre wirklich eine blöde Kuh, wenn ich den Korrektoren nicht ganz laut danken würde, die unter anderem wichtige Details über Hühnergenitalien beigesteuert haben.

Herzlichen Dank auch meiner Autorengruppe – Meika, Christina, Victoria und Alyssa – und meiner fröhlichen Binderhaus-Crew. Nur dank euch bin ich geistig gesund geblieben.

Ich danke meiner Familie. Ich liebe euch alle von Herzen. Ihr macht es möglich, dass ich meinen Traum leben kann. Was ich tue, tue ich für euch.

Und schließlich danke ich den Frauen, die überlebt haben. Ich glaube euch. Immer. #MeToo.

(Ich weigere mich allerdings, dem echten Randy zu danken. Randy, du bist ein Arschloch. Lass die Hennen verdammt noch mal in Ruhe.)

MORE THAN JUST A KYSS

Du liest gern Liebesromane?

Dann schau doch mal bei KYSS vorbei. Auf unserer Homepage, auf Facebook und auf Instagram gibt es jede Menge Zusatzinformationen, Gewinnspiele und tolle Aktionen rund um unsere Bücher. Hier erfährst du als Erstes, welche Autoren und Serien aus dem Romance-Genre bald bei Rowohlt erscheinen, bekommst einen Blick hinter die Kulissen des Verlages und kannst uns jederzeit Fragen stellen. Wir freuen uns auf dich!

endlichkyss.de

instagram.com/endlichkyss · facebook.com/endlichkyss